Des gens irréprochables

W0467209

Éditions Eyrolles
61, bd Saint-Germain
75240 Paris Cedex 05
www.editions-eyrolles.com

Cet ouvrage est paru pour la première fois en 2020,
dans la collection « Pop'Littérature ».

Éditrice externe : Florence Noblet

En application de la loi du 11 mars 1957, il est interdit de reproduire intégralement ou partiellement le présent ouvrage, sur quelque support que ce soit, sans autorisation de l'éditeur ou du Centre français d'exploitation du droit de copie, 20, rue des Grands-Augustins, 75006 Paris.

© 2019, Éditions de l'Homme, Groupe Sogides inc.,
pour la traduction en langue francaise
Titre original : *The Best Kind of People*
Copyright © 2016 Zoe Whittall
Publié en accord avec House of Anansi Press,
Toronto, Canada

© Éditions Eyrolles, 2020
© Éditions Eyrolles, 2023, pour la présente édition
ISBN : 978-2-416-01071-2
Composé par Patrick Leleux PAO

Zoe Whittall

Des gens irréprochables

Traduit de l'anglais (Canada) par Marie-José Thériault

Roman
EYROLLES

À Jake Pyne

Après chaque guerre
il faut bien nettoyer.
Un peu d'ordre dans tout ça
ne se fera pas tout seul.

Quelqu'un poussera les gravats
sur les côtés des routes,
pour qu'y puissent passer
les charrettes de cadavres.

Quelqu'un devra patauger
dans la fange et les cendres,
dans les ressorts des divans,
dans les débris de verre,
dans les haillons sanglants.

Quelqu'un doit traîner la poutre
qui calera le mur.
Quelqu'un doit replacer la vitre
et regonder la porte.

Wisława Szymborska, *Fin et début*[1]

---

1. Traduit par Piotr Kaminski, Fayard, 1996.

« Le stratagème le plus diabolique [de la culture du viol] est de faire en sorte qu'une personne ordinaire, sans passé criminel, s'identifie avec l'accusé, plutôt qu'avec celui ou celle qui signale le crime. »

Kate Harding, *Asking for It*

Prologue

Près de dix ans plus tôt, dans le Connecticut, un homme armé d'une carabine Marlin-45/70 entra par la grande porte de l'école privée d'Avalon Hills. Il n'avait pas dormi depuis quatre jours et était possédé par une fureur indescriptible. Il avait parcouru à pied les cinq kilomètres qui le séparaient de l'établissement, indifférent à la pluie torrentielle et à la fine déchirure le long de la couture de sa botte en cuir. Il marchait avec une seule idée tordue en tête.

Tous les élèves, terminale incluse, étaient déjà en classe, sauf Sadie Woodbury. Debout devant son casier, elle en retirait sa gomme – un koala porte-bonheur –, tout en ajustant son épaisse frange brune à l'aide d'un miroir en forme de cœur. C'était la journée de l'éloquence pour les élèves de CM2. Dans la poche de sa jupe, il y avait cinq fiches sur les mérites de la démocratie en Amérique.

Elle le vit derrière elle dans son miroir. Une masse indéchiffrable en mouvement.

Il n'avait pas prévu la fille. Il avait tracé un plan à l'aide d'un feutre rouge sur le dos d'une boîte de pizza. Autrefois, c'était une drogue rituelle. Le *crystal meth*. Il ne correspondait en rien à l'image que les campagnes antidrogue en donnent aujourd'hui, genre votre vie est foutue. Lui, il en prenait une fois ou deux par an à l'époque avec les potes ; l'idée, c'était de danser, danser, danser. Mais les copains qui, maintenant, avaient du boulot et des bébés détournaient les yeux quand ils le croisaient dans la rue, avec sa peau qui avait l'air d'un morceau de tissu perforé.

Il resta sans bouger à la regarder, la carabine qui avait appartenu à son grand-père, suspendue à son épaule droite par une courroie en cuir. Jamais il n'aurait cru possible qu'un fils puisse être déshérité, renié. Il était présent au repas dominical – quand il se souvenait que c'était dimanche. Il se battait contre ses démons. Quand il expliquait cela, c'était pour qu'on excuse ses actes ou ses paroles, mais tous les toxicos sont des menteurs. Il avait juste besoin que tout le monde arrête de le punir.

Sadie referma son casier. Le bruit le fit sursauter. Il cligna des yeux comme s'il avait voulu qu'elle disparaisse de sa vue. Il n'était pas un tueur d'enfants, il le savait, en dépit de toutes les preuves du contraire. Lui aussi, il avait des principes, putain.

Qui est-ce que je suis devenu ? Il n'avait pas assez réfléchi. Il songea à rebrousser chemin, puis retrouva sa détermination. Il fit glisser la carabine de son épaule et la cala au creux de son coude, comme si c'était un colis à livrer. Quelle sorte d'homme était incapable de tenir un fusil ?

Ils sont tous contre moi.

Surtout elle.

« C'est toujours la faute de quelqu'un d'autre, tu n'as jamais remarqué ? Toutes les histoires que tu racontes disent que quelqu'un d'autre t'a fait du tort. Mais c'est toi, le dénominateur commun. » Elle enfilait un legging en coton beige au bord du lit, les mains tremblantes de rage, quand elle lui avait tenu ce discours. Elle se préparait à aller au boulot. Il s'excusait, il la suppliait de lui pardonner d'avoir frappé à grands coups dans la porte en pleine nuit. Quand elle lui avait ouvert, il s'était jeté sur elle et elle avait tenté de le repousser. Mais elle n'était pas aussi forte que lui. Au bout du compte, elle avait renoncé à se débattre, les mâchoires serrées, souhaitant qu'il crève.

« Quand vas-tu prendre ta vie en main ? Quand vas-tu devenir adulte ? Tu es minable », avait-elle dit. Il s'était recroquevillé dans un coin, en accord avec elle. Ça n'avait qu'empiré la situation. « Tu me dégoûtes quand tu t'apitoies sur ton sort. »

Sa fureur atteignit son paroxysme.

Il serra plus fort la carabine. La gamine lui rappelait tellement sa propre fille, qu'il avait vue la dernière fois par une fenêtre du foyer municipal où elle pratiquait la gymnastique rythmique en faisant tourbillonner dans les airs un long ruban rose et vert.

Sadie le regarda un instant. À cette distance, elle n'était pas sûre de ce qu'elle voyait, mais son cœur s'était mis instinctivement à battre plus vite. Quelques secondes plus tard, le mot *danger* s'inscrivit dans son cerveau. L'homme abaissa son arme, la braquant sur elle, puis la remit à l'épaule. Elle prit conscience d'un mouvement derrière lui.

George Woodbury, le père de Sadie, enseignait les sciences. Ce matin-là, il avait une heure de libre entre deux cours. Quand il vit l'homme dévisager sa fille, un sourire exalté sur le visage, George hurla avant de se jeter sur lui. Sadie enfonça ses ongles dans la gomme. Un filet d'urine coula sur sa jambe gauche et détrempa ses chaussettes en coton vert.

Pendant le corps-à-corps entre les deux hommes, la carabine cracha un projectile qui transperça dans un craquement un carreau de la fenêtre derrière eux. Une pluie de verre retomba sur les deux protagonistes et la surprise les pétrifia un court instant. Le concierge fit alors irruption dans le couloir, brandissant son balai à franges comme une arme. George haletait, des éclats de verre parsemés dans son gilet. L'homme tomba, il se retrouva cloué au sol. Les traits déformés par la rage, il vociférait comme un fou.

Au milieu du chaos, Sadie resta immobile. L'équipe d'intervention d'urgence. Les sapeurs-pompiers volontaires. Les élèves inconscients de ce qui se passait et qui sortaient sagement en rang pour aller sur le parking où ils étaient dénombrés et confiés à leurs parents. Son père la souleva de terre et la prit tendrement dans ses bras comme lorsqu'elle était toute petite. « Tout va bien, maintenant, Sadie. Tout va bien. Tu es en sécurité », dit-il, pendant que, le menton collé contre son épaule en velours côtelé, elle sentait le parfum de son shampoing antipelliculaire bleu électrique. Celui aussi du savon Ivory.

On sut plus tard que l'homme à la carabine, fils d'un riche homme d'affaires qui l'avait récemment déshérité, était le petit ami de la secrétaire de l'école. Il était venu pour la tuer et se suicider ensuite. Le journal déclara en une que George Woodbury était un héros. « J'ai agi par instinct, expliqua-t-il. J'ai vu ma fille. J'ai vu l'homme à la carabine. Je savais qu'il était préférable qu'il me tue, moi, plutôt qu'elle ou les autres enfants. N'importe qui aurait fait la même chose. » En lisant cette citation, la plupart des gens se demandèrent : Aurais-je agi de la même manière ?

Après cet événement traumatisant, chaque mercredi Sadie passa une heure en compagnie d'Eleanor Rockbrand, une pédopsychologue dont le cabinet était situé au-dessus de la papeterie dans Peabody Street. Sadie dessinait des papillons très élaborés dans les marges de son journal intime et racontait des banalités sur ses journées d'école. Elle ne dit pas à Eleanor Rockbrand qu'elle gardait toujours la gomme en forme de koala sur elle, sans quoi elle était en proie à des palpitations. La gomme ne sentait plus très bon et le koala avait maintenant les yeux flous d'un toxico. Elle lui avait cousu une petite poche spéciale à l'intérieur de sa jupe d'uniforme. Et même maintenant, à seize ans, si elle l'oubliait chez elle, elle rebroussait chemin pour aller la récupérer.

Après son intervention héroïque, M. Woodbury fut nommé Professeur de l'année tous les ans sans exception – jusqu'au second événement, celui qui partagea la ville en deux.

Aucun des membres de la famille Woodbury n'avait des traits mémorables. On reconnaissait George à sa veste en tweed brun avec coudières en velours côtelé, et au fait qu'il avait toujours les bras chargés de livres et de papiers. De par son poste d'enseignant et son rôle dans de nombreux comités et conseils d'administration, il était connu de tous. Il restait « l'homme de Woodbury Lake qui a sauvé les enfants ». Pour les gens plus âgés il était le fils de George Woodbury senior, unique généraliste en ville pendant un temps, devenu ensuite magnat de l'immobilier et promoteur foncier.

Même après que le visage de George eut été publié en une des journaux pour la deuxième fois en dix ans, il était difficile de se souvenir de la forme exacte de son nez ou du modelé de son menton. Il ressemblait à n'importe quel homme blanc d'un certain âge, politicien, dentiste ou comédien vantant les mérites d'une banque à la télévision. Sa femme, Joan Woodbury, ne sortait pas plus du lot avec sa taille moyenne et sa coupe de cheveux fonctionnelle, typique de ceux qui travaillent aux urgences. Ils avaient deux enfants, Andrew et Sadie, habillés comme eux en velours côtelé et chemise en polycoton résistant. La famille se déplaçait par tous les temps pour des rencontres d'athlétisme, des conférences, des pièces de théâtre et des soirées d'éloquence. Quand Joan songeait aux siens, elle les imaginait toujours assis à la table familiale à 18 heures pile, ou dans leur Volvo sur la route 32, ou s'arrêtant pour manger une glace. Leurs visages pâlissaient l'hiver et rougissaient l'été. Aucun d'eux n'était particulièrement beau, jusqu'à ce que Sadie devienne à l'âge de seize ans une jeune fille saisissante. Socialement, on pouvait qualifier la famille Woodbury de riche et protestante.

Personne n'avait prévu ce qui arriva.

Première partie

La première semaine

Dimanche soir

1

Sadie fêta ses dix-sept ans allongée sur son petit ami Jimmy dans l'abri à bateaux familial, au bord du lac. La structure en bois blanc aux moulures turquoise était vermoulue et la peinture s'écaillait. Jimmy avait fait tatouer le nom de Sadie en lettres gothiques façon gangsta sur son pectoral droit, un secret qu'il gardait sous l'élégante chemise de l'uniforme scolaire. Elle avait tenu sa main humide de sueur dans le salon de tatouage de Boston quand ils s'étaient esquivés une petite heure à l'occasion d'une sortie de classe. De retour dans l'autocar, il avait enlevé le pansement sanguinolent sous les yeux ébahis de leurs camarades. Beaucoup avaient des tatouages, y compris une fille dont le dos était tout entier recouvert d'une chanson de Father John Misty – mais personne encore n'avait déclaré son attachement à sa petite amie d'une façon aussi définitive. Sadie songeait à se faire tatouer les initiales de Jimmy un de ces jours, peut-être dans un petit cœur très orné. « Je ne supporte pas la douleur », disait-elle, mais c'était la pérennité de la chose qui lui donnait le vertige.

La montre de Jimmy sonna minuit alors que Sadie maintenait ses poignets sur la toile goudronnée qui les protégeait des échardes du plancher. Les longs cheveux bruns de la jeune fille retombaient comme les pans d'une tente de chaque côté du visage de son petit ami. Elle percevait le parfum d'amande de l'écran solaire qu'il utilisait. Elle en appliquait parfois sur ses mains pour garder son odeur pendant la journée quand il n'était pas là. Elle fit un vœu, celui de continuer à réussir dans ses études. Elle savait que celui de Jimmy serait de rester pour toujours auprès d'elle, d'arrêter le temps pour qu'il n'y ait plus qu'elle et lui. Sadie était plus pragmatique – peut-être parce qu'elle appartenait au signe de la Vierge.

Jimmy se dégagea de son emprise, posa ses mains sur ses fesses et l'attira encore plus à lui.

— Tu veux qu'on…, commença-t-il.

Elle se redressa, les lèvres gonflées par les baisers.

— On va se baigner avant. Le lac est si calme, c'est le moment idéal.

Jimmy l'embrassa et chantonna « joyeux anniversaire ». Le sexe était une nouveauté. Une merveille. La raison principale qui les incitait à se retrouver dans l'abri à bateaux de la famille

Woodbury, pourtant humide et rempli d'araignées. Un raton laveur, à qui ils avaient donné le surnom d'un humoriste qui avait les mêmes yeux, pressa son museau contre la moustiquaire de la lucarne en donnant des coups de patte dans une déchirure. Il avait une tache de poils roux au sommet de la tête.

— Il vient pour te souhaiter ton anniversaire, dit Jimmy.

— Il veut juste de l'attention, répliqua Sadie.

Ils étaient de retour au lycée depuis une semaine. Leur dernière année à Avalon avait commencé sur les chapeaux de roues : un programme renforcé qui comportait des dossiers d'inscription dans les universités prestigieuses, des après-midi chargés de réunions d'associations étudiantes, d'événements sportifs, de bénévolat, de flirts poussés à la bibliothèque scolaire au rayon des textes anciens. Une semaine somme toute normale. Ils ne savaient pas que, après ce week-end, plus rien ne leur semblerait normal avant longtemps.

Ils se débarrassèrent de leurs vêtements, débardeurs et shorts en jean. L'air était aussi doux qu'en juillet et la pleine lune éclairait l'eau, lui donnant des reflets argentés. Ils plongèrent nus au bout du ponton, les genoux ramenés contre la poitrine, dispersant les nuées d'insectes nocturnes qui tourbillonnaient sur le lac. Sadie se dit que son corps remonterait avec une force égale au poids de l'eau déplacée, un phénomène que son père lui avait expliqué quand elle était petite et qu'elle avait toujours du mal à comprendre. Rafraîchie, elle s'élança en fendant la surface sans effort, Jimmy à sa poursuite.

Ils atteignirent le quai flottant au milieu du lac, grimpèrent l'échelle couverte de mousse et s'assirent l'un contre l'autre. Sadie essora l'eau de ses cheveux et les attacha avec l'élastique qu'elle gardait autour de son poignet. Elle croisa les bras sur ses seins. Jimmy passa la main sous son coude, effleura son mamelon droit. Leurs lèvres se touchaient presque. Elle caressa sa mâchoire de la main, sentit une légère repousse de barbe.

— Savais-tu que les chiens mordent deux fois plus les nuits de pleine lune ? demanda-t-elle.

— C'est scientifique ?

— C'est ma mère qui me l'a dit. Elle a remarqué à l'hôpital qu'à chaque pleine lune, il y a plusieurs cas de patients mordus par un chien. Et elle a mis la main sur une étude qui le confirme.

Jimmy porta un sein à sa bouche. Pouvaient-ils faire l'amour sur le quai flottant sans être vus ? Sadie gémit de plaisir. Un chien aboya de l'autre côté du lac. Ils s'immobilisèrent.

— Monsieur Eglington, sûrement, dit Sadie avec un petit rire. Il est toujours posté sur son ponton avec ses jumelles.

De leur perchoir, ils voyaient la maison de Sadie plongée dans l'obscurité, excepté la cuisine. Plus loin, ils virent devant celle d'Amanda une voiture de police se garer dans l'allée. Les gyrophares rouges et bleus clignotaient dans un tourbillon paresseux, incitant Carter, le chien de la maisonnée, à redoubler ses aboiements.

— C'est bizarre, non ? demanda Jimmy. On va voir à la nage ce qui se passe ?

— Nan. Il est tard. On appellera Amanda en rentrant.

Jimmy se laissa glisser dans l'eau. Sadie le rejoignit. Une fois revenus sur la terre ferme, ils se rhabillèrent sur la grève. Les griffes plantées dans l'écorce du plus grand chêne, le raton laveur les regardait de ses yeux étincelants.

Joan essuyait la dernière assiette du dîner et s'apprêtait à envelopper les cadeaux d'anniversaire pour Sadie quand George, son mari, remplaça le torchon qu'elle tenait par un verre de vin rouge. Elle en but une gorgée, reporta son attention sur la baie vitrée. Elle détestait que Jimmy et Sadie se baignent la nuit. Elle repensait à une jeune noyée arrivée à l'hôpital. Elle se remémorait son bras froid qui pendait de la civière tandis qu'on l'emmenait en traumatologie. Ils l'avaient ressuscitée mais elle était restée depuis dans un état végétatif.

George l'embrassa.

— Viens t'asseoir, les enfants vont bien. Tu oublies les centaines de leçons de natation qu'ils ont eues ? Les compétitions et les coupes ?

— Je devrais quand même peut-être aller voir.

George la serra dans ses bras.

— L'eau est calme, ce soir. Ne t'inquiète pas.

Elle s'attabla avec lui. Elle observa le vin, inclina son verre dans sa direction, une manière de dire : « Quoi de neuf ? »

La vie de couple est faite d'habitudes. Ce soir, ils avaient mangé du saumon grillé, des nouilles de riz et des légumes sautés. Comme tous les dimanches. Normalement, à cette heure-là, George regardait les infos, finissant par s'endormir la tête renversée en arrière, la bouche entrouverte laissant passer un ronflement discret. Joan tourna encore une fois les yeux vers la fenêtre, résistant au désir de se lever et de se pencher au-dessus de l'évier pour presser son front contre la vitre.

George leva son verre, trinqua avec elle, puis pinça les lèvres avant de parler.

— Ma chérie, depuis plusieurs semaines je reçois des mails curieux dans ma boîte au bureau.

Il lui tendit deux morceaux de papier qu'il avait pris dans la poche de sa veste. Sur l'un, il était écrit *Vous êtes surveillé* et sur l'autre, *Faites attention*.

— Des bêtises d'ados, sans doute, mon chéri.

Elle fit tourner son verre de vin, en but une gorgée avant de le reposer sur la table. Elle avait hâte de voir Sadie ouvrir ses cadeaux le lendemain au petit déjeuner.

— C'est ce que j'ai pensé, mais aujourd'hui Dorothy m'a conseillé d'appeler un avocat. Elle travaille à l'administration, alors évidemment, elle est au courant de tout. Elle a dit qu'une rumeur circule, que ce serait un coup monté. C'était si théâtral comme expression que je me suis moqué d'elle. Mais elle n'avait pas du tout l'air de plaisanter. Elle n'a pas voulu m'en dire plus. Elle était bizarre.

— Elle est cinglée, tu veux dire.

Dorothy McKnight était la secrétaire de l'école. Elle leur tapait sur les nerfs, surtout quand elle s'obstinait à parler de théories complotistes et à affirmer que Barack Obama était musulman.

— J'ai appelé Bennie cet après-midi. Le fils aîné de l'avocat de mon père, tu sais ?

— C'est un gamin, non ?

— Il a quarante ans, figure-toi. Je l'ai rappelé ce soir. Je ne sais pas ce qui se passe, mais je suis inquiet.

— Tu crois que c'est une mauvaise blague ?

George secoua la tête et avala une généreuse gorgée de vin.

— Franchement, je ne sais pas.

Cette phrase, George la prononçait rarement. Il se vantait de savoir tout ce qui était important.

Sadie et Jimmy remontèrent le sentier rocailleux, bordé de ronces, au pas de course. Parvenus en haut, ils s'arrêtèrent pour souffler devant un rang de choux frisés et de laitues qui attendaient d'être cueillis. La piscine qui longeait la terrasse arrière émettait son habituel ronronnement. Des plates-bandes fleuries soigneusement plantées pour avoir l'air sauvage s'épanouissaient le long des margelles. Sadie se pencha, roula un peu de lavande entre ses paumes et en respira le parfum tiède.

Ils montèrent en catimini l'escalier et épongèrent leurs cheveux avec les serviettes de bain rêches suspendues près de la porte menant au sous-sol. Jimmy fit glisser un doigt le long de la colonne vertébrale de Sadie, elle frissonna et repoussa sa main avant de trébucher sur Payton, leur gros matou, qui dormait sur sa marche de prédilection, la quatrième. Elle projetait de récupérer du thé glacé dans le réfrigérateur, qu'ils monteraient en cachette dans la chambre de Sadie pour finir ce qu'ils avaient commencé. Ce plan fut contrecarré par la présence inhabituelle de ses parents, assis chacun à une extrémité de la table.

Sadie jugeait préférable de ne pas parler de sexe avec ses parents pour qu'elle et eux puissent préserver l'intimité dont ils avaient tous besoin. C'était moins une question de déni que de maturité, se disait-elle. Comme le fait de fréquenter l'église tous ensemble le dimanche sans jamais parler de Dieu. Certaines choses doivent rester dans la tête de chacun. Elle ne savait jamais vraiment s'ils s'en rendaient compte quand Jimmy passait la nuit avec elle. Elle considérait ses parents comme des cerveaux qui refusaient l'existence du corps. Quoi qu'il en soit, elle était certaine que ni eux ni elle n'avaient envie d'en parler.

Un silence inhabituel accueillit leur arrivée. En général, Joan arborait deux expressions – soit de lassitude due à son travail, soit de bonheur d'avoir une journée de congé. Ce soir, son visage trahissait une résignation incrédule.

— Qu'est-ce qui se passe ? D'habitude, vous êtes déjà couchés.

— Rien, répondit Joan d'une voix qui disait le contraire.

— Il est minuit passé..., chantonna Sadie.

Joan dévisagea sa fille quelques instants avant de comprendre le sous-entendu.

— Oh, bon anniversaire, ma chérie ! s'exclama-t-elle, l'air un peu absente.

— Oui, bon anniversaire, ma belle enfant, renchérit George en se levant pour la prendre dans ses bras.

C'est alors qu'ils entendirent des coups frappés à la porte avec force.

— Qu'est-ce qui se passe ? demanda Sadie.

Par la fenêtre ouverte, elle vit la lumière des gyrophares rouges et bleus. Elle fit un pas vers le vestibule, hésitante. George se rassit et fixa son verre de vin.

— Sadie, je m'en occupe, dit Joan.

Elle ouvrit lentement la porte et se retrouva nez à nez avec deux inspecteurs en civil et plusieurs agents en uniforme.

— Bonsoir, madame. Votre mari est là ?

Ils n'eurent que quelques pas à faire dans le couloir avant de l'apercevoir, attablé dans la cuisine. George heurta son verre en se levant. Le vin se répandit et goutta lentement sur le carrelage.

Joan revivrait ce moment pendant des mois, essayant de se souvenir quelle avait été l'expression de son mari à cet instant précis. Culpabilité ? Perplexité ? Indignation ? Stoïcisme ? Comédie ? Mais rien, pas même l'œil omniscient d'une caméra, n'aurait pu aider qui que ce soit à comprendre qui était réellement George.

Dès cet instant, le père et l'époux furent transformés. George devint une statue, un obstacle, un symbole.

Tôt le lundi matin

2

Joan les vit passer les menottes à George dans l'entrée. *Comportement indécent envers quatre mineures et tentative de viol sur mineure.* C'était insensé. Les policiers furent aimables, George ne résista pas. Joan était déconcertée par ses propres réactions. Une politesse typiquement protestante, blanche, anglo-saxonne. Elle restait plantée là, les laissant l'emmener pendant que des inspecteurs envahissaient sa maison comme une nuée de bactéries pathogènes. Elle ne savait que faire. Elle ne fit rien. Elle était en état de choc, honteuse. Elle constata qu'une rougeur se répandait sur le cou et les joues de George sous sa barbe de trois jours pendant qu'il tentait de maintenir un air d'autorité. Il avait gardé son blazer, son col de chemise était ouvert, sa cravate posée sur le dossier de sa chaise au bout de la table. Elle eut l'impression qu'on la forçait à regarder quelqu'un attaquer son mari et une envie féroce de le protéger à tout prix s'empara d'elle. Mais elle observa la scène sans faire un geste.

— On va tirer ça au clair, lui dit-il. Tu n'as pas de souci à te faire, Joan. Explique aux enfants que ce n'est qu'un malentendu.

Il s'approcha pour l'embrasser. Sa voix était assurée, mais Joan remarqua le tic de son œil droit, un triple staccato répétitif, celui qu'il avait quand il souffrait d'une migraine due au stress.

On tendit un mandat de perquisition à Joan, elle le prit par réflexe, sans le lire. Un vertige la saisit, elle s'adossa au mur, les yeux tournés vers la voiture de patrouille qui franchissait la grille, emportant George.

— Madame, lui demanda un policier, pouvez-vous m'indiquer où se trouve l'ordinateur de votre mari ?

— Certainement.

Certainement ? Quelle manière de parler ! *Vous cherchez quoi, putain ?* aurait été plus approprié. Ce « certainement » résonnait dans sa tête, tandis qu'elle montait l'escalier et que les pas d'un inconnu imitaient les siens.

Elle était en mode gestion de crise. Rester calme était un atout : la politesse a plus de poids que l'indignation. Infirmière aux urgences depuis bientôt vingt-cinq ans, Joan savait que l'hystérie n'aidait personne. Savoir faire le tri était une seconde nature dans son métier. Mais, cette fois, elle ne savait pas par où commencer si bien qu'elle obéit au commandement le plus identifiable. Ses oreilles bourdonnaient tandis qu'elle observait le policier baraqué – il avait, nota-t-elle, une coquetterie à l'œil, débrancher l'ordinateur, qu'il emporta dans le couloir en laissant le cordon traîner derrière lui. Il se retourna pour la regarder avant de descendre l'escalier. Elle agrippa la rampe, se retenant de lui flanquer un coup de pied aux fesses.

Une fois en bas, elle téléphona à sa sœur.

— Viens, Clara, s'il te plaît. George a été arrêté. Appelle Andrew aussi. Je ne peux rien te dire maintenant, la maison est pleine de policiers.

La voix inquiète de Clara résonnait dans le combiné, mais Joan dut mettre fin à la conversation : un homme aux joues cramoisies, vêtu d'un costume luxueux, s'approchait d'elle.

— Joan ! Je suis Bennie, l'avocat de votre mari.

Il tendit la main pour serrer la sienne, puis il prit son bras et la conduisit au séjour.

— Comment avez-vous su que vous deviez venir ?

— George m'a appelé plus tôt dans la soirée. Il a dit que c'était urgent.

— Mais il est si tard…

Il la tenait fermement, paternellement, et Joan eut envie de se dégager. Quelque chose clochait dans cette arrivée à l'improviste. Il lui montra le sofa, lui dit de s'asseoir, comme à un enfant, avant de prendre place à son tour face à elle.

— Collaborez avec la police et laissez-la faire son travail, c'est ce que vous pouvez faire de mieux en ce moment. Nous allons arranger tout ça.

Elle regarda les policiers transporter à leur fourgonnette tout ce qu'ils jugeaient important et laisser tomber le reste un peu partout, comme des cambrioleurs dans une bande dessinée. Elle cligna des yeux pour se ressaisir.

— Voulez-vous verser une caution ?

— Bien sûr.

Si l'être aimé est pris au piège, vous faites tout en votre pouvoir pour le libérer. Ça ne prêtait pas à discussion.

— C'est une erreur, dit-elle.

Bennie n'acquiesça pas, il se contenta de l'observer fixement quelques secondes avant de baisser les yeux sur son portable.

— Vous devriez être au poste avec mon mari, reprocha Joan à Bennie.

— Mon associé me remplace. Le cabinet tout entier a pris l'affaire en main.

— C'est si grave ? Je ne comprends pas. Ce n'est qu'un malentendu.

— L'affaire va être très médiatisée, madame Woodbury. Armez-vous de courage.

Tandis qu'au poste de police avaient lieu les formalités de l'incarcération de George, Joan eut l'impression que toute la ville était déjà au courant. Elle ignorait comment puisqu'elle n'avait encore rien dit à personne, mais tout le monde l'avait probablement su à peu près en même temps qu'elle. Les gens parlaient. C'était trop invraisemblable pour qu'ils n'en parlent pas. Après tout, les humains ont un besoin impérieux de communiquer, même quand il s'agit du malheur d'autrui. Surtout peut-être dans ce cas.

3

Jimmy et Sadie étaient assis dans le canapé, les cheveux encore humides. Jimmy tenait la main de Sadie. Une policière en uniforme leur faisait face, ayant pris place dans le fauteuil relax. Elle avait les jambes croisées. Sur sa droite était posé un carnet à spirale. Sadie enfonça ses ongles dans ses jambes nues, puis elle enroula sa queue-de-cheval autour de son poignet.

— Votre père a-t-il déjà eu un comportement déplacé envers vous ?

— Non.

— Lui est-il arrivé de parler de sexe trop souvent ou d'une drôle de façon ?

— Non.

— Est-il jamais entré dans votre chambre pendant que vous vous changiez ?

— Non.

— Vos amies vous ont-elles déjà confié que sa présence les mettait mal à l'aise ?

— Non. C'est complètement débile.

— Je comprends votre perplexité mais nous devons respecter la procédure.

— Je ne suis pas perplexe. Votre opinion de mon père est tout à fait claire, mais vous vous trompez. Il y a de vrais criminels dans le monde. Mon père n'en fait pas partie.

Sadie s'efforçait d'avoir l'esprit alerte, de rester bien droite, de répondre avec honnêteté, de faire tout ce qu'il fallait pour qu'ils s'en aillent, mais elle n'en pouvait plus. Elle enroula pour une énième fois sa queue-de-cheval autour de son poignet.

La policière n'eut aucun mot de réconfort et ne la contredit pas après qu'elle eut perdu son sang-froid, elle continua à lui poser des questions comme si elle effectuait un sondage.

— L'humeur de votre père a-t-elle changé ces derniers temps ? Était-il irritable ?

— Non. Mon père est... il est honnête et bon. C'est un intello. Il sait faire la différence entre le bien et le mal. Il m'a même donné ça.

Sadie montra à la policière l'objet rouge qu'elle portait toujours autour du cou.

— C'est un sifflet antiviol, dit-elle, tandis que l'agacement la gagnait.

Elle donna un violent coup de sifflet. Le silence se fit dans la pièce, tous les regards se tournèrent vers elle. Elle recracha l'embout qui avait laissé un goût de vieux plastique et d'eau du lac sur sa langue. Les personnes présentes se remirent à détruire sa maison. Elle avait l'impression d'être dans un cauchemar, du genre de ceux dans lesquels on hurle sans que personne n'entende.

— C'est mon anniversaire. J'ai dix-sept ans. On est censés fêter ça. C'est pas possible ce qui est en train d'arriver.

La policière restait impassible. Elle transcrivait tout ce que disait Sadie. Quand elle se penchait pour écrire, on apercevait une hirondelle tatouée sous sa clavicule. Ses cheveux fourchus retenus par un élastique touchaient le col de sa chemise d'uniforme. Et son arme reposait négligemment sur sa hanche. Il y a des armes chez nous, songea Sadie. Notre demeure anti-armes est pleine d'acier et de munitions. Il y avait une ancienne carabine au sous-sol, décorative, historique, transmise de génération en génération. Sadie ne pouvait même pas la regarder. Les armes l'effrayaient tellement. Elle revit l'homme armé à l'école. La pluie d'éclats de verre sur le carrelage noir et blanc.

— Je pense que ça suffit comme ça, intervint Bennie. Si vous avez d'autres questions, c'est à moi que vous les poserez.

Joan entra dans la pièce en tenant un balai à franges qui répandait une eau savonneuse sur la moquette.

— Je peux aller payer la caution, maintenant ? C'est ridicule, dit-elle en consultant sa montre comme si elle avait été dans un cabinet médical et que le médecin avait deux heures de retard.

— Le montant en sera fixé à l'audience, mardi matin, expliqua Bennie.

— Il va devoir passer deux nuits en *prison* ?

— Il est tard et la paperasse prend du temps.

L'inspecteur la regarda. Du même regard dont Joan gratifiait à l'hôpital les gens qui se croyaient tout permis, qui ne doutaient de rien, qui se comportaient comme si les urgences étaient un prolongement de leur salon. Joan remarqua sur sa pommette gauche une cicatrice qui se déployait comme une branche d'arbre jusqu'à l'oreille.

— Rupture d'appendice au printemps dernier. Votre femme s'appelle Josie. Vous avez des jumeaux, deux garçons.

L'inspecteur recula d'un pas et pencha la tête d'un air inquisiteur.

— Je suis l'infirmière-chef en traumatologie. J'étais de service quand vous êtes arrivé.

Au début, il avait été stoïque, puis un vrai bébé, comme la plupart des hommes qui tombent malades, surtout les flics et ceux qui ont le pouvoir. Il gémissait et avait peur. Sa femme avait laissé leurs jumeaux, âgés de six ans, gambader dans la salle d'attente. Des collègues policiers s'étaient pointés en bande, ils étaient exigeants, faisaient du bruit – une source de problèmes.

L'inspecteur rougit un peu.

— Oui, on peut dire que ç'a été… douloureux.

Il rit comme s'ils poursuivaient une conversation informelle. Elle comprit qu'il l'avait prise pour une épouse mondaine, quelqu'un qu'il aurait été ravi de dénigrer. Son langage corporel changea. Il s'adoucit, d'un hochement de tête et d'un geste de la main il ordonna à l'équipe de se regrouper et de vider les lieux.

Joan arpentait la maison tout en faisant le ménage et en parlant au téléphone à Clara et à son fils Andrew alors qu'ils étaient en route pour Avalon Hills. C'était un trajet de trois bonnes heures en temps normal, mais elle savait qu'ils rouleraient vite et qu'à cette heure la circulation serait fluide. Andrew, à plus de trente ans, passait rarement un week-end dans sa famille, excepté pour Noël et Thanksgiving. Joan n'en revenait pas qu'il ait accepté de tout laisser tomber pour venir en pleine nuit. Savoir qu'elle serait bientôt avec d'autres adultes la soulageait. Il n'était pas question qu'elle s'effondre devant Jimmy et Sadie. Encore que s'effondrer n'était pas vraiment dans sa nature. Mais elle savait que son état actuel de dissociation ne durerait pas.

Joan vit arriver la voiture de Clara pendant que Jimmy et Sadie dormaient l'un contre l'autre sur le canapé. Rédactrice pour un magazine féminin, Clara disait avoir « la chance d'être une célibataire heureuse de son sort ». Elle aimait venir chez sa sœur où elle avait ses quartiers à l'étage, avec kitchenette et salle de bains privées. Joan l'accueillit à l'entrée. Clara la serra fort dans ses bras. Son parfum répandit ses notes florales et épicées dans le vestibule. Les deux sœurs avaient les larmes aux yeux.

— J'ai pris une semaine de congé, je peux donc m'occuper de tout pendant qu'on tire l'affaire au clair, dit Clara.

Andrew prit à son tour sa mère dans ses bras et l'embrassa.

— Tu as fait bon voyage ? lui demanda-t-elle, comme si c'était une visite ordinaire.

— À part le fait que j'avais les genoux sous le menton et qu'on a roulé comme si des mafieux nous avaient pris en chasse, tout s'est bien passé. Ce sera fini en un rien de temps. C'est manifestement une erreur. Alors, on reste calmes, d'accord ?

Andrew s'arrêta net, bouche bée, le regard tourné vers le mur bordant l'escalier. La police avait emporté leurs photos de famille. Il monta trois marches et posa une main dans un carré blanc.

— C'est pas un peu excessif, non ? En quoi ma photo de remise des diplômes peut-elle les intéresser ? Croient-ils que nous planquions de l'héroïne derrière ?

Voyant le regard apeuré de sa sœur et de Jimmy qui s'étaient réveillés mais restaient blottis dans le canapé, il se força à sourire et ajouta d'un ton rassurant :

— Ils font ça pour déstabiliser la famille. Ce n'est pas comme s'ils s'attendaient à trouver quelque chose dans nos instantanés Kodak, tempéra-t-il en s'asseyant en tailleur à même le sol devant la longue table basse.

Il tira un ordinateur portable de sa sacoche.

— J'ai fait quelques recherches sur les chefs d'accusation. Il faut qu'on parle à son avocat. Tu crois qu'il est trop tard pour l'appeler, maman ?

— Il vient tout juste de partir, répondit Sadie. Voici sa carte. Il doit revenir demain matin.

— Tu devrais aller te coucher, Sadie, dit Andrew.

Joan acquiesça d'un signe de tête, heureuse que quelqu'un prenne la situation en main.

— Je n'ai pas douze ans. Je veux savoir ce qui va arriver.

— Il faut que tu dormes, insista Andrew, plus doucement.

Sadie eut un ricanement dédaigneux.

— Ma chambre est un désastre. Je ferais mieux d'aller crécher chez Jimmy ce soir.

Un inspecteur avait renversé par terre les tiroirs de sa commode et palpé ses soutiens-gorge et ses petites culottes avec un excès d'enthousiasme. Sadie avait croisé les bras et s'était écartée quand il lui avait fait un signe de tête avant de sortir de la pièce. Elle avait ensuite ramassé le tout et l'avait jeté sur le lit.

— Non, trancha Joan. On doit rester ici ensemble.

— Maman, je te dis que ma chambre est une vraie cata. Tout ce que je veux, c'est dormir. Dis oui. C'est mon anniversaire, non ?

— Bon, OK. Mais laisse-moi d'abord appeler la mère de Jimmy.

— Elle dort, intervint Jimmy. Mais y a pas de souci. Sadie peut dormir sur le sofa.

Joan accepta facilement ce mensonge et embrassa Sadie sur le front.

— On y verra plus clair demain, ma chérie. Ce n'est qu'un horrible malentendu. Je suis désolée d'avoir gâché ton anniversaire. Tout va s'arranger.

— Mais oui. C'est sûr que c'est une erreur, répondit Sadie.

Le lendemain matin, en faisant son café, Joan alluma la radio :

« George Woodbury, professeur à l'école privée d'Avalon Hills, est suspecté de comportement indécent contre trois élèves âgées de treize à dix-sept ans, et d'une tentative de viol envers une quatrième jeune fille. Tous les incidents auraient eu lieu à l'occasion d'un voyage scolaire au ski en février dernier. Le suspect est honorablement connu pour avoir empêché une fusillade à l'école il y a dix ans, exploit qui lui avait valu à l'époque le prix du courage civique. Le directeur de l'école n'a pas souhaité s'exprimer sur ce sujet, mais News Talk 1010 a appris que M. Woodbury avait été temporairement relevé de ses fonctions hier et été placé en détention jusqu'à l'audience sur sa libération sous caution qui aura lieu un peu plus tard dans la journée. Restez à l'écoute. Nous vous tiendrons informés des développements de cette affaire. »

Joan laissa le commentateur débiter les conditions de la circulation pendant qu'elle assimilait le fait que George lui avait menti. Il savait déjà en rentrant à la maison qu'il avait perdu son emploi, fût-ce temporairement. Il avait dîné, parlé de l'anniversaire de Sadie et de leurs projets de vacances d'été comme si de rien n'était.

En route pour chez Jimmy, Sadie consulta son portable. Elle avait neuf appels manqués, tous d'Amanda. Et deux textos.

Le premier disait :

Bon anniversaire à ma meilleure amie.

L'autre :

Je suis désolée.

Désolée pour quoi ? texta Sadie.

Amanda ne répondit pas.

Jimmy actionna la commande à distance pour ouvrir la grille du luxueux lotissement où il résidait. Dès qu'ils l'eurent franchie, au moment où Jimmy s'engageait sur l'allée, un homme surgit devant la voiture. Jimmy pressa le bouton de verrouillage des portières et Sadie agrippa le koala dans sa poche droite. L'homme sortit un appareil et les prit en photo.

— Ça doit être un journaliste, dit Jimmy.

Sadie expira bruyamment, allongea le bras et plaqua sa main sur le klaxon pour lui faire peur. Son téléphone, synchronisé avec l'autoradio, se mit à diffuser à plein volume un classique du groupe Wu-Tang Clan qui faisait trembler les vitres. Le journaliste continuait de prendre des clichés, de hurler des questions, mais ils ne l'entendaient pas.

— On va aller chez Amanda, suggéra Jimmy, mais le reporter leur barrait la route.

— Barre-toi de là ! cria Jimmy.

Sadie écrasa de nouveau l'avertisseur et l'homme s'écarta enfin.

— S'il y a un journaliste ici en pleine nuit, ça veut dire qu'ils vont être des milliers demain, commenta Jimmy.

Il s'engagea dans le chemin bordé d'arbres qui longeait le lac qui avait appartenu ainsi que les terres autour à l'arrière-grand-père de Sadie, un homme riche et reclus. Quand son fils avait reçu le tout en héritage dans les années soixante-dix, il y avait créé un ensemble résidentiel en vendant des terrains à douze familles qui y avaient construit leur maison au bord du lac. Woodbury Lake était devenu l'endroit rural le plus prestigieux du canton. Un coin tranquille, éloigné de la ville, à l'abri des scandales. Ne serait-ce que pour cette raison, Sadie savait que l'affaire ferait la une des médias.

D'habitude, quand elle conduisait, Sadie restait à l'affût des lièvres aux yeux brillants et des chevreuils qui s'aventuraient sur la route. Quand elle voyageait encore dans un siège auto, son père avait heurté un chevreuil. George lui avait dit « n'ouvre pas les yeux jusqu'à ce que papa revienne », mais elle n'avait pas pu s'empêcher de le regarder traîner l'animal par les pattes postérieures jusqu'au fossé. Quand il s'était rassis au volant, les yeux rouges, il avait tendu le bras pour serrer ses doigts en la rassurant : « Ce n'est rien, ma chérie. Il faut que le chevreuil fasse un long dodo. » Des semaines durant elle lui avait demandé : « Est-ce que le chevreuil dort encore ? Est-ce qu'on peut aller le réveiller ? »

Quelques minutes plus tard, ils s'engagèrent dans le sinueux chemin de terre menant à la maison d'Amanda. Le chalet de vacances en rondins des grands-parents d'Amanda avait été rénové par ses parents qui y avaient emménagé. Ils l'avaient ensuite agrandi en y ajoutant plusieurs ailes aux angles droits, lignes pures et façades grises symétriques. Le mélange d'ancien et de moderne donnait le tournis. Joan le qualifiait de « prétentieuse abomination », même si le magazine de décoration *Dwell* était récemment venu pour en faire un reportage. Sadie trouvait que la maison avait l'air d'appartenir à des militants prônant la décroissance, qui se préparaient activement pour la fin du monde. Le père d'Amanda était architecte et sa mère artiste peintre. Toutes ses toiles représentaient des lapins géants qui semblaient hanter l'observateur. Elles s'étaient très bien vendues à New York dans les années quatre-vingt-dix, mais elle n'était pas parvenue à se renouveler. Amanda avait prévenu Sadie de ne jamais aborder ce sujet devant sa mère.

Jimmy gara la voiture à côté d'un des nombreux véhicules surdimensionnés du père d'Amanda. Ils sortirent sans dire un mot, refermèrent les portières tout doucement pour faire le moins de bruit possible et se dirigèrent jusqu'à la fenêtre de la chambre d'Amanda située sur le côté de la maison. Un renard traversa la pelouse sous la lumière de la pleine lune. Surprise, Sadie agrippa la main de Jimmy et ils le regardèrent s'enfuir derrière la haie de thuyas.

Amanda était debout à côté de la fenêtre comme si elle les attendait. Son épaisse chevelure brune était remontée en une queue-de-cheval ébouriffée. Elle portait un pantalon de survêtement et un vieux tee-shirt de l'équipe de basket de leur première année de secondaire. Elle ouvrit la fenêtre et l'enjamba.

— Faut pas que ma mère te voie ici, Sadie, dit-elle. Putain, elle serait capable de te tirer dessus.

— Mais j'ai rien fait !

— Apparemment, ton père aurait peloté ma sœur pendant l'excursion de ski, l'hiver dernier.

— C'est faux ! Tu connais mon père. Tu le connais depuis que tu es bébé.

— Ça se pourrait que ma sœur raconte des bobards. Dieu sait qu'elle est capable de mentir pour obtenir ce qu'elle veut.

— Pourquoi elle ferait ça ? Je comprends pas. Ils sont venus arrêter mon père. Amanda, il est en prison. Ce n'est pas une blague.

— Je ne sais pas quoi te dire, Sadie. Normalement, je n'ai même pas le droit de te parler, c'est ce que m'ont dit les flics.

— Tu es ma meilleure amie, Amanda ! Les flics peuvent pas t'empêcher de parler avec moi, quand même.

— Si quelqu'un peut m'en empêcher, c'est bien eux.

— C'est qui, les autres filles ?

— Je ne les connais pas toutes. Apparemment, la meneuse, c'est Miranda Warner. Elle les a persuadées de prévenir la police au sujet de l'excursion de ski. Ma sœur dit que, comparée aux autres, c'est l'histoire de Miranda qui est la plus convaincante.

— Miranda est tellement méchante que personne ne va la croire, assura Jimmy.

— Et pourquoi pas ? rétorqua Sadie.

La grande fenêtre rectangulaire du salon s'illumina.

— Tirez-vous, sinon je vous jure que ma mère va perdre les pédales, leur enjoignit Amanda.

Jimmy et Sadie regagnèrent la voiture au pas de course. Dans le rétroviseur, ils virent la mère d'Amanda devant la maison, bras croisés, vêtue d'un long peignoir rouge, le même qu'elle portait quand elle avait réconforté Sadie la première fois que celle-ci, à sept ans, était venue dormir chez sa meilleure amie et qu'elle s'était réveillée en pleine nuit après un cauchemar.

À 4 heures du matin, assise dans le canapé de Jimmy avec son ordinateur portable ouvert sur les genoux, Sadie googla la définition de comportement indécent et découvrit que cela pouvait représenter à peu près n'importe quoi, à tous les niveaux de l'horreur. Elle parcourut la liste des articles sans en ouvrir un seul. Elle écrivit ensuite dans la barre de recherche: « Pourquoi les hommes violent-ils ? » Elle balançait entre le désir de tout savoir et celui de rester ignorante. Elle n'avait pas réfléchi au *pourquoi* auparavant. Elle cliqua sur un article et en lut le premier paragraphe. Le viol n'était pas une affaire de sexe mais de pouvoir. Elle retourna cette idée dans sa tête. À vrai dire, son père détenait plus de pouvoir que la plupart des gens. On le respectait, il siégeait au conseil d'administration de plusieurs entreprises, il était issu d'une famille riche et prestigieuse. Il n'avait même pas besoin de travailler, mais son boulot le passionnait. Il avait été nommé Professeur de l'année tous les ans.

Comment le fait de forcer quelqu'un à avoir des rapports sexuels pouvait-il ne pas être une question de sexe ? Le sexe était si nouveau pour Sadie qu'elle n'avait annoncé la perte de sa virginité qu'à une seule personne. Elle avait envoyé ce texto à Amanda : Ma fille, l'affaire est faite. Amanda avait répondu par une série d'émojis rigolards, lui demandant des détails. Sadie avait écrit : Un peu douloureux. Plutôt agréable. Vite fait. Elle se sentait maintenant sur un pied d'égalité avec Amanda quand elles parlaient de garçons.

Jimmy dormait à l'étage comme le reste de sa famille. Elle ne voulait pas réveiller la maisonnée en marchant même si elle se sentait prisonnière de rester assise. Chez elle, elle pouvait se déplacer la nuit sans déranger qui que ce soit et sans que personne ne s'en rende compte. Sa maison était deux fois plus grande que celle de Jimmy et deux fois moins moderne. Chaque fois qu'un appareil électronique faisait son apparition chez les Woodbury, il semblait détonner face au cadre doré d'un tableau du XIXe siècle, aux tapis persans et aux étagères remplies d'éditions originales des grands classiques de la littérature. George ne s'était pas fâché quand elle avait laissé des marques de chocolat chaud sur la couverture en tissu bleu d'une édition originale d'*Oliver Twist*. « Les livres sont faits pour être lus, dévorés même », disait-il. On trouvait partout des piles de papiers, de revues et de curieuses collections de sculptures anciennes. Tout avait l'air vieux. Et pour Sadie, vieux était synonyme de confort. Les maisons des autres semblaient aseptisées, comme la salle d'attente d'un généraliste. Trop de blanc étincelant et de plastique.

La maison de Jimmy avait été construite après sa naissance et ressemblait à toutes celles de la rue : brique rose et pelouse circulaire. Murs peints de différentes nuances de blanc et de beige, moquettes épaisses gris ou ivoire – pâles couleurs de la poussière et de l'absence. Les œuvres d'art accrochées au mur étaient pour la plupart des lithographies sans intérêt. La mère de Jimmy avait une obsession pour les tournesols, il y en avait partout. Pour Sadie, c'était moins leur maison que celle de n'importe qui, ce qui lui avait toujours paru étrange. Néanmoins cette nuit, elle y puisait un certain réconfort.

Quatre-vingt dix pour cent des violeurs assaillent une personne de leur connaissance, lut-elle sur Internet. Elle regarda ensuite sur Facebook où pullulaient déjà des variantes de « Merde, c'est pas croyable, il était si gentil, ce prof ! » Penelope Braydon avait écrit : « Ne croyez pas tout ce que vous entendez. Pensez à la présomption d'innocence. » D'autres étaient moins mesurés : « Ce sont des salopes de menteuses. »

Elle monta à pas feutrés à la chambre de Jimmy qui se trouvait juste en face de celle de sa mère, ouvrit la porte et avança doucement sur la moquette en retenant son souffle. La pièce sentait la sueur et le sperme, elle fronça le nez malgré elle. Elle entrouvrit la fenêtre pour aérer, pivota et l'observa. Il était allongé, la tête renversée en arrière, en train de ronfler.

— Eh, mon cœur…

Jimmy ne bougea pas. Elle ne tenait pas vraiment à lui parler, mais elle ne voulait pas rester seule. Elle s'assit au bord du lit et posa une main sur sa cuisse dont la chaleur la réconforta. Son cerveau se détendit quelques instants, juste assez pour lâcher prise. Elle se coucha contre Jimmy et s'assoupit. Elle se réveilla d'un bond quelques minutes plus tard, se rassit, laissa pendre ses jambes au bord du lit. Elle frissonna, fébrile, incapable de se rendormir. Que font les gens pour se calmer ? Elle enfourcha Jimmy, glissa une main sous la couette puis dans son caleçon. Il gémit et se réveilla en sursaut. Elle n'avait jamais pris les devants, du moins de cette façon. Elle se pencha pour l'embrasser.

— Tu fais quoi ? chuchota-t-il en écarquillant les yeux.

Elle ne répondit pas et n'arrêta pas ses caresses. Elle trouvait fascinant de le voir devenir quelqu'un d'autre grâce à un simple mouvement de ses doigts. Il jouit en laissant échapper une suite de borborygmes. Il attira ensuite Sadie pour la serrer contre lui. Elle colla son oreille contre sa poitrine et entendit son cœur battre à tout rompre. Il s'écarta et la regarda avec curiosité.

— C'était un peu bizarre, dit-il. Ça va ?

Elle se blottit contre lui.

— Je t'aime, Sadie. Tu devrais essayer de dormir. Veux-tu que je… enfin, tu sais ?

— Non, pas la peine.

Il ne l'avait fait qu'une fois, elle s'était surtout sentie mal à l'aise et lui avait demandé d'arrêter. Il se remit à ronfler. Elle écouta quelque temps sa respiration, puis l'agitation s'empara d'elle de nouveau. Elle redescendit au salon et rouvrit son ordinateur.

Elle trouva un mail de son frère.

> L'audience a lieu jeudi à 15 h. Si tu n'es pas rentrée à la maison, envoie-moi un texto pour me dire où tu es et je passerai te chercher. Il faut que la famille soutienne papa. Reste calme. Je suis sûr que toute cette affaire sera bientôt morte et enterrée. Saute une journée d'école, rattrape le sommeil perdu et n'oublie pas de manger, d'accord ? Je suis désolé que ton anniversaire ait été gâché. On mettra les bouchées doubles ensuite, OK ? Avec un gros gâteau !

Le mail rassurant d'Andrew ralentit le rythme cardiaque de Sadie presque assez pour qu'elle ferme les yeux, le visage enfoui dans les coussins en velours côtelé du sofa. Mais après quelques instants de repos, son cerveau se remit à tourner à plein régime : si même une infime partie des allégations contre son père étaient avérées, comment pourrait-elle le soutenir ? Un violent sentiment de culpabilité l'envahit. Elle adorait son père qui lui avait sauvé la vie en s'interposant entre elle et un taré armé d'une carabine, il était généreux, il représentait pour elle un modèle de comportement intègre. Et s'il ne l'était pas ? Ou s'il était un mélange de bonté et de méchanceté ? C'est clair, personne ne ressemble totalement aux gens qu'on voit dans les films d'action ou ceux de Disney. Nous sommes tout autant capables de commettre des erreurs que d'avoir des comportements exemplaires. Et pourtant, les allégations contre son père allaient beaucoup plus loin, elles effaceraient tout ce qu'il y avait de bon chez lui. Même si Sadie était devenue athée depuis peu, après être passée par une phase agnostique, elle ne pouvait pas nier que le fait de fréquenter depuis toujours l'église le dimanche avait eu des conséquences sur son psychisme. Ce qu'on apprend à l'âge de cinq ans revient en force dans les moments de crise. Fais aux autres ce que tu voudrais qu'ils te fassent ; honore ton père et ta mère. *Si j'étais en prison et certaine que je n'ai rien fait de mal, comment réagirai-je si mon père m'abandonnait ?*

Elle revoyait en boucle le policier s'emparer de leurs albums de photos de famille. Tous leurs souvenirs prisonniers dans deux bras repliés.

Juste avant six heures, elle finit par s'assoupir mais un bruit la réveilla une demi-heure plus tard. Elle s'appuya au dossier du sofa et vit Kevin, le copain de la mère de Jimmy, attablé devant un énorme bol de céréales et une pile de journaux.

Jimmy avait six ans quand Kevin était venu vivre chez lui. C'était un romancier, en permanence à la maison, enfermé à l'étage dans un bureau poussiéreux et rempli de cochonneries. Il était d'un caractère placide et portait peu d'intérêt à son environnement. Quand par chance il sortait de sa tanière, Jimmy montait à son bureau voler de la beuh entreposée dans des boîtes de bobines de film et emprunter des revues porno planquées dans une chemise étiquetée « Recherches sur la guerre civile 1998-2000 ».

— Salut, petite-amie-de-Jim.

Sadie le soupçonnait de l'appeler ainsi parce qu'il oubliait son prénom les trois quarts du temps.

— Bonjour, Kevin. Tu es levé drôlement tôt !

— J'ai rendez-vous à New York avec mon agent.

— Ah.

À la parution de son premier roman, le *New York Times* avait comparé Kevin à Jonathan Franzen. L'article plastifié était accroché au mur de son bureau. Depuis, Kevin essayait de se montrer digne de ce compte rendu et la mère de Jimmy, Elaine, aimait à dire qu'il devrait l'en décrocher pendant quelque temps parce que ça freinait sa créativité.

Kevin aimait Elaine. Leur entourage s'en rendait compte à sa façon discrètement émerveillée de la regarder, aux petits Post-it attentionnés qu'il apposait presque chaque matin sur la machine à café. Mais comme il n'avait jamais voulu d'enfants, il ne prenait pas part aux décisions parentales. À vrai dire, il ne prenait guère de décisions, tout court. Jimmy le soupçonnait de ne pas contribuer aux besoins du ménage, sauf à l'occasion, quand il cuisinait des pâtes ou une pizza pour accorder à Elaine une soirée de liberté. Jimmy disait qu'il s'en fichait, parce que son beau-père était sympa et qu'il appréciait avoir de temps en temps un point de vue masculin.

— Au fond, c'est un gigolo, avait plaisanté Sadie un jour qu'ils feuilletaient une revue de Kevin.

Ils avaient facilement contourné les contrôles parentaux pour accéder aux sites interdits aux mineurs, mais les magazines leur paraissaient plus authentiquement obscènes. Pour Sadie, la pornographie en ligne laissait peu de place à l'imagination : trop de visuels et d'effets sonores. Jimmy n'était pas du même avis mais exprimait rarement son opinion. Les revues de Kevin, qui mettaient toutes en scène des pseudo-adolescentes, les faisaient rire et lever les yeux au ciel avant de leur donner des idées. Sadie imitait leurs poses ridicules – en jogging, c'était hilarant.

— Ton livre sur… sur les alpinistes, il avance ?

— Ça va, ça va. Beaucoup de recherches intéressantes, tu sais.

Sadie rougit en songeant à la chemise de recherches de Kevin. Parfois, quand elle le regardait, elle repensait à ses magazines, elle se sentait gênée et inventait alors une excuse pour s'esquiver.

— C'est mon anniversaire aujourd'hui, dit-elle. J'ai dix-sept ans.

— C'est une date importante.

Elle hocha la tête puis se sentit ridicule. Comme si elle venait de révéler son âge en comptant sur ses doigts, comme une gamine.

— Bon, ben, à la prochaine, conclut-elle.

Elle s'habilla en vitesse dans la salle de bains, puis sortit de chez Jimmy alors que l'aube se levait.

Comme elle n'avait pas les clés de la voiture de Jimmy, elle emprunta le vélo d'Elaine pour aller courir sur la piste de l'école. Le vélo était plus lourd que celui dont elle avait l'habitude. Les allées du lotissement étaient désertes, on ne voyait que quelques fenêtres allumées sur les façades, toutes pareilles.

Elle s'arrêta au feu devant la supérette locale, bouleversée de voir en devanture du kiosque à journaux deux quotidiens avec la photo de son père en première page. Elle eut l'impression que le type en train de remplir le réservoir de son 4 × 4 la reconnaissait, voyait à quel point elle avait honte. Elle fonça dès que le feu passa au vert et pédala si vite que, lorsqu'elle arriva sur la piste, elle haletait et son sweat-shirt trempé de sueur collait à son dos.

Elle s'avança jusqu'à la ligne de départ, tentant de recouvrer son calme et de se concentrer. Courir lui avait toujours paru une évidence, encore plus maintenant. Elle connaissait le but à atteindre et savait comment y arriver. Après quelques tours de piste, elle se laissa tomber dans l'herbe encore humide de rosée et respira l'odeur d'humus en regardant le ciel s'éclaircir.

Elle resta allongée en attendant que sa respiration redevienne normale. Elle ne tourna pas la tête quand elle entendit des pas. Ça ne pouvait être que Jimmy.

— Je savais que je te trouverais ici, dit-il. Tu as fait un bon temps ?

Sadie haussa les épaules.

— Je n'ai pas chronométré.

« Alors, tout ce qu'ils font, c'est courir et sauter par-dessus les obstacles ? » lui avait un jour demandé son père, son visage exprimant à la fois la perplexité et l'ennui, tout en regardant le terrain sportif grouillant d'enfants ravis. « Eh bien, bravo, ma championne ! » avait-il ajouté en touchant le ruban de son premier prix. Il était surtout fier d'elle quand elle remportait la palme à la fête des sciences ou celle du concours d'éloquence.

Qu'est-ce qui est le plus utile dans la vie, s'était-elle demandé, pouvoir courir très vite ou posséder un esprit critique et être capable d'innover ? Ce qu'elle savait, c'est qu'elle ne se sentait jamais si vivante et ancrée dans le réel que lorsqu'elle courait comme une dératée entre deux lignes tracées au sol, battant son propre record. Elle aimait le caractère pragmatique de cette activité.

Jimmy pressa sa main et cette gentillesse lui arracha un flot de larmes brûlantes. Il posa un baiser sur son nez. Elle glissa les doigts sous sa chemise et l'embrassa sur la bouche. Son haleine sentait les céréales. Il s'écarta pour fouiller dans la poche de son sweat et lui offrit une petite boîte. Elle en ôta le couvercle et découvrit un médaillon ancien en or sur lequel était gravé un cœur. Elle l'ouvrit du bout de l'ongle : il y avait un minuscule bout de papier à l'intérieur.

— C'est quoi ? s'enquit-elle.

— Je suis allé à l'hôpital, j'ai demandé à ta mère de me faire passer un électrocardiogramme et j'ai coupé un petit segment du tracé. Ce sont les battements de mon cœur !

— Waouh. C'est génial.

Elle avait du mal à feindre l'enthousiasme. Elle savait que c'était censé être un moment très spécial que Jimmy devait avoir planifié depuis plusieurs semaines. Elle balança le médaillon au bout de sa chaîne, fit semblant de l'admirer, puis elle le lui tendit pour qu'il l'accroche à son cou.

Pendant quelques minutes, ils restèrent silencieux. Ils songeaient au père de Sadie.

— C'est vraiment ouf. Ton père est bien la dernière personne capable d'avoir commis une chose pareille, dit Jimmy en retirant par deux fois sa casquette de baseball pour la remettre – un tic nerveux.

— Oui, c'est un mec cool, mon père.

Sadie se mit à compter sur ses doigts.

— Un, il est pro-choix ; deux, il fait un don au refuge pour femmes battues tous les ans ; trois, depuis que j'ai commencé l'école il me serine que les filles peuvent réaliser tous leurs rêves, comme les garçons. Il m'a appris comment me défendre en cas d'agression… Il a même lu des livres féministes! Je veux dire, à part le fait qu'il ne remarque jamais la vaisselle sale dans l'évier et qu'il ne dessert jamais la table, il est, genre, parfait. D'ailleurs, les copines de maman l'envient d'avoir pu mettre la main sur un homme aussi formidable.

Son père la traitait en égale, il s'intéressait à ses opinions. Il se moquait de savoir si elle avait fait son lit ou non; ce genre de leçons de vie, il les laissait à son épouse.

— Je pense qu'on est pas obligés d'aller à l'école aujourd'hui, dit-il. En tout cas, pas toi. Cheryl pourra présider la réunion.

Cheryl était vice-présidente du conseil étudiant. Sadie en était la présidente et Jimmy le trésorier. Cheryl avait deux obsessions: les dessins animés de Disney et jouer du trombone. Sadie était aimable avec elle parce que Sadie était aimable avec tout le monde, mais chaque fois qu'elle regardait Cheryl se brosser les cheveux en admirant la collection de cartes postales de Mickey collées sur la porte de son casier, Sadie éprouvait à son encontre un irrépressible sentiment de pitié mêlé de mépris.

Les élèves de l'école privée d'Avalon Hills avaient tout ce qui manquait à la majorité des enfants américains. Pas seulement de l'argent, de la nourriture et un toit au-dessus de la tête, mais, pour la plupart, des parents attentionnés qui désiraient les voir réussir dans la vie. Les enseignants redoutaient les réunions avec les parents parce que ceux-ci prenaient l'éducation de leurs enfants très à cœur et évaluaient chaque professeur sans pitié. Certains venaient même accompagnés de leur avocat. Sadie était le genre d'élève que tout le monde citait en exemple. Désormais, elle serait la fille d'un prédateur sexuel, autrefois le prof le plus populaire de l'école, qui avait un jour empêché un tireur de tuer tous les enfants.

Sadie regardait le ciel pendant que Jimmy parlait, mais elle ne l'entendait pas.

*
* *

George Woodbury avait presque complété son doctorat en physique quantique à l'âge de vingt-cinq ans. Il avait franchi toutes les étapes. Il ne lui restait qu'à soutenir sa thèse. Quand il avait rencontré Joan, elle étudiait le journalisme. Que sa mère ait un jour nourri de telles ambitions déconcertait Sadie. Joan s'était réorientée vers les études d'infirmière pendant sa grossesse. Ils vivaient alors à Boston. Andrew vécut ses premières années là-bas – son frère adorait répéter qu'il n'était pas né dans le Connecticut, qu'il n'était pas d'ici. George décida d'abandonner sa thèse et de revenir à Avalon Hills pour y enseigner.

— Le bonheur est parfois beaucoup moins compliqué qu'on ne le pense, ma puce, disait-il à Sadie pour expliquer pourquoi il avait renoncé à son rêve. Je n'étais pas taillé pour la concurrence au sein de l'université. Je voulais m'intéresser à l'essentiel, voir pétiller les yeux des enfants quand ils comprennent enfin quelque chose à la mécanique classique. C'est là qu'on trouve la joie la plus pure. Je voulais aussi élever une famille dans un endroit plus calme pour que ta mère soit heureuse. Elle ne l'était pas dans la grande ville.

Quand il racontait cette histoire, Joan disait toujours : « Je ne sais pas pourquoi il a renoncé à sa carrière pour moi », puis elle souriait. George répondait : « Joan, tu sais à quel point tu es spéciale à mes yeux. »

Jimmy tira une barre énergétique de la poche de son sweat, en retira l'emballage et la coupa en deux.

— T'es pas obligée d'aller à l'audience. Après tout, tu n'as rien à voir dans cette histoire.

Jimmy n'avait pas de père. Elaine avait eu recours à un donneur anonyme quand elle s'était lassée de chercher un chic type pour vivre avec elle. Sadie trouvait cette décision logique : une femme a plus de chances de contracter la peste que de se marier après quarante ans. Mais à Avalon, on regardait Elaine un peu de travers d'avoir pris la décision de devenir une mère célibataire. Plus jeune que Joan d'un an, elle était néanmoins plus âgée que la plupart des mères du coin. Sadie avait su récemment que sa naissance n'avait pas été planifiée. « Une belle surprise », avait dit sa mère.

— Mais son sang coule dans le mien, rétorqua Sadie. T'imagine s'il est coupable ? Ça fait quoi de moi ?

Jimmy leva les yeux au ciel.

— Arrête, c'est pas génétique !

Elle revit soudain l'homme à la carabine ; cela lui arrivait souvent en période de stress. Un déclic se produisait dans sa tête et elle se remémorait un détail précis. Elle se demanda pourquoi l'homme avait agi ainsi. Qu'est-ce qui poussait quelqu'un à faire un geste aussi fou, comme s'il n'avait rien à perdre ?

— Comment sait-on qu'on est quelqu'un de bien ? Faut-il toute une vie pour le savoir ?

— Tu réfléchis trop, dit Jimmy. Certaines choses existent, un point, c'est tout.

Elle avait lu à peine un mois plus tôt un article sur la prédisposition criminelle. Elle avait été horrifiée et fascinée par toutes les histoires de criminels ayant mis au monde des enfants devenus criminels, même après avoir été adoptés et élevés par des parents ordinaires et respectueux des lois.

— Notre lobe frontal est encore au stade du développement, expliqua-t-elle. Selon les études scientifiques, je n'ai pas encore assez de maturité pour comprendre la portée de mes actes.

— Souviens-toi que les scientifiques pensaient, il n'y a pas si longtemps, que la taille du crâne était la clé de l'intelligence...

— Tu comprends, ils arrêtent rarement quelqu'un sans avoir des preuves suffisantes. Un homme blanc et respecté, on lui accorde généralement le bénéfice du doute, non ? Et si mon père était vraiment coupable ?

— Les gens et les systèmes se trompent tout le temps. Arrête de penser qu'il est coupable, dit Jimmy d'un ton qu'il espérait convaincant.

— C'est vrai, t'as raison. Il n'est pas coupable.

L'aboiement, qui annonçait sur le portable de Jimmy un coup de fil de sa mère, se fit entendre. Sadie savait qu'il laisserait la messagerie prendre le relais ; c'était ce qu'il faisait d'habitude.

— Soixante-huit pour cent des ados américains disent qu'ils préféreraient être amputés d'un membre plutôt que de se passer de leur téléphone, déclara Sadie.

Les informations statistiques étaient un de leurs amusements préférés.

Mais Jimmy n'avait pas envie de jouer.

— Je sais que t'as dit à la police qu'il t'avait jamais touchée, mais, sérieusement, il t'a jamais touchée ? demanda Jimmy, en roulant sur le dos dans l'herbe à côté d'elle.

— Putain, non ! Certainement pas.

— Ouais. Ta mère l'aurait pas laissé faire, de toute façon. Elle pourrait soulever une voiture pour dégager un enfant coincé dessous s'il le fallait ! Je veux qu'elle soit là le jour de l'apocalypse.

Jimmy et Sadie restèrent étendus l'un à côté de l'autre dans l'herbe jusqu'à ce qu'ils entendent au loin la première cloche, annonçant le début des cours. Jimmy se redressa d'un bond et regarda du côté de l'école.

— Oh merde.

— Quoi ?

— Amanda.

Amanda venait vers eux, comme quelqu'un qui a l'intention de se battre. Arrivée à leur hauteur, elle leur offrit cependant son sourire habituel.

— Salut. Désolée pour hier soir, mais j'ai paniqué à cause de ce que m'avaient dit les flics. Comment ça va ?

— Pas top.

— Ouais, ma question était un peu débile.

— Qu'est-ce qui s'est passé exactement avec ta sœur ?

— Apparemment, ton père... ben, il lui aurait dit des choses déplacées.

La sœur d'Amanda avait tout juste quatorze ans. Sadie arracha des brins d'herbe qu'elle empila nerveusement à côté d'elle.

— Quelles choses ?

Amanda enroula une mèche de cheveux autour de son index et prit un air renfrogné.

— Je n'ai pas le droit d'en parler.

— Évidemment.

— Apparemment, elle était saoule. Mais elle est partie et il est rien arrivé. Il a juste dit des choses bizarres, il semblait pas dans son état normal.

Sadie agrippa si fort une poignée d'herbe qu'elle en eut mal aux jointures.

— Je suis juste venue m'assurer que pour nous trois, ça change rien…

— Bien sûr que non.

Amanda gratifia Sadie d'une accolade manquant un peu de conviction. Ses cheveux sentaient la menthe et le romarin, le parfum du shampoing que sa mère achetait au litre en flacon pompe.

— D'après toi, est-ce que ta sœur dit la vérité ? lui lança Sadie alors qu'elle s'éloignait.

Amanda fit volte-face, plissa les yeux.

— Putain, évidemment ! C'est une enfant, Sadie.

Sadie haussa les épaules.

— Oui, mais hier soir tu as dit qu'elle ment comme elle respire.

Amanda revint sur ses pas et se pencha pour les regarder tous les deux dans les yeux.

— Je sais, c'est ce que j'ai dit, parce que c'est vrai qu'elle est un peu chiante des fois. Mais elle s'est mise à pleurer au petit déjeuner ce matin, et elle avait vraiment l'air secouée.

Elle se redressa et se tut un moment avant de poursuivre.

— T'as intérêt à pas répandre des mensonges à son sujet juste parce que c'est ton père. Elle en a assez bavé comme ça.

— Franchement, Amanda, tu ne trouves pas ça étrange ? Tu connais mon père.

— Je sais. Oui, c'est super relou. Honnêtement, je ne sais pas qui croire.

Ils la regardèrent s'éloigner. Sadie avait l'impression d'étouffer comme si un corps étranger bloquait sa trachée. Elle inspira longuement.

— Je crois que je vais rentrer chez moi pour voir comment va ma mère.

Jimmy lui prit la main et ils marchèrent jusqu'à sa voiture. Sadie rangea le vélo d'Elaine dans le coffre. Ils arrivèrent devant la maison de Sadie et ils aperçurent les cars de reportage dont le moteur tournait au ralenti avec les reporters qui sirotaient des cafés. Ils virent les voisins faire semblant d'aller chercher leur courrier à la boîte aux lettres pour voir ce qui se passait. Jimmy s'approcha de la grille bloquée par une masse de journalistes qui ne remarquèrent même pas leur voiture tant ils étaient absorbés par la maison de l'autre côté.

Sadie et Jimmy se retrouvaient le plus souvent chez les Woodbury parce que les vastes dimensions de la maison leur donnaient l'impression d'y être seuls. Cette fois-là, en regardant la façade et les journalistes devant la grille, Sadie trouva que la maison semblait rétrécir au fil des heures.

Jimmy donna d'abord quelques petits coups d'avertisseur, puis klaxonna à fond. Les journalistes firent volte-face dans un crépitement de flashs. Une nouvelle fois, Sadie se sentit traquée, comme le jour où elle avait échappé au pire à l'école. Elle se souvint de s'être tenue avec ses parents sur les marches du perron devant les journalistes. Tout le temps de la séance de photos, elle avait serré dans sa main sa gomme koala.

— Qu'est-ce qu'on fait ?

La voix de Jimmy ramena Sadie au moment présent.

Elle regarda les journalistes, se rendit compte qu'elle préférerait voir sa maison engloutie dans les flammes plutôt que de devoir subir la bousculade de ces inconnus.

Jimmy enfonça de nouveau l'avertisseur et Sadie se recroquevilla sur son siège en levant le bras pour actionner la commande à distance qui ferait s'ouvrir la grille. Elle s'attendait un peu à ce que les journalistes les poursuivent, mais ils n'en firent rien. Elle entrevit le visage de sa mère par une fente des rideaux du séjour. Cette vision familière la rassura, elle sut que Joan était là pour la protéger, comme elle l'avait fait toute sa vie.

4

Andrew était assis, la tête dans les mains, sur son lit d'enfant. Il était épuisé mais pensait qu'il ne pourrait plus jamais dormir. L'adolescent Andrew Woodbury en aurait profité pour traîner au lit, mais l'adulte qu'il était devenu ne laissait aucune place à l'improvisation ou au laisser-aller. Son emploi du temps était réglé comme du papier à musique, qu'il s'agisse de ses activités professionnelles, de sa forme physique et même de sa vie sociale. Il se levait à 5 h 30, une heure avant Jared, son conjoint, et arrivait à la salle de sport à 6 h. Il se couchait au plus tard à 23 h en semaine. La journée du mardi commençait habituellement par un petit déjeuner de travail avec Olivia, une associée principale. La veille, il lui avait envoyé un texto rapide pour justifier son absence, puis il avait passé une partie de la nuit à faire des recherches sur les accusations dont son père était l'objet et à prendre soin de sa mère. Quand il s'était rendu dans sa chambre, elle était assise sur son lit et regardait dans le vide. Il lui avait donné un Xanax, elle avait soupiré avant de l'avaler sans eau et de murmurer un merci.

Il fit son lit, ramenant l'ancienne courtepointe par-dessus les oreillers en veillant à ce que les angles soient bien égaux et symétriques. Il enfila un caleçon et sortit du placard un vieux tee-shirt de son club d'art dramatique, datant de l'époque du *Violon sur le toit* monté à la fin du secondaire. Sa mère avait substitué à ses affiches d'adolescent des portraits à l'huile d'ancêtres Woodbury britanniques, que Joan détestait et désirait cacher dans une pièce où la plupart des invités ne les verraient pas. La chambre sentait le renfermé. Tout avait besoin d'être épousseté, secoué. Il ouvrit la fenêtre et maintint le battant avec une bible reliée en cuir.

Il défit ses bagages et s'appliqua à défroisser du plat de la main une chemise blanche à col boutonné qu'il pourrait porter le lendemain pour l'audience. Il glissa son doigt sur la couche de poussière qui recouvrait une bougie parfumée à la cannelle sur le dessus de la commode et l'alluma par pur réflexe pour débarrasser la chambre de son odeur de moisi. Il trouva la marijuana qu'il avait laissée dans le tiroir de la table de nuit presque un an plus tôt, lors de Thanksgiving. L'herbe était éventée mais quand même fumable. Il se roula un joint sur la couverture d'un vieux numéro d'*InStyle*. Grâce à la bougie, la chambre sentait la tarte au four et le délabrement. Il alluma le joint à la flamme, puis l'éteignit.

Cela faisait longtemps qu'il n'avait pas ressenti cette oppression dans la poitrine au réveil. À l'époque de son adolescence, il se rendormait pour éviter d'affronter la journée. Très souvent, il éprouvait cette tristesse qui le rendait improductif et pour tout dire inutile. À New York, quand il s'éveillait et repoussait les couvertures, c'était comme si un ressort avait élu domicile dans son corps, il chantait à l'unisson avec la radio, s'étirait dans tous les sens, se sentait pleinement vivant. Avalon Hills le rendait léthargique. Lorsqu'il revenait à la maison à l'occasion des congés universitaires, son père l'obligeait à se lever à l'aube pour faire du canot. Ils relevaient les pagaies et se laissaient dériver en regardant les lueurs rose orangé du soleil qui effleuraient la cime des arbres, la plupart du temps sans échanger une parole, jusqu'à ce que son père fasse une blague idiote. Du genre : pourquoi les rats ne donnent jamais rien lors du Téléthon ? Réponse : parce qu'ils sont radins.

Andrew ne se demandait pas pourquoi il s'était si vite et si énergiquement porté à la défense de son père. L'accusation lui avait d'emblée paru invraisemblable. Son père ne semblait avoir aucune libido. Mais connaît-on réellement ses parents ?

Andrew tira sur le joint et toussa. Il l'avait roulé trop serré. Il ne fumait presque plus, car son travail l'accaparait. Et puis, c'était à ses yeux une habitude puérile, à réserver aux vacances. Planer était intimement lié à Avalon Hills, une façon de survivre à la corvée des réunions familiales. Il se demanda si Jared aimerait sa collection de vieux livres des *Frères Hardy*. Il en prit une photo avec son portable et lui texta :

Tu les veux ?

Jared répondit sur-le-champ.

J'attendais de tes nouvelles. Je suis en train de devenir fou. Comment tu vas ?

Jared avait l'art d'exprimer ce qu'il ressentait. Andrew admettait que le fait d'être en contact avec ses émotions constituait une meilleure façon d'habiter le monde, même si parfois Jared le fatiguait à vouloir extérioriser le moindre de ses sentiments. Andrew menait sa vie de manière archi-fonctionnelle où il y avait peu de place pour l'introspection.

Andrew était en train de regarder la télévision avec Jared quand il avait reçu le coup de fil de sa tante Clara lui annonçant la nouvelle de l'arrestation de son père. Jared l'avait aidé à faire ses bagages et lui avait envoyé plusieurs textos pendant la nuit et au petit matin.

Je suis à ta disposition, Andrew.

Si tu as besoin de te confier, je suis là.
Tu veux partir quelque part ce week-end ? Je peux m'en occuper.

Jared pensait que des vacances étaient le remède à tous les stress, alors qu'Andrew trouvait déjà très flippant le principe même de planifier une échappée, sans parler du chaos dans les aéroports, des retards toujours possibles, et puis ce sentiment de devoir à tout prix se détendre après des mois d'intense activité mentale et physique. Il envisageait les fêtes de fin d'année du même œil – comme une forme de travail générateur de stress.

Jared et Andrew cherchaient depuis quelque temps, comme l'avait résumé Jared, à être plus dans *l'ici et maintenant* au sein de leur relation. Jared suivait des cours de pleine conscience à l'heure du déjeuner, il avait des tas d'idées pour les aider à renouer avec le monde, et l'un avec l'autre. Il enseignait à Andrew une nouvelle méthode thérapeutique, le *tapping,* qui consiste à tapoter des points précis du corps tout en répétant des affirmations au sujet de ce qui vous stresse. Andrew regardait Jared se tapoter le front en disant : « Même si je veux ce bagel au fromage, je fais le choix sain de ne pas le manger. » Il essayait de ne pas rire. L'optimisme de son conjoint et son désir de s'améliorer sans cesse faisaient partie des qualités qu'il aimait le plus en lui.

Ils s'étaient rencontrés alors que tous deux venaient de vivre une rupture qui leur avait brisé le cœur. Ni l'un ni l'autre n'avait alors envie de replonger dans une nouvelle relation. Mais ils eurent beau s'évertuer à prétendre qu'il n'y avait pas d'affinités particulières entre eux et aucune envie d'être ensemble, l'amour fut le plus fort. Ils avaient fêté récemment leur troisième anniversaire de vie commune, une première pour Andrew. La plupart du temps, il se sentait bien dans sa vie avec Jared, partageant des liens forts, même si parfois il se demandait s'il n'aurait pas pu espérer mieux. Était-ce inévitable au bout de quelque temps dans une relation ? Il n'avait aucun point de comparaison : ses parents étaient un des rares couples de sa connaissance qui soient restés ensemble. Il les citait souvent en exemple et soutenait que, dans la communauté homosexuelle, les couples capitulaient trop vite.

Si ses parents montraient d'authentiques marques d'affection l'un envers l'autre, Andrew ne serait cependant pas allé jusqu'à dire qu'ils affichaient une attirance sexuelle. Avec ses airs de rat de bibliothèque, son père ne semblait pas avoir conscience de son corps. On le décrivait souvent comme un professeur distrait, assez indifférent à tout ce qui n'était pas cérébral.

Andrew se tapota le front comme Jared lui avait conseillé de le faire dans les moments de crise. *Je vis un stress, mais je peux le surmonter si je me souviens de respirer et d'habiter mon corps.* Andrew s'était moqué de lui quand Jared l'avait initié à la théorie du *tapping*, mais, au point où il en était, les yeux rivés sur le vieil ordinateur poussiéreux recouvert d'un ridicule napperon en coton, il avait désespérément besoin d'une stratégie, peu importe laquelle. Il se sentirait sans doute mieux s'il transportait l'ordinateur dehors pour le démolir à coups de batte, exactement comme dans sa scène préférée du film *35 heures, c'est déjà trop*.

Il écrasa le joint dans le cendrier qu'il avait confectionné vingt ans auparavant en classe de travaux manuels. Il se souvenait de l'avoir délibérément raté pour que ses camarades pensent qu'il n'avait aucun talent artistique.

En ce moment même, mon père est enfermé dans une cellule. Cette pensée le tortura. Il agrippa sa poitrine, les doigts couverts de sueur. Le joint ne lui faisait pas l'effet escompté. Il ne planait pas, il se sentait seulement plus triste, impuissant.

Il ouvrit le tiroir à côté du lit et en sortit une boîte à cigares. Il y avait dedans plusieurs enveloppes. Les lettres de Stuart, son premier amoureux, qui était aussi son entraîneur à l'école. Sa tante Clara était la seule à le savoir, et elle n'était pas vraiment d'accord parce que Stuart était plus âgé, mais aussi parce qu'il avait choisi de vivre à Avalon Hills, preuve qu'il était crétin ou qu'il ne s'acceptait pas, un jugement qu'Andrew ne comprenait pas à l'époque. Mais Clara voyait bien qu'il ne faisait pas de tort à Andrew et que leurs sentiments l'un pour l'autre étaient sincères.

Après son départ d'Avalon Hills, quand Stuart ne fut plus le seul gay de sa connaissance, Andrew avait été surpris de constater qu'ils n'avaient en réalité presque rien en commun et n'étaient guère compatibles. Andrew rompit par téléphone un soir, après avoir ingurgité trop de bières avec Lindy, sa meilleure amie, qui l'avait convaincu de la laisser lui faire une pipe (il s'en était voulu le lendemain quand elle avait tout fait pour l'éviter). Stuart s'était pointé en état d'ivresse à sa chambre deux jours après en le suppliant de revenir sur sa décision. La réaction d'Andrew avait été cruelle, mais à son âge la cruauté était en quelque sorte un droit acquis. Andrew avait ouvert sa porte, lui avait rendu le pull que Stuart lui avait offert à son départ et avait dit : « Rentre chez toi », murmurant un « désolé » peu convaincant. Ils ne s'étaient plus reparlé. Andrew avait oublié Stuart et ne mentionnait son nom que si on lui demandait – de plus en plus rarement – de raconter son coming out.

Andrew enfila un vieux jean. Trop grand pour lui, maintenant. Il écrivit « acheter une ceinture » dans le mémo de son portable. Il sortit de la chambre et entendit couler la douche dans la chambre parentale. À la cuisine, il trouva du café encore chaud. En regardant par la fenêtre, il vit

Sadie et son copain courir en direction du lac, enveloppés dans de vieilles serviettes de plage. Comment pouvaient-ils agir comme si de rien n'était ? Que Sadie ne l'aide pas à prendre soin de leur mère l'irrita. Il avala une gorgée de café et sut où il devait se rendre.

Quand il passa devant le Coffee Hut, Pat arrosait ses pétunias. Il vit une photo de son père sur le devant du kiosque à journaux. Il esquissa un demi-salut de la main auquel Pat répondit par un vague hochement de tête. Il poursuivit son chemin le long de la rue principale d'Avalon Hills bordée d'arbres soigneusement taillés. Il conduisait trop vite, comme à l'adolescence, et ne s'arrêta à aucun des commerces où il aurait pu acheter une ceinture. À la bibliothèque municipale il prit à droite et monta la côte de Mason Street, éprouvant à la fois un sentiment de nostalgie et de rejet quand il fut devant l'école. Il emprunta une allée latérale, pour se retrouver à l'entrée du parking réservé au personnel. Apercevant la vignette sur le pare-brise de la Volvo de ses parents, le gardien lui fit signe de passer. Andrew regarda un élève sortir par une porte latérale, défaire sa cravate et retirer son blazer, puis enfourcher un vélo qu'il avait caché près des thuyas qui entouraient la maison du concierge.

Des cars de reportage aux antennes déployées étaient massés sur le parking. Les journalistes attendaient, les bras le long du corps, un microphone à la main, pendant que les cameramen filmaient l'école. Des voitures de patrouille bloquaient l'entrée principale. Andrew avança à pied jusqu'aux terrains de sport derrière le bâtiment. Ils étaient plus petits et plus miteux que dans son souvenir. Il marchait aujourd'hui là où il avait couru naguère, espérant alors qu'on ne le verrait pas, souhaitant devenir invisible. Maintenant qu'Andrew était adulte, l'endroit lui paraissait anodin. Par-delà une rangée d'arbres, côté nord, il y avait un gros rocher où Stuart et Andrew se retrouvaient d'habitude. Les buissons avaient pris de l'ampleur. Il prit le sentier que des générations de gamins en baskets avaient emprunté au fil des décennies.

Un bloc-notes à la main, Stuart était debout au milieu du terrain pendant que les jeunes couraient sur la piste. Andrew s'assit dans les gradins. Il comprit soudain avec consternation que, pendant qu'il étudiait à l'université, qu'il avait des dizaines d'aventures amoureuses et qu'il avait enfin trouvé quelqu'un avec qui construire une relation stable, Stuart était resté sur place. À lancer les mêmes encouragements année après année. À lorgner les mêmes gays non déclarés et larges d'épaules. C'était à la fois triste et réconfortant.

Quand Stuart tourna la tête vers les gradins, Andrew le salua de la main. Stuart le regarda une seconde fois et, l'air perplexe, fit un signe qui montrait que, d'aussi loin, il ne le reconnaissait pas. Au bout d'un moment, il renvoya sa classe à l'intérieur. Il s'approcha, écarquilla les yeux. Son front s'était dégarni, la bière dont il abusait les week-ends au club gay de Woodbridge avait fait du tort à son tour de taille. Il paraissait fatigué, beaucoup plus vieux. En reconnaissant Andrew, il rougit.

— Nom de Dieu ! Andy Woodbury...

Personne ne l'appelait plus Andy depuis des années. Ils se donnèrent l'accolade. Stuart dégageait la même senteur épicée d'eau de Cologne bon marché. Durant sa dernière année d'école, Andrew en vaporisait son pull avant de quitter Stuart pour rentrer chez lui à vélo à la nuit noire en respirant son parfum, saoul d'amour.

— J'ignorais pour ton père, Andy. On est tous sous le choc.

— Tu as peur d'être le prochain ? plaisanta Andrew.

Stuart ne rit pas. Il avait l'air mortifié.

— Tu n'es pas drôle, Andy. Tu avais dix-sept ans, ce n'est pas tout à fait pareil.

— Je sais, je sais.

— Et puis, j'ai résisté longtemps. C'est toi qui m'as couru après. Je n'ai rien fait jusqu'à ce que tu t'amènes au bar, ce fameux soir. Je me suis dit alors que si tu voulais à ce point draguer un vieux, il valait mieux que ce soit quelqu'un qui ferait attention à toi.

— Tu n'étais pas vieux. Pour l'amour du ciel, tu n'avais que vingt-cinq ans. Je suis plus âgé que ça maintenant. Je plaisantais.

— J'ai compris.

Stuart regarda du côté de l'école comme s'il craignait que quelqu'un en sorte et les prenne en flagrant délit, alors qu'ils n'étaient que deux adultes en train de bavarder.

— Les filles qui l'accusent, tu les connais ?

— Oui, quelques-unes. Un prof en voyage scolaire avec un tas de filles éméchées... c'est compliqué, Andy. Tu sais, on soutient ton père, il a toujours été un homme respectable. Et tout le monde se rappelle que ton père a maîtrisé l'homme à la carabine.

— Oui, mais au sujet de ces filles ? Ce ne sont encore que des enfants, non ?

— Les jeunes sont si différents de nos jours. Ils connaissent tellement de choses, maintenant, ça fait peur.

— On connaissait pas mal de trucs, nous aussi, à notre époque.

— Non, je t'assure. Les jeunes aujourd'hui ont perdu leur innocence.

Stuart se gratta la joue.

— Merde, Andy, je ne peux pas croire que c'est toi ! Sais-tu que tu m'as brisé le cœur ?

— Si tu le dis.

— C'est la vérité. J'ai été complètement à côté de la plaque pendant un an ou plus. Personne ne t'arrivait à la cheville à mes yeux.

Celui qui prend les devants devient en fin de course celui qui a le moins à perdre, songea Andrew. Il se demanda qui, en entre Jared et lui, était dans cette position.

— Tu as quelqu'un dans ta vie ?

— Non. Les relations sérieuses, c'est fini pour moi. Je vis avec Katie. Tu te souviens d'elle ? On a l'équipe de baseball et les chiens.

Il ouvrit son portefeuille et montra à Andrew une photo de deux goldendoodles. Katie était la colocataire de Stuart, elle fabriquait des anges en papier mâché et travaillait à la bibliothèque. Andrew avait toujours cru qu'elle était lesbienne. La plupart des gens, y compris les parents d'Andrew, pensaient qu'ils formaient un couple.

Une voiture arriva à toute allure dans la contre-allée et s'arrêta. Ce chemin ne servait d'habitude qu'aux membres du personnel et aux gamins qui séchaient les cours. Comme durant ses années d'école, Andrew eut l'espace d'un instant la crainte d'être pris sur le fait. Il se mit à rire. Stuart semblait mal à l'aise.

— Il faut que j'y aille. Je vais être en retard à mon prochain cours. Donne des nouvelles, Andy. Et appelle-moi si tu as envie d'aller boire un verre.

Andrew le regarda traverser le terrain de sport, il boitait toujours depuis qu'une blessure au genou droit à la suite d'un match de football, avait mis fin à ses rêves de carrière sportive. Il n'avait plus l'air d'un type plus âgé, il avait juste l'air vieux.

Quand Andrew regagna sa voiture, il mit la radio en marche et une chanson du temps où il était lycéen résonna dans l'habitacle. C'était une ballade d'un de ces immondes groupes post-punk qui faisaient pleurer les filles. La mélodie déclencha quelque chose en lui. Il éclata en sanglots. C'était quoi, cette histoire de merde ? Comment aider son père ? En temps normal, il était confiant de pouvoir faire libérer ses clients par la force de sa plaidoirie. Mais voilà qu'il se sentait comme un médecin incapable de soigner un membre de sa propre famille.

Quand il arriva à la barrière de sécurité, des voitures de patrouille la bloquaient. Un agent lui fit signe de baisser la vitre. Il songea au joint dans sa poche arrière. Il s'essuya les yeux.

— Bonjour, monsieur. Vous enseignez ici ?

— Non. Ma sœur y étudie. Elle avait oublié son déjeuner. Je suis venu le lui apporter.

L'agent ôta ses lunettes de soleil et se pencha à la fenêtre en posant une main sur le toit du véhicule.

— Je peux voir vos papiers, s'il vous plaît ?

Andrew soupira.

— Vous n'avez pas le droit de me demander ça à moins de me soupçonner d'une infraction. Suis-je soupçonné d'infraction ? Je suis avocat.

Jamais il n'aurait dit une chose pareille à New York. Mais il n'était pas question qu'il se laisse faire par un cul-terreux d'Avalon Hills.

L'agent resta de marbre et l'étudia, les yeux plissés, avec l'air affligé de ceux qui se voient forcés de travailler plus qu'ils n'en ont envie.

— Andy ?

Andrew regarda le policier plus attentivement. Malgré les rides, les poches sous les yeux et la barbe poivre et sel, il reconnut Alan Chambers, un cancre de l'école publique. Andrew lui avait donné des cours particuliers au centre de soutien après l'école, un job bénévole qui rehaussait ses demandes d'inscription à l'université.

— Alan ?

— Ça fait un bail, répondit celui-ci.

— En effet.

Alan continua de le dévisager, impassible, puis il sourit.

— C'est grâce à toi si j'ai obtenu mon diplôme, tu t'en souviens ? Ah, ces maudites fractions !

Il rit en tapant sur le toit de la voiture. Le pouls d'Andrew s'accéléra et il sut tout de suite comment allait se dérouler leur conversation.

— Qu'est-ce que tu deviens ? Tu as des enfants ? demanda-t-il.

C'était la chose à dire, même si Andrew aurait voulu enfoncer l'accélérateur et filer. Il se vit mentalement lui flanquer un coup de poing à la figure et réduire en miettes ses dents tachées de nicotine. Quand Alan serait à terre, il lui prendrait son arme, la braquerait contre sa tempe et attendrait qu'il se mette à pleurer.

— Ouais, trois filles. Trois beaux petits anges.

Alan retira sa casquette et lui montra, épinglée sous la visière, la photo plastifiée de trois fillettes au pied d'un arbre de Noël.

— Des petits anges, en effet. C'est formidable.

— Ouais. C'est ce que j'ai fait de mieux de toute ma vie, tu sais. Ce que j'ai fait de mieux, répéta-t-il en remettant sa casquette, comme si de le dire deux fois le rendait plus vrai.

Il ne posa pas la même question à Andrew.

— Bon, eh bien, ç'a été sympa de te revoir, dit Andrew.

Deux autres policiers appuyés contre la voiture de patrouille sirotaient un café en les observant.

— Écoute, Andrew, ton père a beaucoup d'ennuis. Les mesures de sécurité ont été renforcées. Je ne veux plus te voir ici, OK ?

Andrew fit un signe de tête affirmatif, mais ne put s'empêcher de ricaner.

— C'est un peu incongru, non ? C'est toi qui me parles de menace ?

Alan détourna les yeux.

— Je ne sais pas ce que tu veux dire, Andy.

— Ah, je crois que si. Ce n'est pas *moi* qui suis menaçant.

Alan envoya un message codé dans son talkie-walkie avant de se retourner vers Andrew qui tambourinait sur son volant, de plus en plus furieux.

— Ça fait un sacré bail. L'époque du lycée. Des histoires de gosses. Ne me dis pas que t'es encore fâché ?

Andrew ne réagit pas, il se contenta de le dévisager. Il pouvait encore entendre l'insulte chuchotée par Alan dans sa barbe quand il le croisait dans la rue : « Putain de sale pédé. »

— Écoute, je m'excuse. J'étais un crétin. Mais j'ai changé. Les gens sont libres d'agir comme ils veulent, d'accord ?

Andrew regarda l'arme d'Alan dans son étui.

Quels gens, connard ?

— C'est ça, dit-il. Très ingénieux, Alan.

— En tout cas, t'as pas intérêt à te montrer par ici tant que cette histoire n'aura pas été réglée, OK ?

Andrew partit à vive allure sans répondre, frémissant d'une rage électrisante qu'il n'avait pas ressentie depuis des années.

À l'arrêt d'autobus des filles de l'école privée attendaient dans le même uniforme qu'à son époque. Une gamine aux longs cheveux blonds, juchée sur de très hauts talons, fouillait dans son sac à main, un Louis Vuitton valant sûrement plus que le loyer mensuel d'Andrew à New York. Elle n'avait pas vraiment l'allure d'une enfant jusqu'à ce qu'elle tire de son sac un paquet de jujubes. Elle en lança un à son amie, puis elle vida tout le sac dans sa bouche et gonfla les joues comme un écureuil. Le feu passa au vert, Andrew reprit sa route. Il entra au Coffee Hut et consulta son téléphone, surpris de voir que ses mains tremblaient encore. Trois textos de Jared.

Je veux m'assurer que tu vas bien.
Texte-moi juste un OK.
Je sais que c'est difficile.

Il répondit par un OK laconique. Il relut les messages et se sentit plus calme. Effectivement, Jared le ramenait sur terre. Il écrivit *Je t'aime*. Parcourant la liste des émojis, il opta pour un cœur rose tout simple.

Depuis quelque temps, il se culpabilisait d'être un mauvais compagnon. Il tenait pour acquis l'amour que Jared lui portait. Plus maintenant. Il avait de la chance d'avoir trouvé Jared ; il ne fallait pas qu'il l'oublie.

5

Joan resta plusieurs minutes sous la douche brûlante, des fragments de son cauchemar tournant en boucle dans son cerveau. Elle ouvrit les yeux pour essayer de chasser ces images qui faisaient battre son cœur plus vite. Mais elle revoyait, encore et encore, une panthère plonger dans le lac et dévorer ses enfants. Dans son rêve, ils étaient jumeaux et petits. Et elle ne pouvait que rester sur la grève, impuissante.

George adorait préparer le petit déjeuner. En sortant de sa douche, Joan ne huma pas l'arôme habituel de café qui montait du rez-de-chaussée et n'entendit pas la cuillère cogner contre la casserole de porridge. George cuisait du pain la veille au soir, il se levait tôt, allait marcher, et quand Joan se réveillait il faisait griller des amandes pour ajouter au porridge ou saupoudrait de la menthe fraîchement ciselée sur un mélange de fruits rouges.

Comment allait-elle pouvoir vivre sans lui ? Pendant combien de temps cela allait-il durer ?

Le sentiment de trahison qui la submergea en sortant de la douche était si violent qu'elle n'eut pas le temps de se sécher avant de se pencher sur la cuvette des toilettes pour vomir. Elle actionna la chasse d'eau, s'agenouilla, agrippée au bord du siège. Quand ses jambes furent complètement engourdies, elle se releva et enfila son peignoir blanc. Elle enveloppa ses cheveux dans une serviette et appliqua sous chaque œil un soin anticernes. Elle se sentait vaseuse, et se souvint du comprimé qu'Andrew lui avait donné la veille quand elle s'était couchée.

Elle respira l'odeur du café en descendant l'escalier et espéra, l'espace d'une seconde, que tout n'avait été qu'un mauvais rêve, mais ces choses-là n'arrivent qu'au cinéma. Elle se servit du café, en but une gorgée et grimaça. Il était trop corsé à son goût. Elle ouvrit un sachet d'édulcorant et le flanqua à la poubelle sans l'avoir utilisé. Elle remarqua qu'une moisissure blanche commençait à recouvrir les framboises sur le plan de travail.

Si George était coupable – et pour le moment, elle n'en était absolument pas convaincue –, il était peut-être malade. Elle avala une autre gorgée de café en envisageant cette éventualité. Malade, c'était une chose qu'elle pouvait comprendre. Les gens adorent trouver une explication simple à une situation compliquée : c'est une ordure. Ou bien, c'est le diable en personne.

Elle fit fondre un comprimé d'antiacide dans un verre d'eau. Si George souffrait d'une maladie, ce ne serait pas de sa faute. Une tumeur non diagnostiquée du cortex orbitofrontal, par exemple, l'empêcherait de contrôler ses impulsions. Elle prit un stylo dans le pot à côté du téléphone et esquissa un cerveau sur un bout de papier. Elle devrait appeler Bennie et suggérer une IRM. Elle pourrait décider de se montrer compatissante. *C'est peut-être une leçon de Dieu, pour savoir jusqu'où va ma compassion.* Elle se leva à cette révélation et but l'eau pétillante. Puis elle se rassit, cette fois sur un des tabourets hauts placés devant l'îlot central. Dès qu'elle s'asseyait, elle avait l'impression qu'elle ne pourrait jamais plus se mettre debout. *Malade ???* écrivit-elle à côté du cerveau esquissé. Quand Clara se réveillerait, elle lui demanderait ce qu'elle pensait de cette possibilité.

Joan regardait la porte d'entrée au bout du couloir quand elle sursauta en entendant la porte du jardin s'ouvrir dans un déclic. Comme presque tous les matins, Sadie et Jimmy entrèrent, trempés après leur baignade, mais sans plaisanter et sans sourire. Quand elle les vit, Joan eut les larmes aux yeux.

— Oh, maman, t'as l'air affreuse, dit Sadie quand Joan la serra dans ses bras.

Joan repoussa une mèche de cheveux du visage de sa fille et la remit en place derrière l'oreille.

— Il y a encore des journalistes dehors, ajouta Sadie.

— Je sais. Ne leur parle pas.

— Je ne l'ai pas fait.

— Je vous prépare le petit déjeuner, déclara Joan.

Elle inspira profondément et leur tourna le dos pour fouiller dans le frigo. Les muffins aux dattes et aux noix que George avait faits la veille étaient sur une assiette. Sadie s'adossa à l'îlot et consulta son portable pendant que Jimmy montait se changer.

Joan se rendit compte que Sadie aurait dû être en classe.

— J'ai rangé ta chambre. Je me suis couchée tard pour tout remettre en ordre. La police a gardé beaucoup de choses.

— Merci, dit Sadie, en se penchant au-dessus de l'évier pour remplir sa gourde.

— Qu'est-ce que tu veux manger ?

— J'ai pas faim.

— Tu as besoin de protéines après avoir fait de l'exercice, répliqua-t-elle.

Elle lui tendit un pot de fromage blanc. Si elle pouvait convaincre sa fille de manger, cela l'apaiserait. Le maternage, comme la profession d'infirmière, est une aptitude bien rodée à faire passer ses propres besoins en dernier. Cet effacement de soi était un baume pour Joan en ce moment.

— J'ai vu Amanda tout à l'heure. Il paraît que sa sœur est une des filles...

Sadie se tut pour avaler une cuillerée de fromage blanc.

— Elle a, quoi, douze ans ? Pour l'amour du ciel, Sadie, c'est impossible !

— Elle vient d'en avoir quatorze. Et si ce que ces filles racontent était vrai… Qu'est-ce qui va se passer ?

— On n'est encore sûres de rien, ma chérie. Et à qui fais-tu confiance ? À des inconnus ou à ton père ? Il faut attendre de voir ce que dira Bennie. Il y a quelqu'un qui ment et qui veut avoir la peau de ton père.

— Ça paraît dingue.

— Ça l'est !

Joan ressentit soudain le besoin de protéger son mari.

— Il faut soutenir ton père, dit-elle. On ne connaît pas la vérité.

— Mais, si c'était *vrai*…

— Ne dis pas ça, Sadie.

— Écoute, on ne peut pas *ne pas* envisager cette possibilité.

— Tout le monde est innocent jusqu'à preuve du contraire, et qui connaît ton père mieux que nous ? C'est un homme gentil. Il se pourrait bien que des filles, à qui on a dit de se méfier des hommes parce que ce sont tous des brutes, aient mal interprété sa gentillesse et son intérêt à leur endroit. Alors garde l'esprit ouvert jusqu'à ce qu'on en sache davantage. Jusqu'à ce qu'on puisse le voir. Tu viens avec moi à l'audience, demain ? On va régler la question de la caution et il rentrera à la maison. On pourra se dire que l'incident est clos et laisser les avocats faire leur travail.

— Maman, et si on était dans le déni ? Si c'était vrai ce que ces filles racontent ?

Elles entendirent un bruit sourd provenant du salon. Joan courut au séjour et vit des fragments de coquille d'œuf et une traînée de jaune sur la porte-fenêtre, puis des ados qui s'enfuyaient à toutes jambes et sautaient par-dessus la haie de la propriété des Henderson.

— Tu ferais sans doute mieux de rester à la maison, aujourd'hui, ma chérie.

— D'accord, maman, dit Sadie en montant l'escalier.

Elle s'arrêta sur le palier, se retourna et ajouta :

— Il faut regarder les choses en face.

— Ça ne sert à rien de tirer des conclusions hâtives. On est sous le choc, mais ne cédons pas à l'hystérie.

— Dans les deux tiers des agressions sexuelles, la victime connaît son agresseur ; c'est quelqu'un en qui elle a confiance.

— Et alors ? La plupart des assassins connaissent leur victime, mais ça ne veut pas dire que tu vas tuer quelqu'un parce que tu le connais.

— Je n'accuse personne de meurtre. Tu mélanges tout. Il faut penser à ce qui est vraiment arrivé.

— Il faut rester calme et aider papa à se laver de ces accusations ridicules et injustifiées. Il va bientôt rentrer. On mettra ça au clair.

— Je pense qu'il faut s'assurer que ces accusations sont vraiment injustifiées.

Joan arrêta de beurrer sa tartine et dévisagea sa fille.

— Je veux dire, c'est peut-être un malentendu, ou quelque chose comme ça, marmonna Sadie avant de disparaître en direction de sa chambre.

Joan remuait son café lentement, le journal posé à côté de sa tasse. George faisait la une en énormes caractères gras.

Ce que les policiers s'étaient efforcés de trouver restait introuvable, mais cela ne les avait pas empêchés de fouiller partout et de passer chaque pièce au peigne fin sans se soucier de la vie personnelle de chacun, de la signification que les humains confèrent aux objets, des symboles d'une vie de famille. Ils avaient emporté les albums photos, les journaux intimes, les factures téléphoniques.

Son portable sonna. Joan entendit la voix de son mari au loin.

— C'est un coup monté, dit-il. Je n'ai que quelques secondes à ma disposition, mais je tenais à ce que tu le saches. Méfie-toi. Dieu sait de quoi ces gens-là sont capables.

Il n'était plus le même. Joan réagit comme elle le faisait avec ses patients perturbés : des questions claires, du calme, de l'empathie.

— As-tu eu des maux de tête dernièrement ? Une vision floue ? George ?

Elle répéta son nom à quelques reprises, ne pouvant croire qu'il avait raccroché.

Joan alluma la petite télé fixée au mur au-dessus du micro-ondes. En temps normal, on ne la regardait que s'il y avait quelque chose de très important aux actualités au moment de la préparation des repas. Elle zappa d'une chaîne à l'autre et vit des images de son mari, menottes aux poings, qu'on escortait de la voiture de patrouille à l'intérieur du commissariat.

L'interphone de la grille de l'entrée se fit entendre, une occurrence si rare que Joan en fut désorientée. Elle coupa le volume de la télé et plissa les yeux pour voir sur l'écran de contrôle qui avait sonné. Le visage en gros plan d'un homme d'un certain âge apparut.

— Je ne parle pas aux journalistes. Vous n'avez rien à faire ici.

Il leva les mains.

— Ne vous faites pas de souci, je ne suis pas l'ennemi. Je suis ici pour vous aider, dit-il, comme si elle devait l'applaudir. Regardez ce qui est écrit sur mon tee-shirt.

Il recula pour être cadré en plan large. Joan lut l'inscription : « Justice pour les hommes et les garçons. »

— Je n'ouvrirai pas la grille, déclara-t-elle très fort.

— Je comprends. Vous pensez que tous les hommes sont des prédateurs, mais ce sont les féministes qui vont détruire la vie de votre mari.

— Pardon ?

— Les médias ne parlent jamais du fait que les femmes mentent pour attirer l'attention, pour justifier des comportements qu'elles regrettent. C'est beaucoup plus fréquent qu'on ne le croie.

Ne sachant que répondre, elle se contenta de le regarder sur le visiophone. Il ouvrit sa sacoche et en tira une liasse de papiers. Elle le vit les brandir au-dessus de sa tête. On aurait juré un vendeur de journaux à la sauvette.

— Je vais les glisser sous la grille, cria-t-il. Tout ce que nous voulons, c'est aider votre mari.

Joan le vit s'éloigner. Elle attendit vingt minutes avant d'aller récupérer ce que l'inconnu avait laissé. Le vent emportait déjà quelques-uns des prospectus, le reste maintenu en place par la pierre qu'il avait posée dessus. Une photo de George apparaissait sur le recto de la feuille, sous un titre qui disait :

UN HÉROS DE WOODBURY LAKE VICTIME D'UN DÉCHAÎNEMENT DE MISANDRIE

Seigneur.

L'homme à la grille, que son mari affable n'aurait pas hésité à qualifier de misogyne patenté, avait décidé de prendre sa défense. S'était-elle réveillée dans un monde parallèle ?

De retour dans la cuisine, elle remit deux tranches de pain à griller, parcourut les journaux sur l'iPad de Sadie et s'aperçut que l'amabilité de George jouait contre lui dans les médias. Elle laissa la télé allumée sur la chaîne info pendant qu'elle lisait chacun des articles. La plupart disaient rigoureusement la même chose, mais quelques-uns interprétaient les faits. Le journal local, de même que tous les grands quotidiens, tenait à exploiter le prestige de George au sein d'une petite localité qu'ils jugeaient « viciée par de vieilles fortunes » et « enracinée dans les coutumes désuètes d'une Nouvelle-Angleterre typiquement protestante, blanche et anglo-saxonne ». La vérité – à savoir que Joan était infirmière, que George empochait un salaire de prof et que la maison avait déjà été entièrement payée quand il était encore au berceau – devait être trop complexe pour trouver sa place dans leurs colonnes. Joan, qui avait fait un an et demi de journalisme pendant ses études, savait qu'un quotidien ne cherchait pas midi à quatorze heures, car il avait une deadline à respecter. Les nuances sont trop compliquées pour les actualités à chaud. Une chaîne rediffusa la séquence qui avait été filmée après que George eut maîtrisé l'homme à la carabine. « J'ai agi par instinct », disait-il, rayonnant de joie, à la caméra. Hors contexte, cette scène était monstrueuse et humiliante.

Un mois avant l'arrestation, Joan avait reçu une broche plaquée or en forme d'ange, le prix du mérite municipal décerné à un citoyen ou une citoyenne en remerciement pour sa compassion ou son héroïsme. Il y avait aussi une plaque gravée qui disait *Joan Woodbury – pour ses soins compatissants*. Avant de lui remettre la plaque et la broche sur une tribune en bois derrière l'hôtel de ville, le maire avait relaté une anecdote à propos d'un enfant que Joan avait sauvé. Il avait prononcé le mot *héroïne*. Au début, Joan avait jugé tout ce tapage bien inutile. On n'avait pas à la récompenser de faire son travail. Elle avait dit à ses collègues que ce n'était sans doute qu'un exercice de relations publiques destiné à montrer que la municipalité se souciait des travailleurs. En fait, elle connaissait personnellement le maire, ce dont elle ne se vantait pas au boulot, et elle savait qu'il était très probablement sincère. Cette certitude s'était cristallisée tandis qu'elle se tenait là dans une robe neuve en coton vert et que l'émotion lui nouait la gorge. Elle s'y était si peu attendue que la rougeur lui était montée aux joues et elle n'avait pu réprimer un sanglot. Assis au premier rang, George et Sadie avaient pris des photos. Joan avait eu le même immense sourire qui lui fendait le visage lors des récitals de piano de ses enfants. Après coup, elle avait identifié l'émotion qui l'avait étreinte et qu'elle n'avait pas ressentie depuis des lustres : elle s'était sentie *reconnue à sa juste valeur*. Elle se sentait appréciée chez elle, mais au travail, l'épuisement et le cynisme avaient pris le dessus. Cette récompense avait stimulé sa motivation. Il y avait eu des photos dans les pages de l'édition du samedi du journal local. Elle les avait découpées et punaisées sur le tableau d'affichage dans son service. Elle en avait aussi fixé une sur le frigo, avec les photos d'Andrew prises lors de la remise de son diplôme d'avocat et l'article sur les victoires de Sadie en athlétisme.

Clara descendit au moment où la télévision rediffusait encore une fois la nouvelle de l'arrestation de son beau-frère. Elle éteignit la télé avec fermeté. Le téléphone sonnait après chaque bulletin : des interlocuteurs qui entendaient l'information pour la première fois venaient aux nouvelles. Joan ne répondit plus après avoir parlé à George, car elle ne savait pas quoi dire.

— Je suis là, Joannie. On va t'aider à traverser ce moment difficile.

Le répondeur s'enclencha. C'était Bennie : « La caution risque d'être astronomique. Je pense que quelqu'un essaie de politiser cette arrestation. Je passerai prendre toute la famille demain à dix heures. Plus vous serez nombreux, mieux ce sera. »

Joan remplit une tasse de thé vert qu'elle tendit à Clara.

— Tu crois que la caution peut se monter à combien ?

— Ça ne doit pas être insurmontable. On devrait pouvoir s'en tirer.

— J'ai pensé que…, commença Joan, décidée à tâter le terrain auprès de sa sœur, qu'elle savait sceptique au-delà de tout.

— Quoi donc ? fit Clara qui but une gorgée de thé, grimaçaet s'exclama : on dirait du foin !

— Avec ma profession, je sais mieux que personne qu'on est tous un peu fêlés et que personne ne traverse la vie sans changer d'un iota.

— Et donc ?

— Eh bien, on essaie de maintenir un équilibre par rapport à nos déséquilibres. Et si George était en fait malade ? S'il avait une tumeur ? Mais je ne dis pas qu'il a commis ces choses horribles, hein !

— Tu n'as aucune raison d'avoir honte. Ce n'est pas de ta faute.

— Je n'ai pas honte.

À vrai dire, la honte qu'elle ressentait était immense et écrasante.

— Je ne sais absolument pas quoi te dire, Joan. D'habitude j'ai toujours au moins une solution à un problème mais, là, j'avoue que je suis perplexe, pour ne pas dire plus.

Joan se mit à pleurer. Clara la serra contre elle.

— Je suis quand même surprise que tu ne sois pas furieuse.

— Mais je le suis ! dit Joan d'une voix étouffée. J'ai l'impression que quelqu'un s'en prend à ma famille !

— Tu te fais beaucoup de souci pour George…

— Évidemment ! On ne cesse pas d'aimer quelqu'un du jour au lendemain parce qu'il est accusé d'avoir fait quelque chose d'ignoble. Rien n'est aussi tranché.

— Bien sûr que non, marmonna Clara. Seulement, moi, je me sentirais sans doute un peu… trahie.

— Eh bien, tu n'es pas moi !

— Non, en effet.

Clara avala une nouvelle gorgée de thé.

— Et puis, c'est évident qu'il est innocent, insista Joan.

— Tu as raison, c'est possible.

Clara n'avait pas l'air convaincue.

— C'est si facile d'émettre des hypothèses, dit Joan. Je le vois au quotidien dans mon boulot. Les médecins pensent qu'ils savent tout de leurs patients sans même se donner la peine de les écouter ou de leur avoir fait passer des examens. Il ne faut pas se fier aux apparences.

— Bien sûr, Joannie, bien sûr. Où est Sadie ?

— En haut, je pense. Et sache que, si ce qui est reproché à George est avéré, je n'en savais rien, se défendit-elle auprès de Clara qui hocha la tête pour bien montrer qu'elle la croyait. Andrew avait sept ans quand j'ai eu la certitude qu'il était gay. J'ai su que Sadie possédait une intelligence supérieure à la moyenne avant même de voir les résultats des tests qui faisaient d'elle un petit génie. Je peux détecter une fausse syncope dans une salle d'urgence bondée de monde. Et rien qu'à sa démarche, je peux mesurer l'intensité de la douleur que ressent l'homme le plus stoïque ! Et à quatorze ans, je savais que papa avait... une maîtresse !

— Maman disait souvent que tu étais très intuitive, acquiesça Clara. Mais tu connais le proverbe, sœurette : l'amour rend aveugle, etc.

— Clara, il n'y a jamais eu *aucun* indice. Il n'a jamais eu le moindre mot déplacé ni posé de regard inconvenant sur qui que ce soit.

— Comment ça va, sexuellement parlant ?

— Tout est normal.

— Allons. Personne n'est normal. Le sexe normal, ça n'existe pas.

— Bien sûr que si ! J'ai des copines. Je sais ce qui est normal.

— Des copines ? dit Clara en levant les sourcils.

L'emploi de ce mot dans la bouche de sa sœur lui paraissait un peu exagéré. Joan et Georges avaient un cercle de connaissances, mais leur couple se suffisait à lui-même. Joan ne partageait ni son intimité ni de secrets avec d'autres femmes. Si elle avait besoin de se confier, elle l'appelait.

— J'ai des amis ! J'ai des collègues. Je lis des articles, des livres. Cesse de me regarder comme si j'étais une femme au foyer amish.

— Allons donc. Quel homme n'a pas ses petites perversités ? J'ai connu un type qui jouait à Batman et voulait que je sois son Robin.

— Tu fais chier, Clara. George n'a rien de pervers. Il ne m'a jamais demandé de porter un kilt d'écolière ou de natter mes cheveux. Le sexe est super, OK ? Je n'en ai jamais connu d'aussi bon.

— Je pense, dit Clara en pesant ses mots, que les conjoints ont tous des secrets qu'ils ne révèlent jamais à leur partenaire, quelle que soit leur facilité à communiquer. George et toi sembliez incarner la normalité, mais les apparences peuvent être trompeuses.

— Quel cynisme !

— Écoute, j'ai toujours pensé que vous étiez l'image même d'un mariage réussi. Jusqu'à aujourd'hui, jamais je n'aurais pu imaginer que cette perfection était peut-être un peu curieuse, voire représentait un signal d'alarme. Tu n'as jamais eu d'aventure extraconjugale, tu n'as jamais manifesté le moindre ennui, le moindre doute. On peut trouver ça un peu bizarre...

Joan n'écoutait plus sa sœur, essayant de se remémorer ses moments d'intimité avec George. Elle savait qu'elle était une femme très réservée et elle trouvait qu'on n'accordait pas assez de valeur à la vie privée de nos jours. Elle s'évertuait à expliquer à Sadie l'importance de considérer certaines choses comme sacrées et intimes. Sadie la regardait toujours comme si elle essayait de lui apprendre de nouveau à lire et écrire.

— Supposons que le sexe ait été super pour moi, mais pas terrible pour lui, Clara ? Seigneur, rien que d'y penser, ça me brise le cœur.

Clara ne répondit pas.

— Et si cette relation, qui a été la plus enrichissante de toute ma vie, n'était finalement qu'un mensonge ?

— Je ne sais pas, ma chérie. Ça n'a peut-être rien à voir avec le sexe.

— Tu t'imagines toujours que tu sais tout !

— Écoute, j'ai écrit plusieurs articles sur les agresseurs sexuels et je peux affirmer qu'on peut les catégoriser. Certains d'entre eux ont subi un traumatisme qui a freiné leur développement, ils ont l'âge mental de leurs victimes et se comportent comme s'ils exploraient leur corps ensemble. D'autres sont des sadiques ou des psychopathes, et il y en a qui ont été abusés dans leur enfance et qui reproduisent le même schéma.

— Eh bien, ce n'est pas le cas de George ! rétorqua Joan d'un ton sec.

Les deux sœurs restèrent à la cuisine. Clara rédigea des listes de choses à faire et Joan épousseta une nouvelle fois le caoutchouc dans sa jardinière près de la fenêtre, celle qui donnait sur la cour arrière.

Joan sirotait son café refroidi et Clara cherchait sur Internet des renseignements sur les accusations portées contre George lorsque le répondeur interrompit leur silence. C'était un message de Dorothy, la secrétaire de l'école : « Bonjour, Sadie n'est pas venue à l'école, madame Woodbury. Je voulais vous en avertir. Nous nous faisons beaucoup de souci pour elle. »

Joan écouta deux fois le message avant de l'effacer. D'habitude Dorothy laissait des messages amicaux du style « Salut, Joan ! Salut, ma belle ! Il fait une sacrée chaleur aujourd'hui, hein ? » Aujourd'hui, elle l'avait appelée *madame Woodbury,* avec un ton aussi froid qu'un mois de décembre.

Le téléphone sonna de nouveau. Clara et Joan regardèrent s'enclencher le répondeur. Il y eut le bruit d'une respiration: « Je vous souhaite de crever, vous et toute votre famille. » La voix était celle d'une personne âgée.

Joan nota l'heure et le détail du message sur un bloc-notes.

La sonnette de la grille retentit. Joan aperçut dehors une camionnette UPS. Clara s'offrit à aller au-devant du chauffeur. Elle revint quelques minutes plus tard avec un panier de fruits et une carte. La carte, signée par toutes ses collègues infirmières, disait « Tiens bon. Appelle-nous si tu en ressens le besoin ». Elles avaient inclus la brochure d'un organisme de soutien aux victimes et celle d'un groupe d'entraide pour les femmes victimes de violence.

— C'est super gentil de leur part, commenta Clara.

— Tu crois ça ? Ça signifie en réalité : n'appelle pas, on respecte les convenances. Rien de plus.

— Joan !

— Je sais reconnaître la sincérité quand je la vois. Elle est si rare.

Aucun des voisins qui prétendaient *aimer* son mari ne s'était manifesté par téléphone ou en personne. Le lendemain du jour où George avait maîtrisé l'homme à la carabine, ils faisaient la queue pour venir le féliciter.

Joan descendit au sous-sol et en rapporta le vieux fusil de chasse poussiéreux que le père de George suspendait à un râtelier près de la table de billard. C'était une carabine .22. Elle ne savait pas s'en servir. Elle ne savait pas s'il y avait des munitions dans la maison ; on n'en fabriquait peut-être même plus de ce calibre. Mais l'arme était un symbole. Trop lourde pour son épaule. Elle la porta dans ses bras comme on le ferait d'un enfant.

— Je ne me laisse pas facilement intimider mais de savoir qu'elle est là me rassure, expliqua Joan à Clara que la vue de sa sœur armée d'une carabine avait fait grimacer.

— Range ça.

— Je ne sais pas pourquoi la police ne l'a pas confisquée, se demanda Joan tout haut.

— Tu as un permis ?

— Oui, je suppose. Je pense qu'on n'a pas de munitions.

— Ça doit être pour ça, alors.

— Pourquoi les armes te font-elles si peur ? Papa en avait des masses.

— La ville a changé ma perspective, dit Clara. Autrefois, la vue d'une arme m'évoquait un chevreuil mort. Maintenant, je m'imagine prise sous des tirs croisés en allant acheter du lait.

Joan souleva le récepteur, appela son supérieur et demanda à utiliser ses congés accumulés pour s'absenter pendant un mois. Dès qu'elle eut raccroché, elle fut soulagée.

Clara alluma la radio.

« Castrez-le ! » disait une voix âgée. Le présentateur essaya de tempérer son enthousiasme, mais les participants qui appelaient pour participer à l'émission avaient tous des idées très arrêtées sur la question. Joan et Clara entendirent un florilège de commentaires qui allaient de « les hommes sont des gamins » ; « les garçons ont de mauvais comportements » ; « les filles portent des tenues trop provocantes de nos jours, alors c'est normal qu'un homme au sang chaud réagisse à un pareil étalage de chair fraîche. Si Britney Spears s'affiche partout en cache-sexe, on ne peut tout de même pas s'attendre à ce que les hommes ne la désirent pas juste parce qu'elle a seize ans » jusqu'au définitif : « Tous les hommes sont induits en tentation. » Cette dernière affirmation, excusant les hommes de ne pas assumer la responsabilité de leurs actes, aurait provoqué la colère de Joan deux jours plus tôt.

— Britney Spears ? commenta Clara en riant. Elle a trente ans !

Joan éteignit la radio et regarda par la fenêtre. En plissant les yeux elle pouvait voir Andrew, couché sur le ponton, recroquevillé comme un enfant.

Bennie appela, Joan répondit. Elle mit le haut-parleur pour que Clara puisse entendre leur conversation. L'avocat lut les dépositions des victimes. Clara prenait des notes sur son portable.

« Il s'est approché de la victime A après que celle-ci eut consommé de l'alcool au pavillon de ski. Il lui a dit qu'il la raccompagnerait au chalet des filles parce qu'elle ne se sentait pas bien. Il lui a demandé si elle le considérait comme son ami et elle a répondu par l'affirmative. Il lui a dit ensuite qu'il informerait ses parents sur sa consommation d'alcool, sur les strip-teases qu'elle offrait aux garçons dans leurs chambres, à moins qu'elle ne consente à... »

Joan poussa un gémissement. Même s'il était prouvé qu'elles étaient fausses, ces histoires se dresseraient entre George et elle comme autant d'obstacles infranchissables à jamais. Quelqu'un s'était emparé du seul et unique confident de Joan, de son meilleur ami, de la seule personne qui la connaissait mieux qu'elle-même, et il en avait fait un monstre. L'homme qu'elle connaissait et en qui elle avait mis toute sa confiance n'existait plus.

Joan et Clara optèrent pour le supermarché de Woodbridge : elles ne risquaient pas d'y croiser une personne de leur connaissance. L'appel de Bennie résonnait encore à leurs oreilles. Joan remplit un panier d'épis de maïs, d'avocats et de bouquets d'herbes fraîches. Alors qu'elle regardait d'un air absent un étalage de carottes, Clara fit son apparition en poussant un chariot rempli de produits surgelés – gaufres à la farine complète, mets préparés diététiques, pizzas, yogourts glacés –, les provisions typiques d'une jeune mère de famille aux longues heures de bureau ou bien qui remplit le garde-manger de son abri antiatomique.

— Je n'achète plus ces trucs-là, dit Joan. Ils contiennent trop de conservateurs.

— Crois-moi, pendant un certain temps tu n'auras pas envie de sortir pour faire des courses, lui opposa Clara en empoignant plusieurs bouteilles de vin qu'elle lui mit dans les bras. Tu vas en avoir besoin.

— Je n'aurai qu'à déboucher les grands crus de la cave ! répondit Joan en éclatant d'un rire aussi soudain qu'incongru.

Tout commença dans la file d'attente à la caisse. Devant elles, une femme en jupe mi-longue orange et blanche ouvrit un journal et dit à son amie :

— J'ai de la peine pour sa femme, tu sais.

Joan s'aperçut que le journal avait publié la photo prise lors de la remise de son prix. Le titre disait L'ÉPOUSE DE WOODBURY A DIT À LA POLICE QU'ELLE NE SE DOUTAIT DE RIEN.

Son amie protesta :

— Elle ne peut pas ne pas l'avoir su. Le savoir, et puis ne rien dire, c'est pire que tout ce qu'il a pu faire.

Clara prit la main de Joan.

— Retourne à la voiture, chuchota-t-elle. Je vais payer.

Joan eut envie de leur flanquer des coups de pied. Mais elle obéit à Clara, bouscula les deux femmes et se mit à courir dès qu'elle eut franchi les portes coulissantes.

Elles se parlèrent peu sur le chemin du retour jusqu'à ce que Joan trace un cœur sur la vitre du côté passager et dise :

— Imagine que, du jour au lendemain, la personne que tu aimes et en qui tu as confiance est devenue quelqu'un d'autre. Qu'est-ce que tu ferais ?

— Je me procurerais une arme pour la tuer.

— Je croyais que tu n'aimais pas les armes.

— Ben, c'est justement pour cette raison : j'aurais trop peur de m'en servir si j'en avais une.

Clara fronça les sourcils.

— J'ai été amoureuse, moi aussi, dit-elle. Je sais ce qu'est l'adoration.

— Ce n'est pas pareil dans un mariage.

— Ça, c'est une notion archaïque.

— Il se pourrait que ce soit un coup monté, hasarda Joan.

Clara pinça les lèvres et vérifia l'angle mort avant de changer de voie.

— Ouais.

— George est un homme bon, poursuivit Joan. Mais cette phrase-là ne veut rien dire. C'est quoi, une *bonne* personne ? Qui peut savoir ce dont on est capable dans certaines circonstances ? On peut devenir le pire individu de la planète.

— Ce n'est pas ton cas, Joan. Tu le sais bien.

Joan se rappela ce qu'avait dit la femme du supermarché sur sa responsabilité. Elle représentait désormais le mal aux yeux des gens, et c'est pour cette raison qu'ils lui manifestaient de l'hostilité. Elle n'était plus une femme, une épouse, une mère, une infirmière. Son identité se résumait à ce qu'on croyait qu'elle était. Il lui suffisait de regarder les fenêtres de sa maison maculées de jaune d'œuf pour le comprendre.

Lundi après-midi

6

Sadie se rendit à l'école en fin d'après-midi, car elle ne savait trop quoi faire d'autre. Sa mère et Clara étaient parties voir son père au poste de police, mais elle n'avait pas voulu les accompagner. La maison était vide, impressionnante, et les journalistes qui patientaient dehors l'effrayaient. Elle puiserait sans doute un certain réconfort dans un lieu familier, même si elle avait dû présenter sa carte d'étudiante à un agent de police pour pouvoir franchir la grille de l'école et que le gardien avait fouillé son sac à dos plus que nécessaire.

Ses baskets couinant sur le parquet luisant, elle se rendit au bureau du directeur, car le règlement l'obligeait à s'y procurer un mot qui justifiait son absence. Le gros orteil de son pied droit avait troué la chaussette verte réglementaire. Elle ne s'était jamais présentée à l'école dans une tenue aussi négligée, mais elle ne se préoccupait plus de son apparence, pas plus que d'un tas d'autres choses auxquelles elle avait accordé de l'importance jusqu'à tout récemment. Elle n'était pas loin du bureau du directeur quand sonna la cloche. Un bruyant raz de marée écossais déferla dans le couloir. Sadie salua Susan Taylor qui, devant son casier ouvert, appliquait un brillant à lèvres rose fluo à l'aide d'un miroir de poche. Susan qui, d'habitude, lui offrait une chaleureuse accolade et une bonne dose de commérages, lui fit un signe timide de la main avant de détaler. M. Solomon se contenta de marmonner un bonjour, manifestement réticent à croiser son regard. Quel changement d'attitude ! Elle connaissait la plupart des professeurs depuis qu'elle était toute petite. Elle avait la meilleure moyenne de tout le lycée (Jimmy la talonnait, à un demi-point d'écart), et on l'avait toujours accueillie avec enthousiasme et respect pour ses qualités intellectuelles. Allait-elle être désormais traitée comme les ados ordinaires ? Était-elle devenue un de leurs, maintenant ? Ou peut-être pire ?

Sadie était inscrite au programme renforcé auquel participaient les excellents élèves destinés à intégrer des universités prestigieuses. Ils formaient un microcosme distinct au sein de la structure scolaire, suivaient en général leurs cours dans l'aile ouest, qui leur était réservée. Ils déjeunaient dans les locaux de l'association étudiante, car, bien entendu, l'association étudiante, c'était eux. Une bibliothèque adjacente, dotée d'une longue table en chêne et remplie de livres anciens aux reliures gaufrées à l'or fin, avait été financée par les grands-parents de Sadie et bénéficiait chaque année des dons de plusieurs grandes entreprises. Il y avait aussi une petite pièce meublée d'un canapé en velours rouge et d'un imposant bureau de travail, une pièce dont on ignorait la fonction dans l'établissement au moment de sa construction dans les années 1800. C'était leur salle d'étude privative, chacun d'eux pouvait la réserver auprès de Dorothy pour y rédiger ses dissertations. Mais, la plupart du temps, elle était le décor de leur vie sexuelle. Personne ne s'en doutait, car on supposait que les intellos ne s'intéressaient qu'aux questions cérébrales. Il était possible pour les occupants de l'aile ouest au troisième étage de ne rien savoir de ce qui se passait dans le reste de l'école et à l'opposé d'échapper totalement à la surveillance de l'autorité scolaire.

La plupart de ceux qui fréquentaient les classes supérieures du programme renforcé étaient élèves de George Woodbury. Il enseignait la physique appliquée, les deux premiers niveaux de chimie et assurait aussi le cours de sciences des terminales classiques. Sadie bénéficiait d'un apprentissage à part en physique, car il aurait été incongru qu'elle soit l'élève de son père.

Sadie hocha la tête quand Dorothy, qui enlevait le couvercle d'un pot de yogourt, lui indiqua du doigt la porte ouverte du bureau du directeur. Sadie passa la tête dans l'embrasure.

— Bonjour. J'ai besoin d'un billet d'entrée en cours, et on m'a dit qu'il fallait que je vienne vous voir.

— Assieds-toi, Sadie, dit-il en indiquant la chaise en cuir bleu.

Ses cheveux clairsemés, blonds grisonnants, frôlaient son cou et son visage était marqué de légères cicatrices d'acné le long de la mâchoire. Il était d'une maigreur probablement génétique, mais ses os saillants n'en étaient pas moins surprenants. Sadie se rendit compte que c'était la première fois qu'elle l'étudiait de la sorte. Ils se dévisagèrent pendant quelques secondes. Il n'y avait rien sur son bureau, à part quelques gobelets de café vides.

— Le stress que tu subis à cause de ce qui s'est passé m'inquiète, avoua-t-il.

— Ça va.

— Et ta mère ?

Elle haussa les épaules.

— Je pense que tu devrais voir Mme Caribou, dit-il en détachant une fiche d'un bloc rose.

Mme Caribou était la conseillère d'orientation, une cinglée que le père de Sadie avait un jour qualifiée d'imposture jungienne. Les élèves se moquaient de ses twin-sets en coton tricoté. Ceux qui, d'une façon ou d'une autre, sortaient du rang devaient passer par son bureau. Sadie n'avait jamais été contrainte de la consulter. Tous les jeunes de sa connaissance qui y avaient eu droit parlaient de cette rencontre comme d'un interrogatoire visant à déterminer s'ils avaient l'intention de faire sauter l'école.

— Ce n'est pas nécessaire.

— Je l'exige, dit-il en rédigeant la fiche qu'il lui tendit.

Voyant que Sadie ne la prenait pas, il la lança dans sa direction avec impatience et elle l'attrapa au vol.

— Dan, insista Sadie. Je connais presque tous les profs de cette école depuis que je suis au berceau. Je suis allée à tes camps de vacances. Je vous ai vus, toi et l'entraîneur Johnson, bourrés à la tequila et chanter *Hotel California*. Ne me fais pas passer pour une élève quelconque avec un père criminel.

Le directeur pâlit. Le fait que Sadie l'appelle par son prénom le hérissait.

— Sadie, tu n'es pas toi-même en ce moment. Je n'aime pas le ton que…

Sadie plia la fiche en deux, puis en quatre, et la fourra dans la poche de son blazer.

Dorothy apparut dans l'embrasure.

— Sadie, ma puce, ton père n'est pas un criminel. Nous l'aimons depuis si longtemps et nous continuerons à le soutenir dans cette épreuve.

Elle plongea sa cuillère dans le yogourt puis la garda suspendue en attendant la réaction de Sadie. L'adolescente la dévisageait, incertaine, jusqu'à ce que la secrétaire se décide à glisser la cuillère dans sa bouche.

— On ne peut pas dire ça, Dot, chuchota Dan. Ne lui mets pas des idées dans la tête. Cette affaire est très complexe sur le plan juridique.

Dorothy gratta de sa cuillère le fond du pot de yogourt avec un grand sourire.

— Ton père a tant fait pour nous, pour cette école et pour la collectivité, reprit-elle. La présomption d'innocence, ça existe dans ce pays. En ce qui me concerne, je n'ai pas l'intention de rester là à regarder passivement une personne estimée se faire assassiner par des médias pervers.

Dorothy tourna les talons et repartit précipitamment vers son bureau.

Dan baissa les yeux sur sa table de travail.

— Tu peux y aller, Sadie. Je suis navré que tu aies été témoin d'un comportement aussi peu professionnel.

— *Hotel California*, Dan.

— Cette situation est difficile pour nous tous. Nous sommes là pour toi et pour ta famille en attendant que la justice tranche.

Il avait l'air de débiter un discours appris par cœur et semblait impatient qu'elle quitte la pièce. Il était évident pour Sadie qu'il souhaitait que toute la famille Woodbury déménage pour ne plus avoir à s'en préoccuper.

— Quoi qu'il en soit, tu devras suivre ton cours renforcé de physique avec le remplaçant de ton père. Nous ne pouvons pas demander à un nouveau venu de superviser un apprentissage indépendant. Tu iras donc dans la salle de classe 306, c'est entendu ?

Elle acquiesça d'un signe de tête, sortit du bureau et se retrouva dans le grand couloir désert.

— Nous serons au tribunal demain, lui lança Dorothy quand elle passa devant sa porte. Je suis en train de réunir un groupe de soutien.

Sadie ne sut que répondre. Dorothy tira une carte postale de sa poche et la lui tendit. Il y était écrit : *Les droits des hommes pris pour cible,* et au verso : *Ce n'est pas parce que vous le regrettez que c'est un viol.* Au bas, l'adresse d'un site web. Sadie grimaça et la lui rendit. Dorothy fronça les sourcils.

— Garde-la. Ce qui arrive à ton père est symptomatique de ce qui cloche chez les jeunes femmes de nos jours. Les hommes sont partout victimes de représailles et tout le monde s'en fout. Tu trouves ça juste ?

— Je suppose que non, marmonna Sadie.

Elle plia la carte et la glissa dans la poche de sa jupe avant de sortir. Elle se rendit en salle 306 où étaient réunis une quinzaine d'élèves à haut potentiel. Elle fut l'avant-dernière à arriver, juste avant Alison, la défoncée qui fumait entre chaque cours sous prétexte de soigner son trouble du déficit de l'attention. Les profs le savaient mais ne disaient rien. Sadie s'assit au premier rang, tira un baume à lèvres mentholé de son sac à dos et l'appliqua soigneusement à l'aide d'un miroir de poche, surtout pour avoir l'air occupée. Elle vit dans le miroir que les autres la regardaient, elle tâcha de paraître insouciante. *Fais comme si c'était un jour comme les autres*.

Le remplaçant de son père arriva. Chauve, à l'allure un peu bizarre et vêtu d'un costume marron quelconque. Il écrivit au tableau noir son nom, M. Taylor, et poussa ostensiblement de côté la petite table sur laquelle se trouvait l'ordinateur portable, avec un air de dédain pour cette technologie interactive. Il retira sa veste, ce qui confirma la présence de taches de transpiration aux aisselles auxquelles Sadie s'était attendue. Elle se retourna pour regarder ses camarades de classe. Ils étaient tous penchés en avant comme une bande de chacals prêts à se regrouper en cercle et à attaquer de toutes parts.

En plein milieu de l'introduction marmonnée par M. Taylor, Jonathan Moore se leva brusquement et s'éclaircit la voix. Jonathan avait la réputation d'être un génie et de manquer totalement de sociabilité, mais cet aspect de sa personnalité ne semblait pas le préoccuper outre mesure. On savait qu'il était boursier et qu'il vivait dans un appartement au-dessus d'une supérette avec sa mère handicapée, confinée à la maison, et son père qui aimait s'asseoir sur le balcon et tirer sur les pigeons ou les écureuils qui osaient s'approcher de sa voiture. S'il avait eu des compétences en dessin, en théâtre ou en anglais, sa moyenne générale aurait égalé celle de Sadie. Le père de Sadie le qualifiait d'« exceptionnel », ce qui en disait long, car George ne tenait jamais de tels propos sur ses élèves. Il affirmait en public : « Vous avez les capacités d'entreprendre tout ce que vous voulez ! » et les élèves, tout sourire, irradiaient de confiance. Il estimait qu'inculquer les bases de l'estime de soi faisait partie de sa définition de poste. Il était plus critique au sein de son foyer où il avouait que la plupart des jeunes n'étaient pas destinés à briller, mais reconnaissait que le fait de choisir une vie banale dénotait aussi une certaine grandeur.

George et Jonathan prenaient souvent leur déjeuner ensemble sur la pelouse du campus. Jonathan, qui d'habitude rasait les murs, rayonnait au contact du père de Sadie.

— Quelle foutaise ! M. Woodbury est le meilleur prof de toute cette école médiocre remplie de riches enfoirés, et maintenant, on est censés vous écouter ? M. Woodbury a été assassiné par la médisance de pom-pom girls putassières. C'est injuste ! Vous ne lui arrivez même pas à la cheville.

Le remplaçant frappa le bureau de la paume.

— Je ne tolérerai pas un tel langage dans ma classe. Je comprends que ce qui arrive à M. Woodbury soit très stressant, et il n'y a pas de doute que cela vous… touche… beaucoup, bégaya-t-il, tandis que la sueur perlait sur son front. Mais je ne tolérerai pas un tel langage dans ma classe, répéta-t-il, comme si le langage était au cœur du problème.

— Les punitions, ça ne marchera pas avec nous. On n'est pas des élèves comme les autres, marmonna Jonathan.

Madeleine Stewart, qui n'avait pas l'habitude de s'exprimer en classe, se leva et se tourna vers Jonathan, les bras croisés.

— Jonathan, tu ne connais rien de rien à cette situation. Je comprends que tu sois en deuil de ton mentor, mais pense aussi à toutes ces élèves qui ont souffert. Ce n'est pas une banale histoire de tricherie aux examens. C'est une poursuite judiciaire. Il a fallu beaucoup de courage à ces filles pour élever la voix après ce qui leur est arrivé. Il faut avoir des tripes pour ça.

Sadie se demanda si c'était le genre de tripes que Madeleine aurait voulu avoir. Elle se sentit nauséeuse.

— L'Amérique est un pays grotesquement procédurier. On poursuit en justice le moindre type qui nous souffle au visage. Ça ne veut rien dire ! déclara Jonathan d'un ton mécanique mais énergique.

Les mains de Sadie se mirent à fourmiller. Un bref vertige la saisit. Il lui sembla être bien malgré elle l'ambassadrice d'un pays inhumain qu'elle était maintenant contrainte de défendre. Quand Jonathan ouvrit de nouveau la bouche, Sadie se leva et sortit. Les élèves se turent à mesure qu'elle s'éloignait. Elle ne supportait plus d'entendre qui que ce soit se demander si son père avait ou non commis les actes dont on l'accusait.

Elle ne voulait plus entendre quelqu'un se porter à sa défense. Ni entendre quelqu'un le mettre en pièces.

Si seulement elle pouvait le croire à cent pour cent. Quel genre de personne, quel genre de fille ingrate ne fait pas confiance à son propre père ? Elle n'avait jamais auparavant mis sa parole en doute. Elle avait toujours vu en lui un homme raffiné, doté d'un grand sens moral. Mais si quelqu'un vous met dans la tête une tragédie en puissance – et que les gens de votre entourage y croient –, vous ne pouvez pas revenir en arrière et vous dire que c'est inconcevable. Cette potentialité existe, que vous y adhériez ou non, et vous ne pouvez plus l'ignorer.

Assise sur le rebord de la fenêtre dans les toilettes des filles du troisième étage, Sadie avait en main *Vente à la criée du lot 49* dont elle avait relu onze fois la même page. De toutes les filles de l'école, il fallait que celle qui entre soit Amanda. Amanda avait fait partie du programme renforcé, mais elle était retournée dans la classe standard l'année dernière après avoir subi plusieurs chocs émotionnels dus au stress. Elle venait au troisième étage quand elle voulait sécher un cours parce qu'elle savait que l'endroit n'était pas surveillé.

— Merde, Sadie, pourquoi tu m'évites ? dit-elle, en tirant un paquet de Marlboro de sa jupe. Je sais bien que ton père est un putain de pervers, mais c'est pas une raison pour faire comme si j'étais morte.

Sadie rit.

— Il n'est pas pervers ! Je me sens super mal vis-à-vis de ta sœur.

— Elle n'a jamais été aussi populaire que maintenant, la pétasse. Maman lui permet de rester à la maison, genre, pendant une semaine ou deux si ça lui tente, elle a le droit de manger tout ce qu'elle veut, et nous, il nous est interdit de nous fâcher contre elle, plus jamais, et en plus il faut qu'on suive une thérapie familiale !

— Mais... est-ce qu'elle va bien ?

Amanda haussa les épaules et alluma une cigarette. Sadie ouvrit la fenêtre en grand, y cala son manuel de mathématiques pour la maintenir ouverte et s'écarta pour permettre à Amanda de souffler la fumée dehors. Elle détestait le tabagisme passif.

— J'ai lu des statistiques..., commença Amanda. C'est très rare que les gens mentent à ce sujet. On aimerait croire qu'ils racontent des bobards, mais pourquoi est-ce qu'ils le feraient ? Pourquoi est-ce qu'ils se soumettraient à tant d'interrogatoires ? Ce n'est pas comme si les victimes obtenaient souvent justice.

Une fille entra et fusilla Amanda du regard. Elles se dévisagèrent quelques secondes.

— C'est quoi, ton problème ?

La fille leva les yeux au ciel et entra dans une cabine en toussant ostensiblement.

— Putain, je sais déjà tout ça évidemment, continua Amanda en écrasant l'extrémité de sa cigarette sur la peinture écaillée à côté du lavabo avant de la passer sous l'eau. Anton Chevalier m'a violée l'année dernière. Tout le monde est au courant. Tous ceux qui étaient à la soirée le savent, la moitié d'entre eux l'ont vu. Mais est-ce que je peux manquer l'école ? Non. Est-ce qu'il a fallu que je suive le même cours de gymnastique chaque mercredi avec lui ? Oui. A-t-il été condamné à aller en prison ? Non. On dirait qu'il faut que t'aies cinquante ans pour qu'on te prenne au sérieux.

— T'aurais pu prévenir les flics, suggéra Sadie, comme elle l'avait fait elle-même après cette horrible soirée.

Sadie avait envoyé aussi un message anonyme aux services de police pour le compte d'Amanda. Personne n'avait réagi. Pour la première fois de sa vie, Sadie avait constaté que ce qui est juste et bon n'avait aucune importance.

— Ouais. « Combien de panachés avez-vous bus, mademoiselle Mitchell ? Plusieurs garçons sont prêts à nous dire combien de pipes vous leur avez taillées dans la salle de bains des filles en seconde. » Ensuite, le Dr Chevalier aurait parlé de la réussite scolaire exemplaire d'Anton. Ma vie aurait été encore plus foutue qu'elle l'était déjà. Putain, ça valait pas le coup.

— Quand même, dit doucement Sadie, on continue à se serrer les coudes, non ? T'en as jamais parlé à ta mère, c'est ça ?

— Non. Et maintenant, je ne pourrai plus jamais lui en parler. Tu vois ça d'ici ? Ça la tuerait.

Sadie s'approcha du miroir, surprise de constater qu'elle avait oublié de se maquiller.

— En tout cas, Sadie, je suis désolée que tu sois traitée en paria.

— Avec tout ce qui se passe, me préoccuper de mes problèmes a quelque chose d'égoïste. J'ai vraiment hâte de foutre le camp d'ici. De devenir adulte et de ne jamais revenir.

— Amen, *sister*.

Elles poussèrent la porte des toilettes des filles bras dessus bras dessous et se dirigèrent vers les casiers au bout du couloir. Melissa Greer et Teresa Brock, qui étaient en train de poser une affiche pour un spectacle de danse, les dévisagèrent. En passant devant elles, Amanda et Sadie les entendirent chuchoter : *Malade. Son propre père. Ordure.*

— Mêlez-vous de vos affaires, connasses ! leur cria Amanda.

Sadie avait prévu d'emprunter la sortie principale, mais elle s'arrêta sur le palier quand elle s'aperçut que, devant l'escalier qui menait à la porte, Dorothy et un groupe de parents et de profs barraient le passage. Ils portaient tous des tee-shirts du Club des abstinents où se lisait *L'amour vrai sait attendre*. Le message, étiré par-dessus les chemisiers démodés et les robes ringardes, était difficile à lire. En haut des marches, elle heurta une femme, sûrement une journaliste, accompagnée d'un photographe.

— On essaie d'inculquer à nos filles l'importance de la vertu, expliquait Dorothy à la reporter interloquée.

Sadie se cacha un moment derrière la jeune femme à l'épaisse frange noire et aux jambes gainées de collants rouge vif.

— C'est vraiment vulgaire pour une école privée, grommela la journaliste à l'intention du photographe tout en tweetant sur le clavier de son téléphone. C'est la naissance d'une nouvelle race de péquenauds richissimes, ou quoi ?

Sadie était assez près d'elle pour respirer son parfum à la fraise et lire tout ce qu'elle écrivait. Elle ne voulait pas faire de bruit pour ne pas attirer l'attention, mais tourner les talons aurait été plus suspect.

Le photographe prit quelques photos. Sadie eut tout juste le temps de baisser la tête.

— Allez, ma chérie, on boucle et on file. J'ai besoin d'un vrai café.

La journaliste leva les yeux et son regard croisa celui de Sadie qui se glissait à côté d'eux en s'efforçant de passer inaperçue.

— Hé, fit-elle à voix basse en donnant un petit coup de coude au photographe pour l'alerter. Vous ne seriez pas sa fille, par hasard ?

Sadie dévala les marches et se fraya un chemin parmi les sous-fifres de Dorothy qui commençaient à monter l'escalier.

— Je peux vous poser une question ? Juste une !

Sadie s'enfuit à toutes jambes et bondit sur son vélo comme si l'école venait d'exploser.

7

Andrew décida de s'accorder un congé de deux semaines. Il appela son bureau du ponton, où il était venu s'allonger après sa rencontre avec Stuart. Ses collègues furent compréhensifs, comme il s'y attendait, mais cela ne l'empêcha pas de se sentir coupable. Et maintenant ? Quelle était la chose logique à faire ? Quelle était la réaction juste à avoir ? Une dolomède sortit entre deux planches. Il regarda l'araignée comme s'il la mettait au défi de l'approcher. Elle eut le temps de toucher sa jambe avant qu'il ne réagisse, retire sa sandale et la tue.

Il rinça la sandale dans l'eau du lac, fit défiler ses contacts sur l'écran de son portable et s'arrêta à Jared, nom de code ECU – En Cas d'Urgence – Conjoint. Il s'arrêta, appuya sur Détails, regarda toutes les photos qu'ils s'étaient envoyées au cours des derniers mois et remit le téléphone dans sa poche. S'il invitait Jared à venir le rejoindre à Woodbury Lake, celui-ci fermerait illico son institut de beauté et serait là en quelques heures. Il préparerait les repas pour la maisonnée, distribuerait des câlins, prendrait soin de tout un chacun. Sa présence concrétiserait cette calamité et lui donnerait un caractère permanent.

Le lac, déserté par les bateaux, était agité. Il ressortit le téléphone de sa poche et expédia un texto à Jared.

Tu me manques.

C'était sincère et aussi destiné à le maintenir à distance encore quelques heures.

Le moment lui semblait mal choisi pour intégrer Jared à la vie d'Avalon Hills puisque tout le monde était encore en pleine crise. La maison, si grande soit-elle, lui paraissait surpeuplée, chargée d'anxiété. La solitude est parfois préférable dans ces circonstances. Si Jared était là, Andrew devrait répondre avec honnêteté à la question : « Est-ce que tu tiens le coup ? »

Il retourna à l'intérieur quand il sut que sa mère et sa tante s'absenteraient au moins pendant une heure. Incapable d'effacer de son esprit l'image d'Alan Chambers faisant l'éloge de ses enfants, il se prépara un café très corsé qu'il rapporta au ponton. Il était possible, à New York, d'avoir trente ans, une vie passionnante et ne pas passer pour un raté parce qu'on n'avait pas d'enfants. Si on restait à Avalon Hills, c'était différent. Évidemment, la plupart de ses camarades de classe étaient partis. Ils étaient devenus avocats, législateurs, députés, chercheurs, journalistes ou médecins. Quelques-uns des copains avec lesquels il avait fait du théâtre avaient décroché de petits rôles à la télévision ou au cinéma. La poignée de jeunes qui n'avaient pas bougé était surtout des anciens de l'école publique.

Andrew regarda Sadie descendre le sentier de pierre d'un pas tranquille, puis enlever ses tongs d'un coup de pied en arrivant au ponton avec un mug.

— Tes cheveux font peur, dit Andrew avant d'avaler une gorgée de café.

— Les soins capillaires ne figuraient pas en tête de liste de mes priorités d'aujourd'hui, bizarrement.

— Je n'ai pas encore eu l'occasion de te demander si tu étais toujours la reine de ton association de faux jetons supérieurs. Et si vous crachiez toujours sur vos laquais.

— On n'est pas comme ça, dit-elle en tournant la tête vers lui. La tyrannie, c'est fini. Ce n'est pas une blague ! On fait des réunions au sujet du harcèlement. Des campagnes d'affichage. Maintenant, on intériorise notre exaspération. Et comment se porte l'univers aimant et moralement intègre du droit des sociétés ?

— À vrai dire, j'ai changé de camp. Je travaille maintenant pour une étude d'avocats en droit pénal.

— Que je parvienne à exceller dans ton ombre est assez sidérant, quand j'y pense…

— En effet, sœurette.

Ils burent leur café en trempant leurs orteils dans l'eau.

— Putain, Andrew, qu'est-ce qui se passe ? Je ne sais pas quoi faire.

— À part attendre, pas grand-chose. Mais on se serre les coudes et on va s'en sortir.

— Je ne lui ai pas encore parlé, avoua Sadie, le regard perdu au loin. J'ai dit à maman que j'irais lui rendre visite s'il n'était pas relâché après l'audience. Mais j'ai peur de le voir.

— C'est normal que tu sois nerveuse, mais ce n'est rien de plus que de la gêne, et la gêne, ça se surmonte.

— Mais s'il était coupable, Andrew ? Supposons qu'il ait réellement fait ça ?

Sadie avait parlé très vite, comme si elle essayait de se débarrasser de la possibilité que ce soit vrai.

— C'est la mauvaise attitude à avoir. D'abord, tu n'en sais rien. Il pourrait s'agir d'un coup monté dû à des filles qui veulent régler leurs problèmes avec leur papa et reporter leurs échecs scolaires sur quelqu'un d'autre, alors elles choisissent d'écraser un homme amical et inoffensif, un homme au grand cœur qui les a toujours encouragées. Il a peut-être eu une aventure avec une élève plus âgée. Ce ne serait pas la première fois qu'une histoire comme celle-là arriverait.

— Un prof adulte ne peut pas avoir une relation avec une élève, même consentie, trancha-t-elle. C'est une impossibilité morale et *légale*. Tu devrais pourtant le savoir.

— Je ne parle pas de la légalité de la chose. Je dis seulement qu'une personne plus âgée et une personne plus jeune peuvent entretenir une relation. Comment peux-tu expliquer autrement que mon premier amoureux ait eu vingt-cinq ans alors que je n'en avais que dix-sept ?

— Ton premier amoureux ? C'était qui ? T'as pas fait ton coming out avant l'université !

— C'était Johnson, l'entraîneur.

— J'y crois pas ! Il est beurk. Tu te fous de moi.

— Il était très sexy à l'époque. Et on avait juste huit ans de différence – moins que papa et maman. Ça arrive tout le temps, ce genre de choses.

— Tu sais bien que ce n'est pas de ça qu'on parle. C'est différent.

— Parce que ce sont des filles ?

— Parce que la différence d'âge est beaucoup plus importante et parce que plusieurs personnes *disent* qu'un crime a été commis. Toi, tu blâmes les victimes.

— C'est très simpliste et moralisateur, ton discours.

— Le sexisme, ça te dit quelque chose ?

— Je ne suis pas un monstre conservateur, mais il y a beaucoup de puritanisme sexuel et de déni par ici. Je suis bien placé pour le savoir.

— C'était sans doute différent parce que vous étiez des hommes. On ne peut pas dire que la ville grouille d'homos.

— Tu serais surprise du nombre de prétendus hétéros qui traînent dans les parcs, alliance au doigt. J'ai choisi Stuart et je lui ai couru après parce qu'il était sexy. Et c'est *moi* qui l'ai eu à l'usure. Les ados ont une vie sexuelle, Sadie. Je sais que, dans le coin, l'Église et les politiciens – même combat – sont persuadés de pouvoir légiférer pour les en empêcher, mais les ados continueront à avoir des relations sexuelles.

— Tu peux être aussi sexuellement libre que tu veux, mais il faut que les deux partenaires soient consentants, sinon, c'est un crime.

— Je dis seulement que tout n'est pas toujours aussi tranché.

— À mon avis, c'est toujours comme ça que les hommes voient les choses.

— Depuis quand es-tu à ce point féministe ?

Sadie remua le café dans sa tasse et en but une gorgée.

— Je suis féministe depuis toujours. C'est un mot que je n'emploie pas souvent ; les gens sont incapables de rester rationnels quand je le prononce.

— Oui, mais, là, c'est de notre père dont il est question.

— Je sais. C'est différent, mais plus rien n'a de sens.

— Tu te dois d'être loyale envers lui. Quand un événement pareil arrive, on fait corps autour de la personne malmenée.

— Je ne sais pas. J'ai de la peine pour lui. Et je me sens atrocement honteuse de penser même une seule seconde qu'il puisse être coupable. Mais tout ça ne devrait pas être une question de loyauté, mais de vérité et d'honnêteté.

— Si tu t'imagines que notre système juridique a quelque chose à voir avec l'honnêteté, rétorqua Andrew avec un ricanement, tu as encore beaucoup à apprendre, ma petite.

— Quel dommage ! Moi qui croyais que t'étais devenu avocat pour faire le bien.

— Écoute, cette situation se réglera sous peu. D'après les statistiques que je lisais hier soir, la plupart des cas de ce genre font l'objet d'un non-lieu faute de preuves suffisantes, surtout quand l'accusé est, comme papa, un citoyen irréprochable. C'est la parole de l'un contre la parole de l'autre, sans aucune preuve concrète. Tout rentrera dans l'ordre, tu vas quitter cette ville bientôt, papa et maman partiront pour l'Europe comme prévu et, l'an prochain, on n'en parlera déjà plus.

— Si réconfortant que ça en ait l'air, Andrew, je ne suis pas du tout de ton avis. Papa est dans la merde. On est tous dans la merde.

— Je te le concède. Il va probablement s'en tirer parce que seulement six pour cent des violeurs sont effectivement incarcérés aux États-Unis et que, dans le cas de papa, l'accusation se limite à un comportement indécent et à la tentative de viol, mais ça ne veut pas dire que les choses n'auront pas irrévocablement changé à l'extérieur, et au sein même de notre famille.

Sadie tira de sa poche la carte postale du groupe de défense des droits des hommes que Dorothy lui avait donnée. Andrew la lut et ricana.

— Ce sont des cinglés, mais je parie qu'ils ont plus de pouvoir qu'on ne le pense. « Sauvons George Woodbury » ? Ce n'est absolument pas ce dont on a besoin. Il faut veiller à ce que les gens sachent que notre père est un homme honnête qui a de l'estime pour les femmes, qu'il les encourage et les soutient, qu'il n'est pas phallocrate comme ces tarés.

— Mais toi, tu leur ressembles un peu, non ? D'emblée, tu présumes que les filles mentent…

— Mais non. Je ne nie pas que les femmes sont victimes de harcèlement et de violence. Tout ce que je dis, c'est que papa a droit à un traitement juste et équitable ainsi qu'au bénéfice du doute. Et que la thèse du coup monté n'est pas à rejeter. Je ne porte pas de jugement genré, conclut-il en se levant pour jeter le reste de son café dans le lac.

8

Kevin arriva avec une heure d'avance au Café Mogador dans l'East Village, où il avait rendez-vous avec son agent. Il commanda un verre d'eau pétillante additionnée d'un quartier de citron vert à une immense serveuse aux gros seins, vêtue d'une robe trapèze bleue dont l'ourlet était orné d'une ribambelle d'oiseaux. C'était l'heure du déjeuner, mais il n'avait pas faim. Il s'installa sur l'étroite terrasse qui empiétait sur le trottoir de St. Mark's Place et regarda des enfants sortir à la queue leu leu d'une école privée qui ressemblait à tous les autres immeubles du coin, sauf pour la petite plaque au nom de l'établissement. Il était hypernerveux. Angela, sa serveuse habituelle, coupe au carré et frange de fillette, était une admiratrice. Elle dessinait toujours un cœur suivi de son numéro de téléphone au bas du ticket de caisse. Il aurait vraiment souhaité qu'elle soit de service aujourd'hui, parce que son ravissement lui remontait le moral. La serveuse aux gros seins l'avait à peine regardé.

Tous les passants étaient seuls, ils promenaient leur chien en parlant au téléphone ou ils trimballaient un tapis de yoga. Assis sur les bancs devant la boutique d'un marchand de cupcakes, des étudiants de la NYU brandissaient des cuillères en plastique. Pourquoi tant de restos à choix unique, tout à coup ? Quand Kevin était ado, ce quartier était branché et même un peu dangereux. Après la sortie de son premier livre, il avait vécu à Alphabet City pendant un an grâce à un programme de résidence d'écrivains. Il était toujours heureux d'y revenir et regrettait de ne pas avoir fait l'effort d'y rester. Mais à l'époque, le coût de la vie y était déjà prohibitif. Et que dire de maintenant ! Il aimait l'individualisme de Manhattan, le fait de pouvoir s'asseoir seul dans un restaurant et que tout le monde s'en fiche. Les banlieusards voyaient la solitude d'un mauvais œil. Ils partageaient une table même s'ils n'avaient rien d'intéressant à se dire.

Son agent avait annulé leurs deux derniers rendez-vous, si bien qu'il ne l'avait pas vu depuis un an. Ses dix minutes de retard étaient sans doute un symbole d'un changement de rapport de force. Dans sa sacoche en toile écossaise il y avait les 287 pages d'un nouveau manuscrit. Kevin savait qu'il n'était pas aussi « brillant » qu'il le devrait. C'était un roman introspectif, lyrique, axé sur le sens de la mort et de la société de consommation, qu'il s'était lassé de rédiger depuis déjà presque trois mois. Il passait son temps à récrire la scène de sexe entre le prof et son stagiaire, mais n'arrivait pas à faire autre chose. Il avait présenté ces trois pages-là en avant-première dans des lectures publiques et leur publication dans un numéro de *Tin House* avait suscité beaucoup d'intérêt. Mais c'était il y a trois ans, et maintenant, il ne recevait plus aucune proposition. Depuis deux semaines, Kevin occupait ses après-midi à regarder des DVD de séries télévisées, se couchait tard et lorgnait son manuscrit, incapable de trouver une solution pour l'améliorer.

Kevin commençait à considérer réconfortante la carrière d'enseignante d'Elaine, qu'il avait toujours apparentée à la pire des prisons. Il avait à quelques reprises enseigné la création littéraire en tant que maître auxiliaire, mais il avait détesté. Il ressentait comme une insulte les autofictions de mauvais élèves, leur refus de corriger leur texte ou de lire des livres difficiles, leur désir désespéré d'être publiés… c'était plus qu'il n'en pouvait supporter. Il avait décliné ensuite la plupart des offres qu'on lui avait faites. Récemment, il rechignait à l'admettre et même à se l'avouer, il s'était remis à prospecter pour un job à la fac. Quand il lui avait confié qu'il était de nouveau disposé à enseigner parce qu'il avait besoin d'une certaine stabilité, Elaine avait réagi avec sarcasme :

— Bienvenue à l'âge adulte ! On t'attend depuis au moins vingt ans.

Il lui restait mille dollars de son dernier à-valoir. Et le deuxième manuscrit avait deux ans de retard. Dans son dernier mail, son agent lui avait prodigué des conseils :

> Tu dois revenir au Kevin fondamental qui caractérisait tes premiers livres. Relis-les. Ensuite, va faire une longue randonnée, rencontre des gens, sors de cette maison de banlieue qui a l'air d'étouffer ta créativité. Prends une maîtresse ! Fais ce qu'il faut. Remue-toi. Tu n'es plus l'écrivain de génie de vingt-six ans à ne pas laisser filer. Tu dois écrire un roman sérieux et digne d'attention.

L'ennui était que Kevin luttait contre un monstre beaucoup plus menaçant que la question de savoir si la banalité géographique tuait sa créativité. Il craignait que ce ne soit vrai, qu'il ne soit que l'auteur d'un seul livre dont la publication remontait à une décennie. La moindre nouvelle phrase écrite lui semblait lourde et affligeante. Tous les mois paraissaient des premiers romans rafraîchissants qui renouvelaient le genre, signés par des jeunes de vingt-trois ans qui détenaient une maîtrise en création littéraire et dont les œuvres précédentes avaient toutes été publiées dans le *New Yorker*. Ils étaient inscrits sur les mêmes listes qui l'avaient encensé, lui, dix ans plus tôt ; ces redoutables listes des « Favoris de moins de 40 ans » qui à la fois ne voulaient rien dire et pouvaient définir une carrière.

Une plaque d'eczéma au pied, qui ne se réveillait qu'en période de stress, se mit à le démanger et il eut envie de se gratter jusqu'au sang. Il se contenta de cogner sa chaussure contre un pied de la table en soupirant et de transpercer le quartier de citron vert d'un coup de paille. Il regarda la serveuse à gros seins se pencher vers un client plus âgé en le touchant à l'épaule. Il se souvint de cette tactique quand il était barman. Un léger contact apportait de meilleurs pourboires. Elle restait penchée. Il distingua le haut d'un soutien-gorge noir pigeonnant. Il essaya de se rappeler la dernière fois qu'il avait fait l'amour avec Elaine. Ils étaient devenus comme frère et sœur ; depuis quelque temps, elle se raidissait au moindre contact. Il s'endormait souvent sur le canapé.

— On va remonter la pente, avait-elle dit. Tous les couples traversent de mauvaises passes.

Il le savait, mais se sentait impuissant à y changer quoi que ce soit.

Kevin parcourut son fil Twitter sur son portable. Il draguait plus ou moins une jeune romancière de Los Angeles avec des mots d'esprit sur les actualités et des partages de tweets. Son flirt avait retwitté un gros titre qui attira son attention : UN PROF D'AVALON HILLS ARRÊTÉ POUR AGRESSION SEXUELLE. Il cliqua dessus en songeant qu'un crime à Avalon Hills était pour le moins rarissime. Quand il vit le nom de

George Woodbury, il faillit s'étouffer avec sa dernière gorgée d'eau pétillante.

Il envoya un texto à Elaine en mâchouillant sa paille.

As-tu entendu parler de l'affaire George W. ?

Kevin espérait qu'Elaine l'appelle. Puis il se souvint qu'elle enseignait jusqu'à 20 heures.

La serveuse vint débarrasser sa table.

— Un autre ? demanda-t-elle en le frôlant à l'épaule.

L'astuce fonctionnait : il ressentait une sorte de lien qu'il savait pourtant être inexistant.

— Je vais prendre un demi et une assiette de houmous avec du pain pita.

Elle lui apporta la bière en effleurant son index comme par inadvertance. Il avala une gorgée. Un sentiment l'envahit, qu'il n'avait pas ressenti depuis des lustres. Il sortit un petit carnet de son sac, un carnet comme ceux qu'il imposait à ses étudiants en création littéraire et dans lequel il n'avait rien noté depuis six mois. Quand Elaine répondit à son texto, il avait eu le temps de remplir deux pages d'une écriture passionnée et impulsive.

J'apprends la nouvelle à l'instant. Jimmy a demandé si Sadie pourrait venir vivre chez nous pendant quelque temps. J'ai dit oui. J'espère que ça ne t'ennuie pas.

Son agent arriva dix minutes plus tard, s'excusa trop pour être sincère et commanda un café turc en vrillant son regard dans celui de la serveuse plus longtemps que nécessaire. Elle fit claquer son chewing-gum et attendit qu'il baisse les yeux en premier avant de tourner les talons. L'agent éclata de rire et reporta son attention sur Kevin.

— Tu as l'air en forme, dit-il. Une jeune stagiaire était survoltée de savoir que je te verrais aujourd'hui. Ton premier livre a, paraît-il, changé sa vie au lycée.

Kevin s'émerveilla comme d'habitude de la chevelure argentée de son agent où chaque mèche brillante participait à un brushing qui traduisait éloquemment sa personnalité. Était-il possible que Kevin l'ait estimé ? Qu'il ait eu du respect pour lui ?

— Je ne me lasse jamais d'entendre ce genre de propos, répondit Kevin avec un sourire en passant une main nerveuse dans ses propres cheveux dont il ramena quelques mèches sur son front pour cacher ce qu'il croyait être une calvitie naissante.

Depuis quelque temps, ces compliments ne faisaient que renforcer l'impression qu'il avait de sombrer dans l'anonymat. Il était passé de « très prometteur » à « sur le déclin » sans avoir atteint le sommet de la réussite. Il n'avait aucune autre compétence, alors il se faisait de la bile. Comment diable pourrait-il gagner sa vie ? Kevin avala sa dernière gorgée de bière. Pourquoi n'apprenait-il pas un métier ? Pourrait-il s'inscrire en menuiserie ou son dos était-il trop mal en point ? Il ne pouvait pas risquer de se couper un doigt au cas où il lui viendrait encore une bonne idée.

Les bonnes idées semblaient aussi improbables qu'une bonne baise extraconjugale.

— Alors, ce manuscrit, tu me l'as apporté ?

— Non, dit Kevin.

Son agent fronça les sourcils et regarda du côté de la rue comme pour chercher un taxi.

— J'ai eu une meilleure idée.

La serveuse déposa la commande un peu trop brusquement. Kevin sortit son carnet et l'aplatit sur la table. Son agent prit la petite casserole en cuivre et versa le café dans sa tasse d'un air contrarié.

— Dis-moi tout.

Kevin consulta ses notes, presque indéchiffrables. Son anxiété professionnelle avait pris une nouvelle tournure : ça ne pouvait pas être pire, alors qu'est-ce qu'il en avait à foutre ? Kevin s'entendit décrire et inventer au fur et à mesure le projet qui était encore dans les limbes avant qu'il commande son premier verre. Son agent hocha la tête, d'abord avec méfiance, puis avec curiosité et, pour finir, avec enthousiasme.

— Kevin, petite fripouille, à elle seule ton idée est *bankable* ! C'est actuel, c'est ancré dans la vraie vie, c'est sacrément génial.

Kevin opina de la tête et l'énergie qui courait dans ses veines lui fit monter le rouge aux joues.

— Ça vaut bien une bouteille de champagne, tu ne crois pas ? dit-il avec un rire.

La serveuse apporta deux flûtes et une bouteille dans un seau à glace. Kevin avala le premier verre d'un trait, encore abasourdi de s'en être tiré. Au second verre, son arrogance réapparut comme une ancienne maîtresse sournoise qui lui remettrait en douce le passe magnétique de sa chambre d'hôtel.

Après son rendez-vous, Kevin, quelque peu euphorique, avait pour mission d'écrire le synopsis de deux pages qui serait expédié à des éditeurs la semaine suivante. Il marcha dans First Avenue, grisé, planant sous l'effet de sa propre ambition. Il acheta un livre de Lorrie Moore au marchand ambulant à l'angle de la 10e Rue. Il se sentait capable de s'évader de sa vie à Avalon Hills et de compenser des années de besognes insignifiantes et d'échecs. Si son prochain livre avait du succès, il pourrait peut-être revenir à New York.

Il rédigea le résumé sur son iPad dans le train qui le ramenait à Avalon. Le trajet de trois heures passa comme un éclair. Il expédia le texte à son agent et arriva chez lui.

La maison était vide. Il se versa de nouveau à boire. Il aurait aimé qu'il y ait quelqu'un pour le féliciter.

9

À la First National Bank, Joan, Clara et Bennie étaient assis sur de moelleuses chaises ergonomiques recouvertes d'un tissu beige uniforme qui rappelait à Joan l'hôpital. En face d'eux, Mary, une jolie femme d'origine asiatique, portait un chemisier d'un rouge si aveuglant que Joan en avait mal à la tête. Mary souriait d'un air affligé et bienveillant et tapait sur son clavier en regardant l'écran de l'ordinateur. Pour ce qu'en savait Joan, elle aurait aussi bien pu être en train de naviguer sur Facebook.

À côté des deux sœurs, Bennie tambourinait sur son iPhone et frottait son pied gauche avec son pied droit. Joan eut maternellement envie de lui tapoter la jambe et de lui dire d'arrêter de gigoter. Au mur, au-dessus de la tête de Mary, des affiches montraient divers clients heureux en train de concrétiser leurs rêves. Un couple était à la plage, l'autre devant sa première maison.

Comme beaucoup des tâches requises depuis l'arrestation, la visite à la banque était faite d'inconfort et d'attente interminable.

Mary fit pivoter l'ordinateur sur sa base et indiqua une somme du bout de son stylo.

— C'est le solde du compte de George, dit-elle.

Il était si inférieur à ce que Joan avait imaginé que le mot qui voulut sortir de sa gorge resta suspendu dans un hoquet. Mary n'eut pas l'air de s'en rendre compte.

— Vous en êtes sûre ? Où est passé son argent ? demanda-t-elle.

Mary fit pivoter l'écran de nouveau et tapa sur le clavier.

— Oui, assura-t-elle après quelques secondes de silence. Ses autres comptes ont été gelés. L'argent de la fiducie familiale ne peut pas être encaissé tant qu'il n'arrivera pas à terme, ce qui devrait vous rassurer. En tant qu'épouse, une partie vous appartient.

— Ça ne représente peut-être que la partie émergée de l'iceberg, dit doucement Clara. Il y a sans doute d'autres choses que tu ignores.

Consciente enfin de ce qui se passait, Mary les regarda, impuissante. Joan prit le gel hydroalcoolique qui était sur le bureau et en déversa une petite quantité dans sa paume. Devant l'imminence de ce qu'il convenait d'appeler un choc et une humiliation catastrophiques, elle se frotta les mains, entrecroisant les doigts jusqu'à ce que s'évapore l'alcool dont l'odeur lui donnait la nausée.

— Voudriez-vous revérifier le solde de mon compte personnel ? demanda-t-elle, même si elle le connaissait déjà parce que Sadie venait de lui apprendre à le consulter en ligne.

Elle se frotta les yeux avec lassitude ; le résidu de gel les fit larmoyer.

— Et aussi notre compte conjoint et le compte en fidéicommis de Sadie, celui que lui ont laissé ses grands-parents.

Joan avait toujours cru que ses économies, comparées à la fortune des Woodbury, étaient plutôt modestes mais elles suffisaient à la rassurer. Le solde du compte conjoint était lui aussi relativement modique puisque, pour maximiser leurs économies, ils ne faisaient qu'y transférer chaque mois le montant nécessaire, prélevé sur le compte épargne de George.

C'était du moins ce qu'elle avait cru.

— Si je ne peux pas payer la caution demain, qu'est-ce que je vais faire ?

— S'il le faut, vous pourrez obtenir un cautionnement en garantie d'exécution, dit Bennie.

Joan fit la grimace. Apparemment gênée d'entendre leur conversation, Mary faisait tourner une alliance en or autour de son doigt.

— Les gens diront sans doute que tu es courageuse si tu n'en fais rien, estima Clara. Ou bien que tu es cruelle. Parce que tu donnes vraiment l'impression de nager dans l'argent.

— Je n'hypothéquerai pas la maison, je n'encaisserai ni le fonds d'études de Sadie ni son fonds en fidéicommis. Il n'est pas question que je touche à mon plan d'épargne retraite. Je ne veux pas prendre de décision irréfléchie, parce que – elle les regarda tous les deux – tout sera bientôt réglé, bon sang ! Ce n'est rien de plus qu'une invraisemblable méprise. Ils vont reconnaître son innocence. George n'est pas un monstre.

Joan était consciente de laver son linge sale en public, devant une inconnue et à portée de voix des autres clients qui devaient avoir lu le journal du matin. Elle contempla l'affiche du couple sur la plage. La femme aux cheveux gris enfonçait ses pieds nus dans le sable d'un air triomphant. Joan se leva, s'excusa et traversa la banque jusqu'à la sortie. Elle retint ses larmes jusqu'à ce que sa main touche la porte, mais quand elle ouvrit maladroitement celle-ci pour laisser passer une femme âgée qui s'appuyait sur une canne, elle pleurait déjà. Et quand la femme, qui ressemblait à sa mère décédée, lui sourit, elle sanglota de plus belle.

La mère de Joan lui avait transmis son sens pratique et chaque mois Joan mettait de côté une partie de son salaire, mais l'argent qui lui faisait croire que rien n'était impossible était celui des Woodbury, et elle s'était attendue à ce qu'il soit toujours à sa portée. Joan s'en voulut de ne pas y avoir fait plus attention, d'avoir pensé que tout irait toujours comme sur des roulettes.

Clara et Bennie la rejoignirent dehors. Ils repartirent dans la Lexus de l'avocat qui, sans dire un mot, les emmena à la petite prison municipale où George était détenu jusqu'à l'audience. Quand il trouva une place où se garer, Joan toucha son bras.

— Étiez-vous au courant pour l'argent, Bennie ?

— Non, non, je n'en savais rien.

— Où est-il passé ? Je sais quelle somme était à notre disposition quand on s'est mariés, et je l'ai vérifiée périodiquement au fil des ans. Il n'en reste presque rien.

— Une somme importante il y a trente ans n'a plus la même valeur aujourd'hui. Notre mémoire n'est plus la même non plus. Et puis, tous les fonds en fidéicommis sont toujours là, pour les enfants quand ils auront vingt-cinq ans et trente-cinq ans, et pour vous. Vous en recevrez encore à votre retraite, bien sûr. Si vous… euh… restez ensemble.

Sur la banquette arrière, Clara ricana en ouvrant la portière.

— Joan, tu ferais bien de ne pas perdre de vue que Bennie est l'avocat de George, pas le tien.

Ignorant le commentaire de Clara, Bennie les précéda jusqu'à l'entrée du poste de police, ouvrit la porte et s'effaça pour les laisser entrer. Joan y était déjà venue une fois, mais elle ne se souvenait plus pour quel motif. Ils s'adressèrent au planton à l'accueil qui leur fit signer un registre.

— Le maire est avec lui en ce moment, dit le planton.

— Le maire ? s'étonna Clara.

— Ce sont de vieux amis, lui expliqua Joan. Leurs familles se connaissent depuis plusieurs générations.

Après quelques minutes à patienter, Joan en voulut au maire d'accaparer George pendant que sa famille attendait dehors. Quand il sortit enfin, il ouvrit grand les bras pour serrer Joan contre lui.

— C'est terrible, Joannie, terrible. Nous allons régler ça.

— Merci beaucoup, dit-elle, ne sachant pas si elle devait vraiment éprouver de la gratitude à son égard.

Incrédule, Clara ouvrait de grands yeux.

— Ce n'est pas une simple contravention, marmonna-t-elle entre ses dents quand le maire s'éloigna.

Elle prit la main de Joan. Elles verraient George en premier, puis Bennie s'entretiendrait en privé avec lui.

Joan entra enfin et fut surprise de voir que la pièce ne ressemblait pas du tout à celles qu'on voyait dans les séries télé : il n'y avait ni cloison vitrée ni menottes. Une simple table, trois chaises, un policier en uniforme à la porte. George n'avait pas changé de vêtements.

— Oh, Joan, je n'ai jamais été si heureux de ma vie de te voir, dit-il en la serrant fort dans ses bras.

Puis il regarda la sœur de Joan.

— Merci d'être là, Clara. Ton soutien est très important pour nous.

— On a un tas de questions à te poser, George, commença Clara sur un ton égal en s'asseyant face à lui.

— Je n'ai rien fait. Ce sont des mensonges. Tout est faux. C'est un coup monté. Vous me connaissez. Vous savez que je ne suis pas ce genre d'homme.

— Qui pourrait vouloir t'infliger une chose pareille ? demanda Joan, essayant de rester calme.

— Je n'en ai pas la moindre idée, Joan, pas la moindre idée. Je n'ai jamais fait de mal à une mouche, tu le sais, n'est-ce pas ? Je ne suis pas un pervers.

Joan opina de la tête.

— La caution, est-ce que Bennie t'en a parlé ? ajouta-t-il.

— Oui. Tes actifs ont été saisis. J'ai encore accès à mes comptes et à une partie de notre argent commun. Je ne sais pas trop comment j'y arriverai, à moins d'hypothéquer la maison, et il n'en est pas question.

— Il y a toujours les fonds en fidéicommis des enfants.

— George... On ne peut pas légalement les toucher. Et toute cette histoire sera bientôt réglée puisque tu es innocent. Entre-temps, il ne faut pas qu'on se retrouve dans une mauvaise passe financière.

Joan n'était pas certaine de croire à ce qu'elle disait et elle ne lui parla pas de sa découverte à la banque. Son instinct l'avertissait pourtant que quelque chose clochait. C'était tout ce qu'elle pouvait décoder. Pour la première fois en près de trente ans de mariage, elle se demanda si elle connaissait vraiment l'homme qui partageait son lit depuis si longtemps.

— Il faut que je sache..., commença-t-elle, hésitante. Il faut que je sache pourquoi ces filles ont dit ça. Toutes. Certaines d'entre elles ne se connaissent même pas, George. Pourquoi mentiraient-elles ? Pourquoi ?

Sa voix s'étrangla.

— Je t'assure que je n'en sais rien, strictement rien, Joan. J'ai l'impression de vivre un cauchemar, d'être victime d'un complot.

— Bon sang, George, dis-lui la vérité, insista Clara.

— Clara... Laisse-le parler, dit Joan d'un ton désespéré qui la surprit elle-même.

— C'est un coup monté.

Joan voulait croire son mari. Il y avait pourtant tant de détails à charge, des détails précis, des détails convaincants. Mais à qui pouvait-elle faire confiance ? À l'homme qui ne l'avait jamais déçue, même une seule fois, durant leurs années de mariage ? À celui qui avait promis de l'aimer et de vieillir à ses côtés ? Ou à la police et à des enfants qu'elle n'avait pas élevés ?

Ils se turent pendant près d'une minute, puis elle laissa échapper :

— Pourquoi y a-t-il si peu d'argent sur notre compte ?

— Qu'est-ce que tu veux dire ?

— Je sors de la banque. Le solde est très inférieur à ce que je croyais.

— C'est parce que j'ai fait des investissements, histoire de maximiser nos épargnes. Je n'en avais pas parlé à Bennie. Je vais le faire maintenant.

— Quels investissements ?

— Ma chérie, je n'ai pas la tête à tous ces détails en ce moment. Je suis en prison. On trouvera une solution à tes questions d'argent quand je serai libéré, d'accord ? On va s'en tirer. On s'en tire toujours. L'argent n'est pas un problème.

Le gardien leur fit signe de la porte que le temps de visite était terminé.

— Qu'est-ce que le maire compte faire pour toi ? demanda Joan en se levant.

— Je n'en sais rien, dit George. Il fera ce qu'il peut. Il me l'a promis. Il me croit.

Joan prit sa main. Clara était déjà sortie. George eut les larmes aux yeux.

— Je t'aime, ma Joannie.

Elle tourna les talons et s'en alla, le cœur lourd. Sa vue lui jouait des tours et elle avait l'impression d'être à bord d'un navire qui tangue sans qu'elle n'y puisse rien.

Joan aimait tout contrôler. Elle excellait à orchestrer, déléguer, diriger. Pour la première fois depuis des années, elle aurait voulu que quelqu'un lui dise quoi faire et lui montre la voie à suivre. Elle était incapable de comprendre, d'organiser sa pensée, de planifier une action. Elle remonta dans la voiture de Bennie. Il roulait vite. *Pourquoi les gens s'imaginent-ils tous qu'ils doivent faire la course ? C'est exaspérant*. Elle agrippait le bord du siège dans les virages trop rapides. Et il faisait si chaud dans l'habitacle qu'elle eut peur de vomir.

— Vous voulez bien vous arrêter et me laisser sortir, s'il vous plaît ? demanda-t-elle d'une voix étouffée.

Surpris, Bennie se rangea sur le bas-côté.

— Vous en êtes sûre, Joan ? C'est encore loin.

— Je t'accompagne, dit Clara en détachant sa ceinture.

— Non, j'ai besoin d'être seule.

Joan sortit du véhicule, inspira profondément l'air frais. Elle irait peut-être se creuser un terrier en forêt. Ce pourrait être une solution. Elle descendit dans le fossé et remonta de l'autre côté. Elle avait franchi une certaine distance au milieu des arbres quand un renard roux la fit sursauter en fonçant à côté d'elle. Elle s'accrocha au tronc d'un jeune érable pour se ressaisir. Elle arracha un lambeau d'écorce, enfonça un talon dans l'humus, doucement d'abord, puis avec force, y laissant son empreinte.

Une heure plus tard, Joan était de retour chez elle. Elle avait emprunté un des canots pour touristes derrière le Coffee Hut afin d'éviter les journalistes. John, qui gérait le quai, l'avait saluée de la main depuis la petite cabane où il passait le plus clair de ses journées pendant la basse saison.

Il hocha la tête quand elle lui cria qu'elle lui rapporterait l'embarcation. Elle rama lentement en suivant la courbe du lac près de la rive, puis elle s'amarra à son propre ponton. Elle monta la côte pieds nus et fit sursauter Andrew qui regardait par la fenêtre de la cuisine. Elle remit ses chaussures et laissa entrer le chat par la porte arrière.

— Où diable étais-tu passée ? dit Clara.

— Je suis revenue en canot, expliqua-t-elle tout en remarquant que sa sœur avait les yeux fixés sur l'ordinateur portable d'Andrew. Elle s'en approcha et lut le gros titre d'un blog : LA PERVERSION – UNE AFFAIRE DE FAMILLE.

— Tu ne peux pas disparaître comme ça, maman. On était inquiets.

— Qu'est-ce que tu regardes ?

Clara tourna l'écran.

— Ne lis pas ça.

— Si, il faut que je sois au courant de tout.

Joan se mit à lire à voix haute :

— « Le fils du tristement célèbre George Woodbury, enseignant en secondaire, a fréquenté l'école privée d'Avalon Hills où il avait mis sur pied un club de gays et d'hétérosexuels pour contester la décision de l'administration qui refusait qu'il invite un compagnon au bal de fin d'année. L'ex-secrétaire de l'école, Milicent Yardrow, a confié aux journalistes que l'école avait finalement accédé à la demande d'Andrew en raison du soutien financier que la famille Woodbury accordait à l'établissement depuis très longtemps.

Par la suite, le fils a obtenu un doctorat en droit à l'université de New York. Sa thèse portait sur les aspects juridiques de la décriminalisation de la prostitution aux États-Unis. "Je pense que des gauchistes illuminés comme le sont les membres de cette famille peuvent s'abriter derrière leur fortune", a déclaré le président du Groupe de défense des valeurs. »

— Le Groupe de défense des valeurs ? Depuis quand ce genre d'organisation a-t-il acquis de la crédibilité ? s'exclama Joan.

Clara secoua la tête.

— Dieu merci, tu as quitté cette ville, Andrew.

Dehors, quelqu'un hurla dans un mégaphone :

— Est-ce qu'on peut parler au fils ? Est-ce qu'il est là ? Juste quelques questions, et on vous laisse tranquilles.

— Ils ne le feront pas, l'avertit Clara. Refuse de leur parler. Ils vont tous vous précipiter en enfer pour étayer leur propos.

Elle brandit le journal et lut :

— « Joan Woodbury, l'épouse, est infirmière au centre de traumatologie d'Avalon Hills et un membre respecté de la collectivité. Mais comment est-il possible qu'après plus de vingt ans de mariage elle n'ait rien su des préférences de son mari ? »

— Arrête, Clara, dit Joan.

— Je pense que la seule façon de faire face à cette situation est de l'envisager comme un problème à résoudre, proposa Andrew.

— On ne peut pas dire que nous sommes capables d'objectivité, rétorqua Clara.

— Mais on peut être mis au courant des faits, ou ce qui semble être des faits, et on peut aussi faire jouer notre instinct. Je sais que les humains peuvent manquer de jugement et avoir des comportements immoraux. Papa n'est pas à l'abri de cette réalité, mais c'est tellement ahurissant. Trop étrange.

Joan s'appuya à un placard de la cuisine, ressentant dans sa poitrine une infime parcelle d'espoir. Si Andrew pouvait ressentir cela, lui qui, en plus d'aimer et de comprendre son père, maîtrisait à fond les complexités de la loi et de la criminalité, peut-être qu'elle ne se berçait pas d'illusions. Les propos de son fils renforcèrent sa forte propension au déni. Andrew et elle allaient prendre les choses en main.

— Qu'est-ce que la banque t'a dit? demanda Andrew.

— Il va devoir rester en prison jusqu'au procès. On est sans le sou. En réalité, on est complètement lessivés, et je ne sais pas pourquoi.

— J'ai de l'argent. Je le ferai sortir. Il faut juste que j'appelle mon courtier.

— Non, refusa Joan en hochant la tête. Cet argent, c'est pour ton avenir. Il n'en est pas question.

— Il se peut qu'il soit incarcéré longtemps. Je ne peux pas le laisser là-bas.

— Pourquoi ce devrait être si long? Il est innocent.

Clara sortit, dans le jardin, un verre de vin rouge à la main. Andrew la rejoignit. Ils regardèrent le soleil disparaître derrière les montagnes de l'autre côté du lac. Joan s'assit à la table de la cuisine et rédigea des listes de choses à faire, ancrée par le devoir, les mâchoires serrées.

Lundi soir

10

Muni d'une longue épuisette qu'il frappait dans l'herbe pour la vider, Andrew ramassait sans conviction les insectes volants et autres débris qui flottaient à la surface de la piscine. Clara le regardait faire en sirotant un verre du vin qu'elle avait subtilisé à la cave.

— Je ne sais pas quoi faire pour aider ta mère, mon garçon, avoua Clara à Andrew qui interrompit quelques instants son nettoyage pour lui jeter un regard avant de se remettre au travail. D'habitude, c'est Joan qui conspire pour me venir en aide. Je me demande bien comment on pourrait l'aider pour changer les choses.

— Jared m'a confié que ce qu'il a apprécié le plus au décès de son père était que des amis s'offrent à faire la lessive ou la cuisine, ces petites choses dont on n'a plus la force de s'occuper quand on est en deuil, dit Andrew.

Il laissa tomber l'épuisette dans l'herbe et rejoignit Clara au bord de la piscine. Il enleva chaussures et chaussettes et trempa ses pieds dans l'eau.

— Je vois mal Joan laisser quelqu'un d'autre s'occuper de la lessive, opposa Clara en riant. Elle déplierait et replierait tout dans notre dos.

Andrew rit à son tour et avala une grande gorgée de vin.

Ils entendaient les vaguelettes caresser la rive, en contrebas. Ils regardèrent en silence un gros raton laveur grimper à un chêne et grignoter un trognon de brocolis qu'il avait chipé dans la poubelle des Henshaw, les voisins.

— Quand comptes-tu retourner travailler ? demanda Clara.

— J'ai pris quelques semaines de congé. Mon travail ne peut pas se faire à temps partiel. À vrai dire, c'est un congé maladie. Le stress.

— Tu m'étonnes. Est-ce que Jared compte nous rendre visite ?

— Il veut venir ce week-end pour nous donner un coup de main.

Le raton laveur descendit de son perchoir, vint vers eux en se dandinant et monta les marches de la terrasse.

— Salut, toi ! fit Clara en levant son verre, puis elle se tourna vers Andrew. Tu as du sang-froid. C'est bien d'avoir quelqu'un ici qui ne pétera pas les plombs à tout moment.

Andrew haussa les épaules.

Le BlackBerry de Clara sonna. Elle tapa un message avant de reposer le portable sur la petite table entre eux.

— Tu sais ce qu'on devrait faire, Andrew ?

— Quoi ?

— Danser !

Elle se redressa en étirant les bras.

— D'habitude, je fais du yoga tous les matins, mais je n'ai pas exercé un seul de mes muscles depuis que je suis ici.

Elle se leva et pirouetta comme une petite fille, effrayant le raton laveur qui courut se réfugier au pied de l'arbre. Il les regarda de nouveau, dressé sur ses pattes postérieures.

— Tu plaisantes ? dit Andrew en riant.

— Pourquoi pas ?

— Ce serait sans doute mieux si on faisait une randonnée ou quelque chose dans le genre. N'oublie pas qu'on se trouve à Avalon Hills. Tout ce que tu trouveras ici, ce sont des cours pour apprendre le quadrille !

— Je crois me rappeler, mon neveu, que tu fréquentais en secret le fameux club de Woodbridge, non ? Que dirais-tu d'une petite compilation de Gloria Gaynor ? Allez !

Quelques heures plus tard, ils garèrent la voiture de Joan sur le parking faiblement éclairé du bar Icons! où Andrew n'avait pas mis les pieds depuis plus de dix ans. Icons! était un bloc de ciment violet en bordure de l'autoroute 2 à la sortie de Woodbridge, et l'endroit le moins iconique qu'Andrew puisse imaginer. Rien n'annonçait que c'était un bar gay ni même un bar tout court. L'odeur qui le frappa en entrant n'avait pas changé : une odeur de bière, de sueur et d'eau de Cologne. L'ambiance musicale était aussi la même : house music rythmée, démodée depuis dix ans, sono de fond de casserole. Un bar occupait tout un côté de la salle caverneuse : les murs, le sol et le plafond étaient entièrement peints en noir, sauf pour une section recouverte de miroirs du plafond au plancher. Des guirlandes de lumières de Noël couraient sous le zinc du bar et autour de la petite cabine du DJ. Une boule disco qui avait connu des jours meilleurs tournoyait sans relâche, avec une obstination optimiste.

Se retrouver avec Clara dans un bar gay était nostalgique à plus d'un titre. Quand Andrew était jeune, Clara lui avait ouvert la porte du monde homosexuel. Elle était alors un pilier des soirées new-yorkaises. Elle disait en plaisantant qu'elle ne connaissait pour ainsi dire aucun hétéro, ce qui ne manquait pas de scandaliser les grands-parents d'Andrew au repas de Thanksgiving. Elle se pointait avec des heures de retard aux réunions familiales, du gloss violet brillant sur les lèvres, un foulard en soie bariolée autour du cou et des chaussures dont les talons ne faisaient jamais moins de 12 cm. Même tout petit, Andrew était fasciné par sa tante. Joan clamait souvent qu'il avait appris à marcher pour pouvoir suivre Clara partout dans la maison, un jour où elle était venue les voir. Elle s'asseyait sur le ponton en sandales à talons hauts, un grand chapeau de soleil sur la tête, quand tous les autres se baladaient en short et en tongs.

— Je n'ai aucun besoin d'avoir des enfants ; tu seras toujours mon petit chou, n'est-ce pas, Andrew ? disait-elle, heureuse de participer à ses jeux et de faire semblant de boire à petites gorgées le contenu d'un service à thé de poupée qu'il lui présentait avec beaucoup de grâce.

Quand Andrew eut douze ans, Clara se mit à lui offrir des CD de musiciens que ses parents ne lui auraient jamais fait découvrir – Bronski Beat, Depeche Mode, les Pet Shop Boys. Ensuite, ce furent des bandes originales de spectacles de Broadway et de musique punk, accompagnées de petits mots – « Écoute bien les paroles, elles sont révolutionnaires ! Ta vieille tante qui t'aime » – scellés par un baiser fluo. Clara avait été pour Andrew une fenêtre sur un monde culturel à des années-lumière d'Avalon Hills.

Tandis que George et Joan se souciaient peu de son orientation sexuelle, Clara l'encourageait ouvertement à « lâcher les chevaux » – selon son expression – dès qu'il aurait l'âge d'aller tout seul en ville. Elle l'emmenait à des vernissages d'artistes avant-gardistes, au théâtre, au restaurant, en lui faisant porter des vêtements noirs et en mettant du gel coiffant dans ses cheveux. Ils mangeaient des glaces dans le parc en regardant les garçons, elle le présentait à ses amis gays, toujours vêtus avec élégance, et à ses meilleures amies. Les hommes n'arrêtaient pas de le cajoler comme une peluche, il rentrait à Avalon Hills réconforté par cet excès d'admiration et capable de survivre à sa situation encore quelques mois. Quand il eut seize ans, elle le fit entrer en catimini dans des boîtes de nuit où ils dansaient jusqu'à l'aube, sans jamais en parler à Joan.

L'été de ses quinze ans, une année particulièrement difficile pour lui, restait l'un des souvenirs les plus chers d'Andrew. Clara avait insisté pour qu'il précède sa famille d'une journée à l'occasion de leur séjour annuel à New York. Quand son train était entré en gare, elle l'attendait et avait réussi malgré ses protestations à lui passer au cou un horrible collier en plastique aux couleurs de l'arc-en-ciel. Puis ils avaient pris le métro et quand ils en étaient ressortis, elle s'était écriée : « Surprise ! Ta première Gay Pride ! » Les contusions que lui avait values le dernier incident dans le vestiaire de l'école, quand il avait dû se défendre contre Kenny et Bruce Shea, étaient encore visibles sur ses avant-bras, et quand il avait vu la foule qui célébrait la raison même pour laquelle il s'était battu, il s'était mis à pleurer comme un bébé.

— Mon chou, avait dit Clara en le prenant dans ses bras. Ce week-end, je vais te faire oublier la petite ville minable où tu habites.

Dans le défilé, il avait fait la connaissance d'un groupe de jeunes de son âge. Clara lui avait remis les clés de son appartement et une poignée de billets. Avant de le laisser partir elle lui avait fait écrire et signer un papier qui disait : « Je n'avalerai aucun comprimé et je mettrai toujours un préservatif. » Il avait ri, parce que l'idée qu'il puisse avoir besoin d'un préservatif lui paraissait parfaitement inconcevable. Il avait dansé en plein air jusqu'au lever du soleil et flirté avec Brian, un garçon de Long Island timide et fan d'informatique, qui était venu dormir sur le canapé de Clara. C'était un de ses plus tendres souvenirs d'adolescent, avec les moments passés auprès de Stuart.

Andrew reconnut le barman qui tranchait des citrons verts sur le comptoir : c'était le type qui travaillait comme videur dans sa jeunesse. La salle était déserte, excepté deux tables d'habitués et un client solitaire âgé, habillé tout en cuir, qui s'exhibait sur la petite piste de danse. Une seule chose avait changé, le panneau d'affichage à côté des toilettes n'annonçait plus seulement le centre médical et le bal en cuir, mais on y voyait aussi les affiches colorées d'une collecte de fonds pour le club LGBT de l'université locale et celles d'un club de jogging pour hommes, d'un bal drag et d'un dansothon.

— J'avais oublié ce qu'est l'ambiance des bars de petites villes, commenta Clara en regardant la salle à moitié vide où elle devait quand même crier pour se faire entendre à cause de la musique.

Ils trinquèrent et convinrent de ne pas s'éterniser. Ils dansèrent sur une chanson de Blondie, vidèrent leurs verres et s'apprêtaient à partir quand Stuart arriva avec son équipe de baseball, des trentenaires et des quadragénaires enjoués, vêtus de tee-shirts aux couleurs de l'équipe. Ils regroupèrent quelques tables et se firent servir des seaux à glace remplis de bouteilles de bière.

— Clara, c'est lui, Stuart. Je ne peux pas croire qu'existe une équipe de baseball gay. Ç'aurait été inconcevable quand je vivais ici !

— Ça s'améliore, dit Clara d'un air sarcastique en évoquant la récente campagne *It Gets Better* de Dan Savage contre l'homophobie, les yeux tournés vers le pauvre danseur solitaire et la tablée d'athlètes ivres.

Stuart leva la tête et vit qu'Andrew le regardait. Son visage ne s'éclaira pas comme la dernière fois. Andrew se sentit néanmoins obligé d'aller le saluer.

— Salut, les gars ! lança Andrew à toute la tablée, puis il mit la main sur l'épaule de Stuart. Salut, Stu.

Quelques types, les plus vieux, échangèrent un petit sourire suffisant en apercevant Andrew. Stuart sortit une cigarette du paquet, la tapota sur la table et la glissa derrière son oreille droite.

— Salut, Andrew, dit-il. Ça m'étonne de te revoir ici.

— Je suis venu avec ma tante Clara. Je t'ai souvent parlé d'elle, tu te souviens ? fit-il en montrant Clara d'un signe du menton.

Elle se déhanchait un peu à contretemps sur la chanson *Dancing Queen*. Son regard croisa celui de Stu et elle lui fit un petit geste de la main. Stuart ne leur offrit pas de se joindre à eux, il repoussa sa chaise, se leva et tapota sa cigarette en guise d'explication.

— Je peux te dire un mot dehors ?

— Bien sûr, accepta Andrew.

Ils sortirent. Le regard tourné vers l'autoroute par-delà le parking, ils se placèrent près de la vieille boîte de conserve Heinz dans laquelle les fumeurs laissaient tomber leurs mégots.

Stuart alluma sa cigarette et offrit à Andrew d'en prendre une bouffée. Celui-ci refusa.

— Je sais, il faudrait que j'arrête. Je peux à peine courir autour de la piste, dit Stuart en secouant la tête. Écoute, j'ai parlé à une des filles, et je pense que ce qu'elle raconte est vrai.

Une voiture entra sur le parking. Stuart lui jeta un coup d'œil inquiet et entraîna Andrew de l'autre côté du bâtiment, sous un auvent où ils ne risquaient pas d'être vus.

La plongée dans ses souvenirs d'adolescence avait permis à Andrew d'oublier la gravité de la situation de son père pendant presque une heure. Il donna de petits coups de pied dans le gravier.

— Elle t'a dit quoi ?

— Elle est vraiment bien et puis, elle est sacrément jeune. Elle m'a dit qu'il était très attentionné, trop. Il n'arrêtait pas de lui demander si elle avait un petit copain.

— Et alors ? Il s'intéressait à sa vie, non ?

Stuart regarda Andrew.

— Ouais, si tu le dis. J'ai juste pensé qu'il fallait que je te prévienne.

— Merci, dit Andrew en regardant Stuart scruter encore une fois les alentours d'un regard méfiant. Excuse ma brusquerie. C'est arrivé si vite, je suis noyé sous la paperasse juridique et je n'ai pas vraiment de recul, tu vois. Mon père et moi, on commençait à peine à se rapprocher. C'est si bizarre.

— Ouais…

Andrew se dirigea vers la porte. Stuart l'appela.

— Je veux juste que tu saches que tu as vraiment été mon grand amour.

Andrew pivota. Stuart était tout près de lui. Son haleine de bière trahissait des heures de consommation, pourtant une attirance nostalgique et familière s'empara d'Andrew. Stuart s'approcha pour l'embrasser, posant les mains sur sa taille comme le feraient des ados à un bal de fin d'année. Ce fut un baiser tendre, et Andrew y mit fin avant qu'il ne devienne langoureux ou avant qu'il ait vraiment envie de prendre Stuart dans ses bras. Les odeurs mêlées d'eau de Cologne et de tabac suffisaient pour qu'Andrew ait peur de basculer dans les émotions qu'elles réveillaient en lui.

Andrew retourna chercher Clara. Elle dansait énergiquement sur la musique de *Love Shack* des B-52's pendant que le tout-cuir ponctuait chaque *bang* de coups de canne dans les airs. En partant, Andrew salua de la main les coéquipiers de Stuart. Debout à côté du bar, Stuart feignit de ne pas se rendre compte de son départ. Andrew aperçut à ses côtés un tout jeune homme, sans doute un adolescent, qui le regardait d'un air extasié.

— Il n'a rien perdu de son charme, confia Andrew à Clara en indiquant le jeune garçon.

Clara leva les yeux au ciel.

— Il devrait être plus prudent.

Mardi

11

Bennie passa les prendre en voiture avec chauffeur pour les emmener à l'audience. Joan avait cherché Sadie partout avant de remarquer un message griffonné sur une serviette en papier à côté de la machine à café : « Je ne pouvais pas dormir, je suis allée courir, je suis chez Jimmy. »

À deux heures du matin, Joan l'avait trouvée au salon en train d'écouter les messages du répondeur téléphonique – trois menaces et plusieurs appels silencieux inquiétants. Elle pleurait ; Joan l'avait raccompagnée à sa chambre en ayant du mal à contrôler ses propres tremblements.

La voiture avait des relents de cigare et le chauffeur s'était aspergé d'un excès d'eau de Cologne poivrée qui le disputait au désodorisant au parfum de cerise suspendu au rétroviseur.

Quand ils furent tous assis, Bennie, qui était sur le siège passager, se retourna pour leur parler.

— Aujourd'hui, c'est la mise en accusation. Il est fort probable que le montant de la caution soit exorbitant parce qu'ils savent qu'il est très riche, expliqua-t-il sans rien leur apprendre de nouveau.

— Ça leur permettra de refaire le parking ou d'ouvrir un autre Starbucks au palais de justice, dit Clara.

— Ouais, approuva Andrew en buvant son café matinal qu'il avait transvasé dans un gobelet en polystyrène.

Ils s'arrêtèrent devant chez Jimmy.

Elaine conduisit Joan à la cuisine où Sadie, encore en survêtement, mangeait des céréales.

— Il faut y aller, ma chérie.

Sadie remua les derniers Cheerios du bout de sa cuillère.

— Je n'y vais pas.

Leurs regards se croisèrent brièvement, puis Sadie baissa les yeux sur son bol.

— Je sais que c'est difficile, ma chérie, mais il faut se serrer les coudes. On a besoin les uns des autres. Je sais que tu souffres. Crois-moi, c'est notre cas à tous.

— Désolée. Je ne peux pas y aller.

— La situation est très complexe, Sadie. L'amour ne s'évanouit pas quand un malheur arrive.

— Tu vois ? C'est même dans ton vocabulaire. Ce n'est pas un malheur arrivé par hasard. Ce n'est pas une tornade ou une catastrophe naturelle. Papa a peut-être bien commis un crime en toute connaissance de cause.

— Peut-être, dit Joan, qui se corrigea : *mais il ne l'a pas fait*. Si tu étais plus âgée, tu comprendrais sans doute plus facilement que rien n'est noir ou blanc.

— Je suis consciente des dangers d'une vision manichéenne des choses, répondit Sadie en allant porter son bol à l'évier de la cuisine. Mais je ne crois pas que cette situation présente beaucoup de zones grises.

— Tu ne sais pas tout, ma chérie. Aucun de nous ne sait tout. Ce n'est pas comme ça que fonctionne le processus judiciaire.

— Veux-tu savoir ce que *je sais*, maman ? Quand papa a joué les chaperons lors de ce week-end au ski, je sais que toi, t'étais au travail et que t'as aidé une dizaine de personnes à survivre jusqu'au matin. Ce que t'as fait est louable. Pourquoi est-ce qu'il faut que ce soit *toi* qui souffres ?

Joan resserra les pans de sa veste.

— Sadie, je m'efforce d'être patiente et compréhensive. Ni toi ni moi ne savons ce qui s'est réellement passé. N'oublie pas la présomption d'innocence…

— Tu ne penses pas que tu devrais ressentir un peu moins d'empathie et un peu plus de colère, maman ? Tu ne penses pas que la situation l'exige ?

Elle ouvrit le robinet, nettoya son bol et le rinça.

Joan chercha un argument qui puisse convaincre Sadie de changer d'idée.

— Tu as parfaitement le droit de ressentir les choses comme tu le fais. Tes sentiments sont tout à fait respectables.

— Je sais, dit Sadie en levant les yeux au ciel, comme si sa mère faisait preuve d'un manque profond d'intelligence. Maman, tu oublies parfois que je n'ai plus douze ans.

— Crois-moi, je sais très bien quel âge tu as. Tout ce que je dis, c'est que j'apprécierais ton soutien.

Elle avait dit cela tout bas et il lui en coûtait de l'avouer. Elle voulait que sa fille soit là, qu'ils soient tous là, ensemble.

— Maman, c'est pas seulement que je suis furieuse. Je suis furieuse et, en même temps, j'ai peur de le voir et d'en avoir le cœur brisé. Je ne sais pas quoi faire de toutes ces informations, de toutes ces rumeurs. Je ne sais pas comment organiser tout ça dans ma tête. C'est comme si papa avait disparu. Je suis submergée par mes émotions. Il faut que je garde mes distances.

En parlant, elle regardait par la fenêtre la limousine à l'arrêt, son moteur au ralenti.

— OK, ma chérie.

Joan fit un pas vers Sadie pour la prendre dans ses bras, mais sa fille l'arrêta d'un geste. Elle se retourna et vit le beau-père de Jimmy dans l'embrasure, un bol à la main.

Dehors, Clara appela Joan.

— Vas-y, maman, dit Sadie.

Joan repartit, les bras le long du corps, les poings serrés.

À l'extérieur de la salle d'audience, l'ambiance était plutôt bon enfant, comme s'ils s'étaient tous retrouvés là pour payer une contravention de stationnement, même si la masse compacte de journalistes laissait penser qu'il se tramait autre chose. Un groupe de profs étaient venus avec des badges et des affiches qui proclamaient : *Nous soutenons M. Woodbury ! Professeur de l'année tous les ans !* Quelques parents furieux étaient aussi présents. Dans le parc municipal adjacent, un pique-nique était en cours, un événement sans lien avec l'audience.

Joan n'était pas préparée à voir les filles. Elle les avait imaginées comme celles des séries télé, incarnées par des actrices de vingt-cinq ans vêtues de jeans moulants griffés. Elles ressemblaient au contraire à Clara en première année de secondaire, avec un appareil orthodontique et des jambes qui n'avaient pas poussé au même rythme que leurs bras. Joan leur aurait donné l'âge qu'elle-même avait quand elle rêvait le soir de son premier baiser. Son visage s'empourpra quand son regard s'arrêta sur elles et, devant l'expression de souffrance de leurs parents debout derrière le procureur, ses yeux s'embuèrent. Elle imagina aussitôt Sadie en victime et elle eut la nausée et mal dans tout son corps.

Elle était encore moins préparée à voir George.

Quand ils furent tous assis, deux gardes l'amenèrent dans la salle d'audience. Il portait une tenue de prisonnier, il avait l'air négligé et devait retenir son pantalon d'une main, car on lui avait retiré sa ceinture. Il était si pâle, si effrayé, si différent de la veille. Jamais elle n'avait vu George, toujours confiant et plein d'autorité, se montrer soudain si vulnérable. Elle fut aussitôt reconnaissante que Sadie ne soit pas là pour le voir dans cet état. Même Andrew, qui avait l'habitude des procès et qui avait jusque-là montré le stoïcisme de son grand-père, se mit à trembler et détourna la tête.

Joan s'aperçut que George parcourait la salle des yeux, qu'il la cherchait. Quand leurs regards se croisèrent, elle éclata en sanglots. Après, il garda la tête baissée.

Le juge lut un résumé des accusations, y compris une inculpation additionnelle dont Joan ignorait l'existence, puis il annonça que le procès aurait lieu dans huit mois. George serait incarcéré jusque-là, sans possibilité de libération sous caution, puisqu'il présentait un très grand risque de fuite.

Joan crut être devenue sourde ; ou plutôt, les sons s'amenuisèrent, remplacés par un bourdonnement persistant, un mélange incohérent de voix. Elle entendit vaguement Bennie annoncer son intention d'interjeter appel de la décision de ne pas accorder de caution. Le juge abattit le marteau.

Quand ils emmenèrent George, ombre menottée de lui-même, Joan s'effondra, bras en avant pour amortir sa chute sur le carrelage froid. « Maman, entendit-elle, maman ! » Elle était à genoux, appuyée sur ses paumes. « Respire. Joan, Joan », c'était la voix de sa sœur. Andrew la prit par la main, l'aida à se relever puis à s'asseoir et la serra fermement contre lui. Joan reprit ses esprits.

— Enfermez-le jusqu'à la fin de ses jours ! cria un homme en veste de sport.

George sanglotait en s'éloignant, cela se voyait à ses épaules qui tressaillaient.

— Il est innocent jusqu'à preuve du contraire ! s'écria Dorothy, de l'hystérie dans la voix.

— C'est une conspiration ! ajouta quelqu'un.

— George m'a sauvé la vie ! lança l'ancienne secrétaire de l'école, dont le petit ami, qui avait croisé le chemin de Sadie, avait voulu la tuer dix ans auparavant.

Joan ne l'avait plus revue depuis des années. On disait qu'elle touchait une pension d'invalidité pour trouble de stress post-traumatique.

— Il a bon cœur ! C'est un coup monté ! renchérit-elle.

— Silence ! cria le juge, agacé par ce spectacle. Veuillez libérer la salle d'audience.

— Vous n'aviez pas prévu cette décision ? demanda Joan à Bennie dans la voiture.

L'avocat débita un chapelet d'excuses avant d'admettre qu'il était abasourdi. Avait-il irrité le juge ? De quelle manière ? Cette décision n'avait aucun sens.

Un silence gênant s'installa dans l'habitacle pendant qu'ils se faisaient à l'idée que George ne reviendrait pas à la maison comme ils s'y étaient attendus.

Quelques instants plus tard, Clara lut un extrait d'une lettre ouverte pour la défense de George Woodbury, signée par un groupe de citoyens et publiée dans le journal du matin.

« En nous fondant sur des témoignages relatifs au comportement des jeunes filles d'Avalon pendant des sorties scolaires antérieures, nous pouvons dire que de l'alcool y est consommé en cachette, ce qui induit des comportements répréhensibles. Aux dires d'un des professeurs, qui supervisait les élèves durant cette excursion au ski, les dortoirs unisexes sont devenus mixtes quand les chaperons sont partis se coucher. Plusieurs jeunes filles ont avoué le lendemain s'être senties coupables de leur comportement. Il est facile d'en déduire que certaines d'entre elles ont tenté de s'exonérer de leurs actions, dont elles n'ont gardé aucun souvenir pour la plupart, sauf ce qu'en a capté leur téléphone portable. N'oublions pas que six jeunes ont été suspendus et trois renvoyés de l'école quand des scènes vidéo de l'excursion ont été mises en ligne. Aucune de ces images ne mettait M. Woodbury en cause. À notre avis, il est clair que M. Woodbury, qui est un modèle de comportement exemplaire et qui a, rappelons-nous, littéralement sauvé l'école d'un homme armé, est victime d'un complot ourdi par des jeunes filles qui refusent d'assumer la responsabilité de leurs actes dans une excursion qui a mal tourné. Dans notre société envahie par la pornographie, nous avons détourné nos filles du droit chemin. Il est grand temps que nous revenions à la bienséance et au respect de soi dont elles ont un si grand besoin. »

— Je ne peux pas croire que le journal ait publié une lettre ouverte aussi dégoûtante, aussi arriérée, qui rejette à ce point le blâme sur les victimes ! s'exclama Clara à la fin de sa lecture.

En temps normal, Joan aurait approuvé sa sœur sans condition, mais cette fois, elle ne pouvait que poser la main sur son cœur et pleurer de désarroi.

12

Andrew passa voir sa sœur après l'audience. Elle était sur la terrasse arrière, chez Jimmy, avec ses manuels scolaires et son ordinateur portable.

— Il reste détenu, annonça Andrew, avec un ton le plus décontracté possible en dépit de la rage qu'il ressentait de savoir son père incarcéré.

— Merde, dit-elle tout bas. C'est pas vrai. Je ne comprends pas ce qui se passe.

— Moi non plus.

Ils restèrent ainsi quelques minutes à siroter du thé glacé en regardant Kevin arracher les mauvaises herbes.

— Tu ne vas pas à l'école, aujourd'hui ?

— Quelqu'un en limousine m'a lancé une canette de Coca à la tête ce matin quand je suis revenue de la piste de course.

— Les gamins avec chauffeur sont toujours les pires de tous ; ça n'a pas changé, c'est réconfortant de le savoir, ironisa Andrew.

Sadie acquiesça en croquant dans un glaçon. Les nuages de l'après-midi s'écartèrent pour laisser passer un rayon de soleil.

— Pourquoi est-ce que papa reste en prison ? Il était censé revenir à la maison aujourd'hui. Je pensais que c'était évident.

Andrew secoua la tête.

— Non, c'est un peu plus compliqué. Ils le maintiennent en détention pour un détail de procédure que Bennie porte en appel. Et quelque chose cloche avec l'argent de la fiducie familiale. Maman a découvert qu'elle ne sait pas vraiment combien d'argent on a, mais que c'est beaucoup moins que ce qu'elle croyait.

— Que maman ne sache pas combien d'argent a papa, ça, c'est vraiment curieux. Elle qui veut toujours tout contrôler…

— Moi aussi, j'ai trouvé ça curieux, avoua Andrew. Mais tu sais bien qu'une fortune comme celle de grand-papa ne peut pas durer éternellement à moins d'être bien investie, tu vois, et papa n'a jamais été très doué pour ce genre de choses. C'est sans doute ce qui est arrivé. Ils ont des économies, mais elles ne sont pas inépuisables, contrairement à ce qu'on a toujours cru.

— Tu crois qu'elle a baissé les bras et qu'elle ne le soutient plus ?

— Je ne sais pas, dit Andrew en hochant la tête. Je ne crois pas que ce soit aussi simple. Je pense qu'elle est convaincue que tout va se régler comme par magie.

— Et toi, tu penses pareil ?

— Pas depuis que j'ai vu les filles à l'audience. Je n'en suis pas du tout convaincu.

Il ouvrit son iPad et montra à Sadie un article dont le titre disait UNE VILLE DIVISÉE SUR L'AFFAIRE WOODBURY. Une photo de Dorothy brandissant un message de soutien illustrait l'article.

— Les profs sont en train de devenir fous, dit Sadie. La plupart – surtout des femmes, curieusement – pensent que c'est une chasse aux sorcières. Elles ne peuvent pas le crier sur les toits, mais elles ne croient pas à ce que les filles racontent.

— Cette ville est complètement tarée, Sadie. Je te l'ai toujours dit.

— Moi, je me suis toujours sentie en sécurité ici, mais là...

Elle lui tendit son portable, ouvert sur sa page Messages. Le premier disait *Tire-toi une balle dans la tête, salope*. Ils devenaient de plus en plus ignobles à mesure qu'Andrew les faisait défiler.

— Et toi, il y a peu, qui m'assurais que le harcèlement à Avalon Hills, c'était fini. Tu y crois toujours ?

— J'ai dû me tromper.

— Comment est-ce qu'ils traitent les filles qui l'ont accusé ?

— La plupart ne sont pas revenues à l'école, je pense.

— Change de numéro, dit-il. Je peux m'en occuper pour toi. Tu n'as pas à t'imposer de recevoir ce genre de messages. Rien n'est de ta faute.

— Je ne me sens pas bien à la maison, pas en sécurité. Je me sens plus à l'abri ici.

Andrew hocha la tête, mais de ne pas pouvoir être capable de la protéger chez eux le prit un peu au dépourvu. Ils regardèrent Kevin ranger la tondeuse dans la remise, puis s'arrêter et sortir quelque chose de sa poche.

— C'est quoi son rôle ?

— Beau-père. D'une certaine façon.

— Il est un peu jeune, ou bien il en a juste l'air ?

— Un peu des deux.

Kevin les rejoignit, glissa un joint entre ses lèvres, l'alluma et l'offrit à Andrew.

— Tu fumes ?

— Pas souvent, mentit-il, mais pourquoi pas ?

Andrew inhala, puis regarda Sadie.

— Ça ne t'ennuie pas, j'espère ?

Il indiqua le joint et se détourna pour exhaler un long ruban de fumée derrière lui.

— Pas du tout.

— Je n'arrive pas à me mettre dans la tête que tu n'as plus douze ans. Pourtant, ça ne m'empêche pas de fumer de l'herbe devant toi.

— C'est pas un problème.

Sadie sourit et tendit la main.

— Non, non, sœurette. Tu es beaucoup trop futée pour ça, crois-moi, dit Andrew en rendant le joint à Kevin. Ne t'avise surtout pas de le partager avec elle.

Kevin acquiesça d'un signe et écrasa le joint dans un cendrier.

Quand personne ne la regardait, Sadie le glissa dans sa poche.

Mercredi

13

Le mercredi, Clara et Andrew retournèrent passer la nuit à New York et promirent de revenir le lendemain. Restées seules à la maison, Joan et Sadie projetèrent de faire ce qu'elles ne faisaient que rarement un soir de semaine : commander une pizza à l'ananas-quatre fromages chez Gino et la déguster en pyjama. Sadie revenait rarement à la maison, et quand elle y était, on aurait dit que les coups de fil menaçants étaient plus nombreux et que les journalistes et les jeunes du coin les harcelant depuis la route se donnaient le mot pour venir en nombre. Un canot plein de photographes s'était même amarré au ponton avant que Clara ne les fasse fuir avec son propre appareil photo et quelques mots bien sentis. Sadie dut fermer tous ses comptes sur les réseaux sociaux.

Gino était la pizzeria de prédilection des Woodbury.

— Puis-je avoir votre adresse, madame ?

— C'est Joan, du 235 Lakeside.

Elle sortit une carte de crédit de son portefeuille et la tapota sur le rebord de la table.

— Je suis nouveau ici, madame. Votre numéro de carte et le nom, tel qu'il apparaît sur la carte ?

Elle fit ce qu'il lui demandait.

Elle attendit presque une minute. Long silence à l'autre bout du fil. Seulement le bruit ambiant de la cuisine, étouffé probablement par la main du serveur sur le combiné, la voix d'un homme plus âgé.

— Jake, raccroche, bordel.

Un bruit confus, un clic. Pas de pizza.

Elle eut envie de rappeler, de crier qu'elle n'était pas une criminelle mais une cliente régulière qui donnait toujours de gros pourboires. Elle avait même un jour pratiqué un massage cardiaque sur un homme qui dînait à la pizzeria, il avait survécu grâce à elle. Il y avait même au mur une coupure de journal qui relatait l'incident. Et elle ne pouvait plus commander une pizza ? Elle débrancha le téléphone filaire, s'assit dans le canapé et serra un coussin dans ses bras.

La maison était vide et silencieuse, sauf pour Payton qui ronronnait, roulé en boule, à la place de George comme il le faisait toujours en son absence. Sadie étudiait dans sa chambre. Un peu plus tôt, elle avait dit à Joan qu'elle avait besoin d'être seule.

Joan songea à demander à ses voisins s'ils la laisseraient commander une pizza de chez eux, mais elle ne leur avait pas parlé depuis l'arrestation de George. Elle décida plutôt de préparer des spaghettis au pesto. Elle en apporta une assiette à Sadie qui, assise sur son lit devant son ordinateur, mâchouillait une mèche de cheveux. Elle prit l'assiette et la posa sur un manuel scolaire.

— Viens voir, maman, dit-elle en s'approchant de la lucarne du grenier d'où l'on voyait Lakeside Drive.

Les journalistes étaient toujours là. L'un d'eux était assis sur une chaise de jardin, penché sur son ordinateur. Sadie offrit à Joan les jumelles dont se servait George pour observer les oiseaux.

Joan vit une voiture arriver en trombe à la grille. Les journalistes pivotèrent et prirent des photos. La voiture accéléra un peu, puis s'arrêta de l'autre côté de la haie qui bordait le côté est de la propriété. Des ados en sortirent et grimpèrent la clôture.

— J'appelle la police, ma chérie, déclara Joan.

— Non, je les connais. Ça envenimerait la situation.

Quand ils eurent franchi la clôture, les jeunes lancèrent des objets sur la maison en ricanant comme des ivrognes, puis ils s'en retournèrent tranquillement d'où ils étaient venus. Joan descendit l'escalier quatre à quatre et découvrit des sacs pleins de crottes de chien et des bouteilles de bière cassées. Les journalistes prirent des photos quand elle ramassa les dégâts sans pouvoir s'empêcher de pleurer.

Quand elle rentra, Sadie était à côté de la porte, tout habillée, un sac de sport à l'épaule.

— Je retourne chez Jimmy, maman. J'en peux plus d'être ici. Ça m'angoisse. Tu devrais peut-être aller chez Clara.

— Ma chérie, il faut qu'on reste en famille. On ira voir ton père vendredi après-midi.

— Maman, ce n'est pas une visite à son travail. On va le voir en *prison*.

— J'en suis tout à fait consciente, ma chérie.

— La mère de Jimmy a dit que je pouvais crécher chez elle aussi longtemps que j'en aurai envie.

— Elle a dit ça ? Sans même me consulter ?

— Elle m'a proposé de t'en parler, mais je lui ai dit que tu avais suffisamment à faire en ce moment.

— Je suis toujours ta mère. Je suis toujours là pour toi si tu en as besoin. Rien ne pourra changer ça.

— Je sais, je sais, dit Sadie impatiemment tout en vérifiant son portable. Jimmy m'attend au Coffee Hut. Je vais prendre le canot jusqu'à la jetée et je le rapporterai ensuite. Ça te va ?

— Pas question. Je vais te conduire au Coffee Hut.

— Maman, il y a trop de monde dehors. C'est super stressant.

— On est ici chez nous. On n'a rien fait de mal. Tous ces gens-là, dehors, qu'ils aillent au diable !

Le portable de Joan sonna et, sans réfléchir, elle répondit.

— J'espère que ton mari va être battu à mort en prison. C'est sûr que tu le savais. Quelle espèce de salope dégénérée ne l'aurait pas su ?

— Comment avez-vous eu mon numéro ? demanda Joan, mais l'interlocuteur raccrocha.

Joan prit ses clefs et elles s'installèrent dans la Volvo, sous une pluie d'appareils photo. Joan klaxonna sans interruption, ouvrit la grille d'un clic, laissant les journalistes se bousculer de chaque côté tandis qu'elle filait à toute vitesse, Sadie recroquevillée à côté d'elle.

Sur le parking du Coffee Hut, Joan coupa le contact et voulut expliquer à Sadie qu'elle était beaucoup trop jeune pour vivre avec un petit ami.

— Tu as toute la vie devant toi pour ça. Les gens vont jaser…

— À mon avis, je ne suis pas la personne la plus sujette à controverse de la famille ces temps-ci, maman. Et puis, on ne vit pas ensemble. C'est temporaire.

Sadie sortit de la voiture, ouvrit la portière arrière de celle de Jimmy et lança son sac de sport à l'intérieur avant de se retourner pour saluer sa mère de la main.

Joan attendit qu'ils aient disparu pour éclater en sanglots.

Jeudi

14

Le lendemain matin, Joan se rendit chez Elaine. Elle avait enfilé un vieux sweat de l'université de Boston qu'elle réservait au ménage dominical après l'office. Elle voulut arranger ses cheveux en bataille et renonça avant de sonner, espérant presque que la mère de Jimmy serait absente.

Elaine ouvrit la porte et lui offrit un café.

— As-tu vraiment proposé à ma fille d'habiter chez toi ? L'idée ne m'enchante guère, mais Sadie est convaincue que c'est ce qu'elle veut.

— Je lui ai dit qu'elle pouvait rester à la condition que tu sois d'accord.

Joan regarda par la fenêtre. Le quartier était plus calme, sans journalistes, sans vandales.

— Je ne voudrais surtout pas qu'elle soit un fardeau, avoua Joan, qui se sentait capituler. Je voudrais participer aux frais pour l'épicerie et les factures.

— Ne te fais pas de souci pour l'argent, Joan. Ta fille n'est pas du tout un fardeau. Elle est très discrète, et c'est sympa d'avoir la compagnie d'une autre fille !

Joan ne put s'empêcher de poser la question qui la démangeait :

— Elle a sa propre chambre ?

— Je l'ai installée dans la chambre d'amis. Viens voir.

Joan vit avec soulagement les vêtements de Sadie bien pliés sur le bureau lilas, ses baskets alignées contre la plinthe, ses produits capillaires étalés sur la commode avec quelques romans et manuels scolaires.

— Tu les surveilleras pour t'assurer qu'ils ne restent pas seuls ensemble la nuit ?

Joan était de ces adultes qui croient encore que les gens n'ont de relations sexuelles que la nuit et dans une chambre à coucher.

— Ils ont dix-sept ans. Tu sais bien que je ne peux pas les suivre à la trace. Il faut juste s'assurer qu'ils savent... ce qu'ils doivent savoir.

Joan ignorait qu'Elaine achetait des boîtes de préservatifs et les rangeait dans la salle de bains. Un jour que Sadie était venue en visite, Elaine lui avait fait faire le tour du propriétaire et avait ouvert le placard sous le lavabo.

— Tu prends tout ce qu'il te faut, avait-elle précisé. Je ne vérifie pas les stocks.

Et pour enfoncer le clou, elle avait déplacé la boîte de préservatifs, supposément pour y mettre de l'ordre.

Si elle avait eu une fille, Elaine lui aurait proposé dès quatorze ans d'aller voir un gynécologue afin de se faire prescrire la pilule après avoir discouru la veille au dîner sur la lutte que les femmes des années soixante avaient menée pour gagner la liberté de leur contraception. La mère de Sadie avait offert à sa fille pour ses huit ans un exemplaire illustré de *Comment naissent les enfants* et ne lui avait plus jamais reparlé de sexualité.

— Je ne suis pas d'accord avec tout ça. Sa place est à la maison. Elle me manque.

Sadie, qui venait d'arriver dans le couloir, surprit la discussion entre Elaine et Joan. Elle s'arrêta net pour ne pas être vue, stupéfaite d'entendre sa mère se confier aussi ouvertement et montrer sa vulnérabilité.

— Je sais, assura Elaine. Mais il me semble que si je lui dis que je ne peux pas l'accueillir chez moi, ce serait pire, tu comprends ? Dieu sait où elle irait.

— Eh bien, tu ne la connais pas aussi bien que moi. Sadie n'est ni stupide ni impulsive.

— C'est juste. Je ne la connais pas. Je n'essaie pas d'être sa mère. Je m'efforce seulement de lui proposer une alternative pour composer avec une situation difficile.

Sadie n'en revenait pas que le commentaire d'Elaine ne provoque pas chez Joan une réaction typique, c'est-à-dire se mettre à fulminer contre la permissivité parentale qui fait du tort aux enfants, à insister que ceux-ci ont besoin de règles de conduite et de discipline pour se sentir en sécurité dans le chaos du monde. « Il faut leur imposer des limites ! » se serait-elle écriée en temps normal, tout en exigeant que Sadie monte dans la Volvo « immédiatement ! ».

Au lieu de cela, elle entendit sa mère s'éclaircir la voix.

— Depuis quand a-t-on capitulé en tant que parents et depuis quand les laisse-t-on décider par eux-mêmes ? Quand a-t-on perdu le contrôle ?

Sadie était perplexe. Elle n'avait jamais vu sa mère douter, auparavant. Elle se sentit immensément coupable.

— Le contrôle parental n'est-il pas un peu illusoire ? commenta Elaine.

— Je n'aime pas cette situation, mais je comprends que ce soit très difficile pour Sadie d'être à la maison. Je veux qu'elle sache qu'elle peut revenir n'importe quand, jour et nuit, et que je ne cesserai jamais d'être sa mère.

— Le lui as-tu dit ?

— Bien sûr. Souvent. En tout cas, peux-tu la prévenir que je l'attendrai demain à treize heures, comme prévu ?

— Je le ferai.

Vendredi

15

On sonna à la grille tandis que Joan finissait de remplir une glacière en plastique orange avec de la nourriture qu'elle comptait apporter à la prison.

Elle pressa le bouton de l'interphone.

— Bonjour, c'est Nancy, du boulot.

Joan ouvrit la grille et vit Nancy, en tenue hospitalière, sortir un plat démesuré du coffre de sa petite voiture rouge. Joan était à la fois contente de la voir et incommodée de devoir se souvenir du travail, qui lui semblait si hors de propos dans les circonstances.

— Salut, Joan. Je suis juste, enfin, je… je voulais savoir si tu allais bien, tu comprends, alors je t'ai apporté du thon en cocotte.

— Merci. C'est super gentil de ta part. Entre donc.

Nancy sourit gauchement et pencha la tête de côté.

— Non, non, je ne peux pas. Je vais à l'hôpital. Je suis de service en neurostimulation cette semaine. Mais je voulais voir comment tu vas. Tu sais, on s'inquiète pour toi.

Ah bon ? À part une carte et des fleurs reçues tout de suite après l'arrestation, il n'y avait eu aucun coup de fil, aucune visite. La moitié de l'équipe espérait probablement accéder à son poste si elle s'en allait pour de bon. Faisait-elle erreur en songeant que tout le monde nourrissait des intentions mauvaises ? Elle ne pensait jamais du mal de ses collègues d'habitude. Dans l'ensemble, ils n'étaient pas méchants. Souffrait-elle d'une forme quelconque de paranoïa ?

Joan se ressaisit et sourit à Nancy.

— Merci beaucoup. Tu sais, depuis que tout ça... est arrivé, je n'ai que ma sœur pour me soutenir.

Nancy fronça les sourcils d'un air inquiet.

— Écoute, Joan, tu sais que j'ai perdu mon mari l'an dernier.

John s'était pendu dans la vitrine de sa boutique de fleuriste. Personne n'avait su pourquoi. Il n'avait pas laissé de lettre d'adieu. Avant ce drame, Nancy était très enjouée. Maintenant, elle sursautait au moindre bruit et acceptait de faire plus d'heures supplémentaires que le reste du staff pour ne pas avoir à rester chez elle. La prenant en pitié, les autres infirmières organisaient une sortie entre filles chaque semaine pour s'assurer qu'elle ne serait pas seule tous les soirs. Quelques-unes des plus jeunes l'emmenaient de temps en temps au karaoké après le travail.

— Mon mari aussi avait des… secrets, dit-elle. Je compatis, Joan.

Joan hocha la tête, regarda par terre et s'aperçut qu'elle pleurait.

— Merci, dit-elle, tandis que d'autres larmes tombaient sur la cocotte.

Quand elle releva la tête, Nancy avait rejoint sa petite Honda Civic et la saluait de la main. Joan lui ouvrit de nouveau la grille et la regarda disparaître derrière les arbres.

Joan apporta le plat dans la cuisine et le plaça dans le frigo à côté de deux laitues iceberg un peu fanées.

George n'a pas de secret, putain. C'est un coup monté ! Voilà ce qu'elle aurait voulu crier à Nancy. Elle regrettait de ne pas l'avoir fait. Mais pouvait-elle en être sûre ? Ne rien savoir était pire que de savoir, même quelque chose d'épouvantable.

Elle déposa la glacière à côté de la porte d'entrée et regarda son reflet dans la glace. Comment s'habille-t-on pour aller dans une prison ? Son désir d'avoir l'air présentable lui parut soudain ridicule. Elle n'allait pas entrer d'un pas léger dans l'établissement pénitentiaire comme si elle avait rendez-vous pour un nouveau boulot. Elle choisit finalement l'ensemble qu'elle réservait d'habitude aux soirées professeurs-élèves – un tailleur-pantalon beige assorti d'un foulard. Sadie la qualifiait d'horrible tenue de mamie. Elle se regarda de nouveau dans la glace et ne put que remarquer les taches rouges qui montraient qu'elle avait pleuré et les cernes profonds sous ses yeux. Elle se trouva vieille.

Elle s'apprêtait à monter dans la voiture pour aller chercher Sadie chez Jimmy quand sa fille apparut à la porte, avec le même tee-shirt qu'elle portait depuis plusieurs jours.

— Donne-moi juste le temps de me changer, dit-elle en s'arrêtant une petite seconde pour l'embrasser.

— Bennie nous a dit que tu ne dois rien apporter d'autre qu'une pièce d'identité. Il faut aussi que tes vêtements soient amples, rien de rouge ni de jaune, et aucun bijou.

— Pourquoi ?

— Je n'en sais rien.

— Je ne crois pas que j'aie de vêtements amples, à part un survêtement.

— Ça ira.

— Je t'attends dans la voiture.

— OK, m'man.

Le véhicule était couvert d'un mélange visqueux de jaunes et de blancs d'œufs. Elle ouvrit le robinet du tuyau d'arrosage pour le laver, comme elle devait le faire maintenant chaque matin. Elle ramassa les coquilles qu'elle trouva pour les jeter dans la poubelle à côté de la maison. En ouvrant le couvercle, elle découvrit le sac en toile rouge de Sadie aux courroies et empiècements en cuir, acheté à prix d'or tout récemment. Joan le sortit de la poubelle, furieuse. C'est alors qu'elle vit les lettres noires tracées dessus : PUTAIN. Joan le replaça là où elle l'avait trouvé, l'y enfonça à coups de poing et jeta les coquilles d'œuf par-dessus, la gorge serrée.

Quand Sadie sortit de la maison, elle tenait un des vieux sacs à dos d'Andrew qu'elle lança sur la banquette arrière.

— Les années quatre-vingt-dix reviennent à la mode, expliqua-t-elle en haussant les épaules.

Joan voulut dire quelque chose, mais elle en fut incapable. Elle alluma la radio, fit un peu trop brusquement marche arrière et heurta la poubelle qui se renversa.

16

Sadie ne s'attendait pas à la grisaille sinistre de l'établissement où vivait maintenant son père. Ses seules connaissances en matière d'architecture carcérale provenaient des films et des séries à la télévision. Dans la vraie vie, la prison lui parut encore plus redoutable. Elles entrèrent sur le parking où un autocar Greyhound déchargeait des visiteurs qui allaient rejoindre la file de gens près de l'entrée.

Joan coupa le contact, détacha sa ceinture et se tourna vers Sadie.

— Ça va être très bizarre, dit-elle.

— Sans blague !

— Certaines choses que tu vas voir te choqueront peut-être, mais je suis là. Ton père va bientôt sortir d'ici et tout va s'arranger.

Sadie hocha la tête en regrettant de ne pas être aussi optimiste que sa mère. La file des visiteurs s'était encore allongée depuis leur arrivée. Elles allèrent prendre leur place dans la queue. Sadie baissa les yeux et regarda les pieds des gens qui les précédaient – baskets, escarpins à talons hauts bleu clair ou rose pâle, bottes rouge vif particulièrement brillantes. Elles attendirent sans parler pendant près d'une heure, n'ayant pas le courage de papoter de tout et de rien. Des enfants couraient, leurs mères les réprimandaient, mais ils faisaient ce que tout le monde aurait aimé pouvoir faire aussi : se débarrasser d'un surcroît d'énergie et de la nervosité qui les rongeaient intérieurement.

La file se mit enfin à avancer. Un gardien les dirigea d'un signe vers une gardienne revêche et désabusée. Elle fit subir aux deux femmes une fouille. Sadie se força à écarquiller les yeux d'un air naïf, à afficher une perplexité affligée. La gardienne la regarda sans la voir, la palpa avec rudesse, exhalant une mauvaise haleine que Sadie s'efforçait de ne pas respirer. Chaque fois que ses mains la touchaient, Sadie grimaçait, se sentant à la fois anonyme et coupable, comme si la gardienne allait trouver quelque chose qui l'empêcherait d'entrer ou, pis, qui l'obligerait à y rester.

Après la fouille et la vérification de leur identité, elles franchirent deux séries de barrières électrifiées, passèrent devant le mirador et traversèrent une cour. Leur destination ultime ressemblait beaucoup à une cafétéria d'école. Les visiteurs étaient assis sur des chaises droites disposées en rangées.

— Aux États-Unis, trente-cinq pour cent des gens de couleur incarcérés le sont pour une fausse raison. On a plus de détenus que tout autre pays industrialisé, chuchota Sadie à sa mère.

Joan la regarda.

— Tu devrais parler moins fort, dit-elle.

Elle balaya la salle d'un regard anxieux, comme si le fait de parler de races dans un contexte pareil était implicitement raciste et qu'elles étaient, comme elles avaient envie de le crier, *de gentilles filles, courtoises* et certainement *pas racistes*. Leur malaise criait le contraire. Tous les autres visiteurs semblaient savoir comment évoluer dans cet environnement. Leur attitude décontractée évoquait celle de patients dans la salle d'attente d'un médecin. Joan tripotait ses ongles, ses vêtements, ses pieds tapant nerveusement le sol. Dans les rares occasions où, enfant, Sadie avait regardé sa mère faire son travail à l'hôpital, son sang-froid dans les situations les plus chaotiques avait suscité son admiration. De voir sa mère aussi agitée était presque aussi déstabilisant que toute cette sale histoire.

Quand leur nom fut appelé, on les fit entrer dans une pièce et on les informa du règlement. Elles avaient le droit d'embrasser le prisonnier à l'arrivée et au départ. Aucun autre contact physique n'était autorisé. Elles devaient garder les mains sur la table, visibles tout le temps. La visite durait trente minutes.

Sadie n'avait pas sa gomme sur elle, puisque aucun objet n'était permis. Elle l'avait laissée sur le siège passager de la voiture en espérant que sa proximité l'aiderait à traverser cette expérience. Si elle se levait pour foncer dehors comme elle en avait envie, elle était sûre d'enfreindre le règlement et d'être arrêtée. Elle ressentit le besoin de rester au plus près du sol comme il est recommandé de le faire en cas de feu.

George entra, menotté, dans la même combinaison orange qu'il portait à l'audience. On aurait dit un acteur dans le rôle d'un criminel en col blanc.

Joan l'enlaça, retenant ses sanglots.

Sadie l'enlaça à son tour, d'abord comme si elle ne le connaissait qu'à peine, en lui tapotant l'épaule, puis, au souvenir des milliers d'étreintes chaleureuses, elle se blottit contre lui, en sécurité, jusqu'à ce qu'elle reprenne conscience de l'endroit où ils se trouvaient. Quand le « OK, ça suffit comme ça » d'un gardien leur enjoignit de se séparer, elle fut saisie de tremblements.

— C'est un malentendu, commença George. Quelqu'un cherche à me faire du tort. C'est insensé mais c'est ce qui est arrivé.

— Ça va aller, lui chuchota Sadie en se rasseyant.

Elle voulait qu'il aille bien, quoi qu'il ait fait. Elle voulait qu'il ne se fasse pas tabasser en prison par les détenus *vraiment* malfaisants. Elle voulait qu'il ne se laisse pas abattre. Elle voulait qu'il sorte d'ici. Elle ne pouvait pas arrêter la vague d'empathie qui venait de s'emparer d'elle.

— Il est possible que tu éprouves des sentiments mélangés, lui avait dit Clara au téléphone la veille. C'est même normal, la situation est complexe. Cela ne doit pas te déstabiliser.

Sadie regarda et écouta ses parents parler de l'audience, de la santé de son père et de sa sécurité. Ils ne discutèrent pas des reportages dans les médias, de ce que les élèves disaient tout bas à l'école, des menaces de mort de la messagerie vocale. Comment le sortir de là était leur seul et unique sujet de conversation. « Bennie a dit ceci, Bennie a conseillé cela, Andrew dit que... »

C'était du Joan tout craché : déterminée, d'un calme factice, profondément pragmatique et axée sur les résultats. George ne flancha qu'à la toute fin.

— Vous me manquez tellement, dit-il, les larmes aux yeux.

Elles sortirent. Sadie ne put se souvenir du moment de leur départ. Elle vit qu'elles étaient tout à coup sur le parking et se remplissaient les poumons d'air frais.

Joan s'assit au volant et se mit à sangloter. Sadie posa une main sur son bras et proposa de conduire.

— T'es pas en état de le faire, ajouta-t-elle.

— Toi non plus, Sadie. Laisse-moi respirer un peu et ça ira mieux.

— Aux États-Unis, cent mille accidents de la route sont dus à la fatigue, opposa Sadie quand

Joan ouvrit la portière du conducteur et se mit à arpenter le parking, les bras serrés contre la poitrine.

Sadie sortit et contourna la voiture en espérant que le va-et-vient de sa mère n'inquiéterait pas les tireurs d'élite postés dans les miradors. Joan finit par s'asseoir sur le siège passager sans protester et Sadie les ramena à la maison. Le fait d'avoir quelque chose à faire, des responsabilités à prendre fit que le traumatisme qu'elle venait de vivre reflua en arrière-plan, rejoignant l'accumulation des souffrances auxquelles elle préférait ne pas penser.

Je peux garder mon sang-froid. Je peux être stoïque. Exactement ce que lui disait sa grand-mère. « Ne laisse personne te voir perdre contenance », lui avait-elle dit un jour quand Sadie avait éclaté en sanglots alors qu'une copine lui avait volé son jouet préféré et l'avait cassé en mille morceaux. « Tu es meilleure qu'elle, et ce n'est qu'un jouet. Fais semblant que ça ne te fait pas de peine et au bout d'un certain temps, ça ne t'en fera plus. Tu verras. »

Quand elles s'arrêtèrent pour prendre de l'essence, Sadie lut ses messages. Il y avait cinq textos de Jimmy lui demandant si elle allait bien.

Dis-lui que ça va, et ça finira par bien aller, songea-t-elle.

Elle paya l'essence avec la carte de crédit de Joan et lava le pare-brise. Sa mère dormait. Elle ne se rendit compte de rien.

— Le procès n'aura lieu que dans un an environ, avait dit son père, résigné. Et ça, c'est si tout se passe bien. Alors, prenez votre mal en patience. Je vais en profiter pour ressortir ma thèse et y travailler, alors il y a peut-être un bon côté à tout ça.

— J'en doute, avait répondu Joan. Je veux dire, je doute qu'il y ait vraiment un bon côté, non ?

— Oui, oui. Mais j'essaie... J'essaie de faire sortir quelque chose de valable de toute cette... merde.

Sadie se rassit au volant et alluma la radio. Joan bougea sur son siège mais sans ouvrir les yeux. Sadie envoya un texto à Jimmy.

> Je vais très bien. L'ambiance était assez relou. Je veux juste regarder un film avec toi. Va piquer un peu de beuh à Kevin pour qu'on puisse se détendre.

Son portable clignota encore. Elle mit les écouteurs pour répondre. Andrew. Il voulait des détails sur la visite.

— Je ne sais pas quoi te dire. T'as pas trouvé ça triste qu'il ait l'air si fatigué et si vieux ?

— Je sais, dit-il. Je suis navré que tu aies dû vivre ça. Sois prudente, ajouta-t-il doucement. On va s'en sortir.

Sadie s'habituait de plus en plus à se réveiller comme si elle n'avait jamais dormi, en général vers quatre heures du matin. Le sommeil paradoxal n'était qu'un souvenir lointain, un privilège qui lui était maintenant refusé. Elle ne ressentait aucune fatigue. La fatigue n'était même plus possible. Elle se sentait absente.

Elle regarda Jimmy dormir, serré contre son oreiller dont il agrippait le volant écossais bleu et vert. En face, le curseur clignotant de son ordinateur portable qui s'allumait et s'éteignait par intermittence illuminait de bleu l'affiche de Noam Chomsky au-dessus de son bureau. Il y avait un filet de lumière sous la porte, comme si quelqu'un était levé. Elle se redressa et s'enveloppa dans un des sweats de Jimmy. Il était juste un peu plus long que le caleçon qu'elle aimait porter pour dormir. Elle posa les pieds sur le sol, essayant de se faire un chemin parmi tout ce que la moquette accueillait. Quand ce n'étaient pas des vêtements éparpillés, il y avait des revues, des projets artistiques inachevés, des empilages d'assiettes et de tasses. Elle avait fait du rangement une fois, mais son initiative avait été mal reçue. Alors elle venait dormir ici et laissait ses effets personnels dans la chambre d'amis.

Elle descendit à la cuisine et mit l'eau à bouillir pour préparer une tisane. Sur la table, son portable clignotait. Un message de son père.

« Je veux juste savoir comment ça se passe pour toi à l'école. »

Il était étrangement formel, comme s'ils ne s'étaient pas déjà parlé ce jour-là, comme s'il l'appelait du fond d'une caverne.

« Je sais que tes examens sont pour bientôt, alors je tenais à te dire que tu les passeras haut la main. Ne laisse pas ce qui arrive en ce moment affecter ton avenir. Concentre-toi bien cette année, Sadie, si tu veux être certaine de pouvoir étudier ce que tu veux l'an prochain. Je suis très fier de toi et je sais que tu réussiras. »

Entendre son père s'inquiéter de ses études et prononcer un petit discours d'encouragement typique parut presque normal à Sadie.

Elle éteignit son portable et versa de l'eau bouillante dans un mug. Elle s'assit à la table et appuya sa joue contre la fraîcheur du plateau de verre.

— J'en viens toujours à la conclusion qu'un oreiller est plus confortable, dit Kevin qui se tenait sur le seuil de la cuisine, en caleçon et vieux tee-shirt déchiré sur lequel était écrit *Vision Street Wear*.

Sadie haussa les épaules.

— Tu ne dors pas ?

— J'écrivais, dit-il en se frottant le visage des deux mains comme s'il avait voulu enlever une épaisseur de peau.

À sa façon de prononcer « j'écrivais », on pouvait croire qu'il voulait dire : « Je ne faisais que rendre la vue à un enfant aveugle, rien de plus. » En tout cas, c'est l'effet que cela faisait à Sadie. Mais en dépit de son arrogance, et bien qu'il ait eu l'air de vraiment, mais vraiment, vouloir rester un adolescent, il ne la dérangeait pas. Il était facile à vivre, pas moralisateur. Son expression et sa façon de la regarder n'avaient changé en rien depuis l'arrestation.

Il alla à la cafetière, à moitié pleine sur le réchaud toujours allumé et se servit un café.

— Alors, ma belle, parle-moi de tes ennuis.

— Savais-tu que les États-Unis ont le plus haut taux d'incarcération au monde, soit sept cent quarante-trois adultes détenus pour cent mille habitants ?

— Je ne le savais pas avec autant de… d'exactitude, dit-il en passant la main dans ses cheveux décoiffés.

Il la regarda d'un drôle d'air.

— Ça te dirait de regarder un vieux film classique ?

— Cool.

Ils se rendirent au salon. Sadie s'assit sur le canapé et souffla sur son mug. Kevin ouvrit le tiroir des DVD et brandit *Le Feu de St. Elmo*.

— Ça te va ?

Sadie acquiesça et avala une gorgée de sa tisane. Trop sucrée. Un goût de foin. Elle n'en voulait plus, mais boire l'occupait. Elle n'arrêtait pas de revoir son père dans sa combinaison de détenu.

Kevin s'assit à l'autre bout du canapé, se tourna vers elle et lui sourit avant d'appuyer sur *play*. Elle lui sourit en retour. Kevin représentait une agréable distraction.

— Je regarde toujours ce film quand je ne peux ni dormir ni écrire, expliqua-t-il.

— Je pense que c'est un des films préférés de ma mère.

— Ah, bon… je ne l'aurais pas cru.

— Elle est pas mal, ma mère. C'est une personne finalement plutôt courageuse.

— En tout cas, elle a élevé une fille très courageuse, si tu me permets de te le dire.

— Je ne pense pas, non.

— Mais si.

Sadie ne se sentait pas le moins du monde courageuse, mais elle était ravie que son imitation de courage soit aussi convaincante.

Kevin prit un joint dans la petite boîte qu'il rangeait dans le tiroir de la table basse.

— Ça ne t'ennuie pas si je… ?

— Non.

Il alluma le joint, en prit une longue bouffée, et le lui tendit. Elle s'appliqua à prétendre que c'était la chose la plus naturelle du monde et attendit quelques secondes avant d'inhaler la fumée. C'était seulement sa cinquième expérience. D'habitude, elle regardait ses copains fumer puis essayait de rigoler avec eux, mais elle trouvait cela barbant et n'avait qu'une envie : partir bouquiner. Les minutes passèrent, ils finirent le joint. En observant le mégot qui restait, elle eut l'impression de n'être plus un corps mais une pierre électrifiée. Kevin n'était pas de ces fumeurs qui rient comme des imbéciles. Son comportement était tout à fait normal. Elle ouvrit la bouche, mais ne put la refermer. Elle sentit ses lèvres s'assécher, puis sa langue, elle s'ordonna de déglutir. *Ferme la bouche, espèce d'idiote.* Mais ses lèvres ne captaient pas le message.

— La marijuana accélère le rythme cardiaque, dit Sadie, étonnée de pouvoir articuler des sons. Après avoir fumé, le risque de crise cardiaque est plus élevé pendant une heure.

Kevin sourit.

— C'est noté, infirmière Sadie.

Ils regardèrent le film pendant une quinzaine de minutes. Pas mal. Trop de solos de saxophone. Elle finit sa tisane. Au moment où elle commençait à comprendre pourquoi les gens aimaient être défoncés, le pied de Kevin frôla sa jambe.

Elle ne sut comment réagir. Elle continua de fixer l'écran. Au contact des orteils de Kevin qui se posèrent sur son genou, elle se sentit étonnamment vivante.

Tourne-toi, regarde-le.

Tourne-toi.

Elle eut envie de poser la main sur le pied de Kevin, un geste qui voulait dire, ça me plaît.

Putain, mais qu'est-ce qui m'arrive ?

Son cerveau rationnel ne connaissait pas la réponse. Mais son corps était tiède, frémissant. Rob Lowe apparut à l'écran avec ses bras costauds.

Est-ce que je... ? Jimmy dort à l'étage. Kevin doit avoir dans les trente ans. C'est dégueu. Contente-toi de regarder le film. Pourquoi est-ce que l'écran est si bizarre ? Du coup, elle se souvint qu'elle était shootée et éclata de rire. Elle s'attendit à ce que Kevin rie aussi. Il n'en fit rien. Son pied sembla peser plus lourdement contre sa jambe. Avec insistance. Elle trouva la sensation plutôt agréable au lieu d'en être horrifiée. Elle eut envie de l'embrasser. Jamais autant qu'en cet instant n'avait-elle eu envie d'embrasser quelqu'un.

C'est débile. C'est juste parce que je suis défoncée. Les gens se jettent du haut d'un balcon quand ils sont défoncés, ou bien ils s'imaginent voir Dieu. Ça, c'est rien du tout.

Elle tourna la tête, un tout petit peu.

Kevin dormait.

Elle comprit que son pied s'était déplacé dans son sommeil. Elle se sentit totalement ridicule. Il ronflait doucement.

Qu'est-ce que tu croyais ? La honte la frappa de plein fouet. *Un manque total de jugement, putain.* Elle regarda le visage de Kevin, vit comme il était vieux, fut dégoûtée d'elle-même. Pourquoi diable aurait-elle eu envie de l'embrasser ?

Le volume de la musique à la télé augmenta soudain et Kevin se réveilla brusquement en reniflant.

— Oh, Sadie, dit-il en retirant son pied. Excuse-moi. J'ai dû m'assoupir.

— C'est pas grave, Kevin. Je vais retourner dans ma chambre.

Il ne répondit pas. Il s'était déjà rendormi. Quand elle se leva, il étira les jambes. Il n'avait pas cherché à coucher avec elle, il voulait juste plus de place pour s'allonger.

Elle monta doucement l'escalier recouvert de moquette, passa sur la pointe des pieds devant la chambre d'Elaine et se glissa entre les draps à côté de Jimmy. Il l'entoura d'un bras et l'embrassa sur le front.

— T'étais où ?

— En bas, à me préparer une tisane. Je n'arrivais pas à dormir.

— Mmm.

— J'ai fumé un joint avec Kevin, dit-elle, comme si elle avouait avoir commis un acte illicite.

Elle s'attendait à ce que Jimmy soit jaloux. Elle se culpabilisait des pensées qu'elle avait eues, même si elle avait tout imaginé.

— C'est pas juste, il ne m'offre plus de joint à moi, marmonna-t-il en se retournant pour se lover dans son dos.

Il bandait. Elle tendit la main et enveloppa son sexe chaud et palpitant. Il ne bougea pas. Sadie savait qu'il était complètement réveillé même s'il ne parlait pas, peut-être de peur qu'elle s'arrête. Sa parfaite immobilité l'excita.

En temps normal, c'était lui qui prenait les devants quand ils faisaient l'amour, dans la position habituelle, ses jambes à elle ouvertes en *v*, les cheveux répandus sur l'oreiller, et cela ne durait jamais plus de deux minutes. Cette fois, elle remua la main de haut en bas comme elle l'avait vu dans les films pornos et l'entendit respirer plus vite. Elle le fit s'allonger sur le dos. Elle attrapa un préservatif dans le tiroir de la table de nuit et en déchira l'enveloppe. Elle tâtonna un peu, d'habitude c'était lui qui s'en occupait, mais il resta étendu, les yeux écarquillés, craignant sans doute que tout ne soit qu'un rêve. Elle exerça une pression de la main, il banda plus fort et gémit. Elle aimait le voir ainsi s'abandonner. Elle le chevaucha, comme elle l'avait vu dans une des revues porno de Kevin. Elle se surprit à l'imaginer de l'autre côté de la porte, les épiant par une fente dans le bois. Cette image la fit jouir. C'était la première fois qu'elle avait un orgasme en faisant l'amour.

— Ouah, dit Jimmy. On devrait le faire comme ça tout le temps. C'était… dingue.

Il appuya sa tête sur l'oreiller et s'endormit aussitôt. Elle resta éveillée, elle aurait préféré ne pas être défoncée mais elle se sentait un peu mieux, comme après avoir couru, comme si ses muscles s'étaient enfin détendus et qu'elle s'était calmée.

Le lendemain matin, elle se réveilla avant tout le monde. Elle vit le préservatif par terre, collé à la couverture d'une édition de poche d'*Au cœur des ténèbres*. Elle se rendit à la salle de bains sur la pointe des pieds, enveloppa le préservatif dans du papier hygiénique et le cacha au fond de la poubelle. Elle revint dans la chambre, ne sachant trop que faire. Elle s'assit au bord du lit et regarda Jimmy dormir. Elle avait des courbatures, elle avait un peu honte, aussi, comme si elle avait été ensorcelée et que, maintenant, dans la lumière matinale, elle était redevenue celle qu'elle avait toujours été. Elle regretta pendant quelques instants l'époque où Jimmy et elle ne faisaient que se caresser et s'embrasser, quand le sexe proprement dit était encore un mystère, quelque chose qui arriverait *un jour*. À ce moment précis, elle songea qu'elle n'aimait pas avoir franchi cette étape, bien qu'elle ait longtemps voulu en finir avec le sentiment d'entre-deux qu'engendrait l'adolescence, avec la certitude d'être laide dans un corps qui ne serait sans doute jamais plus beau qu'à cet âge-là.

Samedi et dimanche

Joan rangea ses sacs
la voiture, s'assit au vo
coups de poing au siège
thérapeute avait consei
maîtriser sa colère en
daire. Ils lui avaient in
de frappe qu'il pouvait
qu'il en avait envie.

L'exercice ne la calm
ridicule.

En ouvrant la porte,
a valise qu'Andrew ava
entrée, à côté des cha
elles d'Andrew, en cu

d'épicerie dans le coffre de
lant et assena une série de
ge passager. C'est ce qu'un
illé à Andrew de faire pour
première année de secon-
nstallé au sous-sol un sac
t malmener aussi souvent

na pas. Pire, elle se sentit

, elle faillit trébucher sur
ait déposée sur le tapis de
aussures de la maisonnée.
uir fin, étaient à ses yeux

— Je déteste la savoir là-bas, avec un homme que je ne connais même pas, dit Joan en rédigeant la première étiquette d'une main tremblante.

L'encre déteignit. Elle barbouilla du pouce les lettres de « boulgour », fit une boulette de l'étiquette et recommença.

— Il faut attendre que l'encre sèche. Et ne t'inquiète pas. Kevin n'est qu'un *has been*, répondit Clara pour encourager Joan. Il y a quinze ans, il a eu un coup de chance avec son premier roman, mais les cinq ouvrages suivants n'ont pas été à la hauteur. Mon magazine ne chronique plus ses livres. Sa carrière est fichue.

Pour une fois, Joan apprécia que Clara s'exprime avec assurance.

— Tu as tort de diriger ta colère contre Elaine, ajouta sa sœur en transvasant un reste de riz dans un autre bocal. Celui-là, c'est du basmati à grains longs.

— Je ne vois pas pourquoi, dit Joan, faisant ce qu'elle lui demandait. En ce moment quand je ressens une émotion, quelle qu'elle soit, je la vis sans me poser de questions.

— Tu es peut-être sur une bonne piste, sœurette.

Joan tira de son sac une carte que lui avait expédiée une collègue infirmière. Il y était écrit : *Si tu vis des moments pénibles, va de l'avant*. Elle la tendit à Clara.

— Aller de l'avant ? Jusqu'où ? Jusqu'à en crever ? Quelle connerie !

un symbole de réussite. Elle se souvint quand elle l'emmenait chez Harvey's Shoes tous les ans, au mois d'août, avant la rentrée scolaire, et qu'il insistait à chaque fois sur l'importance de porter les *bonnes* baskets. Même si, une fois mariée, elle avait plus d'argent qu'elle n'en avait jamais eu dans son enfance, elle trouvait toujours idiot d'acheter de nouvelles chaussures pour obéir aux diktats de la mode.

Assis sur le canapé, Andrew dormait et la télé diffusait une émission d'actualités du spectacle. Un mannequin célèbre venait de mourir. Filmé en contre-plongée, son corps était transporté sur un brancard hors d'une luxueuse résidence. Payton, le chat, essayait d'attraper les reflets clignotants de l'écran sur le mur en émettant des petits bruits comme lorsqu'il surveillait des oiseaux. La scène captiva Joan quelques instants, le cadavre du mannequin recouvert d'une couverture, les ambulanciers qui poussaient la civière vers le véhicule, la voix grinçante de la journaliste, le bandeau déroulant en bas de l'écran qui passa deux fois en boucle avant qu'elle n'éteigne l'appareil. Elle ferma l'ordinateur portable qu'Andrew avait laissé ouvert sur la table basse près d'une boîte de Cheerios et d'un bol où restait un résidu de lait. Elle s'assit dans le fauteuil, celui qui portait encore l'empreinte du corps de George. Le dossier avait l'odeur de sa lotion capillaire. Joan s'en emplit les poumons et regarda dormir son fils.

Andrew ouvrit les yeux quelques instants plus tard, étira son grand corps dégingandé et sursauta en voyant sa mère assise dans le fauteuil.

— Seigneur, maman, je ne t'ai pas entendue entrer, dit Andrew. Un taxi vient me chercher demain matin à 6 h 30. Je rentre chez moi un jour ou deux pour prendre quelques affaires et voir Jared. Mais je reviens très vite. Je ne veux pas te laisser seule.

— Je peux te conduire à l'aéroport.

— J'ai déjà commandé le taxi.

Il se leva et rapporta le bol de céréales à la cuisine. Joan lui emboîta le pas.

— Pour l'amour du ciel, laisse-moi m'occuper de *quelque chose*. Toi et ta sœur me faites me sentir si inutile !

Andrew ouvrit le lave-vaisselle et y déposa le bol.

— Maman, je pense que tu devrais parler à quelqu'un. Un psychologue. En ville. Quelqu'un qui ne connaît pas tout le monde ici.

— Vraiment ? Tu te souviens de *ton* enthousiasme à cette idée ?

— Je n'étais qu'un gamin, maman. À New York, tout le monde a un thérapeute.

Joan ouvrit le lave-vaisselle, en sortit le bol de céréales et l'inspecta.

— Il faut rincer la vaisselle d'abord ; c'est une vieille machine, dit-elle en passant le bol sous l'eau tout en décollant un Cheerio récalcitrant. Tu as peut-être raison, Andrew.

Il se retourna et lui remit un bout de papier.

— C'est un groupe d'entraide. À Woodbridge. C'est pour les conjointes de personnes... incarcérées.

Elle jeta un coup d'œil au papier et lut : dimanche, 15 heures. Il y avait aussi une adresse.

— Merci, Andrew. C'est gentil de penser à moi.

— Bonne nuit, maman. Je serai de retour dans quelques jours, mais tu peux m'appeler n'importe quand. Sache que tu n'es pas seule.

Joan lui fut reconnaissante de ses paroles, bien que ce ne fût pas le sentiment qu'elle avait. George lui manquait. Elle entendait sa voix au téléphone une fois par jour, jamais bien longtemps, et elle ne le reconnaissait pas. On aurait dit un imposteur. Elle avait l'impression d'avoir été propulsée dans une tout autre réalité, d'être la protagoniste d'une émission virtuelle.

Le lendemain après-midi, elle parcourut les soixante kilomètres qui la séparaient du centre de santé de Woodbridge où se retrouvait le groupe d'entraide. Parvenue à destination avec une demi-heure d'avance, elle resta dans la voiture et regarda les femmes garer la leur et entrer par la porte latérale. Quelques-unes arrivaient à pied de l'arrêt d'autobus. Elles n'avaient aucun signe distinctif. Joan ne s'était pas attendue à ce qu'elles brandissent une pancarte « J'ai épousé un pervers », mais au moins à des indices de leur statut, à une indication subtile, un signe physique évident de faiblesse.

Joan resta devant la porte de la salle au sous-sol à contempler un étalage de brochures médicales. Elle fit semblant de s'intéresser à un texte qui décrivait en détail le traitement du diabète alors qu'elle aurait pu l'écrire elle-même de mémoire. Elle hésita si longtemps avant d'entrer que la réunion avait déjà commencé. Il faisait froid dans la salle, les murs étaient pratiquement nus excepté une affiche pour la prévention du SIDA et une autre rappelant l'utilité du vaccin contre la grippe. Le seul homme du groupe, manifestement le modérateur, portait un badge au nom de Bob, mais Joan savait qu'il s'agissait du Dr Robert Forrestor, spécialiste du traitement des compulsions et des troubles sexuels. Il avait fondé ce groupe après avoir écrit son livre sur la vie familiale des délinquants sexuels. Elle avait longuement regardé sa photo sur Internet et elle s'était demandé quel pouvait bien être son quotidien. Elle lui avait inventé une épouse, sans doute professeure d'université, cheveux bruns grisonnants, petit ventre rond, elle l'imaginait en train de couper des fruits pour une salade un dimanche après-midi.

Il salua Joan d'un signe de tête et lui offrit un sourire chaleureux. Joan s'assit sur une des deux seules chaises de libres. Les femmes présentes étaient pour la plupart dans la trentaine. Des épouses ou des mères de détenus dont quelques-uns étaient des délinquants sexuels.

Une femme avec une tête de bouledogue commença :

— Moi, je vois ça comme ça : il est malade. C'est une maladie. On ne contrôle pas ce qu'on reçoit à la naissance, pas vrai ? Mon fils, il est trisomique. Ce n'est pas de sa faute non plus. Alors, mon mec s'est fait pincer, on peut l'aider, et il *veut* être aidé. Pourquoi je le quitterais ? Je crois à une deuxième chance.

Tout en parlant, la femme triturait les poignets de son cardigan rose à mailles torsadées. Joan ne put s'empêcher de penser que, si cette femme quittait son conjoint, il lui serait sans doute difficile de lui trouver un remplaçant. Elle s'en voulut beaucoup d'avoir eu cette idée.

— Voulez-vous dire que si quelqu'un décide de commettre un viol, c'est un malade, pas un criminel ? demanda une femme avec une mèche violette dans les cheveux.

— Si on commence comme ça, on n'a pas fini, déclara avec un ricanement une femme du nom de Mallory.

— C'est un criminel. Évidemment. Il a commis un crime. Il est coupable, répondit la femme au visage de bouledogue. Personne ne dit que ce n'était pas mal et personne ne l'excuse. Ce qu'on dit, enfin, je veux dire personnellement – elle regarda le médecin –, c'est que se contenter d'enfermer quelqu'un en prison pour qu'il récidive en sortant, encore plus furieux et encore plus rempli de haine, ça n'aide pas sa réinsertion. Si certains hommes sont capables d'affronter leurs démons et de s'amender, ils devraient avoir le droit de le faire du moment qu'ils observent le règlement.

Joan éprouvait des sentiments mélangés. Elle se sentait tout à la fois reconnaissante de l'existence de ces femmes et incapable de ne pas les juger. Elle écouta attentivement leurs récits pendant une heure. Une certaine Cindy, qui s'exprimait en terminant toujours ses phrases comme s'il s'agissait de questions, se plaignait sans répit que le CP de son mari soit injuste envers lui.

— On peut pas mener une vie normale. Il harcèle tout le temps mon mari, il a aucune liberté.

— C'est quoi, un CP ? chuchota Joan à sa voisine qui tricotait une couverture à carreaux bruns et rouges.

— Conseiller pénitentiaire d'insertion, siffla celle-ci, irritée.

Joan imagina ce que Clara aurait dit à Cindy : si ton jules baise avec des enfants, attends-toi à ce que tout le monde te haïsse. Souffre en silence, ma vieille.

— Il devrait vous remercier de ne pas lui avoir planté un couteau dans le cœur pour avoir molesté votre fille ! hurla Mallory, incapable de se contrôler.

Apparemment, ce n'était pas la chose à dire.

— Nous ne sommes pas ici pour porter des jugements, déclara doucement le Dr Forrestor. Nous sommes ici pour écouter.

Joan en prit bonne note. Elle détesta les femmes qui parlaient lentement, qui faisaient des erreurs de prononciation, qui pleuraient, qui disaient avoir honte de ne pas quitter leur mari. Elle les détesta parce qu'elle se reconnaissait en elles, ce qui signifiait qu'elle ne savait plus très bien qui elle était, qui elle avait été, qui elle était censée être.

En rentrant à la maison, elle fouilla de fond en comble le bureau de George dans l'espoir d'y trouver des indices de ce qu'il avait fait de leur argent ou des preuves concrètes de quelque chose, n'importe quoi. Elle se sentait presque envieuse des femmes du groupe qui savaient tout. Qui connaissaient les faits. Le bureau de George, une pièce encombrée de livres et de papiers, ne l'avait jamais vraiment intéressée. Elle n'était pas sûre de savoir ce qu'elle cherchait dans cet amas de théories et de notes. La police avait déjà tout ratissé, confisqué son disque dur, puis rapporté le tout dans un piètre état sans avoir rien trouvé de concluant.

— Pas le plus petit atome de porno, avait dit Bennie à l'époque. Combien d'hommes peuvent en dire autant ? Combien de femmes aussi ?

Il avait lancé cela avec un petit air satisfait, mais pour Joan, cela signifiait que, puisque tous les hommes normaux regardaient de la pornographie, George était, même là, une bizarrerie de la nature.

N'ayant absolument rien trouvé d'inhabituel à part les petits détritus ordinaires, elle s'enveloppa dans le vieux cardigan marron qu'il gardait drapé sur le dossier de sa chaise depuis le jour où ils avaient emménagé ici. Il répandait encore l'odeur de sa lotion après-rasage. Elle respira à fond et se coucha en boule sur le parquet.

Deuxième partie

Les quatre mois suivants

18

Chaque vendredi durant les premiers mois qui suivirent l'arrestation de George, Joan fit trois heures de route jusqu'à la prison, aller-retour. Elle mettait dans son sac de voyage des magazines, des barres de céréales, une brosse à cheveux, un poudrier, un pull supplémentaire. Des rituels s'installèrent. Il y avait le relais routier où la femme aux cheveux gris lui servait chaque semaine un café crème dans lequel elle versait un demi-sachet d'édulcorant. Elle s'arrêtait pour acheter à l'étal d'un maraîcher des légumes encore maculés de terre, des betteraves, des courges ou du chou kale. Elle frottait une pomme juteuse sur son chemisier avant de la croquer, tout en regardant depuis le bas-côté les champs qui déroulaient leurs cultures jusqu'aux collines. Dans ces moments-là, elle pouvait s'imaginer en train de se rendre à la ferme d'une grand-tante ou de faire une virée dans un magasin d'usine à la recherche de bonnes affaires. Elle apportait des magazines faciles à lire qu'elle feuilletait dans la file d'attente avant de les laisser au portail de sécurité. Elle commença même à saluer poliment d'un signe de tête les visiteurs qu'elle reconnaissait dans la queue. Certains des gardiens surent son prénom. La visite carcérale s'imprégnait maintenant d'une humanité et d'une impression de routine inattendues. Néanmoins, chaque fois qu'elle sortait du parking pour prendre le chemin du retour, elle pleurait. Elle s'arrêtait, achetait un café, en buvait une gorgée, puis elle balançait le gobelet de toutes ses forces. Sa colère était ce qui la surprenait le plus et ce qu'elle avait le plus de mal à désamorcer.

George avait droit chaque semaine à la visite de trois adultes pour un total de quatre-vingt-dix minutes. Clara accompagnait parfois Joan jusqu'à la prison, puis elle allait fureter au centre commercial pendant que Joan passait un moment avec George. Joan avait tenté de convaincre Sadie de venir avec elle, mais après leur première visite, Sadie avait préféré s'abstenir. Elle parlait à son père au téléphone plusieurs fois par semaine.

Andrew réintégrait son ancienne chambre les week-ends et insistait pour rester seul une demi-heure avec George chaque fois qu'il allait à la prison. Joan sortait à la moitié du temps écoulé pour attendre Andrew dans sa voiture. Elle supposait qu'il ne voulait pas se laisser aller à ses émotions devant elle. Joan se levait, s'habillait, mangeait, conduisait la voiture, se couchait épuisée et s'étourdissait de télévision et de vin rouge, comme une somnambule. Elle se disait prête à reprendre son travail bientôt; elle avait le besoin de renouer avec ses habitudes. De temps à autre quelque chose venait cependant bousculer cette routine.

Elle attendait son tour à la caisse de la librairie Book Nook de Woodbridge où elle avait acheté un des livres pour George. La caissière était une jeune fille blonde aux cheveux retenus par un bandeau mauve. Quand Joan lui sourit, elle rougit, se trompa dans son addition, oublia la virgule décimale. Total: 2754 dollars.

— Excusez-moi, marmonna-t-elle en essayant de corriger son erreur, ce qui eut l'air d'irriter l'ordinateur.

La file d'attente derrière Joan s'allongea. Joan jeta un coup d'œil au badge de la jeune caissière. Tammy-Lynn. Tammy-Lynn Harrison, une des élèves les plus brillantes de George. Il parlait d'elle avec affection.

— Salut, Tammy-Lynn, adressa Joan, innocemment. Ce n'est pas grave. Je ne suis pas pressée.

La jeune fille appela le gérant pour qu'il corrige son erreur. Elle emballa les achats de Joan et passa au prochain client.

Joan resta quelque temps à la porte à se tourmenter. La maladresse de Tammy-Lynn était-elle due aux rumeurs? Joan tenait à le savoir. Elle rentra dans la librairie en feignant d'avoir oublié quelque chose. Elle s'attarda à un étalage de bougies à la lavande et de coussins. Elle attrapa un cadre voyant en argent sur lequel était gravé *La famille, c'est l'amour!* et l'apporta à la caisse où, cette fois, il n'y avait aucune file d'attente.

— J'ai oublié ceci, dit Joan.

Tammy-Lynn balaya le code à barres.

— Sept dollars cinquante-sept.

Joan lui remit sa carte de crédit et la dévisagea un peu trop longtemps.

— Qu'est-ce qu'il y a ? lança sèchement Tammy. Écoutez, je sais ce que j'ai vu. Je n'étais pas saoule. Je sais que c'est un brave type et tout, et il a toujours été très aimable avec moi, mais je sais ce que j'ai vu !

Joan vacilla.

— Je n'étais pas saoule ! cria Tammy-Lynn par-dessus la chanson des années quatre-vingt que diffusaient les haut-parleurs.

Joan prit la fuite. Dehors, sur le trottoir, elle eut du mal à se rappeler où elle avait garé sa voiture. Quand elle la retrouva, elle mit le cadre derrière une des roues, puis elle tendit l'oreille pour bien entendre le craquement du métal broyé lorsqu'elle passa la marche arrière.

Elle fréquentait le groupe d'entraide tous les dimanches bien qu'elle ne s'y sentît pas à l'aise. Néanmoins, les femmes qui y venaient comprenaient ce qu'elle ressentait : ne pas avoir accès à un être cher et éprouver à la fois de la colère, du chagrin, de l'amour et de la rage à cause de ce que le conjoint avait fait ou *peut-être* fait.

Le dimanche matin, elle se levait et s'habillait comme pour aller à l'église où elle n'avait pas mis les pieds depuis l'arrestation de George. Elle préparait le petit déjeuner d'Andrew, puis s'installait sur la terrasse, une couverture sur les genoux, et sirotait un café pendant que l'office du dimanche se déroulait sans elle. Chaque début de semaine elle préparait une liste de tâches ménagères à accomplir le dimanche, puis, à la dernière minute, elle montait dans sa voiture et se rendait à Woodbridge retrouver ses compagnes d'infortune.

Le modérateur encourageait Joan à s'ouvrir davantage. Elle était là depuis un mois quand il l'incita à participer à la discussion.

— Voudriez-vous nous parler de vos visites à votre mari ?

— Eh bien, dit Joan en joignant les mains pour éviter qu'elles ne se mettent à trembler, parfois il se contente de parler du livre qu'il est en train d'écrire. Je ne comprends pas tout, mais ça me plaît de constater qu'il ne végète pas, que certaines choses comptent encore pour lui. Je lui apporte de la lecture, des romans, des revues.

— Avez-vous l'impression qu'il vous écoute ? demanda Shelley.

— Oui, enfin, il prend des nouvelles d'abord des enfants, puis il me demande si je tiens le coup. Toujours. Je pense qu'il s'inquiète sincèrement de moi, de nous.

— C'est bien le moins qu'il puisse faire, marmonna Shelley.

Shelley était pleine de ressentiment cette semaine-là.

— Selon lui, je devrais retourner travailler. Il m'a dit : « Joannie, ça donne tant de sens à ta vie. » C'est juste. J'y songe.

— Discutez-vous des accusations qui pèsent sur lui ?

Le Dr Forrestor n'employait jamais le mot *crime* – une délicatesse que Joan appréciait –, à moins que le conjoint en question n'ait été reconnu coupable ou qu'il n'ait avoué.

— J'en parle toujours à la toute fin, quand je sais que je vais devoir le quitter. Je lui demande de me dire la vérité. George réagissait mal au début, comme si c'était moi qui aurais dû avoir honte de lui poser cette question. Mais je veux connaître la vérité, j'ai le droit de la connaître et je mérite de la connaître, non ? demanda-t-elle d'une voix étranglée.

Les femmes assises en cercle approuvèrent de la tête.

— Chaque fois qu'il nie, c'est avec beaucoup de fermeté et de détermination. Mais j'ai remarqué que son expression change, il a les yeux vitreux et il semble s'absenter de son corps comme si son esprit venait de s'envoler. De temps en temps, il ne fait que répéter non. Comme si la répétition allait rendre la chose vraie.

— Vous le croyez ? interrogea Shelley.

— Je ne sais pas. Je change tout le temps d'idée. Ma fille me reproche d'être en plein déni, et mon fils m'assure qu'il croit son père. Mais, la semaine dernière, quand j'ai posé une nouvelle fois la question, il a explosé : « Putain, tu ne te rends donc pas compte à quel point j'en ai marre de t'entendre ressasser les mêmes choses à chacune de tes visites ! » Il a ajouté que si je l'aimais, je le croirais.

Plusieurs femmes exprimèrent leur mécontentement.

— Je l'ai déjà entendue, celle-là, dit Ann, une femme effacée qui parlait rarement et dont le mari avait agressé une jeune employée.

— Il ne m'avait jamais parlé sur ce ton, continua Joan. En dépit des motifs de son incarcération, nos rencontres avaient toujours été courtoises. Je ne sais pas… ça m'a tellement surprise que je me suis excusée. Je me suis sentie coupable. Merde, pourquoi je me suis excusée ? Je ne me reconnais pas. Qui suis-je vraiment ?

Pourquoi avait-elle sur-le-champ assumé une responsabilité qui n'était pas la sienne ? Joan l'ignorait. Ça ne cadrait pas du tout avec sa personnalité.

Le groupe d'entraide l'écoutait avec attention. Joan songea qu'il y avait fort longtemps qu'on ne l'avait pas écoutée ainsi, excepté au travail peut-être. Elle raconta ce qu'elle avait fait ensuite. Elle s'était arrêtée dans la localité la plus proche pour trouver un hôtel qui dominerait la ville. C'était un luxueux cinq étoiles, elle avait donné d'une main tremblante et glacée les clés de son véhicule à un voiturier. À la réception, elle avait paraphé le reçu de sa carte de crédit d'un gribouillage angulaire qui ne ressemblait en rien à sa signature.

Sa chambre était au vingt-septième étage et surplombait un terrain de skateboard. Elle s'était délestée de tous ses vêtements et avait enfilé le magnifique peignoir mis à sa disposition. Elle avait ensuite ouvert les rideaux en velours marron et avait enfoncé ses pieds nus dans l'épaisse moquette. Elle avait pressé son nez contre la vitre, regardant en contrebas un skateur effectuer des figures tout à la fois compliquées et gracieuses. De son poste d'observation, les jambes du skateur étaient si fines qu'on aurait dit des pattes d'oiseau.

— J'ai utilisé le room service, c'était la première fois de ma vie ! J'ai ouvert le minibar et bu tout le gin qui s'y trouvait. C'était assez sympa, à vrai dire. J'ai aussi appelé mes enfants. Je les appelle tous les soirs à dix-neuf heures.

Elle ne dit pas au groupe qu'ils ne répondaient qu'une fois sur deux, au mieux, et que lorsqu'ils le faisaient, elle leur en était infiniment reconnaissante.

Elle se faisait du souci pour Sadie.

Elle avait regretté pendant quelques minutes d'avoir loué la chambre. Elle était en état de conduire. Mais l'idée d'effectuer un aussi long trajet en ressassant la manière dont George lui avait parlé, lui était insupportable. Elle avait besoin de repos. Son portable avait sonné, elle avait reconnu le numéro du médecin chef du département de traumatologie d'Avalon Hills.

— Allô, Joan...

Il s'était éclairci la voix, comme il le faisait toujours. Elle se doutait de ce qu'il lui allait lui dire: « Tout compte fait, nous pensons que cette situation est beaucoup trop stressante pour toi. » Traduction: ce qui se passe dans ta famille ternit la réputation de notre hôpital. Nous devons penser à nos donateurs, tu sais, etc. Elle se cuirassa contre cette éventualité.

— Je t'appelle parce que je me demandais si tu te sentirais capable de revenir au boulot. Tu nous manques. Ta rigueur nous manque. Entre nous, la personne qui te remplace n'est vraiment pas à la hauteur.

Joan avait été incapable de répondre, gardant les yeux rivés sur le skateur toujours en train de décrire des arabesques.

— Allô, Joan ? Tu es toujours en ligne ?

— Oui, je t'écoute.

— Ç'a été très difficile pour toi, j'en conviens, continua son supérieur, et ton retour ne pourrait s'effectuer qu'après une visite de contrôle avec notre psychiatre, mais je suis sûr que ce ne sera qu'une simple formalité. Ta résilience est connue de nous tous.

— Oui, eh bien, elle a récemment été mise à rude épreuve.

— Je m'en doute.

Joan s'était assise au bord du lit, triturant la cordelière du moelleux peignoir blanc de l'hôtel.

— Tu as lu le journal d'aujourd'hui ?

— Pas encore, non.

— L'hôpital a publié un communiqué de soutien à ton égard ; j'espère que ça pourra te rassurer. Sache que nous sommes là. Tu as consacré tant d'années à cet hôpital, tu y fais un travail exemplaire, et nous sommes conscients que cette nouvelle a été pour toi un choc aussi grand qu'elle l'a été pour quiconque.

— C'est le moins qu'on puisse dire.

— Bon, alors donne-toi le temps de réfléchir. Mais nous espérons que tu pourras revenir avant la fin de la semaine. Ça te dirait ?

— Oui, avait-elle acquiescé avec une once d'hésitation.

— Formidable. J'organise un rendez-vous avec le psy, le Dr Chua, et tu pourras te remettre au travail. Formidable.

— Formidable. Merci, avait-elle répété avant de raccrocher.

Joan avait appelé Clara pour lui annoncer la nouvelle.

— Quelle bonne idée ! Tu dois faire autre chose que constamment aider ton mari.

— Clara, je suis à l'hôtel, non loin de la prison. Je me suis arrêtée parce que je n'en peux plus. Je pense que je deviens folle.

— Bravo. C'est un bon signe, ça. Il est arrivé une chose merdique et il est temps que tu cesses d'essayer de résoudre tout, même ce que tu sais ne pas pouvoir résoudre.

Clara essayait depuis l'incarcération de George de la convaincre de ne pas être autant à l'écoute de son mari et de laisser sa colère s'exprimer.

— Tu me connais, je suis pragmatique et s'il y a quelque chose à faire, je le ferai.

— Oui, oui, je sais. Mais toi, dans tout ça ? Pourquoi ne descendrais-tu pas draguer quelqu'un au bar de l'hôtel ? Ne lui demande pas son nom de famille. Dis-lui que tu es en déplacement pour le boulot et que tu repars demain matin. Et éclate-toi.

— Clara ! Jamais de la vie. Je suis mariée.

— Putain. Serais-tu devenue amish quand j'avais le dos tourné ? D'après moi, puisque ton mari est derrière les barreaux et qu'on ne vous accorde pas de visites conjugales, nécessité fait loi.

— Pour toi, sans doute. Mais pas pour moi.

— Bien sûr. Tu ne vis que pour les autres. C'est ce qui donne un sens à ton existence. Mais sois égoïste pour une fois. Il te doit bien ça, tu ne crois pas ? Parce que tu tiens le coup. Tu devrais baiser qui ça te chante et George devrait juste te dire merci, merci, merci de ne pas me plaquer.

Joan comprenait que sa sœur avait bu. Il y avait des voix en arrière-plan. Clara avait parlé comme elle le faisait toujours quand elle savait qu'on pouvait l'entendre. Elle gloussait.

— Enfin, on ne peut pas dire qu'il t'ait été fidèle…

— Tu fais chier, Clara. Va te faire foutre.

Joan avait raccroché et jeté son portable à terre. Il n'avait fait aucun bruit en tombant sur l'épaisse moquette couleur crème. Joan venait de se priver de son meilleur soutien en la personne de sa sœur sans même avoir eu la satisfaction de fracasser quelque chose. Son portable n'avait même pas une égratignure !

Elle s'était rhabillée pour descendre dans le hall de l'hôtel et parcourir ses mails. Comme elle n'aimait pas y répondre de son portable, elle avait depuis peu désactivé cette fonction. Elle avait trouvé un journal et s'était forcée à lire l'article intitulé CE QUE LES ÉPOUSES IGNORENT. L'article commençait par détailler le cas de George, relatait ensuite ceux de plusieurs épouses célèbres de délinquants sexuels qui ignoraient tout, puis citait un chercheur selon lequel cette ignorance était monnaie courante. Joan en avait été apaisée : elle n'était pas la seule triple idiote de l'univers.

Le communiqué auquel son patron avait fait allusion se trouvait à la fin de l'article :

« Joan Woodbury, 52 ans, est infirmière-chef au Centre médical St. Joseph d'Avalon Hills. C'est une personne généreuse et compatissante et, en tant que membre de longue date de notre équipe, elle suscite l'admiration et est aimée de tous. »

Joan en avait eu la gorge nouée. Elle s'était mordu la lèvre et mouchée dans une serviette en papier. Elle avait ensuite lu ses mails. Dans l'un d'eux, Andrew énumérait des noms et des numéros de téléphone de thérapeutes en ville. Dans un autre, envoyé de son BlackBerry, Clara s'excusait de son attitude. Joan l'avait imaginée se levant de table en plein dîner pour taper sa réponse à la hâte.

Elle avait fait le premier numéro de la liste d'Andrew et pris rendez-vous. Puis elle avait écouté la messagerie vocale de la maison, soulagée de n'entendre aucun message obscène ni menaçant. Ils s'étaient raréfiés depuis deux ou trois semaines, mais elle appréhendait toujours autant d'en recevoir.

Elle avait ensuite expédié un mail commun à Andrew et Sadie pour leur demander de dîner avec elle. Elle désirait les voir. Elle avait besoin de les voir.

Il faut qu'on discute de certaines choses.

Cela semblait un peu solennel, mais ce qu'elle souhaitait seulement, c'était de savoir s'ils allaient bien et comment ils faisaient face à la situation. Depuis quelque temps, elle éprouvait une curieuse nostalgie de leur petite enfance, quand il fallait toujours les surveiller. Pourtant, à cette époque, elle avait souvent hâte d'arriver au jour où Sadie serait assez autonome pour qu'elle récupère un peu de temps libre, mais voilà qu'aujourd'hui elle aurait voulu regarder sa petite fille de sept ans patiner sur le lac glacé, l'entendre lui demander encore et encore: « Est-ce que tu me regardes, maman ? » ou profiter de quelques minutes de sommeil de plus avant que Sadie ne répète « Maman, maman, maman, maman » tout en tirant sur l'édredon du lit parental de sa petite main.

En éteignant l'ordinateur, elle avait eu l'impression de boucler une montagne de tâches et d'être prête à retourner à l'hôpital et reprendre son métier. L'espace d'un instant, la souffrance et le désespoir qui en étaient venus à faire partie de sa vie s'étaient apaisés et elle avait retrouvé son vrai moi.

— Quoi qu'il en soit, je suis reconnaissante de pouvoir recommencer à travailler, dit-elle au groupe d'entraide, se demandant si elle avait abusé de son temps de parole.

Le Dr Forrestor la regarda. Il la remercia de son témoignage et s'intéressa à sa voisine de gauche. Joan se sentit mieux et, pour un temps, libérée d'un fardeau.

19

Kevin se lavait les dents dans la salle de bains attenante à la chambre à coucher tout en regardant le reflet d'Elaine dans la glace de l'armoire à pharmacie. Elle était couchée, en train de lire *The Economist*. Il frappa deux fois sa brosse à dents contre le rebord du lavabo et la reposa à sa place en s'étudiant dans le miroir: incroyable comme l'éclairage de la salle de bains semblait n'avoir pour but que de mettre en valeur son vieillissement!

Il ne pouvait plus repousser le moment de le lui dire. Depuis deux mois, il écrivait en secret un livre sur l'affaire Woodbury et il se sentait coupable. Demain matin, les journaux clameraient que son synopsis avait été mis aux enchères, que plusieurs éditeurs se l'étaient arraché. Il avait signé un contrat. Il ne voulait pas se sentir lâche une minute de plus. Il s'aspergea le visage d'eau froide et s'épongea avec un essuie-main.

— Mon nouveau roman est basé sur une histoire vraie, commença-t-il en se glissant entre les draps. Demain, mon agent va révéler l'à-valoir que j'ai reçu ; c'est le plus important de toute ma vie.

Elaine retira ses lunettes et le regarda.

— Bon sang ! C'est magnifique !

Il ne l'avait pas vue si enthousiaste depuis une éternité. De devoir lui en dire plus lui donna la nausée. Elle tendit la main pour lui caresser la joue.

— C'est une refonte complète de ton manuscrit ? Et c'est quoi, cette histoire vraie ?

— Eh bien, il a pour thème l'affaire Woodbury. Ça se passe à l'école privée d'Avalon Hills. La narratrice est... sa fille. Mais c'est une histoire romancée.

— Kevin...

Elle se tut, et il put presque voir la joie s'effacer de son visage.

— C'est un terrain miné, enchaîna-t-elle. Tu ne peux pas faire ça.

— Eh bien, c'est fait. C'est un roman. Tu ne peux pas m'en blâmer. Cette histoire est incroyable, tu ne trouves pas ? Et elle a eu lieu sous mes yeux. Comment voulais-tu que je résiste ?

— Sadie n'est pas un personnage de fiction. C'est un être humain que notre famille aime beaucoup. C'est immoral ce que tu fais. D'ailleurs pourquoi me l'aurais-tu caché jusqu'à ce soir si tu ne culpabilisais pas ?

La discussion s'envenima. Elaine affirmait qu'il agissait en parasite en s'emparant de cette histoire simplement parce qu'il voulait redevenir célèbre et que, comme tout mâle qui se respecte, il n'avait pas l'humilité de se remettre en question et de retravailler son manuscrit. Qu'il se croyait tout permis. Son comportement était insupportable, à tous les points de vue, d'ailleurs il avait été incapable de récurer la baignoire une seule fois en cinq ans ! Ils se querellèrent au sujet de ses droits d'écrivain et du droit d'Elaine de protéger Sadie. Elle le chassa de sa chambre, il trouva refuge sur le canapé, fulminant.

Elaine ne le soutenait pas, elle le traitait avec condescendance, elle ne comprenait rien au métier d'écrivain. C'est ce que Kevin écrivit dans un mail à une fille qu'il avait draguée sur Twitter et à qui il se confiait depuis quelques mois C'était la première fois qu'il se sentait vraiment rejeté par Elaine, leur couple était sur le point d'exploser. Une profonde tristesse l'envahit, puis la colère reprit le dessus. La nouvelle de son à-valoir faramineux était censée être un sommet pour sa carrière, un moment de triomphe qu'il avait souhaité partager avec une personne chère à son cœur. Comment Elaine osait-elle être aussi égoïste ?

Recroquevillé sur le canapé, il se réveilla à plusieurs reprises. La dernière fois, il aperçut Sadie assise en tailleur sur la table basse, qui le dévisageait. Elle tenait la pipe à eau et exhalait un long ruban de fumée. Il remarqua qu'elle portait à chaque doigt un anneau relié à ses voisins, un peu comme ceux des voyous qui s'en servaient comme d'une arme, mais les siens étaient ornés de minuscules fleurs vertes. Il nota que son vernis à ongles était assorti aux fleurs. Il faudrait qu'il se souvienne d'utiliser ces détails dans son roman. Elle sentait la fraise. Il remarqua les proportions parfaites de son tour de taille et de son tour de hanches. La dernière fois qu'il l'avait vraiment regardée elle était tout en os.

— J'espère que ça ne te dérange pas, dit-elle avec un sourire.

Cela le dérangeait. Il ne voulait pas devoir contacter son dealer plus que nécessaire, et comme il n'avait pas encore reçu le chèque de son à-valoir, il n'avait plus un sou. Mais il ne dit rien. Au moins, maintenant il savait qu'il n'avait pas perdu la tête au sujet de sa consommation de marijuana… C'était avec Sadie que ses réserves disparaissaient.

— Ça va ? demanda-t-il.

Il essaya de mémoriser son visage, la façon dont la fraîcheur de sa jeunesse semblait avoir déserté son visage depuis un mois, ses pommettes qui devenaient plus saillantes et ressemblaient à celles d'une poupée.

— Comme d'hab, dit-elle avec un haussement d'épaules et un drôle de sourire.

Il hocha la tête, se demanda comment lui poser d'autres questions sans qu'elle se doute qu'il l'interviewait.

— Tu ne peux pas dormir ?

— Non.

Nouveau haussement d'épaules. Elle continua à le dévisager jusqu'à ce qu'il se sente vaguement embarrassé.

— Je devrais aller me coucher, dit-il, comme s'il s'était endormi là sans le vouloir.

Il eut envie de lui annoncer qu'il allait rendre visite à son père le lendemain matin. Il aurait aimé observer sa réaction, mais la voix d'Elaine dans sa tête l'en empêcha. Il irait voir George, puis il essaierait d'interviewer certaines des collègues de Joan à l'hôpital. Il peinait à cerner la mère de Sadie.

En route pour la prison, Kevin s'arrêta deux fois pour acheter un grand café. La poussée d'adrénaline et l'excitation qu'il avait ressenties après avoir vendu son projet de manuscrit avaient disparu un beau matin devant son écran vide, quand le tambourinement familier d'un échec possible avait résonné dans sa tête. Il devait absolument écrire ce livre. Il observa Sadie et Jimmy à la table du déjeuner, les yeux collés chacun sur leur portable, en train de manger des céréales, leurs pieds se touchant sous la table, et il se demanda comment rendre cette situation narrativement vivante. George était incarcéré. Sa famille tâchait de vivre normalement en son absence, de fuir les journalistes, d'aller au boulot ou à l'école.

Il écrivit un mail à son éditeur.

Pour être bien clair, c'est un ouvrage de fiction.

Celui-ci répondit :

OK, mais pas d'univers parallèles, pas de changements majeurs à l'intrigue, d'accord ? Tire parti de toutes les techniques narratives habituelles, débrouille-toi pour que ce soit le plus intéressant possible, mais ne t'éloigne pas trop de l'original.

Il ne savait pas à quoi s'attendre en rencontrant George à la prison. Il avait déjà écrit plusieurs chapitres à son sujet en puisant dans les souvenirs qu'il avait de lui. Mais comment concilier le fait que les gens connaissaient un tout autre George, et que son côté sinistre lui avait toujours échappé ? Il pouvait, bien sûr, en faire un personnage à la Dr Jekyll et Mr Hyde, mais ce ne serait pas facile à rédiger et le résultat risquait de ne pas être convaincant. C'était pourtant ce qui se rapprochait le plus de la vérité.

Il avait déjà croisé George à plusieurs reprises en ville. Ils échangeaient des banalités au Coffee Hut ou à la pharmacie, surtout quand les enfants les accompagnaient. Kevin l'avait toujours trouvé intimidant et en même temps jovial et d'un abord facile. Il avait souvent dit à Elaine en plaisantant que George ne semblait pas réel. Trop parfait, trop bon mari, trop lisse. Lui-même était bien évidemment l'exact opposé de George : tout sauf parfait, pourri de défauts même. C'était à un barbecue qu'il avait eu une vraie conversation avec le père de Sadie. Les serveurs portaient tous une livrée blanche à liserés bleus. On se serait cru dans un film des années soixante-dix. Kevin trouvait cela à la fois prétentieux et sympathique. Il sirotait un verre de bourbon près de la piscine quand George l'avait abordé.

— Quand vas-tu fonder une famille, Kev ? Tu ne peux pas avoir vingt-cinq ans toute ta vie, avait-il dit.

Ils regardaient des gamins courir autour d'une plate-bande de tournesols. Même les tout-petits portaient des vêtements griffés.

— J'aime la vie que je mène, avait-il répondu.

Il pensait qu'ils en resteraient là. D'habitude, la plupart des hommes mariés l'enviaient et le reste de la conversation donnait lieu à des plaisanteries sur les boulets de la monogamie.

— Bien sûr, bien sûr. Rien ne t'oblige vraiment à faire ce que tu n'as pas envie de faire. Mais un homme se forge grâce à ses responsabilités. Il y a une certaine liberté dans la responsabilité, tu vois ? Dans la réclusion. Un excès de liberté peut être néfaste.

Kevin prit conscience beaucoup plus tard de l'ironie profonde de ce commentaire formulé dans le magnifique jardin de la propriété des parents de George, une maison qu'il avait obtenue sans devoir économiser ni lésiner sur tout et qu'il entretenait grâce à un fonds en fiducie.

Depuis qu'il avait décidé d'écrire son livre, il observait et écoutait beaucoup Sadie quand elle mentionnait son père. Auparavant, elle n'arrêtait pas d'en parler, désormais elle évitait le sujet. Dans les rares occasions où elle y faisait allusion, elle s'efforçait d'avoir l'air de ne pas lui en vouloir.

Kevin avait attendu quelque temps avant de solliciter un rendez-vous avec George. Il voulait d'abord tracer un portrait sommaire de la vie des Woodbury avant l'arrestation, puis effectuer quelques recherches juridiques. Tout un mois s'était écoulé avant qu'il se sente assez maître de son sujet pour entrer en contact avec l'avocat de George et demander à s'entretenir avec son client. Il avait eu sa réponse en moins de quarante-cinq minutes, ce qui était assez inhabituel. George tenait sans doute à rétablir les faits.

Kevin prit sa place dans la file d'attente. Carnet relié en cuir et stylo en main, il nota l'attitude résignée et lasse des visiteurs. Il se força à rester calme et à se concentrer sur ce qu'il était venu faire. Kevin était assis à une longue table quand George entra dans la salle. Il paraissait avoir littéralement dégonflé, comme si quelqu'un avait pompé l'air de son torse imposant et substitué à son beau visage d'intello celui, flétri, de tout un chacun, celui qu'avait le père de Kevin après trente ans passés à la minoterie, un visage marqué par le whisky. Le changement d'apparence était saisissant. Néanmoins, sa poignée de main était restée la même. Assurée.

— Bonjour, Kevin.

— Bonjour, George. Merci de ton aide pour mon livre.

— Ce n'est rien, ce n'est rien. Tu sais, moi aussi je suis en train d'écrire un livre ici, dit-il en joignant les mains derrière la tête.

Kevin se souvint que c'était un des gestes préférés des profs qui attendent une marque de respect ou des compliments.

— Ah, oui ?

Rien ne l'exaspérait autant qu'entendre des non-écrivains parler du livre qu'ils étaient en train d'écrire. C'était très fréquent, surtout dans la bouche d'individus qui se vantaient de ne jamais lire. Mais George était un lecteur avide. Il serait probablement capable de pondre quelque chose de valable.

— C'est plus ou moins un essai sur le système pénitentiaire. Cet endroit est épouvantablement mal géré – avec une notion archaïque de l'ordre social, tout se fonde sur la race. Ça fait beaucoup penser à *Sa Majesté des mouches*. C'est fascinant à observer et à documenter – par moments –, quand ce n'est pas un enfer.

Kevin nota sur son calepin : *Écrit un livre. Sa Majesté des mouches.*

— Comment va Sadie ? Elle habite toujours avec vous ?

— Oui.

George grimaça un peu en regardant ses mains.

Repentir ? écrivit Kevin dans son carnet.

— Sa santé est bonne ? Elle va à l'école ?

— Oui, excellente, tout bien considéré.

— Je lui ai brisé le cœur.

Il semblait avoir prononcé ces mots pour s'attirer de la compassion. De toute évidence, il avait brisé le cœur de sa femme et de ses enfants.

Kevin se demanda si George lui parlait ainsi pour son bénéfice, pour qu'il note quelque chose comme « empathique, se fait du souci pour sa fille. »

— Ça m'ennuie de te demander ça, mais... il faut que je sache si tu es coupable.

— Je ne suis pas coupable, répondit George si vite que Kevin dut le faire répéter pour être certain d'avoir bien entendu.

Kevin sut qu'il venait de commettre une erreur de débutant, il était allé trop vite avant de gagner sa confiance. Ils se retrouvaient dans une impasse. S'il n'avait pas été en prison, George aurait sûrement trouvé un prétexte pour tourner les talons.

— Parle-moi de l'excursion de ski, demanda Kevin en gribouillant des cercles dans son carnet.

— Une excursion ordinaire, comme les dizaines de voyages scolaires auxquels j'ai participé toutes ces années. L'école loue un autocar, mais certains élèves riches y vont en limousine avec chauffeur. En général, ce sont eux qui causent le plus de problèmes. Ils boivent dans la voiture, tu vois, et le chauffeur n'est pas dupe, mais il ne dit rien parce qu'il tient à son boulot. À mon avis, ce n'est pas forcément l'attitude à avoir, puisqu'il pourrait être tenu responsable en cas de problème, mais ce n'est pas à moi de juger. Certains de ces jeunes ne sont pas encadrés, leurs parents sont toujours par monts et par vaux, ce sont des gouvernantes qui s'occupent d'eux. Moi-même, j'ai pratiquement été élevé par la mienne, Andrea, que j'adorais. Quoi qu'il en soit, les cinq autres parents et moi-même, on a eu un problème sur les bras quand ces gamins sont arrivés. Les élèves venus en car se sont installés dans leurs chambres et on a fouillé les sacs de tout le monde pour confisquer d'éventuelles bouteilles. La routine, quoi. Je ne sais vraiment pas ce qui a pu aller de travers. Le soir venu, quand la plupart des enfants raisonnables étaient réunis devant le feu de foyer du chalet ou partis se promener au clair de lune, un groupe de jeunes s'est esquivé, j'avoue ne pas savoir où. Ils sont revenus vers minuit. Quelques-uns d'entre eux n'étaient pas dans leur assiette. J'ai appelé leurs parents mais je n'ai pas pu joindre personne, si bien que Dorothy et moi, on leur a donné de l'eau à boire, on leur a dit de se coucher sur le côté, ce genre de conseil, et on a croisé les doigts. C'est tout. Le reste du week-end, il ne s'est rien passé de spécial. Beaucoup de ski, une foulure de cheville, deux gamins qui avaient consommé des hallucinogènes et qui ont flippé sur le télésiège. Rien d'autre. La routine.

— D'accord, dit Kevin en prenant soigneusement des notes. D'après toi, pourquoi les filles racontent-elles… ce qu'elles racontent ?

— Je n'en sais rien.

— Rien du tout ?

— Rien du tout.

Ils se turent quelques instants.

— D'après mon expérience, la plupart des jeunes filles sont encore des enfants, reprit George. C'est le cas de presque toutes mes élèves. Elles s'habillent en adultes, elles dansent de façon provocante dans les spectacles, elles s'imaginent avoir vingt et un ans, mais l'enfant en elles est encore bien présent. Puis il y a les filles très mûres pour leur âge, d'une sagesse qui ne vient qu'avec les années, tu vois, mais qui ne sont pas encore physiquement adultes. On les reconnaît d'emblée dans une classe. Elles possèdent beaucoup de maturité...

Kevin remua sur sa chaise, il pressentait l'imminence d'aveux, il s'efforçait de ne pas avoir l'air trop fébrile, hochait la tête d'un air encourageant. George semblait perdu dans son soliloque et ne pas remarquer l'impatience de Kevin.

— La vieille âme... je sais, ça fait cliché. Mais c'est parfois le cas, chez les jeunes. Évidemment, ça peut dérouter certains adultes. Mais moi, je sais ce qui est juste, je crois à la loi, et je sais que, quelle que soit la maturité apparente d'une jeune fille, il faut restreindre nos désirs au champ de l'imaginaire, sinon, c'est un crime. Un adulte – et très certainement un prof adulte – détient un pouvoir que la jeune fille n'a pas.

La déception de Kevin se lut sur son visage. George sourit, l'air de dire « je t'ai bien eu, sale petit con ».

— Peut-être, mais elles ont assez de pouvoir… pour te jeter en prison.

George vira à l'écarlate. Il agrippa le rebord de la table.

— Je suis parfaitement conscient de la différence entre le bien et le mal. Si quelqu'un touchait à ma fille, j'en perdrais la raison. Je deviendrais fou. Comprends-moi, Kevin. C'est un coup monté. Il y a une raison à ça, mais je ne la connais pas. De toute ma vie, il y a une seule chose que je regrette d'avoir faite, et c'était il y a très longtemps.

— De quoi s'agit-il ?

George baissa les yeux sur la table qui les séparait, des gouttes de sueur tombèrent sur le Formica.

— On pourra en parler par mail, dit-il. Ou par lettre. Mais je n'ai pas d'aveux à te faire, jeune homme. Je n'ai rien fait de mal.

— Tu peux me faire confiance, assura Kevin.

Il plongea son regard dans celui de George, essayant d'établir cette confiance, mais il songea que, habitué depuis des années aux mensonges de ses élèves, George pouvait parfaitement détecter le sien, quoi qu'il fasse pour le regarder droit dans les yeux.

— S'il te plaît, ne parle pas de mon livre à Sadie ou à ta femme. Ça mettrait le projet en péril.

George le dévisagea, réfléchit, puis acquiesça d'un signe de tête.

20

Sadie frappa à la porte du bureau de la secrétaire.

— Dorothy ?

— Entre ! dit celle-ci sur un ton chantant.

Sur un coin du bureau, il y avait un lot de bristols blancs sur lesquels était écrit au feutre bleu « nous soutenons George Woodbury ».

— Je me demandais justement comment tu allais. On est quelques-uns à être allés voir ton père pour veiller à ce qu'il ne se décourage pas et pour qu'il sache qu'on le soutient.

— Je suis sûre qu'il est content de vous savoir dans… son camp, répondit-elle.

Dorothy fouilla dans un tiroir de son bureau et en sortit un paquet d'autocollants.

— Ne dis à personne que je te les ai donnés. C'est mon groupe qui les a faits.

Elle les offrit à Sadie, avec l'air de s'attendre à des remerciements. Les autocollants proclamaient :

Pourquoi les médias ne disent-ils pas la vérité ?

Tu regrettes ce que tu as fait ?

Crie au viol et gâche la vie d'un homme !

Libérez George Woodbury, l'âge légal, c'est de la misandrie.

Sadie fit la grimace en les empochant.

— Ne raconte à personne d'où ils viennent. Ça pourrait me coûter mon emploi, vu comme la misandrie est à ce point institutionnalisée dans ce pays.

Elle eut un rire quasiment hystérique avant de reporter son attention sur Sadie.

— Qu'est-ce que je peux faire pour toi aujourd'hui ?

— J'ai besoin d'un mot pour justifier mes absences de ces derniers temps. Certains jeunes ont été dégueulasses et moi, ben, je l'ai… assez mal pris.

— Bien sûr, bien sûr. Je vais rédiger un mot suffisamment vague qui devrait le faire.

Elle se mit à écrire sur un bloc de fiches de présence.

— Vous avez grandi à Avalon Hills ? demanda Sadie pour faire la conversation.

— En effet. Je suis même allée à l'école avec ton père. Enfin, plus exactement j'ai fréquenté l'école publique jusqu'à la seconde, puis j'ai obtenu une bourse pour étudier ici. Ça été le jour et la nuit, tu sais. Vous avez un tel soutien dans cet établissement, vous les jeunes. Je me dis parfois qu'on ferait bien de vous rappeler de temps en temps que vous avez sacrément de la chance.

— Je suis sûre que les parents le rappellent à leurs enfants chaque fois qu'ils règlent les frais de scolarité.

Dorothy ne rit pas, elle se contenta de lui remettre la fiche.

— Tu as besoin d'autre chose ?

Sadie tira sur les manches de son cardigan.

— Pourquoi êtes-vous si sûre que mon père est innocent ?

— Ma chérie, je le sais, c'est tout. Je le connais. Je veux dire, toi particulièrement, tu devrais savoir à quel point ton père est un homme bien.

— Oui, évidemment, mais…

— Tu ne l'as jamais vu faire ou entendu dire des choses inconvenantes ?

— Jamais.

— Exactement. On se souvient tous comment, il y a dix ans, il s'est jeté sur un psychopathe armé pour te protéger et protéger l'école. Que veux-tu de plus ? Qu'est-ce qui pourrait mieux témoigner de sa droiture ? Tu as vécu à ses côtés plus que n'importe lequel d'entre nous. On le connaît depuis des décennies. Quand un homme… un homme qui… – elle s'arrêta, pour bien peser ses mots – … on le sent quand un homme a un côté sinistre. On l'aurait su il y a des années, on l'aurait pressenti. Voilà le résultat du féminisme, Sadie. Les féministes ont brouillé la frontière entre les psychopathes et les hommes normaux qui ont le droit d'être des hommes. Elles ont pris le dessus ! En tout cas, pour ce qui est de tes camarades, ne les laisse pas t'atteindre, Sadie. Ils complotent et te harcèlent mais tout finira bientôt. On le protège. Tu devrais retourner en classe.

— Oui, d'accord. Merci, dit-elle en sortant dans le couloir et en respirant à fond avant de se diriger vers le cours de physique.

À la porte, elle jeta un coup d'œil à l'intérieur, vit Jonathan Moore concentré sur son travail à l'ordinateur, Madeleine Stewart qui levait la main. Elle fit demi-tour.

Sadie s'était toujours sentie comme chez elle à l'école. Elle avait envisagé de faire de longues études, puis de se lancer dans l'enseignement ou la politique. Mais alors qu'elle se rendait à pied chez Jimmy en passant par le terrain de sport, elle comprit qu'elle ne voulait plus étudier ici, qu'elle n'était plus la même Sadie. Les choses auxquelles désormais elle n'accordait plus aucune importance étaient très nombreuses, et elle ne voyait pas comment cela pourrait changer.

En réponse au mail expédié à l'adresse info@droitsdeshommes.com indiquée sur l'autocollant que lui avait remis Dorothy, Sadie apprit que la prochaine réunion aurait lieu dans une salle de l'Applebee. Elle était en train de lire *Introduction à Personas sexuelles* de Camille Paglia, quand elle reçut le mail. Elle décida de participer à la réunion. Les membres de ce groupe étaient certainement un peu tarés. Mais ils pouvaient peut-être lui apporter ce qui lui manquait : une conviction au sujet de son père.

Elle attacha son vélo à un panneau indicateur rouillé à côté du parking et regarda une bande de *townies* – les natifs de la ville, fiers de n'avoir jamais mis les pieds ailleurs – faire sortir cinq enfants d'une minifourgonnette. Elle n'aurait pas dû dire *townies*, elle le savait. Il fut un temps où sa mère en faisait partie, supposa-t-elle, même si Joan n'aurait jamais qualifié ainsi sa famille. Et c'était il y a longtemps. Sadie était déjà allée à l'Applebee après les compétitions sportives, mais ce n'était pas le genre de restaurant où ses parents les emmenaient dîner. Ils allaient plutôt au cercle sportif ou à l'un des bistrots en ville qui servaient de la nourriture bio.

Accaparée par une conversation téléphonique, l'hôtesse lui indiqua une porte du doigt quand Sadie lui demanda où se tenait la réunion. Sadie se rendit compte qu'elle n'aurait pas dû porter son uniforme scolaire. Trop tard. Un groupe d'hommes, pour la plupart âgés, étaient assis à une longue table. Dorothy McKnight se tenait debout à côté d'un grand chevalet de conférence sur lequel on pouvait lire: La paternité est un droit – Rassemblement et repas-partage de Thanksgiving! Il y avait des saladiers d'ailes de poulet et de frites, et quelques rouleaux de printemps.

— Oh mon Dieu, dit-elle quand elle vit Sadie, rougissante, qui faisait son entrée. Voici la fille adorée de George Woodbury venue constater le merveilleux soutien que nous apportons à son père.

Ils tournèrent la tête pour la regarder et la plupart lui sourirent avec curiosité, comme de vieux oncles qu'on voit rarement.

— Viens t'asseoir près de moi, ajouta Dorothy en approchant une chaise.

— Je suis juste venue voir ce que vous faites pour mon père.

— On est derrière lui à cent pour cent! répondit Dorothy.

Les hommes approuvèrent d'un signe de tête. L'un d'eux, qui avait une moustache en guidon de vélo, se mit à parler et Dorothy s'assit.

— Ton père symbolise tout ce que le féminisme a fait pour provoquer l'hystérie en ce bas monde. L'hystérie règne! Les féministes manifestent des signes spécifiques de maladie mentale. On voit bien que c'est ce qui arrive quand ces femmes s'arrogent trop de pouvoir. Des hommes innocents aboutissent en prison parce qu'on n'enseigne pas aux filles à être des humains décents et responsables. Elles apprennent qu'elles peuvent faire n'importe quoi, qu'elles méritent un traitement de faveur, et ce sont les hommes qui en paient le prix.

Le reste de l'assemblée hocha la tête avec révérence.

— Notre groupe devrait compter plus de filles, dit Dorothy. Je pense que ce serait une excellente idée.

Sadie eut tout à coup des sueurs froides, des fourmillements dans les mains. Elle fit un signe de tête affirmatif. Son père qualifierait ces gens de fous furieux. Mais une partie d'elle voulait les croire. Parce que, s'ils disaient vrai, elle pourrait défendre son père, transformer le désarroi qui la minait en quelque chose de concret. Cela pouvait être une réponse.

Dorothy la regarda.

— On a besoin d'aide pour mettre au point notre campagne sur les réseaux sociaux. Ça t'intéresse ?

— Je sais pas trop. Je pense que je vais réfléchir un peu d'abord.

De retour chez Jimmy, elle ouvrit la porte avec la clé suspendue à une chaîne dorée à son poignet. La pipe à eau de Kevin était sur la table basse du salon, son fourneau déjà rempli. Elle entendit couler l'eau dans la salle de bains. Il s'était de toute évidence préparé à fumer après sa douche. Elle s'assit sur le canapé. Elle eut l'impression que les objets dans la pièce sautillaient, se déplaçaient. Sous ses pieds, le sol tanguait. Le malaise qui affectait son cœur avait commencé à coloniser son corps. Elle cala le fourneau en verre de la pipe à eau dans sa main et pressa son doigt sur l'ouverture avant de l'allumer. La pipe fit un agréable bruit de bulles quand elle inhala. Elle gonfla ses joues, exhala et la pièce redevint normale. Sadie était à ce point concentrée qu'elle ne vit pas Elaine debout à côté de la télé.

— Je ne sais pas où tu t'imagines être, Sadie, mais cette maison n'est pas une fumerie pour ados.

Sadie toussa, déposa la pipe à eau sur la table basse. Elaine s'en empara. Sadie ricana.

— On reparlera de ça plus tard. Regarde une émission à la télévision si ça te chante. Moi, j'appelle ta mère.

Sadie s'en moquait. Elle avait trouvé une façon d'interrompre le tourbillon de son anxiété et en même temps parvenir à ce que tout devienne un peu plus drôle.

21

Sadie avait rendez-vous avec Eleanor Rockbrand, la psychologue qu'elle avait vue pendant plusieurs mois à la suite de sa confrontation avec l'homme armé dans l'école. Le cabinet n'était plus situé au-dessus de la papeterie, mais en rez-de-jardin de sa maison, une imposante construction en bois agrémentée d'une grande pelouse dans l'ancienne partie de la ville, là où Joan avait grandi.

— Bonjour, Sadie. Comment vas-tu ?

La psychologue l'invita à entrer dans une grande pièce dotée de deux fauteuils inclinables. Entre les deux, une caisse remplie de peluches. Sadie choisit le fauteuil le plus près de la fenêtre et retira le sweat gris trop grand qui appartenait à Jimmy et qu'elle n'avait pas cessé de porter depuis qu'elle était partie de chez elle.

Elaine avait été très permissive. Elle avait feint de ne pas voir Sadie dormir dans le lit de son fils, elle lui permettait de ne pas aller à l'école ou d'en revenir plus tôt que prévu. De temps en temps elle surveillait ses devoirs, mais dans l'ensemble, c'était comme si le cadre même de la vie de Sadie – les réunions, les événements sportifs, les débats – s'était évanoui. Sadie avait compris que la pipe à eau avait été pour Elaine la limite à ne pas franchir. Elle avait appelé Joan et les deux femmes avaient été formelles : Sadie pouvait rester chez Jimmy à la condition qu'elle retourne consulter Mme Rockbrand pour « extérioriser ses émotions ».

— Tout le monde a trouvé normal que je m'accorde un break. C'est la première fois que cela m'arrive. J'ai toujours été une élève assidue, mais là, je me fous des examens et de la quantité de calendriers qu'on réussira à vendre pour financer le voyage en Espagne des terminales.

— Tu es intelligente et motivée, dit Eleanor en hochant la tête. D'où te vient cette nouvelle curiosité pour la marijuana ?

Sadie rougit, attrapa une des peluches et caressa sa fourrure bleue comme elle l'aurait fait d'un chat.

— Je ne sais pas. Ça me ralentit. Je me sens tellement comme un hamster dans sa roue.

— Un hamster dans sa roue ? C'est-à-dire ?

— C'est comme si je ne pouvais pas m'arrêter de penser. Mon frère Andrew a fumé pendant tout le secondaire. Je veux dire, Elaine est un peu hypocrite de m'obliger à venir ici. Son copain fume de la weed tous les soirs, c'est comme ça que je peux planer.

Eleanor écrivit quelque chose.

— Je ne veux pas qu'il ait des ennuis. Il ne m'en donne pas. Je la lui pique.

Eleanor haussa les sourcils.

— Ne vous inquiétez pas, dit Sadie, ça me met mal à l'aise. Je ne suis pas une criminelle. Mais… mais si je l'étais, putain ? Si j'étais en train de perdre toute notion du bien et du mal ?

— Pas si vite, Sadie. Tu as vécu un grand traumatisme. C'est tout à fait normal de chercher des façons de composer avec le stress et l'anxiété que tu ressens. Tu n'es pas une criminelle.

Sadie poussa un soupir et se renfonça dans le fauteuil en regrettant de ne pas pouvoir se rouler en boule et s'endormir.

— J'ai un petit copain. Ça fait longtemps qu'on est ensemble, presque onze mois. Mais, depuis quelque temps, il y a quelqu'un d'autre qui m'attire et j'ai l'impression que je ne pourrais pas résister.

— C'est tout à fait normal. Quand on est jeune, souvent les relations ne durent pas très longtemps. C'est très bien. Tes sentiments sont authentiques.

— Bon, ben…

Sadie hésita à lui dire qu'il s'agissait de Kevin, qu'elle pensait à lui toute la journée, qu'elle planifiait son emploi du temps pour le croiser quand elle était chez Elaine. N'avait-elle pas assez d'ennuis comme ça ?

— Ça a commencé il y a quelques mois, mais je n'ai pas l'intention d'y donner suite. Je ne sais vraiment pas pourquoi j'éprouve un tel sentiment d'urgence ces temps-ci.

Elle connaissait pourtant la réponse. Kevin était attentionné plus qu'à son habitude. Il s'intéressait à sa vie. Elle était presque certaine que lui aussi avait un faible pour elle.

— Tu es une adolescente. Tu continueras par conséquent à affronter des problèmes d'adolescente même si ta vie est inondée de réalités adultes, analysa Mme Rockbrand.

À son retour à la maison elle trouva Jimmy et Elaine assis à la table. Elaine corrigeait une dissertation de Jimmy. Ils se disputaient à propos de l'emploi du point-virgule.

— Le point-virgule, c'est pas seulement intuitif, maman, dit-il avec impatience.

Son texte était couvert des annotations en rouge d'Elaine.

Devant la cuisinière, Kevin tournait une cuillère en bois dans une casserole de soupe. Le regarder était difficile pour Sadie. Son corps attirait le sien comme un aimant. Les autres pouvaient-ils s'en rendre compte ? Il lui semblait impossible qu'il n'en soit rien. Elle chercha à se remémorer l'époque où elle le trouvait pénible, un adulte qui brimait sa liberté d'adolescente, mais elle en fut incapable. Il était complètement transformé. Depuis qu'il avait oxygéné ses cheveux châtain clair il ressemblait un peu à un surfeur californien.

Bien sûr, elle aimait toujours Jimmy. Elle se dit que ce n'était qu'une réaction irrationnelle de son corps au stress de son existence. Elle avait écrit dans son journal: « C'est indubitablement un genre de putain de complexe d'Œdipe freudien. » Les autres hommes, même deux fois plus jeunes que lui, étaient totalement asexués et repoussants à ses yeux. Elle ne comprenait pas ce qui lui arrivait. Pour ne pas encourager cette aberration elle prenait garde de ne pas montrer ses émotions plus que nécessaire. Elle faisait des exercices devant le miroir de la salle de bains, testant toutes les expressions qui lui permettaient de ne rien laisser paraître de ses sentiments.

Elaine avait l'air de trouver amusant que Kevin fasse la cuisine.

— Ne nous empoisonne pas, quand même !

Elaine et Kevin se disputaient souvent ces derniers temps. Ils essayaient de le cacher, mais Sadie et Jimmy s'en étaient aperçus. Ce soir, tout semblait être rentré dans l'ordre.

Une demi-heure plus tard Kevin les poussa hors de la cuisine jusque dans la salle à manger rarement utilisée où les attendaient une table dressée avec de la porcelaine fine, un plat de saumon grillé accompagné de pommes de terre grelots rôties et de maïs en épi.

— Avec de la coriandre, du citron vert et du sel de mer, mes chéris, annonça-t-il tout sourire.

— Dis donc, tu t'en es donné du mal, dit Elaine avec ironie.

Sadie vit que la tension était revenue entre eux. Néanmoins, Elaine semblait être impressionnée. Kevin voulut l'embrasser sur la bouche, mais elle détourna la tête et il en fut quitte à plaquer un baiser sur la joue.

— Pourquoi es-tu de si bonne humeur ? demanda Jimmy.

— J'ai été accepté dans une résidence d'écrivains de l'Iowa. J'étais sur la liste d'attente. Ils m'ont appelé aujourd'hui pour m'annoncer qu'il y avait une place pour moi. Un mois entier. Je vais parrainer de jeunes écrivains mais j'aurai mes après-midi pour écrire. Et on me paie pour ça, tu te rends compte ? C'est formidable.

À 19 heures, le téléphone sonna. C'était Joan. Le père de Sadie appelait le mercredi entre 16 heures et 18 heures ; Joan appelait Sadie tous les soirs à 19 heures sauf quand elle était au travail. Elle était devenue moins réfractaire aux textos et avait même commencé depuis peu à utiliser des émojis. Sadie trouvait des licornes ou des visages souriants sur l'écran de son portable, envoyés par sa mère.

Kevin se leva d'un bond pour voir quel était le numéro affiché, mais il se doutait, vu l'heure, que c'était Joan. Ils laissèrent Sadie décider de prendre l'appel ou non.

Sadie aurait préféré ne pas répondre, mais elle décrocha quand même.

— Salut, maman, dit-elle en s'asseyant sur le tabouret haut de la cuisine, le téléphone sans fil plaqué à l'oreille.

Kevin leva la tête vers elle de la salle à manger et lui fit un clin d'œil. *Un clin d'œil.* Jimmy lui sourit, il avait un grain de maïs coincé entre deux dents. Il était si gentil avec elle qu'elle avait parfois du mal à le regarder.

— Salut, ma chérie, répondit-elle. Tu me manques.

— Tu me manques aussi, maman. T'as l'air… moins fâchée qu'hier.

Joan avait été furieuse toute la semaine. Avec les journalistes qui la harcelaient, avec Bennie qui n'avançait pas sur le dossier, avec Andrew parce qu'il refusait d'exprimer ses émotions, avec Clara parce qu'elle était sans cœur.

— C'est exact. Je n'ai pas vu ton père depuis une semaine et je m'en porte très bien. J'ai besoin d'air !

Elle avait dit ça sur un ton vaguement hystérique, celui qu'ont au cinéma les actrices comme Goldie Hawn quand elles découvrent que leur mari les trompe. Toutes ses phrases finissaient une octave au-dessus.

— C'est bien, maman. Il est temps que tu penses un peu à toi.

Pourquoi a-t-elle donc tant besoin d'air ? Il est dans une cellule. Mais elle comprenait ce que sa mère voulait dire. Moins Sadie allait voir son père, plus elle se le reprochait, et plus sa culpabilité lui donnait envie de se terrer au fond d'un trou.

Kevin la regardait toujours et écoutait attentivement ce qu'elle disait. Elle lui tourna le dos et appuya sa tête contre le réfrigérateur. *Peut-être que je lui plais aussi*. Cette pensée l'occupa au point où elle perdit le fil de ce que racontait sa mère. Elle reprit ses esprits pour l'entendre conclure :

— ... alors, je pense qu'il est temps de la vendre, cette putain de maison.

Joan ne disait jamais « putain ». En tout cas, pas devant sa fille. Et Sadie avait toujours cru que sa mère adorait la résidence des Woodbury plus que toute autre.

— Maman, non. Tu peux pas faire ça, dit-elle, choquée.

— Bien sûr que si. Elle m'appartient légalement jusqu'à ce que ton père soit libéré. J'achèterai une maison plus petite, moins m'as-tu-vu, cela nous fera économiser de l'argent et tu en auras davantage pour l'université l'an prochain. Tu n'auras pas à puiser dans l'argent que tes grands-parents t'ont laissé.

Des larmes brûlantes montèrent aux yeux de Sadie.

— MAIS J'AIME CETTE MAISON.

— Sadie, je suis navrée. Je croyais que tu serais d'accord. Après tout, toi-même tu as choisi de ne plus vivre ici.

— Peut-être que je vais y revenir !

Elaine et Jimmy tournèrent la tête pour la regarder.

— Cela me ferait très plaisir, évidemment. Même si je prenais cette décision, ça ne se fera pas sur-le-champ. Il faudra trouver l'acheteur qui a les moyens de s'offrir une telle propriété.

— Maman, dit Sadie en se levant, je veux te voir pour qu'on parle de ça.

— OK. Cette semaine, je vais être de service en neurostimulation.

— T'as recommencé à travailler ?

— Sadie, je n'ai pas fait un AVC. Je ne peux tout de même pas passer ma vie à gérer… l'histoire qui est arrivée à ton père. Je reprends mon poste demain matin.

— Parfait. Je te retrouve au café de l'atrium à neuf heures.

— Entendu.

— À demain.

— Je ne t'intéresse plus, c'est ça ? demanda Jimmy après le dîner en essayant de la peloter derrière le canapé pendant qu'Elaine allait remplir le bol de pop-corn.

Sadie se concentra sur les hideux lis roses du papier peint, enfouit ses orteils dans l'épaisse moquette blanche.

— Non, c'est juste que le sexe ne me branche pas tellement ces temps-ci, avec… tout ce qui se passe.

C'était un mensonge commode, mais elle se persuadait qu'elle disait la vérité. C'était la faute de son père si elle était paumée. Complètement paumée. Elle remettait en question toutes ses relations intimes. Elle n'était pas sûre que ce soit la cause de la répugnance qu'elle commençait à éprouver pour Jimmy. Était-il possible qu'on ne puisse pas contrôler la réaction physique que nous inspire quelqu'un ? Qu'un beau matin, la personne qu'on avait désirée à l'extrême nous dégoûte tout autant ? Il lui sembla que ses émotions étaient sous la gouverne d'une chose aussi aléatoire que le vent.

— La dernière fois qu'on a fait l'amour, c'était il y a quelques semaines. Quand t'es venue vivre ici, j'ai cru qu'on pourrait plus se lâcher.

Il se pressa contre son ventre, se pencha, l'embrassa dans le cou. Le Jimmy qu'elle avait trouvé si différent des autres garçons était de plus en plus une parodie du mâle adolescent. Rien n'est moins sexy qu'une personne qui insiste pour vous faire l'amour.

Il posa une main dans le creux de ses reins tout en continuant de l'embrasser dans le cou et sur l'oreille. Il savait que, d'habitude, elle flanchait sous ces caresses, mais cette fois-ci elles lui donnèrent la nausée. Elle songea à l'emmener dans le garage et lui faire une pipe pour en finir. Mais cela ne lui ressemblait pas. Le sexe doit être réciproque, voulu par les deux partenaires. C'était aussi l'opinion de Jimmy. Du moins, ça l'était.

— Je ne suis pas venue vivre ici pour que tu puisses baiser aussi souvent que t'en as envie.

Mon con, c'est pas un distributeur automatique, siffla-t-elle, puis elle le repoussa et frotta son cou humide du dos de la main en grimaçant.

Il la regarda, anéanti. Elle eut l'impression d'avoir martyrisé un chiot.

— C'est l'heure d'*Esprits criminels* ! dit la mère de Jimmy en revenant avec le pop-corn, feignant de n'avoir rien interrompu.

Jimmy grimpa l'escalier et claqua la porte de sa chambre.

— Qu'est-ce qui lui prend ?

Sadie haussa les épaules, s'installa confortablement sur le canapé et avala une poignée de pop-corn.

Elle dormit dans la chambre d'amis cette nuit-là.

— Tu devrais sans doute t'accorder un peu de répit, lui avait suggéré Eleanor Rockbrand lors de sa dernière consultation.

Cela n'apaisa pas son insomnie. Quand elle ne pouvait pas dormir et qu'elle entendait Kevin taper sur son clavier dans son antre, elle descendait en catimini regarder la télé pour faire taire ses inquiétudes. Entrer à l'université. Ne pas entrer à l'université. Être séparée de Jimmy. Le sentiment tenace qu'elle éprouvait de ne plus être amoureuse de lui. La certitude que ces interminables hésitations la feraient craquer.

Kevin fut surpris une nuit de la trouver au rez-de-chaussée quand il descendit.

— J'ai vu de la lumière, alors j'ai cru que j'avais oublié d'éteindre la télé, expliqua-t-il.

Manifestement, il était venu fumer sa pipe à eau, il l'avait à la main. C'était la deuxième ou troisième fois qu'ils se croisaient par hasard – ou pas –, entre minuit et l'aube.

— Je peux ? demanda-t-elle avec un sourire.

Elle cambra les reins comme elle avait vu des filles le faire à l'école et s'approcha de lui d'un air de défi. La sensation l'excita.

— Écoute, Sadie. Quand Elaine a découvert qu'on avait fumé ensemble, elle n'a pas été très contente.

— Ah, oui ? fit-elle, comme si elle entendait cela pour la première fois, comme si elle ne suivait pas une thérapie justement pour cette raison. Elaine est un peu coincée.

— Oui, bon, elle l'est la plupart du temps, je suppose, accorda Kevin en riant, comme si cette idée ne l'avait encore jamais effleuré. Elle a conclu que j'avais été irresponsable, que j'avais enfreint les convenances adulte-enfant, ou quelque chose comme ça. Et que tu vis suffisamment de moments difficiles pour que tu n'aies pas besoin d'adultes qui se comportent comme des gamins.

On aurait dit qu'il répétait mot pour mot le sermon d'Elaine.

— Tu as besoin de modèles, tu vois ?

— Ça me paraît assez simpliste.

— L'ennui, dit-il d'un air complice, et de toute évidence indifférent à ce qu'elle venait de dire, c'est que je suis encore un gamin, en quelque sorte. C'est clair. Un gamin un peu cinglé mais inoffensif. Quoi que je fasse, je ne change pas.

— T'es rigolo, Kev.

— Ah, tu vois ? La plupart des adultes s'en ficheraient. Mais ça me plaît que tu dises ça, que je suis rigolo. De toute façon, tu me la voles, pas vrai ? conclut-il en allumant la pipe à eau.

— Non ! Ouais, c'est vrai. De temps en temps, concéda-t-elle en s'approchant toujours plus de lui.

Il lui offrit la pipe à eau.

— D'accord, espèce de petite... *dealeuse.*

Il lui fit un clin d'œil et partit s'asseoir sur le canapé.

Son clin d'œil la frappa en plein cœur comme la flèche d'un Cupidon de bande dessinée. Elle prit une bouffée, la retint longtemps dans ses poumons en luttant pour ne pas tousser. Elle exhala un ruban triomphant de fumée et lui rendit la pipe à eau d'un geste lent.

— Je ne dirai rien à personne, promit-elle, l'air taquin.

— Bien. Alors, ça se passe comment avec ton père ? Tu es retournée lui rendre visite ?

— Non. Pas depuis la première fois. J'aime pas y aller.

— Normal, acquiesça-t-il. Une prison n'est pas exactement un endroit agréable. Es-tu fâchée parce que... – il pesa ses mots – ... ton père a pu... Enfin, est-ce que ça te met en colère ?

— Non, putain ! Non, non, non, jamais. MERDE. J'en ai par-dessus la tête de cette question.

— Désolé. Je voulais juste savoir, tu comprends, parce qu'on est amis, et tout.

Il a dit qu'on est amis. Je ne suis pas seulement une invitée pour lui ! Elle en eut le cœur tout... ramolli, comme aurait dit Amanda.

Kevin me rend idiote. Il me fait dire des choses débiles.

— Alors... qu'est-ce que t'écris ces temps-ci ?

Elle cherchait une façon de le retenir.

— Toujours ton histoire d'ados ?

— Ouais, répondit-il distraitement. Justement, il faut que j'y aille. Je suis en veine d'inspiration ce soir.

Elle était triste qu'il veuille la laisser planer toute seule en regardant un mauvais film.

— Reste avec moi, dit-elle avec une moue feinte.

— Tu es très tentante, mais vraiment, il faut que j'entretienne mon feu sacré.

Il a dit que j'étais tentante.

Tentante.

Elle encerclerait plus tard cette anecdote de petits cœurs débiles et d'étoiles dans son journal.

Elle décida au bout d'un moment de monter et de tirer parti du fait qu'elle se sentait bien dans son corps, calme, et qu'elle avait le sentiment de flotter. Elle se glissa entre les draps contre

Jimmy, caressa sa poitrine en suivant le tracé de son tatouage. Il sursauta, se réveilla et sourit. Elle passa la main dans ses cheveux. Il roula sur elle, embrassa sa bouche et écarta ses jambes de son genou. Au début, son baiser lui plut et la sensation de flottement était plutôt agréable, mais dès qu'il l'eut pénétrée, il lui inspira du dégoût. La lumière du réverbère qui entrait par la fenêtre enrobait son visage au-dessus du sien d'un éclairage trop cru. Elle serra les paupières en souhaitant qu'il en finisse au plus vite.

Après, il l'entoura de ses bras et dit :

— Je t'aime tant. C'était si bon. Je me sens tellement connecté à toi. Comme si on ne faisait qu'un.

Elle se demandait comment répondre, mais s'aperçut que la respiration de Jimmy était plus lente, plus profonde : il dormait déjà. Elle enfila un de ses tee-shirts et sortit de la chambre sur la pointe des pieds. Kevin dormait aussi dans celle d'Elaine. Elle en profita pour fumer sa pipe à eau au sous-sol. Elle finit par s'y endormir en sachant qu'il lui faudrait déménager au plus vite. Le sanctuaire que lui avait procuré la maison de Jimmy était maintenant beaucoup trop ancré dans la réalité.

22

La cafétéria de l'hôpital, pauvre en lumière du jour et en repas nutritifs, évoquait les entrailles d'un navire à la dérive. On pouvait facilement oublier le temps qu'il faisait dehors, et même l'époque de l'année, en regardant autour de soi. Des membres du personnel soignant, à la mine épuisée, penchés sur des tables rouge vif, piquaient leur fourchette dans une salade ramollie en envoyant des textos à leur famille. Des visiteurs se partageaient un beignet ou beurraient d'infects bagels en avalant un café, un vrai jus de chaussette, qu'une grande quantité de sucre rendait buvable. Joan évitait le plus souvent d'y prendre ses repas, préférant apporter une lunch box.

Elle vit Sadie se frayer un chemin vers elle, les bras croisés. Elle ne lui avait pas sitôt dit la veille au téléphone qu'elle envisageait de vendre la maison qu'elle l'avait regretté. Pourquoi avait-elle annoncé à sa fille qu'elle la priverait du lieu de son enfance – et de la stabilité qui lui était associée – à un moment de si grande turbulence ? Elle éprouvait une culpabilité incommensurable.

Elle étudia la démarche de Sadie, son maintien, chercha à y déceler des symptômes d'une possible maladie, d'un état maniaco-dépressif ou de signes de déprime. La santé de George l'obsédait, elle fouillait sa mémoire en quête d'indices d'un changement de comportement. Avait-il dit ou fait quelque chose qui ne lui ressemblait pas ? Qu'en était-il de sa curieuse obsession pour la pâtisserie et pour le squash ? Elle avait lu dans des études scientifiques que des hommes changeaient brusquement de conduite quand ils étaient victimes de tumeurs cérébrales qui les privaient de la capacité à contrôler leurs impulsions. S'il était malade, s'il voulait bien se soigner ou se réinsérer d'une manière ou d'une autre, tout finirait par s'arranger. Elle caressait l'espoir d'une réconciliation – même s'il était réellement coupable –, et réfléchissait au rôle de la seconde chance, à l'éventualité d'une psychothérapie qui susciterait une transformation fondamentale chez George. Après avoir échafaudé un tel scénario, Joan sentait la colère l'envahir de nouveau. Elle revoyait en pensée le regard grave de Tammy-Lynn Harrison. Elle avait l'impression d'être une apprentie funambule, oscillant entre plusieurs idées tout aussi illogiques les unes que les autres.

Elle vidait la moitié d'un sachet d'édulcorant dans son thé noir au moment où Sadie arriva à sa table. Joan poussa un muffin farineux aux myrtilles dans sa direction et l'accueillit avec une jovialité feinte.

— Bonjour, ma fille.

— Salut, maman, quoi de neuf ?

Sadie s'affaissa sur une chaise et repoussa la capuche de son sweat gris, découvrant une masse de cheveux embroussaillés.

— Je fais des recherches concernant ton père sur la possibilité d'une maladie mentale non diagnostiquée jusqu'à présent.

— Est-ce que ça le rendrait moins coupable s'il était malade ?

— Peut-être. Ça veut surtout dire qu'il pourrait essayer de guérir, il pourrait essayer de... d'expier. Enfin, ça, c'est s'il est coupable. On doit vivre avec cette incertitude pour l'instant.

— J'ai pas envie de parler de lui, lança Sadie sèchement en picorant une myrtille sur le dessus du muffin. Je suis venue te convaincre de ne pas vendre la maison.

— Reviens y vivre, dit Joan avec fermeté.

— À la condition que tu ne la vendes pas. Jamais, répliqua-t-elle avec autant de fermeté – telle mère, telle fille. Même quand je serai à l'université. Il faut qu'elle reste à nous. Pour toujours.

— Mais l'an prochain, Sadie, quand tu seras à l'université, cette maison sera bien trop grande pour moi – et pour ton père, si...

L'avenir qui devait se déployer devant eux quand Sadie serait partie, sa vie avec George, sans les enfants, la possibilité de boire du vin rouge le soir, de faire tout ce dont ils avaient envie, d'avoir de nouveau vingt ans... cela n'arriverait plus.

Joan en eut la gorge serrée. Elle sentait les larmes lui monter aux yeux pendant que Sadie avait l'air de réfléchir à la situation.

— Pas maintenant, alors, déclara-t-elle soudain. Ne le fais pas maintenant. Je vais revenir.

Joan s'efforça de cacher sa joie et de garder son calme.

— D'accord, ma chérie. Je me disais qu'on pourrait passer Noël avec Andrew, Jared et Clara à New York. Ça te plairait ?

Thanksgiving avait été un désastre. Clara avait monopolisé la cuisine, Andrew et Joan avaient rendu visite à George. La dinde était ratée, et chacun avait prétendu de toutes ses forces que tout allait bien. Joan se réfugiait sans arrêt dans la salle de bains pour pleurer. Elle espérait compenser Thanksgiving par un Noël réussi.

— Sérieux ?

Sadie repoussa les cheveux qui lui tombaient sur les yeux et son visage s'éclaira.

— Bien sûr. C'est important qu'on soit ensemble. Mais peut-être qu'on n'emmènera pas Jimmy avec nous, si ça ne t'ennuie pas.

Joan se tenait prête à ce que Sadie proteste, mais celle-ci n'en fit rien. Sadie se contenta d'un signe de tête affirmatif.

— Ce sera mieux comme ça.

Joan s'appliqua à ne pas manifester de surprise. Elle sirota son thé. Elle s'abstint de lui demander où elle en était de ses candidatures pour l'université. Elle savoura cet instant de calme entre elles et songea qu'elle avait de la chance d'avoir une fille aussi brillante. Son instinct lui disait que Sadie s'en tirerait. C'était une battante. Elle s'en remettrait.

— Je fais ma valise demain et je reviens à la maison.

— Super.

Joan commença son service en consultant le tableau des entrées et des sorties. Les urgences débordaient d'activité, c'était le début de la saison de la grippe, et de la peur de la grippe. Elle insérait sa carte d'accès magnétique sur la porte de son bureau quand quelqu'un lui tapota l'épaule. Joan se retourna pour voir Nancy, rose d'émotion.

— Oh, Joan ! Je suis si heureuse de te voir.

Elle avait l'air sincère, Joan lui en fut reconnaissante et la serra fort dans ses bras, puis elle se sentit un peu bête d'avoir eu un tel geste. En ouvrant la porte, elle vit un gros bouquet de fleurs sur son bureau et une banderole qui disait « Bienvenue ».

— Merci, mais tu n'aurais pas dû te donner tant de mal.

— C'est de notre part à tous, insista Nancy.

Joan nota plus tard que l'écriture sur la carte était celle de Nancy. Et à en juger par l'attitude gênée, voir un peu froide de certains de ses collègues, elle comprit que l'idée venait d'elle seulement. Elle en éprouva néanmoins de la gratitude.

Le fait d'être de retour au travail, de gérer son équipe et de voir des patients redonna à Joan ce sentiment du devoir accompli qui lui avait tant manqué. Elle avait l'impression qu'on lui avait lancé une bouée de sauvetage.

Le cabinet de la thérapeute était situé dans un immeuble de bureaux de trois étages, au-dessus d'un Starbucks, dans une banlicue que Joan connaissait peu, distante d'une trentaine de minutes d'Avalon. Il lui plut de s'y sentir un peu perdue. Elle avait quelque chose de précis à faire : identifier l'endroit où elle se trouvait et celui où elle allait. Avant les événements, elle aurait été angoissée de s'égarer de la sorte. Elle en aurait eu des sueurs froides, aurait été irritée, aurait mal replié la carte routière, aurait eu de la difficulté à la faire entrer dans son sac à main... Chaque seconde passée à chercher son chemin aurait été à ses yeux une perte de temps. Et voilà qu'elle en tirait littéralement un but à atteindre. Elle en était reconnaissante.

Quand elle commença sa séance cet après-midi-là, elle croyait bien aller jusqu'à ce que la thérapeute lui demande :

— Comment vous sentez-vous ?

Elle inspira, un instant, irritée de devoir parler d'elle-même après une journée réconfortante passée à veiller sur les autres.

— Est-ce possible d'être une personne intelligente, perspicace et intuitive, tout en étant mariée à un imposteur qui vous berne outrageusement sans même que vous vous en rendiez compte ?

— Avez-vous l'impression d'avoir été dupée ?

— Est-ce possible d'être intelligente et de se faire avoir ?

— Avez-vous l'impression d'avoir été dupée, Joan ?

— Évidemment. Non seulement je croyais connaître George, mais je l'aimais et j'étais certaine d'absolument tout connaître ce qu'il y avait à connaître de lui. Comment peut-on surmonter une telle impression ?

— Voulez-vous la surmonter ?

— Pourquoi répondez-vous à toutes mes questions par une autre question ? Je viens vous voir pour avoir des réponses !

— Vous êtes ici pour avoir des réponses.

— Et maintenant, vous ne faites que répéter comme un perroquet ce que je dis.

La thérapeute croisa ses mains sur les genoux et la gratifia d'un regard neutre, le même que Joan utilisait chaque jour des dizaines de fois dans son travail. Joan choisit une autre approche.

— Je veux savoir si je ne suis pas très intelligente, si j'ai seulement cru tout ce temps que je l'étais. Si en fait je n'étais simplement qu'une idiote, terriblement en manque d'affection, aveuglée par l'amour.

— Je ne pense pas du tout que vous soyez idiote.

— Enfin, vous dites quelque chose !

— Je vous irrite.

— Ça n'a rien de personnel. Tout le monde m'irrite. Je ne supporte plus l'impatience de Clara à mon égard. Je déteste les femmes du groupe d'entraide dont la seule identité est d'être la copine de ou l'épouse de. Je suis PLUS que ça, non ? Je peux l'être. Mais j'aimais tellement cette partie de ma vie. J'étais heureuse.

— Vous étiez heureuse.

— Je ne sais pas si je pourrai oublier ce bonheur.

— C'est difficile de lâcher prise.

Et ainsi de suite, jusqu'à ce que Joan signe un chèque à la fin de la consultation, une consultation au cours de laquelle elle avait dit à la thérapeute que sa vie était merdique et au cours de laquelle la thérapeute lui avait demandé d'expliquer en quoi elle l'était. Curieusement, Joan éprouva un sentiment de légèreté une fois sortie.

En voiture, elle fit le numéro d'Andrew et activa la fonction mains libres. Elle entendit la cacophonie urbaine à l'arrière-plan quand il répondit. Elle l'imagina, un index enfoncé dans l'oreille pour faire taire la 35e Rue, rentrant chez lui après le travail.

— Tu es allé voir ton père ?

— Oui. Il est tellement abattu. Je ne devrais pas avoir de la peine pour lui mais je ne peux pas m'en empêcher.

— Tu as de la peine ? répéta Joan, le cœur brisé.

— Écoute, maman, je ne sais pas pourquoi, mais je tiens à ce qu'il soit innocent. C'est instinctif, c'est comme s'il se faisait attaquer par un ours et que je me précipitais pour le mettre à l'abri.

— Je sais que c'est difficile, dit Joan, impuissante.

Elle entra sur le parking du Krispy Kreme et se dirigea vers le drive-in. Elle commanda six beignets et un café glacé.

Elle dévora deux beignets, ne s'arrêtant que pour avaler une gorgée de café pendant qu'Andrew parlait non-stop. Il disait que Bennie n'était plus aussi confiant, qu'il remettait en question le plaidoyer de non-culpabilité, que le verdict dépendait beaucoup du juge, de la composition du jury, d'un tas de variables.

— Tu sais à quel point j'ai détesté Avalon Hills, à quel point j'ai été persécuté par certains élèves. Certaines des filles qui accusent papa ressemblent à s'y méprendre à celles qui me crachaient au visage, qui demandaient à leurs petits copains de casser les phares de ma voiture à coups de pied, puis de me tabasser avant de me pisser dessus. C'est de ça dont je me souviens quand je vois ces filles, tu comprends ? La banlieue chic pleine de menaces. Je sais que c'est injuste de les mettre toutes dans le même sac alors qu'en fait je ne les connais pas. Je sais qu'il ne faut pas prendre sa revanche même quand les gens se comportent comme des enfoirés. Mais je cherche des excuses pour prendre le parti de papa. Je veux tellement, tellement le croire.

Joan ignorait totalement ce qu'Andrew avait subi. Elle était stupéfiée, muette, elle avait le vertige. Son fils, son bébé, persécuté, et elle ne l'avait jamais su ? Il pleurait, elle l'entendait respirer par à-coups au téléphone malgré le tintamarre de la circulation et des éclats de voix. Elle voulait le protéger maintenant, se racheter d'une façon ou d'une autre. Elle l'écouta inspirer profondément, redevenir l'Andrew de toujours, calme, distant.

— J'ai rendez-vous avec Jared. On va voir un spectacle. Je t'appellerai demain.

— Je t'aime, Andrew. Je suis désolée. Je ne savais rien de ce qui t'était arrivé.

— Ça va, maman. Ne t'en fais pas. C'est pas grave.

Dans la voiture, Joan regarda les miettes sur ses genoux, les taches de graisse sur son pantalon d'hôpital mauve. Le sucre lui donnait la nausée, la caféine le tournis. Pourquoi avait-elle mangé deux beignets ? Elle mit les autres de côté pour Sadie.

De retour chez elle ce soir-là, Joan ressentit une fatigue physique. Elle qui était si rompue aux fatigues émotionnelles fut contente de retrouver sa maison, si propre et bien pourvue en provisions maintenant qu'elle avait appris à faire ses courses sur Internet grâce à Andrew.

Joan n'avait pas parlé à George depuis qu'il avait explosé. Elle n'avait pas non plus écouté ses messages. Bennie avait dit à Joan que cette absence de contact le troublait beaucoup.

— Parfait, avait-elle répondu à l'avocat. Quand on commet de graves erreurs en toute conscience, on mérite pleinement cette solitude.

Elle s'était néanmoins sentie cruelle en prononçant ces mots. L'impression qu'elle laissait tomber son mari, qu'elle l'abandonnait dans les pires moments de sa vie la torturait encore. Il y a des limites à la compassion, supposait-elle.

Tu as le droit d'être furieuse, l'exhortaient Clara et Sadie. Même Andrew le lui avait dit, à sa façon :

— Ne te laisse pas marcher sur les pieds, maman.

23

Andrew patientait dans le hall du théâtre Vivian-Beaumont, deux verres de vin dans les mains, quand Jared arriva avec quelques minutes de retard. Jared le regarda avec méfiance. Andrew se rendit compte qu'il avait sans doute une mine renfrognée. Jared pencha un peu la tête de côté, l'air inquiet, tout en acceptant le verre tendu.

— Je vais bien, dit Andrew en guise de salut.

— Tu n'en as pas l'air. Tu as l'air épuisé.

— C'est parce que *je suis* épuisé. Est-ce que je pourrais être fatigué sans que tu te comportes comme si j'avais un cancer ?

Le hall se remplissait de plus en plus, les obligeant à se rapprocher l'un de l'autre. Jared pressa le bras d'Andrew pour le réconforter, Andrew sursauta juste au moment où une femme d'un certain âge avec un sac à main griffé surdimensionné le heurta au coude, et il renversa son vin sur la manche du costume Valentino qu'il avait mis à l'occasion d'une importante réunion de travail ce jour-là. Il maugréa.

— Ne restez pas là si vous ne voulez pas être bousculé, rétorqua la femme avec un accent new-yorkais très prononcé.

Livide, Andrew sentit que Jared l'entraînait vers le bar où se pressaient les gens avant le début du spectacle.

— Rien ne nous oblige à assister au spectacle, assura Jared. On dira à Evan qu'on a vu la pièce, il ne se rendra même pas compte de notre absence, j'ai fait livrer des fleurs à sa loge.

Jared avala une gorgée de vin et agita sa carte de crédit pour commander deux autres verres au barman.

— Pourquoi gaspiller de l'argent ? dit Andrew en examinant son billet pour savoir où ils étaient placés.

— Ce n'est pas du gaspillage, puisqu'on vient en aide au théâtre avec nos places. Ça ne sert à rien de rester ici alors que tu pourrais en profiter pour te reposer et rattraper le sommeil perdu. Ça nous ferait du bien d'être ensemble à la maison, tu sais.

— C'est peut-être toi qui as besoin de repos.

Jared soupira. Andrew ne voulait pas qu'on s'occupe de lui, il ne voulait pas gérer son stress, qui lui donnait le sentiment d'être productif, lui permettait de refouler son anxiété et sa tristesse.

Aucun des repas que Jared préparait, aucune des solutions qu'il proposait ne faisait l'affaire.

Andrew était conscient qu'il se vengeait sur Jared de sa colère et de son impuissance envers son père, des conséquences de ce stress sur sa carrière et sur les plaisirs qu'il tirait de la vie.

Les lumières clignotèrent pour le dernier appel.

— Maman veut passer Noël avec nous, ici en ville, dit Andrew. Ça t'irait ?

— Bien sûr, ce sera formidable !

Jared avait beau être juif, la fête de Noël l'émerveillait. Andrew, lui, aurait préféré se faire livrer de quoi manger et aller voir un bon film, mais il emmenait toujours Jared à Avalon Hills parce que celui-ci observait les coutumes avec plus de ferveur que les autres. Ils s'enfermaient au domaine Woodbury et ne voyaient pratiquement personne. Jared n'avait jamais visité la petite localité ni même aucun de ses endroits touristiques.

— Je ne sais pas si ce sera *formidable*, objecta-t-il en précédant Jared dans la pénombre de la salle, mais au moins, on sera tous ensemble.

24

Quand Sadie eut pris la décision de retourner vivre chez elle – elle avait prévu de l'annoncer à Jimmy pendant la soirée –, elle se sentit animée d'une nouvelle énergie. Pourquoi était-elle soudain devenue fainéante et inefficace ? Pourquoi laisser ceux qui étaient guidés par la haine avoir le dessus ? Elle était la meilleure élève de l'école. Elle avait des dissertations à rédiger, une réunion de l'association étudiante à présider.

Elle retourna chez Jimmy durant son heure de pause, se coiffa, appliqua du mascara et jeta le sweat gris dans le panier à linge sale. Elle arriva la dernière à la réunion. Cheryl fut visiblement très contrariée de renoncer à sa place au bout de la longue table en chêne que le soleil de l'après-midi embrasait en faisant ressortir la poussière sur les reliures en cuir dans les étagères qui recouvraient les murs du sol au plafond. Sadie offrit à Cheryl un large sourire, du type « service après-vente ».

Je te défie, disait son sourire. Minable salope. Essaie un peu, pour voir.

— Salut, Cheryl, lança-t-elle. Elles sont mignonnes, tes barrettes.

Cheryl toucha les petits oiseaux dorés qui retenaient ses cheveux fins et gras, et murmura un merci tout en sachant que Sadie avait été sarcastique. Il y eut un silence gênant avant que Cheryl remarque que Sadie attendait qu'elle lui cède sa place, le siège de la direction officielle. Sadie observa les représentants des différentes classes. Tony, l'aspirant au poste de trésorier, incapable de regarder qui que ce soit dans les yeux et qui pianotait furieusement sur sa tablette, puis Jimmy, dont le sourire encourageant lui disait : « Remonte en selle ! » Ils faisaient front commun à l'école même si leur relation était tendue à l'extérieur. Mais avoir fait l'amour avait apaisé Jimmy. Il protestait chaque fois que quelqu'un la regardait de travers. C'était la seule chose qui éveillait encore en Sadie un semblant de passion, et elle lui en était reconnaissante.

Cheryl distribua le procès-verbal de la dernière réunion et l'ordre du jour.

— Le premier point, annonça Sadie en parcourant la liste, est le prix de… Professeur de l'année.

Certains élèves ricanèrent. Le lauréat avait toujours été son père jusqu'à maintenant.

— Bon, dit-elle avant de s'éclaircir la voix. J'ai besoin d'un volontaire pour collecter sur Internet les résultats de l'enquête de l'an dernier. On a la liste des finalistes ?

— Euh, j'imagine que t'es pas au courant ? Le site ? Il a été... piraté, fit Cheryl en gigotant sur sa chaise.

— Ah, bon ? s'étonna Sadie en dessinant un tournesol sur son ordre du jour.

Tony fit glisser sa tablette jusqu'à elle. La page d'accueil de l'école était remplacée par un écran noir et rouge et une vidéo YouTube. Elle cliqua sur la vidéo. Une chanson des années soixante-dix se fit entendre. À l'écran, son père acceptait le prix de l'année précédente, entouré d'un mauvais montage de scènes de *Filles en folie*. Sadie sentit le rouge lui monter aux joues, mais elle inspira profondément et agrippa la gomme koala au fond de sa poche.

— Visiblement, celui qui a fait ça n'est pas surdoué. Enfin, chacun fait selon ses moyens, hein.

Elle repoussa la tablette vers Tony et le dévisagea d'un regard blasé.

— Alors, Tony, dit-elle en ajoutant des pétales à son tournesol, t'as qu'à fermer le site, évidemment. Je m'étonne que l'école ne l'ait pas encore fait.

— Ça vient tout juste d'arriver, répondit-il en haussant les épaules et en baissant les yeux sur la tablette.

Sadie sut à cet instant que c'était lui, le hacker débile.

— Vous êtes vraiment... puérils. Comment allez-vous pouvoir survivre à l'université l'an prochain avec un tel manque de savoir-vivre?

Elle se tourna de nouveau vers Tony, l'obligea à la regarder jusqu'à ce qu'il soit très mal à l'aise et finisse par baisser les yeux. Elle passa au point suivant.

Elle aborda chacune des préoccupations des élèves, des questions qui naguère l'avaient intéressée et qui lui paraissaient maintenant parfaitement absurdes. Elle feignit néanmoins de se soucier de la bourse à l'emploi, de la vente de pâtisseries pour la collecte de fonds caritatifs, de la réparation de la machine à expresso, de la consigne à donner au groupe de défense des animaux de ne pas asperger les parents de peinture quand ils viendraient assister au spectacle de l'école avant Noël. Sadie mit fin à la réunion par un énergique coup de maillet – il résonnait très bien tout en étant purement décoratif. Elle avait réussi cette chose très ordinaire: elle avait présidé une réunion, ne s'était pas enfuie et n'était pas rentrée à la maison avant la fin des cours.

— Je vais à la cafétéria, tu veux quelque chose? demanda Jimmy en la prenant par le poignet pendant que le groupe se dispersait.

Elle s'avança et l'embrassa, jouant pour le groupe des autres élèves le rôle de la normalité.

— Un thé chai, s'il te plaît.

Il hocha la tête et un grand sourire lui fendit le visage. Le jeu de Sadie le convainquait tout autant que les autres. Était-il stupide ou espérait-il seulement que les apparences soient, en fait, la réalité ? Sadie s'interrogea : si elle persistait à faire semblant, en viendrait-elle à se sentir normale ?

Elle prenait garde à ne pas montrer qu'elle était ailleurs, le plus souvent dans sa tête. Elle s'assurait d'être à jour dans ses lectures et ses devoirs, de viser d'excellents résultats même s'il lui était difficile d'aller en classe. Elle développa des stratégies, par exemple, utiliser les toilettes du troisième étage, les moins fréquentées et où elle avait plus de chances de voir Amanda. Elle y alla après la réunion, entrouvrit la fenêtre pour respirer de l'air frais. Elle texta un émoji en forme de lapin à Amanda – leur code secret quand elles voulaient se voir – et Amanda arriva aussitôt, Dieu merci, sans cigarette.

— Miranda Steele avait dit à ton père que ses parents divorçaient. Elle le considérait comme son seul et unique confident, si tu veux savoir. Elle est vraiment furieuse contre lui. Elle se sent trahie.

— Comment ça, trahie ? Pourquoi est-ce qu'elle parle de trahison puisqu'il a écouté ses confidences ?

— Tu ne tiens pas à connaître les détails, répondit Amanda.

— Écoute, c'est impossible, dit Sadie en essayant de rester impassible. Dis-moi de quoi il s'agit. J'ai lu tout ce qui a été publié dans les journaux.

— Les journaux n'auraient jamais le droit de publier ce genre de chose, rétorqua Amanda d'un air presque menaçant.

Sadie blêmit. Hier, Amanda l'avait serrée fort contre elle, elle lui avait dit que tout s'arrangerait bientôt, et qu'elle l'aimait. Aujourd'hui, elle était comme toutes les autres peaux de vache de l'école.

— En ce qui me concerne, ça sonnait vrai, s'insurgea Amanda. Et puis, elle est bien plus harcelée que toi.

— Non, c'est faux.

— T'as pas été là ces derniers temps. Quelqu'un a mis le feu à la voiture de son père dans leur allée. Apparemment, Jonah Stewart s'en est même vanté. La police s'en fiche – elle se souvient de ton père comme du type qui a désarmé un tueur potentiel. Elle pense que les filles mentent, surtout Miranda, parce qu'elle est tellement jolie et qu'elle a couché avec des tas de garçons.

— Qu'est-ce qui te fait dire qu'elle a couché avec des tas de garçons ?

— Tout le monde le sait.

— Je ne savais pas qu'elle se faisait harceler, elle aussi.

— Les gens regardent peut-être ta famille de travers et agissent peut-être comme des salauds, mais crois-moi si je te dis que c'est encore pire pour elle. Elle a convaincu les autres filles de porter plainte. Maintenant que leurs vies sont passées au peigne fin, elles pensent toutes que c'est de la faute de Miranda. Et tu connais ses parents, ils sont, genre, toujours en voyage.

— Merde, c'est épouvantable.

— Bon, il faut que j'y aille, dit Amanda. À plus.

Quelqu'un avait écrit au-dessus du lavabo: *Sadie Woodbury suce des grosses queues!*

Sadie retourna au club de l'association où Jimmy l'attendait avec son thé chai. Elle avait réservé la pièce pour leur heure d'étude. Depuis qu'elle n'assistait plus régulièrement aux cours, la direction de l'école lui permettait d'y étudier, surtout quand elle disait être émotionnellement trop fragile pour partager un même local avec d'autres élèves. Elle passait ses examens dans la salle de l'association étudiante sous la supervision de Mme Caribou.

Sadie avait commencé à lire les romans de Kevin. Elle avait cité le deuxième en exemple dans une dissertation sur le narrateur omniscient pour son cours renforcé de littérature anglaise. Elle expliquait qu'il « détruisait systématiquement notre conception de la narration », mais honnêtement, elle pensait que Kevin s'était dérobé aux attentes suscitées par son premier roman – un roman réaliste – et qu'il avait opté pour la facilité du surréalisme. C'était du moins ce que Jimmy avait laissé entendre.

Jimmy était là avec son copain Jason. Jason était si mignon que la plupart des filles en restaient bouche bée.

— Pourquoi tu n'as pas parlé plutôt de Joyce ? demanda ce dernier. Ou d'un écrivain qui impressionnera ta prof ?

— Tout le monde va choisir Joyce. Et elle sera certainement très impressionnée de savoir que j'habite chez l'auteur...

Jimmy ricana.

— Elle veut dire chez ma mère en fait, expliqua-t-il à Jason. Il est loin d'être aussi cool que Sadie le croit. C'est un glandeur. Il ne contribue même pas aux factures. Avant que tu arrives, Sadie, il ne passait pour ainsi dire jamais de temps avec moi. Il écrivait et fumait des joints toute la nuit et, de temps en temps, il sortait avec maman. Bon, assez parlé de Kevin. Jason et moi, on a décidé de faire l'école buissonnière cet après-midi. On va au parc. Tu viens avec nous ?

— C'est une idée... charmante, mais non.

— Mais qu'est-ce que t'as ?

— Qu'est-ce que tu veux dire ?

— T'es tellement arrogante aujourd'hui, tellement, tellement condescendante.

— Tu te trompes.

— Je pensais qu'on s'était réconciliés, parce que, ben, tu sais, hier soir. C'était... merveilleux.

Merveilleux ? Beurk.

Un long silence s'ensuivit. Visiblement mal à l'aise, Jason n'arrêtait pas de faire tourner les roues de son skate.

— Vous allez à la fête chez Amanda ce soir? demanda-t-il. Ses parents sont pas là. Vous vous souvenez, la dernière fois, c'était top.

Sadie se rappelait avoir regardé le lever du soleil au bord du lac. Jimmy et elle s'étaient embrassés pour la première fois cette nuit-là. Mais cette fois-ci Amanda ne l'avait pas invitée. Pas étonnant qu'elle ait été aussi bizarre aux toilettes.

— Bof, ça ne me tente pas. Juste des gens qui boivent comme des trous. C'est nul.

— La dernière fois, ç'a été merveilleux, dit Jimmy.

Sadie haussa les épaules, rouvrit son livre.

— Je ne m'en souviens pas, marmonna-t-elle.

— Ce n'est peut-être pas seulement à cause de ton père que les gens t'en veulent, s'exclama alors Jimmy. C'est peut-être parce que t'es vraiment une salope chiante!

Jason ne put s'empêcher de rire même s'il essaya d'étouffer son gloussement en toussant.

Sadie fronça les sourcils. Elle tenta de ne pas se laisser déstabiliser. Jimmy ne l'avait jamais insultée. Elle baissa les yeux sur ses ongles et arracha les petites peaux autour de son pouce.

— Excuse-moi, Sadie. Putain, c'est pas ce que je voulais dire.

Sadie détourna la tête. Elle était fermement décidée à ce que Jimmy ne la voie pas pleurer. Par la fenêtre, elle aperçut un écureuil grassouillet qui sautillait dans une gouttière sur le bâtiment d'en face, un morceau de pain entre les dents.

Elle le suivit des yeux jusqu'à ce qu'elle entende Jimmy sortir. Quand la porte se referma, l'écureuil se retourna et la regarda franchement en mangeant le quignon jusqu'à la dernière miette.

Après l'école, elle partit chercher ses affaires chez Jimmy. Elle choisit de ne rien lui dire. Il n'en avait certainement rien à foutre, de toute façon. Elle avait tout rassemblé quand elle entendit sa planche à roulettes dans l'allée. Elle décida de le traiter avec froideur. Elle transportait ses bagages dans l'escalier quand il entra. Il avait la mine contrite.

— Mon bébé, excuse-moi pour tout à l'heure. On monte dans ma chambre ?

Il la prit par la main. Ses doigts étaient rouges et glacés. Le temps n'était plus propice pour le skate.

Elle accepta à contrecœur, le suivit dans le couloir et fit tomber d'un malencontreux coup d'épaule un tableau représentant un tournesol. Elle le remit en place. Une fois dans la chambre de Jimmy, elle remarqua qu'il avait fait son lit. Elle s'y assit. Il avait aussi rangé les vêtements qui traînaient, l'air de la chambre était nettement moins vicié que d'habitude, elle remarqua la fenêtre ouverte. Jimmy s'était préparé à la recevoir. Il désirait qu'elle revienne.

— Bravo pour le ménage !

Elle se leva, passa la main sur une pile de magazines sur le bureau parfaitement rangé, joua avec un stylo soigneusement groupé avec d'autres dans un pot à côté de l'ordinateur. Il tapota le matelas à côté de lui. Elle n'en avait pas envie, mais elle obéit.

— T'es pas ma petite sœur, dit-il. Je commençais à croire qu'on était de la même famille, qu'on n'était plus amants. Je t'aime, Sadie. Hier soir, j'ai pensé que tout était comme avant. J'ai dû me tromper.

— Hier soir, j'étais complètement défoncée. Je ne me souviens même pas de ce qu'on a fait.

Mortifié, Jimmy écarquilla les yeux, puis les étrécit.

— Je m'en fous si on baise pas tout de suite. Je veux dire, je m'en fous pas, mais notre amour est plus important, non ?

Il s'adressait aux étagères, les poings serrés.

— Oui, bien sûr. Seulement, je suis si… stressée.

Elle changea de place, s'assit sur la moquette et prit sa guitare. Elle se mit à jouer l'accord de do, le seul qu'elle connaissait.

— Je sais, mais tu ne me regardes même plus, en tout cas, pas comme avant. Tu te raidis si je te touche, même quand je veux juste te prendre dans mes bras.

Elle joua et rejoua l'accord, encore et encore. Elle se sentait nulle, elle n'arrivait pas à éprouver de l'empathie pour ce que vivait Jimmy. Elle avait l'impression qu'elle ne valait rien comme petite amie.

— Je retourne chez moi.

Jimmy la dévisagea, interdit.

— C'est sans doute une bonne idée de faire une pause. De se donner un peu d'air, enfin, je veux pas dire rompre, mais, genre, passer moins de temps ensemble, dit-elle en replaçant la guitare sur son support en métal.

Jimmy avait l'air au bord des larmes.

— Si c'est ce que tu veux…

Elle caressa sa joue, voulut y poser un baiser.

Il détourna la tête, se leva et sortit en claquant la porte.

Il n'y avait plus rien d'autre à faire que de rentrer chez elle. Elle frappa chez Kevin pour lui dire au revoir avant de partir. Elle ouvrit la porte, vit que son ordinateur portable n'était pas sur le bureau et que ses vêtements étaient soigneusement pliés. Sadie dévala l'escalier.

— Où est Kev ? demanda-t-elle à Elaine. Je voulais lui dire au revoir.

Elaine pliait des serviettes sur la table de la cuisine.

— Mais, ma chérie, il est parti dans l'Iowa aujourd'hui, tu as oublié ?

— Ah, oui, c'est vrai, dit Sadie en faisant semblant de ne pas être déçue.

— Si j'ai bien compris, tu nous quittes. Tu es sûre que c'est ce que tu veux ?

— Ouais. Vous avez été très gentils, mais je ferais mieux de rentrer chez maman.

— Je t'accompagne.

Sadie lança son sac à dos sur la banquette arrière de la petite Kia d'Elaine. Jimmy faisait du skate dans l'allée, feignant de ne pas la voir.

À son retour à la maison, elle se recroquevilla sur le canapé du séjour et regarda une série d'émissions sur la décoration intérieure, un sujet dont elle ne connaissait strictement rien. Elle aimait cette sensation de pouvoir commencer à zéro.

Sa mère était au téléphone avec Clara. Elle coupa le son de la télé pour écouter leur discussion.

— Elle est maussade, elle traîne les pieds avec un air revêche. Je suis si heureuse qu'elle soit revenue, disait sa mère.

À intervalles réguliers, Sadie se rendit à l'abri à bateaux pour fumer l'herbe qu'elle avait volée dans la réserve secrète de Kevin. Du ponton, elle pouvait voir le feu de camp allumé sur la grève chez Amanda et entendre en boucle la chanson préférée de celle qu'elle considérait comme son amie jusqu'ici. Elle laissa tomber le dernier mégot entre deux planches du ponton et entendit le sifflement de la braise quand il tomba dans l'eau.

Eleanor lui avait demandé de noter quotidiennement son ressenti dans son journal. Jusqu'à présent, elle avait gribouillé des AAAAAAAAAAAAAAH sur chaque page.

Et merde. Elle enfourcha son vélo sans mettre de casque ou de gilet réfléchissant comme elle le faisait toujours le soir et se mit à rouler à vive allure, de plus en plus déterminée à mesure qu'elle approchait de chez Amanda et que la musique était plus forte. Elle appuya son vélo contre un arbre et contourna la maison jusqu'à la grève où beaucoup de jeunes étaient réunis autour du feu de camp. Certains d'entre eux étaient assez défoncés pour se peloter dans l'herbe malgré le froid. La perspective de voir Jimmy en train de baiser une autre fille lui donna la nausée.

Quelques-uns lui dirent bonjour ou lui firent un signe de tête. D'autres la regardèrent de travers. Elle se rendit à la cuisine pensant y trouver Amanda. Elle connaissait le chemin par cœur. Elle se remplit un verre de vodka. C'était presque incroyable, songea-t-elle, mais elle ne s'était jamais vraiment enivrée. Elle n'avait jamais bu au point de tout oublier ou d'avoir un comportement répréhensible. Elle avala une grande lampée et faillit tout recracher dans l'évier. Son visage devint cramoisi, elle sentit l'alcool faire son chemin jusqu'à son estomac. Elle rajouta du Coca-Cola dans son verre. Elle devina qu'elle n'était plus seule dans la cuisine. Elle se retourna pour se retrouver face à un groupe de gamins qui la dévisageaient.

— Qu'est-ce que tu fais ici ? demanda la petite sœur d'Amanda.

— Qu'est-ce que tu veux dire ? Je viens ici tout le temps, répondit Sadie en haussant les épaules, déjà éméchée.

— C'est ça, fais comme si rien n'avait changé. Pourtant, tout a changé. Je ne veux plus que toi ou personne de ta famille dégoûtante remette les pieds ici, t'as compris ? Tout est trop de la merde depuis cette putain d'excursion.

Elle criait. Ses amis s'étaient regroupés autour d'elle.

Sadie recula, sous le choc. Elle avait mal à la poitrine comme si quelqu'un lui avait assené un coup de massue.

— Désolée, mais moi, je ne t'ai rien fait, dit-elle en regardant le visage aux yeux soulignés d'eye-liner noir de celle qu'elle avait connu bébé et qui les suivait partout, Amanda et elle.

À l'arrière du groupe, une fille prit la parole.

— Ce n'est pas la faute de Sadie.

Sadie reconnut les longs cheveux blond cendré de Miranda.

— Ferme ta gueule, Miranda. Tu sais quoi ? Peut-être que c'est de *ta* faute. On avait pas l'intention d'en parler, mais tu nous as convaincues de le faire, et maintenant, maman lit tous mes textos, plus personne ne veut sortir avec moi, et Mme Clarke nous a proposé de rédiger une dissertation à propos d'une fois où nos mensonges ont gâché la vie d'une personne innocente. Et pendant tout le temps qu'elle nous expliquait la consigne, c'est moi qu'elle regardait.

— Il faut qu'on reste solidaires, dit faiblement Miranda.

— Foutez le camp de chez moi, hurla la sœur d'Amanda.

Sadie vida son verre de Coca-Cola, regarda Miranda prendre son sac surdimensionné et s'en aller d'un pas délibérément lent, la tête haute. Quoi qu'elle fasse, elle dégageait l'élégance d'une femme adulte. Sadie la laissa prendre un peu d'avance avant de se frayer un chemin parmi les danseurs sur la véranda, puis de trébucher dans l'escalier jusqu'à la pelouse. Elle vit Miranda sortir au volant de la Lexus de sa mère. Elle eut de la peine pour elle.

Elle entendit quelqu'un l'appeler. C'était Amanda.

— Écoute, je m'excuse de ne pas t'avoir invitée, mais t'as plus le droit de venir ici, tu te souviens ?

Sadie opina de la tête. Elle se sentait si bête. Ils étaient tous là, à la regarder.

Assis près du feu, Jimmy sirotait une canette de bière. Il la vit, mais ne se leva pas. À côté de lui, Brooke Neissen tisonnait le feu d'un air désinvolte avec un bâton. Elle était si belle et si calme que Sadie eut envie de la pousser dans les flammes. Sadie regarda Jimmy pendant quelques instants, espérant qu'il viendrait la retrouver. Quand elle comprit que cela n'arriverait pas, elle contourna la maison au pas de course et enfourcha son vélo. Elle pédala jusqu'à l'entrée et s'arrêta, scrutant l'obscurité en espérant voir apparaître Jimmy, son allié. Une autre chanson se substitua à la précédente, les jeunes entonnèrent le refrain en chœur. Ils l'avaient déjà oubliée. Elle partit en essayant de ne pas pleurer jusqu'à ce que la forêt l'entoure de toutes parts. Alors elle fondit en larmes et l'écho répercuta ses sanglots autour du lac.

Son téléphone bipa. Elle s'arrêta sur le bas-côté en espérant que ce serait Jimmy ou Amanda. Mais c'était un mail de Kevin.

> Je pense très souvent à toi. Je suis désolé de ne pas avoir été là pour te dire au revoir. Comment vas-tu ?

Au lieu de continuer dans Lakeside Drive, elle vira à gauche au Coffee Hut, exactement à mi-chemin entre chez elle et chez Amanda. Au début, elle roula sans but, puis elle choisit une destination : le parc voisin de l'école publique. Il y avait le Billy's One-Stop Burgers à une extrémité, un parking, puis des tables à pique-nique disposées en cercle à l'orée du bois qui menait au parc régional. Les ados flânaient là le soir. C'était un lieu de ralliement pour les filles de la ville, les punks et les camés. Quand elle avait treize ans, son père lui avait acheté une crème glacée chez Billy's après un récital de piano. Ils étaient passés devant un groupe d'adolescents, dont un garçon aux cheveux roses comme une barbe à papa. En déverrouillant la voiture, son père avait dit :

— Je t'interdis de fréquenter ces jeunes-là, c'est compris ? C'est ça qui arrive quand les ados ne sont pas assez encadrés.

Amanda y allait parfois le vendredi avec sa copine du club de gymnastique, mais Sadie trouvait nul de s'asseoir là pour avoir l'air cool en buvant de la bière dans des gobelets en carton et en regardant ceux qui, inévitablement, décidaient d'en venir aux mains. Ce soir-là, le lieu était plutôt désert. Tout était trop calme. L'éclairage du Billy's était si violent que le mal de tête dû à l'alcool qu'elle avait ingurgité chez Amanda revint en force. Le restaurant n'avait pas changé depuis qu'elle était petite. La radio jouait du rock classique, une fille chantait en passant une serpillière, le regard perdu sur le parking. Une seule table était occupée, par une femme qui donnait des frites à un chihuahua. Debout près du comptoir, Sadie regarda le chien en manger quelques-unes. La femme lui sourit comme si elles se connaissaient. Sadie songea qu'elle n'avait jamais vu quelqu'un d'aussi seul. Mais la femme n'avait pas du tout l'air triste.

Sadie commanda un Coke Diet à un jeune roux au visage couvert de cicatrices d'acné. Elle l'observa remplir le gobelet en carton, puis elle entendit la porte s'ouvrir, jeta un coup d'œil par-dessus son épaule et aperçut Dorothy entrer en compagnie d'une adolescente. Elle retourna vivement la tête et baissa les yeux sur son gobelet en espérant que Dorothy ne lui adresserait pas la parole. Elle ne voulait pas être invitée à une autre de ses réunions débiles. Elle entendit Dorothy dire :

— Choisis ce que tu veux, Miranda. Je te l'offre. Un sundae, un hamburger, tout ce qui te fait plaisir.

Miranda ? Qui s'encanaillait au Billy's avec la secrétaire de l'école ? C'était un film de David Lynch, ou quoi ? Sadie se précipita discrètement vers la table la plus proche de la porte comme si elle attendait quelqu'un. Des messages, des déclarations, des insultes et des pénis étaient gravés au couteau dans le plateau en bois. Elle mâchouilla sa paille en les lisant du doigt : *Jane est super frigide* et *Missy est une baiseuse...* Dévorée de curiosité, et aussi avec un peu de dégoût, elle se demandait pourquoi Dorothy était au Billy's avec Miranda. La Lexus de Miranda étincelait sur le parking, au milieu des voitures bas de gamme.

Elle ramena la capuche sur sa tête et baissa les yeux sur son portable pour relire le mail de Kevin. Des jeunes finirent par arriver. Ils s'installèrent à la table voisine et jetèrent un œil dans sa direction. Elle avait mis des écouteurs pour qu'ils pensent qu'elle écoutait de la musique, mais elle captait des bribes de leur conversation.

« C'est elle. »

« Son père, c'est un putain de pervers. »

« Une petite fille de riches. »

« Des petites cochonnes d'école privée. »

« La meilleure suceuse en ville. »

« Qu'est-ce que t'en sais ? »

« Ferme ta gueule. »

« Qu'est-ce qu'elle regarde ? »

« Elle a l'air triste. »

Sadie s'apprêtait à partir quand l'un d'eux alluma un joint, alors elle se rappela pourquoi elle était venue. Elle la joua cool alors qu'elle se sentait tout sauf cool.

— Il y a quelqu'un qui deale de l'herbe à chat ici ? Ou qui connaît un dealer ?

L'herbe à chat. Elle avait entendu ça une fois dans un vieux film.

Lorsqu'ils eurent fini de s'esclaffer, ils lui indiquèrent une voiture dont le moteur tournait au ralenti à la lisière du parking.

— Gary. Il porte une chemise à carreaux et il pue l'oignon, mais il est inoffensif.

— Merci.

La fille qui lui avait répondu hocha la tête et lui sourit amicalement.

Quand elle eut payé ses deux grammes de marijuana, Gary dit :

— Je fabrique aussi mon propre yogourt bio et on commence à produire des betteraves et des radis marinés. Des pickles, je veux dire. Parles-en à tes parents !

Elle leva le pouce et marcha jusqu'à son vélo. Elle était en train de déverrouiller le cadenas quand Miranda sortit en coup de vent de Billy's, suivie de Dorothy qui laissa tomber un gobelet grand format dont le contenu se répandit sur sa jupe. Elle ne se donna pas la peine de le ramasser.

— Miranda, tout va bien. Laisse-moi au moins te ramener à la maison, ma chérie, dit-elle.

Miranda s'arrêta net, fit volte-face et lui cria :

— J'ai ma voiture, comme tu peux le voir !

Miranda s'assit au volant, de la musique beugla dès qu'elle mit le contact. Dorothy la regarda démarrer en trombe tout en essorant sa jupe. Sadie resta immobile sans faire un bruit pour ne pas avoir à lui parler.

Sadie sortait du parking quand son portable lui annonça l'arrivée de cinq textos de Jimmy. Que des excuses. Elle tapa *Va chier*, effaça tout et décida de ne pas répondre.

De retour à la maison elle se fit un joint et, dans un long mail à Kevin, elle décrivit les sentiments que lui inspiraient dans l'ordre : l'incarcération de son père, Jimmy, sa mère. Le lendemain matin elle se rendit au stade et courut longtemps en s'arrêtant chaque fois que son portable vibrait parce qu'elle espérait une réponse de Kevin.

Elle était allongée dans l'herbe près de la piste quand il se décida enfin à lui répondre :

> Je me demandais ce que tu pouvais bien ressentir.
> C'est si complexe.

Kevin était l'exutoire idéal. Il lui avait vraiment demandé ce qu'*elle ressentait*. Il voulait savoir comment cette situation l'*affectait émotionnellement*. Les questions de sa part n'en finissaient plus. Contrairement à Mme Caribou ou Eleanor Rockbrand, il n'était pas payé pour les lui poser. Il ne le faisait pas pour qu'elle puisse se détendre afin de le laisser lui faire l'amour. Il ne le faisait pas comme un parent, par culpabilité ou obligation. Il s'intéressait vraiment à elle.

25

La vie reprenait une certaine normalité pour Andrew et Jared, mais ils savaient, l'un et l'autre que la situation pouvait devenir explosive à tout moment. Ce matin-là, Jared posa une assiette de crêpes et de pêches caramélisées devant Andrew qui avait l'air de lire le *New York Times* sur son portable mais se contentait d'en parcourir les gros titres. Andrew ressentait la bonne volonté de Jared comme un fardeau et le fait qu'il ne pouvait pas lui rendre la pareille le culpabilisait. L'espace d'une seconde, il regretta que son conjoint ne soit pas quelqu'un de sans-cœur et d'égocentrique.

Andrew passait tout le week-end à New York, ce qui était devenu rare. Il n'avait pas emmené Jared à Avalon Hills. Leur relation s'en ressentait. Andrew voyait bien que la compassion de Jared tirait à sa fin, même s'il continuait à lui témoigner de la bienveillance et de la patience.

— C'est curieux, dit Jared en enlevant le portable des mains d'Andrew et en l'éteignant d'un geste théâtral. Mes amis sont tous d'accord avec moi… Imagine que tu sois hétéro et que ton épouse ne soit pas à tes côtés durant une tragédie familiale… ?

Andrew versa une cuillerée de yogourt grec sur les crêpes en prenant une grande inspiration.

— Il n'y a pas d'épouse ici, dit-il avec ironie.

Le fait de ne pas se marier alors que c'était enfin légal créait aussi des frictions entre eux. Jared tenait absolument à des noces extravagantes, une célébration de l'espoir et de la justice, comme il disait. Andrew n'avait rien contre le mariage homosexuel, mais, selon lui, le mouvement gay voulait à tout prix en faire un moyen de pression pour forcer l'État à les accepter, à les approuver. Cela ne l'intéressait pas. « On est ensemble depuis sept ans. Qu'est-ce qu'un repas de noces nous donnerait de plus ? On sait tous les deux qu'on ne se quittera jamais », avait-il expliqué à Jared. La réponse classique.

— Ma mère et ma sœur viennent passer Noël avec nous le week-end prochain. Tu auras plein d'occasions de faire valoir tes talents d'épouse.

Blessé, Jared repoussa son assiette.

— On est une famille, oui ou non ? Parce que, si c'est non, je m'en vais. J'en ai marre. On n'est plus à la fac. Je ne suis pas juste quelqu'un avec qui jouer à touche-pipi quand tu reviens du sauna.

L'explosion de colère de Jared prit Andrew au dépourvu.

— Je veux aller voir ton père avec toi, dit Jared.

— Non.

— Pourquoi ? Tu as peur de quoi ? Je ne comprends pas pourquoi tu ne me laisses pas t'aider.

— C'est juste que… C'est trop. Et toi, pourquoi tu veux assumer ça ?

— Tu as besoin de quelqu'un qui te soutienne.

— Non, j'ai besoin que tu m'écoutes quand je te dis ce dont j'ai besoin, c'est-à-dire que tu ne m'accompagnes pas à la prison juste pour avoir l'impression que j'ai besoin de toi, merde. Finalement, tu ne serais pas un peu égoïste ?

— Tu m'en veux parce que je pense qu'il est coupable.

— Non. Tu as le droit de penser ce que tu veux.

— Les femmes ne mentent pas quand il s'agit d'un tel acte, Andrew. Il faut que tu admettes qu'il est peut-être, probablement même, coupable.

— Tout le monde, homme ou femme, ment tout le temps à propos de mille et une choses. Ce que tu dis n'a pas de sens !

— Et toi, tu t'illusionnes. Avoue simplement que c'est dur d'être objectif, que c'est difficile, émotionnellement parlant. Dis-le, putain, que c'est sacrément difficile !

Andrew se leva et jeta son assiette de crêpes dans l'évier avec tant de force qu'elle se cassa en deux.

Il attrapa son portable sur le comptoir et sortit de l'appartement en claquant la porte.

26

Après s'être beaucoup fait prier, Sadie accepta d'accompagner Joan à la Journée de la famille et des amis du groupe d'entraide. Le Dr Forrestor avait jugé important que le réseau de soutien personnel de chacune des participantes comprenne la raison de ces réunions.

Joan se leva tôt et prépara des crêpes pour mieux faire passer la pilule. Sadie rentra de son jogging matinal et embrassa les efforts de sa mère du regard.

— Je trouve le principe un peu bizarre. C'est pour que les femmes puissent moins se reprocher de ne pas divorcer de leur mari minable au lieu de prendre leur vie en main ?

— C'est un endroit où on peut être en colère ou triste devant des gens qui comprennent à quel point c'est dur qu'un être cher soit incarcéré pour avoir commis quelque chose d'épouvantable. Ça affecte beaucoup les familles, tu sais.

— Crois-moi, maman, je le sais, grogna Sadie.

— Et toi, à qui te confies-tu, ma chérie, à part Eleanor Rockbrand ?

— Je sais pas. Elaine, Jimmy. Des fois Andrew et moi, on se parle au téléphone.

Joan but une gorgée de café.

— Ah oui ? C'est super.

— Andrew se fait beaucoup de souci à ton sujet. Parfois, j'ai l'impression qu'il préfère s'inquiéter pour toi, ce qui lui permet d'éviter d'analyser ce qu'il ressent à propos de papa.

Sadie coupa soigneusement une crêpe en quatre, versa un filet de sirop sur chaque portion et en prit une bouchée.

— Ça m'est très difficile de te confier ce que je ressens depuis ce qui est arrivé, dit Joan. Le groupe, c'est un lieu sûr où on peut s'exprimer si on en a envie, parler à des gens qu'on ne rencontre pas au quotidien et recevoir l'aide d'un conseiller qui connaît ce genre de situation.

— C'est quoi, un lieu *sûr* ? Qu'est-ce que ça veut dire ?

Joan avala une gorgée de café et regarda par la fenêtre. *Il faudrait émonder les arbres, changer la toiture de l'abri à bateaux*. Elle eut envie de retourner se coucher.

Sadie mastiqua sa dernière bouchée de crêpe.

— Bof, de toute façon, ça dure juste une heure.

— Après, on peut aller au cinéma, au centre commercial, ce qui te fait envie.

oël soigneusement emballé, qui disaient i avec un sourire triste ou leur renvoyait egard carrément hostile. Joan distribuait les iers en voiture un dimanche de décembre. songeait alors : c'est une période de l'an- très difficile pour elles qui n'ont pas ce qu'il t pour nourrir leur famille. Mais elle voyait intenant dans ce geste l'éclatante hypocri- de l'Église qui allait vers les déshérités par lcul, pour *accomplir l'œuvre de Dieu*. Elle se endait compte que pour les bénévoles, ce type 'action leur permettait d'accumuler des indulgences, eux qui vivaient souvent dans le péché. Joan n'aurait jamais pensé ainsi auparavant ; elle n'avait jamais douté de sa propre générosité ou de son sens du devoir. Comment pouvait-elle remettre en question quelqu'un qui s'efforçait de faire le bien ? Son nouveau cynisme l'indisposait, mais il lui paraissait inévitable. Elle n'accordait plus spontanément sa confiance. La confiance exigeait maintenant un moment de pause, de réflexion.

Joan avait été baptisée à l'Église unie d'Avalon Hills, tout comme sa mère, sa grand-mère et ses deux enfants. L'odeur boisée de l'église la réconfortait, de même que les œuvres d'art des gamins de la classe de catéchisme, faites de cure-pipes, de macaronis et de colle blanche. George était plutôt athée au quotidien, mais il fréquentait l'église et aimait discuter avec le pasteur des subtilités de son sermon autour d'un café. Il participait à

— Je veux juste revenir ici et travailler, répondit Sadie un peu sèchement en rinçant son assiette qu'elle laissa dans l'évier.

— D'accord. On part à mon retour de l'office, alors. Tu veux m'accompagner ?

Sadie fit non de la tête. Elle n'avait pas mis les pieds à l'église depuis un an. L'assiduité de Joan avait eu des ratés aussi, mais en début de semaine des membres de l'association des dames de l'Église unie l'avaient appelée pour savoir si elle comptait venir ce dimanche. Elle n'aurait su dire si elles avaient agi par pitié ou si, vraiment, elles se souciaient d'elle. Elle ne savait plus très bien faire confiance aux gens. Si une collègue de travail lui disait « Je vais te chercher un café » et qu'elle revenait dix minutes plus tard avec le café en question, Joan lui était exagérément reconnaissante d'avoir dit la vérité et fait ce qu'elle avait promis. Quand elle voyait son voisin, M. Henshaw, faire une promenade, elle se demandait s'il n'allait pas retrouver une maîtresse à l'hôtel près de l'autoroute. M. Henshaw, avec ses deux bassets hounds sauvés de l'euthanasie, sa canne et la collection de petits chiens sculptés qu'il exposait dans son jardin. Le même M. Henshaw qui avait dit de son épouse après quelque quarante ans de mariage : « La vieille bique est encore l'amour de ma vie et toujours aussi belle. »

— Les gens nous réservent toujours des surprises, avait-elle dit à Nancy.

Nancy avait hoché la tête en levant les yeux au ciel.

— À qui le dis-tu !

Nancy veillait à ce que personne ne soit malveillant envers Joan à l'hôpital. Quand les jeunes infirmières cancanières se regardaient du coin de l'œil en chuchotant, elle y mettait vite un terme. Joan lui en était reconnaissante, mais elle était aussi un peu froissée que Nancy ait l'air de prétendre qu'elles partageaient un même traumatisme.

Un jour, dans la kitchenette du personnel, Joan attendait que le grille-pain régurgite un muffin anglais quand Nancy s'approcha, choisit un sachet de tisane fraise-menthe dans la boîte à côté d'elle et lui confia le grand secret qui avait poussé son mari au suicide. Quand elle lui eut dit, sur un ton solennel : « Il était gay », Joan avait eu envie de s'écrier : « C'est tout ? », *Franchement ce n'est pas comme si ton mari était un tueur en série ou un... Non, ce n'est pas du tout la même chose.*

Elle s'était contentée de hocher la tête avec sympathie. Elle avait besoin de tous les alliés qui lui restaient.

Joan entra à l'église au deuxième couplet de l'hymne *Morning Has Broken*. Le sanctuaire n'était qu'à moitié plein et, depuis sa place au dernier banc, elle pouvait identifier toutes les personnes présentes en regardant l'arrière de leur tête. En temps normal, elle s'asseyait à l'avant pour bien entendre le sermon. Sharon McFa au fond de l'église avec sa vieille vait ainsi poser son déambulateur Sharon offrit à Joan un sourire chal cère auquel elle répondit par un si Ces temps-ci, quand Joan souriait au avait l'impression de leur mentir ou complètement cinglée – après tout, qu avait-elle de sourire ? Ayant découvert la imposture de George, elle remettait en sa propre honnêteté.

Elle laissa son esprit divaguer pend chant, se rappela qu'elle ne faisait pas de la chorale cette année, constata que approchait et que la famille Woodbury n'a à ce jour reçu que deux cartes de vœux, une sa sœur Clara et une de sa grand-tante Judy, Floride. D'habitude, les cartes remplissaient panier sur le manteau de la cheminée où elle attendaient d'être lues par la famille la veille de Noël. Les Christie donnaient leur réception annuelle au bout de Lakeside Drive et Joan n'y avait pas été invitée. Les paroissiennes qui l'avaient appelée cette semaine avaient eu pitié d'elle, mais ce n'était que cela : de la pitié chrétienne. En la contactant, elles obéissaient à la volonté du Seigneur. Pour la première fois, Joan comprit à quel point il peut être humiliant d'être l'objet d'un devoir de bonté. Elle pouvait dorénavant se mettre dans la peau des femmes nécessiteuses qui recevaient leur panier l'organisation des collectes de fonds et invitait des théologiens à prononcer des conférences, mais Joan savait qu'il n'avait jamais été croyant.

Le prédicateur parla avec chaleur et confiance de l'importance de l'esprit de solidarité et de la connexion avec ses semblables. Joan laissa couler ses larmes qu'elle essuya avec la manche de son chemisier. Personne ne s'en aperçut, pourtant il lui semblait être sous les feux des projecteurs, elle craignait qu'à tout moment des yeux pleins de pitié se tourneraient vers elle. Le chef de chœur entonna le premier couplet d'un hymne qu'elle ne connaissait pas et elle en profita pour s'éclipser. Elle avait prévu de rester pour le café et les biscuits offerts après l'office afin de bavarder pour rattraper le temps perdu, mais finalement elle ne se sentait pas le courage d'affronter les autres paroissiens.

À l'exception des mariages et des funérailles, Clara n'avait pas mis les pieds à l'église depuis qu'elle avait marmonné les prières de sa confirmation pour faire plaisir à leur mère, au lendemain d'une cuite mémorable. Quand Joan annonça à Clara qu'elle avait recommencé à fréquenter l'église pour meubler sa solitude, Clara avait haussé les épaules.

— Tant mieux si ça te fait du bien, Joannie. Mais n'oublie pas que les gens qui vont à l'église sont bien souvent des faux jetons, des punaises de sacristie qui se fichent royalement des gens dans le besoin le reste du temps.

— Je ne te crois pas.

— Le jour où papa est mort, les punaises nous ont apporté des plats cuisinés, mais deux ou trois semaines après, personne n'était plus là pour nous donner un coup de main ou pour s'enquérir de notre santé.

— On ne leur a pas demandé de nous aider non plus.

— On ne devrait pas avoir à le faire.

Clara était d'avis que les gens faisaient rarement le bien de leur propre chef, mais elle croyait aussi qu'elle ne devrait pas être obligée de leur apprendre le savoir-vivre.

— Les gens ne sont pas devins, Clara.

Joan ne voulait pas n'être qu'un divertissement chrétien au sein de son église même si elle connaissait depuis toujours la totalité des fidèles qui la fréquentaient. Pourquoi ne lui rendaient-ils pas les générosités dont elle les avait gratifiés au fil des ans ?

Au volant de sa voiture sur le parking de l'église, Joan rassemblait ses idées et regardait des garçons du catéchisme faire tourner leur petite cravate comme un lasso. Elle regrettait que George ne soit pas là pour entrer avec elle bras dessus, bras dessous pour l'office et accompagner les hymnes en chantant faux.

De retour chez elle, Joan laissa le moteur tourner à cause du froid jusqu'à ce que Sadie arrive. Tout en ajustant les rétroviseurs, elle lui brossa un rapide portrait des membres de son groupe de soutien.

— Tu seras peut-être portée à les juger, et c'est compréhensible. J'étais comme ça, au début. Elles ont sans doute l'air stupides, tu vois, le genre de femmes qui participent à des émissions de téléréalité. Mais elles ont bon cœur, Sadie. Elles ont vécu des choses très difficiles. Et elles reviennent chaque semaine pour s'entraider. Il n'y a pas de faux-semblants.

Sadie répondait par un hochement de tête occasionnel au monologue maternel. Joan fut surprise de la façon dont elle parlait du groupe ; elle n'avait pas vraiment remarqué le changement qui s'était opéré en elle, elle n'avait pas vu qu'elle commençait à s'identifier un peu aux autres victimes et qu'elle avait de l'estime pour leur courage.

À leur arrivée au centre de santé, Joan coupa le contact et se tourna vers Sadie qui rédigeait un texto.

— Ça va aller, ma chérie ?

— Maman, c'est juste un tas de femmes réunies dans une pièce pendant une heure. Je devrais pouvoir m'en sortir.

— OK. Tu sais qu'on peut partir quand tu veux.

— Oui, oui, dit Sadie en ouvrant la portière.

En pénétrant dans la salle au sous-sol, Joan revécut l'impression qu'elle avait eue à sa première réunion. Elle se dit que l'endroit devait paraître étrange et ingrat aux yeux de Sadie. La salle grouillait déjà de femmes, d'ados, garçons et filles, de parents, de conjoints. Il y avait un percolateur et un distributeur de chocolat chaud. Joan remplit un gobelet avec du chocolat et l'offrit à Sadie qui parut soulagée d'avoir les mains occupées. Le Dr Forrestor invita toutes les personnes présentes à prendre place sur les chaises disposées en cercle.

— Commençons par nous présenter, dit lentement le Dr Forrestor qui parcourut l'assemblée des yeux en tâchant d'établir un contact visuel avec tous les participants.

Chaque femme se nomma, présenta le membre de sa famille qui l'accompagnait, et mentionna une chose pour laquelle elle était reconnaissante. Joan tenta de mémoriser leurs noms. Barb, avec sa fille Emma, reconnaissante qu'il y ait du café. Julia, avec son petit ami, reconnaissante de la bonne santé de ses deux garçons. Amy, avec sa mère, reconnaissante de la clémence du juge. Shirley, elle aussi avec sa mère, reconnaissante au groupe d'entraide maintenant que son mari était de nouveau incarcéré pour manquement aux conditions de sa libération conditionnelle. Il y avait deux nouvelles venues. La première, Trish, qui parlait à voix basse, se dit reconnaissante de sa colère qui atténuait son chagrin ; elle avait amené une amie.

La seconde femme se présenta.

— Je m'appelle Anna. Anna Lansing. Vous savez probablement qui je suis, mais j'ai repris mon nom de jeune fille, Taylor.

Elle semblait s'adresser à un point précis sur le mur devant elle.

— Voici ma sœur, Monica.

À côté d'elle, une femme rondelette aux longs cheveux blonds retenus par deux peignes dorés sourit et salua le groupe de la main.

Anna était l'épouse du commandant en chef de l'armée américaine, Richard Lansing, condamné deux ans auparavant pour meurtre, agressions sexuelles et vols de sous-vêtements féminins après effraction. Anna avait coupé ses cheveux, ils n'étaient plus auburn comme sur les photos publiées dans la presse, mais gris. Joan se rappela avoir lu les comptes rendus dans les journaux où Anna jurait qu'elle n'était au courant de rien, et avoir pensé : allons donc, comment n'aurait-elle pu ne rien savoir ?

Désormais, Joan savait que c'était possible.

Sadie, qui jusqu'alors se rongeait les ongles en ayant l'air de s'ennuyer, se redressa, les yeux écarquillés, en comprenant qui était la femme qui était en train de parler.

— Je vois le docteur Forrestor plusieurs fois par semaine en consultation individuelle. Il m'a conseillé de participer aujourd'hui au groupe.

Le Dr Forrestor intervint :

— Je tiens à préciser une nouvelle fois que ces rencontres ont un caractère absolument confidentiel que nous devons tous respecter. Vous aurez peut-être envie de raconter à l'extérieur qu'Anna était ici, mais efforcez-vous de vous mettre à sa place. Elle fait preuve d'un très grand courage en venant ici aujourd'hui.

— Je pense que, bon…, reprit Anna.

Sa voix s'étrangla. Au bout d'une vingtaine de secondes de silence, sa sœur prit la parole :

— Je pense que la plupart des gens, moi incluse, ont eu beaucoup de mal à comprendre que, en plus d'être confrontée à l'horreur des crimes commis par son mari, ma sœur a perdu l'homme qui partageait sa vie, ce qui représente une privation terrible, sans parler de tout ce qui accompagne un deuil comme celui-là. Même en temps normal, de tels bouleversements sont incroyablement pénibles à vivre. Et les occasions qu'elle a de se confier sont assez rares. Les gens la jugent très sévèrement.

Joan était curieuse d'en apprendre davantage sur Anna, de connaître les détails de son histoire et, en même temps, elle avait honte de sa curiosité, ne sachant que trop bien ce qu'elle signifiait. Toutes les personnes qui recherchaient son contact n'étaient que des fouille-merde. Elle était si captivée et en même temps si préoccupée par ce que Sadie ressentait qu'elle fut presque prise au dépourvu quand vint son tour de s'exprimer. Elle s'était livrée facilement dans les rencontres précédentes, elle avait longuement décrit ce qu'elle ressentait, mais voilà qu'à sa grande surprise une certaine gêne s'empara d'elle à la pensée de parler devant sa fille. Elle se présenta d'une voix hésitante.

— Je m'appelle Joan. Et voici Sadie, ma fille.

Sadie rougit et salua timidement les autres d'un signe de la main.

— Mon mari, le père de Sadie, est en attente de son procès. Nous sommes pour ainsi dire en suspens.

Sadie s'était remise à se ronger les ongles.

— Ce que je trouve le plus difficile dans cette situation, c'est de garder assez de sang-froid pour assumer mes responsabilités parentales. Ce n'est pas simple.

Il y eut dans la salle des hochements de tête approbateurs. Sadie se mordit le pouce. Joan analysa aussitôt les raisons qui l'avaient poussée à dire cela. Cherchait-elle à s'attirer la sympathie de Sadie, à veiller à ce que sa fille comprenne son comportement ? Elle décida de ne pas aller plus loin dans cette direction.

— Ma fille est très intelligente et très courageuse. J'ai voulu l'amener ici aujourd'hui pour qu'elle voie que nous ne sommes pas seules.

Sadie cessa de mordre son pouce et sourit à demi à Joan en hochant la tête.

De retour à la maison, avant de monter à sa chambre, Sadie sortit les autocollants de sa poche de manteau et les tendit à Joan.

— Qu'est-ce que tu en penses ?

Joan les passa en revue.

— Où diable as-tu trouvé ça ? Ces cinglés n'ont rien à voir avec ton père.

— Ils sont convaincus de son innocence, dit Sadie. J'ai cru que tu apprécierais leur aide.

Joan regarda encore une fois les autocollants.

— Je pense que ces gens-là sont très perturbés, à vrai dire, et qu'ils ne comprennent pas comment va le monde. Ils se servent du cas de ton père pour attirer l'attention sur eux et sur leurs... leurs idées. Qui te les a donnés ?

— Dorothy. C'est elle qui dirige le groupe.

— Tu plaisantes ? Eh bien, voilà qui explique tout. Les études montrent que les conservateurs en politique ont un QI inférieur à la normale, et c'est manifestement le cas de Dorothy.

Elle lut une phrase à voix haute : « Ce n'est pas parce que vous le regrettez le lendemain matin... » et s'écria :

— Ma chérie, je ne sais pas au juste ce qui s'est passé entre ton père et celles qui l'accusent, et je ne le saurai sans doute jamais, mais ce genre de campagne n'aide personne, surtout pas les jeunes filles ou les femmes. Cette pauvre gourde ne devrait pas occuper un poste de direction. C'est incroyable ! Comment a-t-elle pu te donner ça, *à toi* ! Je suis furieuse. Comme si tu n'avais pas assez de soucis en ce moment.

Sadie sembla sur le point de dire quelque chose, mais elle se ravisa, embrassa sa mère et monta à sa chambre. Joan resta quelque temps au pied de l'escalier, heureuse du geste affectueux de Sadie et incertaine de ce qu'elle devait faire à propos de Dorothy.

27

La perspective du voyage imminent à New York réconfortait Sadie. Le simple fait d'aller ailleurs pendant quelques jours lui redonnait de l'énergie. Elle enfila sa tenue de jogging. Son portable bipa, signalant l'arrivée d'un mail. Son pouls battit plus vite à la pensée que ce pouvait être un message de Kevin. Elle s'imposait toujours quelques minutes d'attente avant d'ouvrir ses mails. *Patience. Ne t'énerve pas*. Mais elle ne put se retenir et fut déçue de constater que c'était un message chaleureux de Dorothy lui disant à quel point elle avait plu au groupe et qu'elle souhaitait la revoir à la prochaine réunion. Sept émojis souriants suivaient sa signature.

Sadie ressentait le besoin de partir d'Avalon Hills pour prendre du recul. Elle avait terminé ses examens, obtenu des notes acceptables plutôt qu'excellentes mais n'en avait cure. Jimmy et elle se témoignaient une espèce de bienveillance maladroite. De temps à autre, Elaine l'appelait ou lui envoyait un texto pour prendre de ses nouvelles. Sadie appréhendait Noël, le premier de sa vie sans son père. À New York, ce manque se ferait sans doute moins cruellement sentir. Elle pourrait tenter d'oublier les biscuits sablés nature ou à la confiture qu'il confectionnait. Sa façon d'emballer n'importe comment les cadeaux par ailleurs parfaits qui lui étaient destinés. Joan lui offrait immanquablement des objets utiles. Son père lui donnait toujours ce qu'elle désirait.

Sadie et Joan passeraient le week-end chez Andrew et Jared, puis Joan et Clara iraient voir George, le 25 décembre. Avant même que Sadie puisse prendre une décision, Joan avait refusé quand George avait demandé à ce qu'elle les accompagne. Elle ne voulait pas que Sadie associe Noël à son incarcération.

Sadie enfila un sweat-shirt. Elle glissait le portable dans sa poche quand il bipa de nouveau. Elle soupira avec résignation avant de le sortir, s'attendant à un nouveau message de Dorothy.

Kevin !

Reste cool.

> Chère Sadie,
> J'espère que tu sais à quel point j'ai adoré faire ta connaissance et apprendre à mieux te connaître. Tu es vraiment chouette. Je veux que tu saches que ton courage m'a beaucoup impressionné. J'ai su que tu étais retournée chez toi. Mais tu seras toujours chez toi chez nous. Je mets en pièce jointe une chanson que j'écoute souvent ces temps-ci et qui me fait

penser à toi. De la musique de vieux schnoque, je suppose, mais je crois que ça te plaira. Mon nouveau livre avance bien ici, en Iowa. Mais n'en parle à personne. Ça porte malheur ! Affectueusement, Kevin.

« Adoré », « chouette », « beaucoup impressionné », « chez toi chez nous ». Personne ne lui avait jamais dit ce genre de choses. Et Kevin avait assez confiance en elle pour mentionner son nouveau livre. Et il avait signé « Affectueusement ». Elle téléchargea immédiatement la chanson : *Things Fall Apart*, de Built to Spill, un groupe qu'elle ne connaissait pas.

Elle retira son sweat, elle avait trop chaud tout d'un coup, et relut le mail trois fois avant de se décider à sortir. Tout en composant mentalement la réponse idéale, elle courut comme si son message la propulsait en avant. Arrivée au bout du chemin, elle s'arrêta à l'entrée du Coffee Hut où elle vit Amanda déposer un café sur le toit de sa voiture pour ouvrir sa portière. Elles se regardèrent un moment, puis Amanda lui fit signe d'approcher.

— T'es vraiment une obsédée du jogging, toi !

La fête, ou plutôt la façon dont la sœur d'Amanda s'en était prise à Sadie, se dressait entre elles comme un mur. Elles firent semblant que tout allait bien, même si elles savaient que rien ne serait jamais plus comme avant.

Amanda prit son café, repoussa la languette du bec verseur et lui demanda :

— Pourquoi est-ce que tu ne viens plus à l'école ?

— Ben, j'y arrive pas.

— Ouais, je comprends. Ma sœur non plus, elle y va plus. Et quelqu'un m'a dit que Miranda est en cure de désintox, ou quelque chose comme ça.

— Pour quelle raison ?

— Pas la moindre idée, répondit-elle en se tapotant le nez.

— Ah oui, dit Sadie en étirant ses ischio-jambiers.

— Jimmy a reçu un nouveau surnom.

— Quoi ?

— Beau gosse boudeur.

— Hmm.

— Sérieux. Les filles émo adorent ça. Tu devrais faire attention.

— On fait un break.

— Ouais, je sais. Tout le monde raconte que le couple numéro un d'Avalon est mort et enterré.

Sadie se força à adopter une posture qui disait je m'en fous, je m'en contrefous.

— Je suis passée à autre chose de toute façon.

— Qui ça ?

— Un type plus vieux, tu ne le connais pas.

— Comment plus vieux ?

— Dans la vingtaine…, mentit-elle.

— Beurk, dégueu.

— Mais non. Tu comprendrais si tu le voyais.

— Ne gâche pas ta vie parce que ton père est en prison. N'oublie pas notre pacte : pas de bébés et pas de maris avant qu'on vive loin d'ici.

— Oui, je m'en souviens, putain !

J'ai eu tort de lui raconter ça.

— Bon, ben, Sadie, faut que j'y aille. Je ne tiens pas à ce qu'on dise à ma mère qu'on nous a vues en train de nous faire des mamours.

— Ha, ha.

— Parlant de mamours, enchaîna Amanda en voyant quelques voitures entrer sur le parking, on devrait peut-être se peloter et leur donner une crise cardiaque.

— Je passe mon tour, même si t'es *hot*.

— Ouais, c'est ça. Je suis pas assez vieille pour toi.

Amanda rit de sa plaisanterie et monta dans sa voiture.

Sadie augmenta le volume de sa playlist et éteignit toutes les alertes de son portable. Elle ne leva les yeux sur aucun des humains qu'elle croisa, ignora même les sept coups de fil qu'elle avait manqués et les textos de sa mère qui lui demandait si elle aimerait manger de l'agneau au dîner. Elle se laissa aller à ses fantasmes, à la vie qu'elle partagerait avec Kevin. L'écrivain vedette et sa copine scandaleusement jeune, étudiante de premier cycle à Harvard pendant la journée, à son bras lors de réceptions élégantes le soir. Elle ferait la rencontre de célèbres rédacteurs en chef à des dîners et écrirait d'insolents articles à la première personne pour leurs magazines. Elle courut jusqu'à ce que ses joues soient brûlantes et qu'elle ait la nausée, mais la montée d'endorphines en valait la peine. Elle se rendit compte qu'elle était tout près du Billy's et y entra pour aller faire pipi. Ses mains étaient rouges et enflées de froid, et elle peinait à reprendre son souffle. En sortant, les mêmes ados qu'elle avait vus la fois précédente étaient à une table dehors. Elle s'approcha.

— Salut, lança-t-elle.

— Tu transpires beaucoup, commenta la fille aux nattes vertes.

— Moi, je trouve ça *hot*, dit le garçon aux cheveux bleus.

La fille lui donna un coup de coude.

— Sois pas vulgaire.

— Je fais du jogging. Je suis partie du lac Woodbury.

Aucun des deux ne parut impressionné.

— Jogging d'hiver. C'est du sérieux, dit la fille. Je cours pas, sauf si, genre, quelqu'un court après moi. Comment va ta vie de fille célèbre ?

Sadie était incapable de deviner si elle se moquait d'elle ou si elle était gentille.

— Ça pourrait être pire, répondit-elle en plaisantant. Tu t'appelles comment ?

La fille alluma une cigarette et la scruta.

— Lena. Je peux pas croire que tu me reconnais pas. Lui, c'est Jay.

— Salut, dit Jay.

Il avait une voix féminine malgré son allure de dur à cuire, comme s'il pouvait vous flanquer par terre d'un coup de pied et aussitôt après faire un commentaire plein d'esprit.

— Je sais, on s'est rencontrées quand je cherchais de la beuh, dit Sadie.

— Ben non !

Lena leva les yeux au ciel, puis regarda Jay.

— Tu t'en souviens vraiment pas ?

— Non.

— J'étais dans ta classe à Avalon, genre, depuis la maternelle.

— C'est pas vrai. J'aurais pas oublié une fille aux cheveux verts.

— J'étais brune, avant. J'ai été expulsée pour avoir écrit une histoire de fusillade scolaire racontée du point de vue du tireur. Et j'étais la seule Asiatique de l'école. Ça fait qu'au fond, t'es raciste.

— Quoi ? Je suis pas raciste !

— Je me fous de toi.

Jay l'examina de la tête aux pieds. Sadie se demanda si ses cheveux bleus signifiaient qu'il était gay. Peut-être qu'ils l'étaient tous les deux. Ou alors en couple. Il était sans doute timide, ce qui n'est pas génial à l'école. Jay alluma un joint et le lui offrit. Ils le partagèrent, parlèrent d'une émission de télé, d'une vedette de YouTube, de leurs parents, bref, de petits riens d'ados. Cela plut à Sadie.

— Il y a une fête la semaine prochaine. Ce serait cool que tu viennes. Mets ton numéro dans mon téléphone.

Elle le tendit à Sadie qui y ajouta son nom.

Sadie ne se souvenait pas de la dernière fois où elle s'était fait de nouveaux amis.

Si son rêve de s'enfuir avec Kevin se réalisait, elle aurait un tas de nouveaux amis. Une renaissance. « Suis allée courir, me suis fait une nouvelle amie », écrivit-elle dans son journal pour la psychologue. « Je pense à mon avenir. » Ça fait positif, ça, calcula-t-elle.

Elle s'aperçut en arrivant chez elle qu'elle avait raté le coup de fil de son père. Puis, elle vit sa mère à la cuisine avec Bennie et Andrew. Il y avait des papiers sur la table.

— Désolée, j'ai pas vu le temps passer.

— Tu es allée faire du jogging en pleine nuit ? Je n'aime pas ça. Ce n'est pas prudent. Et puis, il fait froid.

— Le soleil vient juste de se coucher, rétorqua Sadie.

Elle songea quc ses yeux devaient être un peu trop brillants. Mais personne n'eut l'air de se rendre compte qu'elle avait fumé.

— Papa a appelé ?

— Oui. Tu sais qu'il le fait toujours à la même heure.

— Je regrette de l'avoir raté.

— Ce n'est pas grave. Tu n'es encore qu'une enfant. Ce sont des choses qui arrivent.

Sadie se figura son père, seul, dans une cellule glaciale, et son manque de considération à elle pour ce qui le rendait heureux.

— Je vais me coucher. Je pense que je couve quelque chose.

Personne ne l'écoutait.

Elle monta à sa chambre, se glissa sous les couvertures et lut un texto de Jimmy.

> Viens à la maison quand tu rentreras de New York. On jouera à des jeux vidéo et maman nous donnera tous les cookies à manger. Ça va être bizarre de pas te voir pendant les fêtes. S'il te plaît ?

Elle répondit après un moment d'hésitation :

> OK. Ça semble cool.

28

Joan et Sadie occupèrent la presque totalité du trajet vers New York à écouter une émission de radio sur les limites humaines. Les limites physiques, psychologiques et spirituelles. Ni l'une ni l'autre n'était d'humeur à fredonner les cantiques de Noël que diffusaient les autres stations. Joan appréciait cette distraction, contente de voir que Sadie pouvait rester tranquille et concentrée, ce qui semblait impossible ces derniers temps. Depuis son retour à la maison, sa fille avait d'incroyables sautes d'humeur. Elle pleurait, Payton couché en boule sur ses genoux, en regardant la télé – ce qu'elle faisait rarement auparavant – et, l'instant d'après, elle grimpait et dévalait la butte de la cour arrière au pas de course, même par un froid glacial. Joan se levait une heure plus tôt que d'habitude pour lui préparer des repas sains et aligner des gélules d'huile de poisson et un comprimé de multivitamines à côté d'un bout de papier qui disait : « Je t'aime ! Il y a de la salade de haricots verts et de quinoa au frigo pour ton déjeuner ! De retour à 19 heures. Au dîner : poulet rôti ! » Enfant, Joan détestait que sa propre mère gère les inquiétudes que lui causait sa fille par la nourriture, mais Joan ne savait pas aider Sadie autrement. Elle ne pouvait tout de même pas passer des heures à son chevet à lui demander ce qu'elle ressentait jusqu'à entendre l'inévitable « Fiche-moi la paix ». Joan ne la blâmait pas. C'était une question idiote. Qu'était-elle censée ressentir dans ces circonstances ?

Andrew et Jared occupaient un appartement au-dessus d'une librairie du West Village. Jared avait hérité du bail de son ancien copain qui le louait depuis les années soixante-dix. C'était très petit et aussi très abordable, compte tenu du quartier. Le salon d'esthétique de Jared était à deux pas, dans la 10e Rue. Le New York de la jeunesse de Joan n'existait plus. Le Village était calme et propre, rempli de boutiques de vêtements griffés, de salons de coiffure, de bars à smoothies et de cafés. Sadie et Joan empoignèrent leurs valises à roulettes jumelles en toile lilas et grimpèrent l'escalier étroit jusqu'au deuxième étage. Une odeur douceâtre d'insecticide flottait dans le couloir. Sadie monta les marches quatre à quatre, Joan dut s'arrêter à mi-course pour reprendre son souffle, se retenant à la rampe. Elle devrait se remettre à faire du sport. Sadie frappa à grands coups sur la porte.

Quand il enlaça Joan, Jared dégageait un parfum boisé. Elle s'écarta de lui, regarda son visage rasé de frais, la ligne de sa mâchoire. Sa beauté n'avait d'égale que la bonté naturelle qui émanait de toutes ses paroles et de tous ses gestes.

— Joan, je suis si heureux de te revoir.

Elle le crut. Elle pouvait lui faire confiance. Depuis quelque temps, elle devinait les gens et leurs intentions véritables, une aptitude qu'elle ne possédait pas auparavant. Son fils avait de la chance que Jared partage sa vie. Elle serra ensuite Andrew dans ses bras, dont l'accolade ressemblait plutôt à une poignée de main, et elle ne put s'empêcher de se demander s'il méritait Jared. Elle savait qu'elle était parfois prompte à critiquer son fils parce qu'elle retrouvait chez lui ses propres défauts : colérique, tatillon et bourreau de travail.

Joan jeta un coup d'œil autour d'elle, un espace restreint décoré pour créer une illusion d'espace. Les meubles étaient noirs, blancs ou gris, apparemment peu confortables, en conflit avec les formes du corps humain. Un arbre de Noël artificiel, argenté, était perché sur une enceinte. Tout était angulaire, il n'y avait pas une seule courbe en vue, que des lignes droites et une absence de couleurs vives. Joan trouva l'appartement froid ; il devait aussi être difficile à chauffer. Sadie s'approcha d'un chat gris et blanc à poils longs lové sur un coussin en losange près de la grande fenêtre qui donnait sur la rue.

Jared prit la valise de Joan et la fit rouler jusqu'à la chambre d'amis.

— Je suis si heureux de t'accueillir chez nous, Joan. Les hôtels sont tellement impersonnels, et puis, on a installé derrière la bibliothèque un formidable lit-armoire pour les invités.

Joan essayait de se faire à l'idée que Jared était l'amoureux de son fils. À chacune de leurs rencontres, elle en éprouvait presque de la surprise. C'était une chose de le savoir et de le comprendre, mais tout à fait autre chose de composer avec cette réalité.

Il la précéda dans ladite chambre d'amis derrière la bibliothèque-cloison. Jared avait déjà préparé le lit : édredon lilas agrémenté de coussins vert brillant et, à son pied, serviettes turquoise empilées par ordre de grandeur. Absolument rien d'autre. Jared montra à Joan comment ouvrir et fermer le paravent en bois pour créer plus d'intimité. Joan eut envie de se glisser entre les draps, d'y rester, d'arrêter le temps.

Elle posa sa valise et suivit Jared dans l'espace qui réunissait la cuisine et le salon. *Fais semblant jusqu'au moment où tu le croiras vraiment.* Elle avait jugé ce conseil de sa mère ridicule et réducteur jusqu'à ce qu'il s'avère utile presque quotidiennement.

Andrew s'affairait à nettoyer l'îlot central de la cuisine. Sadie rédigeait des textos à table à côté de sa mère et de Jared, qui parlaient de choses et d'autres.

— Andrew, tu pourrais t'asseoir avec nous, le réprimanda Jared. Rien ne t'oblige à faire la vaisselle maintenant. Vous savez, Joan, c'est un maniaque de la propreté.

Sadie ricana. Joan était sûre que ni elle ni sa fille n'avait jamais entendu quelqu'un dire son fait à Andrew.

— C'est curieux, répondit Joan en riant. À la maison, il ne levait jamais le petit doigt !

Elle choisit un biscuit en forme d'étoile, encore tiède. Elle voulait avoir faim. Elle en prit une bouchée et émit un son approbateur.

— Dernièrement Andrew se passionne pour la pâtisserie, l'informa Jared.

Sadie éclata de rire, puis s'arrêta net.

— T'es sérieux ?

— Si, je t'assure, Sadie. Il n'a pas beaucoup de temps libre, mais faire de la pâtisserie est de l'ordre de la méditation, non ?

— Jared, ça suffit, dit Andrew, mais il sourit, remplit d'eau un pot en verre soufflé et y jeta quelques tranches de citron prises au frigo.

— Ça me calme. Je dors très mal, ces temps-ci.

— Moi aussi, dirent d'une seule voix Joan et Sadie.

Jared les regarda avec sympathie.

— Je m'efforce de lui inculquer quelques principes que préconise mon naturopathe – des techniques de méditation en pleine conscience, par exemple – et de lui faire prendre des vitamines et des compléments pour contrer le stress.

La voix de Jared lui parvenait au loin pendant que Joan analysait la vie qu'Andrew s'était construite. Son fils naguère si seul, trop intelligent et cynique, qui n'avait jamais le temps de lui rendre visite, s'était créé un chez-soi ici, dans cette ville qui avait toujours paru à Joan glaciale et peu accueillante, individualiste, dépourvue de confort et au coût de la vie prohibitif. L'appartement était plein de plantes et d'autres indices de joie de vivre. Elle s'aperçut qu'il s'en sortait plutôt bien avant que tout cela n'arrive.

Plus tard, bien emmitouflés, ils firent une promenade dans Lower Manhattan. Les gens allaient et venaient autour d'eux, les bras chargés de cadeaux, irrités de leur allure lente de touristes.

Ce soir-là, au lieu du réveillon traditionnel, ils commandèrent trois variétés de macaronis au fromage à un restaurant dont c'était la spécialité et jouèrent au Scrabble. C'était ce qui se rapprochait le plus d'une soirée familiale normale. Clara fit son apparition avec du lait de poule, et ils regardèrent *Le Grincheux qui voulait gâcher Noël* pendant que Joan finissait de tricoter la dernière paire de mitaines qu'elle comptait offrir à ses proches : noires pour Andrew, bleu métallique à rayures vertes pour Jared, rouges pour Sadie. Ils étaient convenus d'échanger uniquement des cadeaux faits maison. Jared, lui, avait proposé à Sadie des soins corporels à son salon d'esthétique.

— Ce qu'il y a de bien, à New York, c'est qu'on peut éviter toutes les traditions, dit Andrew quand Joan lui demanda s'il était triste de ne pas passer les fêtes à Avalon Hills.

Le jour de Noël, Jared ouvrit son institut de beauté pour Sadie. Joan et Clara partaient voir George en prison. Andrew avait prévu d'aller au cinéma.

Joan regarda Sadie s'installer sur la table de massage après que Joan eut refusé pour elle-même un soin corporel à l'huile essentielle de lavande et une manucure. L'idée d'être massée lui plaisait en théorie. Depuis quand n'avait-elle pas eu de contact physique avec un autre être humain plus de deux ou trois secondes ? Mais elle éprouvait le sentiment de ne pas mériter un tel luxe. Elle craignait que si quelqu'un touchait sa nuque ou les muscles endoloris de ses épaules, cela libérerait des émotions dont elle n'avait même pas conscience et relâcherait les tensions qui empêchaient son corps de se désagréger. Elle préféra prendre des bocaux de confiture aux prunes et de gelée de poivrons rouges que Jared avait confectionnés lui-même.

Ils sortirent, laissant Sadie aux bons soins de l'esthéticienne. Le portable d'Andrew émit un chant électronique de moineau. Il le tira de sa poche et s'éloigna de quelques pas.

— Salut, Bennie, dit-il. Quoi ? Mais il est où maintenant ?

Il raccrocha et se tourna vers sa mère. Il pleurait. C'était la première fois qu'elle le voyait pleurer depuis la maternelle. Il cligna des yeux, puis les ferma.

— Papa est à l'hôpital. Quelqu'un a essayé de le tuer.

29

Les bras et la poitrine de Sadie étaient recouverts d'une fine couche de liquide chocolaté. Contrairement à ce qu'elle craignait, ce soin ne lui donnait pas la sensation d'être un beignet géant : l'arôme de chocolat gommait toutes les tensions accumulées dans ses muscles et à chaque inspiration elle se sentait plus apaisée.

— Je comprends pourquoi les femmes riches font ça, dit-elle à la masseuse venue spécialement pour elle le jour de Noël, une brune mince dont les joues ivoire étaient traversées d'un trait de blush rose.

Pourquoi j'ai dit ça ? Je suis manifestement une enfant de riches.

Jared passa la tête dans l'ouverture du rideau en velours.

— Ça va, petite sœur ? Qu'est-ce que je t'avais dit, hein ?

— Jared, merci beaucoup pour ce cadeau, je me sens merveilleusement bien.

Un élan d'affection pour lui la submergea soudain quand il lui offrit un large sourire. Pourquoi ne pas venir ici, à New York, s'installer chez eux ? Le problème – son problème –, c'était peut-être la petite ville où elle vivait, ses excès, sa richesse...

— Andrew était censé revenir ici après avoir aidé ta mère à transporter les sacs, mais il ne répond pas à son portable. Il ne t'aurait pas envoyé un texto par hasard ?

— Je crois pas.

La masseuse pétrissait son visage avant d'appliquer le reste d'enveloppement au chocolat quand le téléphone de Sadie vibra dans son sac à côté de la table.

— C'est peut-être lui.

Sadie sortit son portable.

— Vous ne vous détendez pas ! lui reprocha l'esthéticienne.

— Euh, désolée. Jared ? C'est pas Andrew, c'est le mail d'un pote.

Elle lut le nom de Kevin et un sourire illumina son visage. Elle se demandait si Jared et l'esthéticienne pouvaient voir son corps palpiter de la tête aux pieds sous la couche chocolatée.

— Il est peut-être remonté à l'appartement, dit Jared.

Sadie ne l'entendit pas, elle lisait et relisait le message.

> Sadie, ma belle, comment vas-tu ? Joyeux Noël !
> Jimmy dit que vous avez rompu. Ne t'en fais pas,

ça s'arrangera. Il a de la chance d'être avec une chouette fille comme toi. Ou alors, tu trouveras quelqu'un d'autre, quelqu'un qui verra à quel point tu es intelligente et belle. Je pensais à toi aujourd'hui. Je suis devant un feu de cheminée dans un chalet avec ma famille et je me réjouis d'avoir trouvé une fin idéale pour mon roman. Mon agent adore! Je serai de retour à Avalon Hills demain. J'ai hâte de te revoir.

L'esthéticienne pressa un gant tiède contre le visage de Sadie et rinça l'enveloppement d'un jet d'eau délicat, puis elle massa sa tête, ses bras et ses jambes. Elle peignit ensuite les ongles de Sadie avec un vernis rose appelé Nouvelles Révélations.

— Ça fait très adulte, commenta l'esthéticienne.

Sadie ne lui dit pas que le vernis à ongles renfermait plusieurs produits chimiques et que l'incidence des maladies respiratoires tel que l'asthme était astronomique chez les employées de centres de soins corporels. Sadie comprit qu'elle avait mis fin à ses incessantes transmissions de statistiques. Ces informations ne l'intéressaient plus au même rythme que naguère. Elle s'habituait au silence, à ne parler que si l'on s'adressait à elle.

Après les soins esthétiques, Jared lui fit visiter le quartier, ils s'achetèrent des cupcakes et revinrent à pied à l'appartement. Sadie marchait comme sur un nuage, elle avait la peau toute douce et fleurait un parfum hors de prix.

— Sais-tu pourquoi Andrew ne veut pas que je vienne vous aider dans cette histoire avec ton père ? demanda-t-il d'une voix qui dérapa dans les aigus, tandis qu'il débarrassait un cupcake au chocolat de son emballage et mordait dedans.

— Je ne sais pas, répondit Sadie en haussant les épaules. Moi, je croyais que t'étais trop occupé pour faire le voyage.

— Mais non, pas du tout. Je persiste à proposer à Andrew de l'accompagner, mais il refuse.

— Il a toujours été solitaire et il déteste Avalon Hills, alors, ça ne m'étonne pas tant que ça.

— Pourquoi déteste-t-il Avalon à ce point ?

— Je sais pas. Peut-être parce que c'est trop chiant ?

— Il doit y avoir une autre raison.

Le portable de Sadie bipa encore et elle ne put s'empêcher de le consulter. Elle avait répondu au mail de Kevin, disant qu'elle avait hâte de lire son livre qu'elle était heureuse de savoir qu'il revenait parce qu'il lui manquait. « Tu me manques. » : elle avait carrément écrit ça. Pourquoi ne pas oser ? Elle n'avait pas mentionné Jimmy et avait fait suivre sa signature de trois xxx.

Il pense que je suis intelligente et belle ! On me dit depuis toujours que je suis intelligente, mais jamais que je suis belle. Jolie, disait son père. Mignonne. *Hot*, marmonnait Jimmy quand il essayait sans trop de succès de dégrafer son soutien-gorge. Belle était un qualificatif adulte. Pour sa mère, être jolie ou trop s'intéresser à la mode était un signe de faiblesse.

Quand ils arrivèrent chez Jared et Andrew, ils trouvèrent une femme d'environ quarante ans devant l'immeuble. Elle avait une frange coupée au carré et portait un manteau court en fourrure blanche. Elle les dévisagea.

— Excusez-moi, dit-elle. Je cherche Andrew Woodbury. Le connaissez-vous ?

— Oui, acquiesça Jared en la regardant avec curiosité.

— Je suis sa sœur, ajouta Sadie, en toute naïveté.

— Euh… ah bon, hésita la femme. Vous voulez bien lui remettre ceci ?

La carte disait « Sara Myers, Artisanat du Sansonnet – sacs à main en matériaux recyclés » et comportait une adresse mail et un numéro de téléphone.

— Que lui voulez-vous ? demanda Jared.

— C'est un peu compliqué, avoua-t-elle. On se connaissait il y a très longtemps.

Elle tourna les talons et s'éloigna d'un pas décidé.

— Bizarre, commenta Sadie.

— Tout à fait, approuva Jared qui ouvrit la porte du hall.

Quand il remit la carte à Andrew, celui-ci la regarda d'un air perplexe et la fourra dans sa poche.

— Jared, il faut que je te parle en tête à tête, dit-il avec un air grave.

— Qu'est-ce qui se passe ? demanda Sadie.

— Des histoires d'adultes, coupa-t-il en entraînant Jared dans la chambre dont il referma la porte.

— Où est maman ? fit-elle, mais son frère ne répondit pas.

*
* *

Dans la salle de bains, Sadie eut un étourdissement. Elle se recroquevilla par terre. Elle n'avait plus de marijuana. Elle trouva dans l'armoire à pharmacie un flacon de clonazépam au nom d'Andrew. Elle googla le médicament sur son portable et se dit que ça ferait l'affaire. Elle prit deux comprimés et revint dans la cuisine où Jared lui avait préparé un chocolat chaud.

Elle lui sourit, sans ressentir le moindre sentiment de malaise, elle se sentait en sécurité. Elle savait qu'elle planait, mais c'était un trip qui n'avait jamais été aussi bon.

30

La circulation en sortant de New York était horrible, Joan et Clara se rendirent vite compte qu'elles n'arriveraient pas avant la fin des heures de visite à l'établissement où George était hospitalisé. Clara arrêta la voiture à une station-service pour faire le plein. Joan appela l'infirmière-chef de l'étage où se trouvait George et la supplia de faire une exception, mais celle-ci refusa. Joan put cependant en apprendre davantage sur son état.

— Il est conscient, mais à peine, dit-elle à Clara après l'avoir rejointe dans la queue pour la caisse. Il a de graves meurtrissures au cou. Apparemment, le gardien est intervenu *in extremis*.

— Est-ce qu'il va s'en tirer?

— Il ne peut pas parler à cause de la fracture du larynx. Ils ont inséré un stent et tout devrait rentrer dans l'ordre. Mais il souffre beaucoup et il doit rester en observation pendant plusieurs jours. Il est menotté et, la plupart du temps, sous sédatifs.

Joan appela ensuite Andrew pour le mettre au courant des dernières nouvelles, puis, quand elles quittèrent la station-service, son portable se remit à bourdonner. Joan lut à haute voix pour Clara le texto de Bennie :

> Louez une chambre d'hôtel près de l'hôpital et reposez-vous. Il va s'en tirer. Le pire est passé. On se voit demain matin à la première heure.

— Cette attente me rend folle, avoua Joan. Il ne me reste plus un atome de patience.

— Tu n'as pas le choix. Et il faut que tu préviennes Sadie, dit Clara, en faisant taire l'irritante voix robotisée du GPS.

— Non, j'espère qu'elle ne l'apprendra pas avant mon retour. J'ai demandé à Andrew d'essayer de l'empêcher de regarder les infos avant qu'elle revienne à la maison demain, quand je pourrai la voir. Moi qui voulais qu'elle ait quelques jours de congé exempts de stress… je n'ai même pas réussi à faire ça.

— Des choses horribles arrivent parfois et auxquelles on ne peut rien, répondit Clara. Je te conduirai à l'hôpital.

Quand elle s'éveilla le lendemain, Joan ne savait plus où elle était jusqu'à ce que Clara entre dans leur chambre d'hôtel avec des cafés et un journal sur un plateau.

— On en parle dans les quotidiens locaux. Heureusement, un crétin a tué sa femme et ses enfants hier, si bien que la nouvelle ne fait pas la une.

Elle brandit le journal et lut à voix haute le titre en page intérieure : « Le présumé agresseur sexuel attaqué en prison le jour de Noël. »

31

Kevin avait rendez-vous avec son agent sur Skype à une heure matinale le lendemain de Noël. Il déposa son ordinateur sur la table de nuit de la chambre d'amis. Ses neveux et sa nièce couraient et criaient dans le couloir du chalet en jouant avec les emballages des cadeaux. Kevin avait la gueule de bois après avoir abusé la veille du whisky avec son beau-frère. Il cliqua sur le bouton d'appel.

Le visage de son agent apparut, un peu flou, à l'écran. L'agent alla droit au but :

— Ça ne correspond pas à ton projet de départ, Kev. Il y a de bons passages, tu vois, mais George est trop *clean*. Il n'a pas la moindre once de méchanceté. Il me faut les détails des agressions.

— Eh bien, je ne les ai pas. Les filles concernées n'ont pas le droit de me parler.

— Tu es écrivain, non ? Invente-les. On ne peut pas publier un livre dont le protagoniste monstrueux est un brave type que tout le monde défend. Il faut davantage de conflit. N'aie pas peur de te servir de ton imagination. Le livre est juste basé sur une histoire vraie, donc tu peux prendre certaines libertés.

— Vraiment ? James Frey ne nous a donc rien appris ?

— Jusqu'à présent, ton roman est trop empathique et on se perd dans l'intrigue. C'est un roman, d'accord, mais il manque de faits bien graphiques. Décris les scènes de viol. Laisse-toi aller !

Kevin hocha la tête. L'écran se figea. Il se leva et finit la bouteille de bière tiède qu'il sirotait en se couchant la veille au soir. Il étala sur le lit les déclarations des victimes et les trois études sur les agressions sexuelles qu'il avait empruntées à la bibliothèque. Il lui fallait cerner parfaitement les personnages des filles.

« Décris les scènes de viol. »

Il imagina les élèves d'une école privée, leur façon de parler et de s'habiller, il rédigea une liste de détails sensoriels, l'aspect et l'odeur d'un chalet de ski. Il se souvint de s'être amouraché d'une camarade de lycée qui habitait en face de chez lui, de Karen Ridgley, la façon qu'elle avait d'attendre le bus de ramassage scolaire. Elle remontait toujours sa jupe juste avant l'arrivée du bus. Un jour qu'il n'était pas allé en classe parce qu'il était fiévreux, il l'avait vue revenir chez elle en catimini vers midi, avec un garçon. Il les avait espionnés avec des jumelles de la fenêtre de sa chambre. Il les avait vus se tripoter sur le canapé, puis il était retourné se coucher et avait fantasmé le reste.

Il s'allongea sur le lit, visualisa Karen dont l'image l'excita autant qu'à l'adolescence. Il revit son chemisier ouvert, la jupe qu'elle avait retirée, puis il imagina quelqu'un comme George Woodbury l'agresser. Dès que son fantasme fut trop réaliste, il perdit son érection. Il regarda fixement l'écran noir de son portable, terrassé par sa gueule de bois. Il était toujours prêt, naguère, toujours au garde-à-vous, mais plus il approchait de ses quarante ans, moins c'était le cas. Il consulta ses mails. Seule Miranda avait répondu à sa demande collective adressée à toutes les filles impliquées dans cette affaire et qu'il avait pu retracer sur Facebook. Mais puisqu'elle était la meneuse du groupe… Il eut un geste de triomphe, inspira à fond et ouvrit le message. Il prit des notes dans son carnet en le lisant :

Les parents pas d'accord pour prévenir la police.

Ancienne fêtarde, sobre depuis l'excursion de ski.

Sentiment de solitude ?

Quand il eut terminé sa lecture, il sut que la fille ne mentait pas. Trop de détails, plus convaincants les uns que les autres. Elle avait tout l'argent qu'on puisse désirer et elle avait beaucoup perdu en portant plainte. Il googla son nom. Trouva un vieux fil Twitter, silencieux depuis l'arrestation de George Woodbury, qui affichait des selfies de son décolleté et de filles qui faisaient des signes de gangsta ; il trouva aussi plusieurs groupes Facebook et plusieurs pages Tumblr où les commentaires au sujet de Miranda, plus cruels que les pires critiques sur les livres de Kevin, étaient assassins, pour le dire poliment.

Il monta dans sa voiture et revint à Avalon Hills, dans sa chambre d'hôtel qui commençait à écorner sérieusement ses économies mais où il se sentait en quelque sorte chez lui, pour terminer le premier jet de son roman.

32

Andrew avait réveillé Sadie très tôt le lendemain de Noël, si bien qu'il était à peine dix heures quand il la déposa chez Jimmy. Elle avait dormi pendant presque tout le trajet depuis New York grâce au second comprimé piqué dans la salle de bains, qu'elle avait avalé quand elle s'était réveillée, anxieuse et en sueur, à trois heures du matin. Andrew était sombre et conduisait trop vite, mais elle s'en était à peine aperçue.

Elle se rendit compte que Jimmy était un des seuls amis qui lui restaient à Avalon Hills. La sympathie que ses autres copains lui avaient témoignée à l'arrestation de son père avait fini par s'estomper et, à l'école, elle était la plupart du temps traitée en paria.

Elle ouvrit la porte avec la clé qu'elle avait gardée et les trouva dans la cuisine en train de faire des crêpes. On aurait dit l'image d'une famille idyllique digne d'une publicité télévisée.

— Salut, ma chérie ! s'écria Elaine en offrant à Sadie une accolade farineuse.

Plus réservé, Jimmy se contenta d'un signe de tête, mais ne put retenir un sourire. Le fait qu'il ne se soit pas jeté sur elle fit éprouver à Sadie pendant quelques instants un regain d'affection. C'était comme s'il avait entendu un message de l'univers qui lui disait de se calmer un peu.

— Alors, New York, c'était comment ? interrogea Elaine.

— Super. Reposant.

Elaine commença à verser la pâte à crêpes dans la poêle en fonte. Sadie rassembla tout son courage pour lui demander ce qu'elle voulait savoir.

— Comment va Kevin ? Il revient quand ? dit-elle d'un ton qu'elle espéra détaché.

— Il est déjà revenu, dit Jimmy en levant les yeux au ciel.

— Il est où ?

Elaine ne répondit pas tout de suite. Elle passa le bouchon de la bouteille de sirop d'érable sous le robinet d'eau chaude.

— Kevin et moi, on a des problèmes.

Jimmy ricana. Sadie eut honte de s'avouer que son cœur battait un peu plus vite. Kevin lui avait-il dit qu'il aimait quelqu'un d'autre ?

— Il vit au Hilton pendant qu'on discute de… d'histoires d'adultes.

Elaine employait rarement ce genre de circonlocutions. D'habitude, elle était beaucoup plus directe.

Jimmy posa son mug sur la table.

— Qu'est-ce que tu veux dire, maman ? Il t'a trompée ?

— Non, bien sûr que non, ce n'est pas ça du tout.

— Il paraît que tout roule pour lui. Il a vendu son nouveau livre pour, genre, un million de dollars. Je l'ai lu sur Internet.

— C'est vrai, Jimmy. On devrait tous être contents pour lui. Aide-moi avec ces crêpes, veux-tu ? conclut-elle en lui montrant les assiettes.

— Autrement dit, maintenant qu'il peut se passer de toi pour vivre, il va s'en aller ? fit Jimmy, visiblement contrarié en apportant une assiettée de crêpes à Sadie. Ça l'intéresse plus d'habiter ici ? Maintenant qu'il a de l'argent, il a pas besoin de toi, c'est ça ?

— Tu parles comme s'il se faisait entretenir, Jimmy. C'est ridicule et c'est faux.

— Alors, c'est quoi, le problème ?

— Pour la dernière fois, Jimmy, c'est une affaire qui ne regarde que Kevin et moi. Tu n'as pas à en connaître les détails.

Elle posa son assiette, s'assit mais ne toucha pas aux crêpes. Elle observa Sadie et Jimmy les manger tout en buvant son café.

— Écoutez, je suis désolée si c'est perturbant, mais vous allez devoir vivre dans l'incertitude à son sujet pendant quelque temps, jusqu'à ce que ce soit réglé. Je ne tiens pas à ce que Kevin parte, je ne veux pas qu'il s'en aille. Mais certaines choses échappent à notre contrôle. On l'a vu ces derniers mois, surtout toi, Sadie.

Toutes sortes d'hypothèses se bousculaient dans la tête de Sadie. Kevin était-il en train de repousser Elaine sans lui dire pourquoi ? Ou le lui avait-il déjà annoncé ? Mais dans ce cas, pourquoi Elaine serait-elle si gentille avec elle ?

Peut-être qu'elle sait qu'il est amoureux d'une autre, tout en ignorant que c'est moi. Kevin est futé. Il sait qu'il fait bien de ne pas en parler.

Sadie se réfugia à la salle de bains pour lui envoyer un texto.

> J'apprends que tu ne reviens pas à la maison comme prévu. Qu'est-ce qui se passe ?

Il répondit sur-le-champ.

> Oh, c'est une longue histoire. Ç'a quelque chose à voir avec mon livre. Elaine te racontera.

Pas très chaleureux comme réponse, songea-t-elle. Elle revint à la cuisine. La pièce était vide. Elle entendit Jimmy jouer à la console dans le salon. Les restes de crêpes se figeaient dans les assiettes sales restées sur la table. Sadie les rinça dans l'évier et les mit au lave-vaisselle.

— Je pense que je vais aller nourrir Payton, annonça-t-elle à Jimmy.

Il appuya sur Pause et se leva.

— OK, dit-il en la suivant jusqu'à la porte. J'ai pas voulu t'en parler plutôt, mais est-ce que ton père va mieux ?

— Qu'est-ce que tu veux dire ?

— Ben, après ce qui est arrivé...

— Il est arrivé quoi ?

Jimmy écarquilla les yeux.

— C'était dans le journal, ce matin.

Il récupéra le journal dans la poubelle de recyclage à ses pieds.

LE PRÉSUMÉ AGRESSEUR SEXUEL ATTAQUÉ EN PRISON LE JOUR DE NOËL.

— Comment ça se fait que tu le sais pas ? Ta mère t'a rien dit ? Maman et moi, on avait décidé de ne pas te questionner, on attendait que tu en parles la première. J'ai pensé que c'était pour ça que t'avais l'air distraite.

Sadie parcourut l'article pour s'assurer que son père était bien vivant. Ce n'était pas étonnant que sa mère soit partie ! Pourquoi avait-elle menti ? Pourquoi Andrew et Jared lui avaient-ils menti ?

— Ma mère préférait de toute évidence que je l'apprenne comme ça, dit-elle à Jimmy.

Elle regarda son portable. Dix-sept coups de fil manqués.

— Bon, ben, en fait elle m'a appelée plusieurs fois.

Elle songea à contacter Andrew. Il était sans doute allé à l'hôpital voir son père après l'avoir déposée. Pourquoi ne lui avaient-ils rien dit ? Pourquoi ne l'avaient-ils pas emmenée ? Dans la voiture, elle sommeillait, elle était encore défoncée, son frère avait sans doute pensé que, dans l'état où elle était, ce serait trop pour elle.

— Reste ici et laisse-moi prendre soin de toi, proposa Jimmy.

— J'en ai marre qu'on pense que j'ai besoin d'aide et de réconfort, putain. J'ai besoin de rentrer chez moi.

Elle s'élança dehors sans trop savoir par quel moyen elle retournerait chez elle. C'est alors qu'elle se souvint avoir laissé son vieux vélo sur le côté de la maison. Elle roula jusqu'aux abords de la ville, près de la bretelle de l'autoroute, là où les hôtels et les centres de congrès faisaient comme un univers à part. Il se mit à pleuvoir, puis ce fut au tour de la neige fondue de s'abattre sur elle. Elle ne ressentait rien. Les conducteurs klaxonnaient en voyant un vélo qui longeait la voie rapide par un aussi sale temps. Quand elle arriva enfin, les poumons en feu, les mains rouges de froid, elle parqua son vélo derrière la benne à ordures du Hilton, enleva son manteau et défit deux boutons de son chemisier en regardant son reflet dans la fenêtre d'une voiture.

33

Joan et Clara arrivèrent à l'hôpital quinze minutes avant le début des heures de visite. Bennie les attendait déjà dans la salle d'attente des soins intensifs. Oubliant qu'elle ne se trouvait pas dans son hôpital, Joan poussa les portes du service, laissant Clara et Bennie derrière elle. Elle trouva la chambre de son mari. Un garde de sécurité était assis sur une chaise au pied du lit, l'air de s'ennuyer. Il sursauta à son arrivée, mais comprit vite qui elle était.

George était menotté à un des montants du lit. Comparé au centre de traumatologie où travaillait Joan, cet hôpital, et la chambre où se trouvait son mari, souffrait d'un manque criant de moyens et n'était pas très propre.

— George, chuchota Joan en se penchant au-dessus de lui.

On aurait dit que son mari avait survécu à un bombardement. Elle examina les meurtrissures à son cou, vérifia rapidement ses signes vitaux.

Elle fit cela mécaniquement, sans vraiment s'en rendre compte. Il ouvrit brièvement les yeux, essaya de parler, sans résultat. Elle posa délicatement un baiser sur son front. Quand elle s'écarta, il retint sa main avec une force apparemment dictée par la terreur.

— Tout ira bien, George. Tout ira bien, ne t'inquiète pas. Tu vas guérir, tu vas sortir de prison et tout va rentrer dans l'ordre.

Elle s'assit à son chevet, murmura des mots de réconfort en regardant les larmes qui baignaient le visage défiguré. Joan avait été témoin de centaines de blessures au cours de sa carrière, mais de voir George dans cet état lui donnait la nausée. Une colère sans précédent l'envahit.

Elle l'observa se rendormir, puis elle entendit un mouvement à la porte. Andrew.

— Ça va, mon chéri. Il va s'en tirer. Qu'est-ce que tu fais ici ? Je voulais que tu restes à la maison avec Sadie. Peu importe, viens t'asseoir près de ton père. Il a besoin de nous.

— Sadie est chez Jimmy. On est partis à l'aube. Je n'en pouvais plus d'attendre.

Il restait près de la porte, ne regardant pas son père. Joan se leva et lui offrit la chaise de chevet, mais Andrew fit non de la tête.

— Il faut que je te parle.

— Andrew, viens embrasser ton père.

Il resta où il était, se pencha un peu en avant, jeta un coup d'œil aux appareils qui surveillaient les signes vitaux de son père et ressortit dans le couloir.

Joan serra la main de George. Il ouvrit les yeux.

— Andrew vient d'arriver. Je vais aller lui parler, mais je reviens tout de suite.

Andrew arpentait le couloir, les poings serrés.

— Il faut qu'il sache qu'on est là pour lui, Andrew. Pour l'amour du ciel, il a failli être tué. C'est ton père.

— Maman, Bennie a quelque chose à te dire.

— Qu'est-ce qui pourrait bien être si important en ce moment ?

Andrew ne répondit pas, il la précéda dans la salle d'attente dans laquelle Bennie, assis sur une vieille chaise en plastique, était penché sur son ordinateur.

— Joan, dit-il en refermant son portable, on a un souci. Nous butons contre un obstacle de taille qui pourrait nous faire échouer. Il faut que nous parlions de ce problème. Avec Andrew aussi, mais il est déjà au courant.

— Au courant de quoi ?

— Vous feriez bien de vous asseoir, conseilla-t-il, en désignant une chaise en face de la sienne.

Elle resta debout. Un aide-soignant lavait le sol, dessinant des huit d'eau de Javel avec son balai à franges.

— À vrai dire, Andrew est au courant parce que c'est lui qui a porté cette affaire à notre attention ce matin.

— De quoi est-il au courant, Bennie ?

Il poussa un long soupir.

— Le nom de Sarah Myers vous dit-il quelque chose ?

Joan creusa sa mémoire.

— Non.

— Rappelez-vous l'époque où vous viviez dans un immeuble à Boston, quand vous êtes retournée à l'école d'infirmières.

Clara sortit son portable et se mit à texter frénétiquement.

— Cette conversation est-elle absolument nécessaire ? George a besoin de moi.

Soudain, elle se souvint : Sarah Myers, la maigrichonne aux dents du devant espacées qui portait toujours un sweat surdimensionné au logo des Black Sabbath. Elle avait gribouillé une annonce avec des feutres Magic Marker rouge et violet dans la buanderie de l'immeuble : « Babysitter responsable. Disponible après l'école jusqu'à minuit. » Joan avait déchiré une des languettes portant son numéro de téléphone la veille de la reprise de ses cours du soir. Par la suite, une routine s'était mise en place : George récupérait Andrew à la garderie et Sarah veillait sur lui pendant que George retournait travailler à l'école.

— Pourquoi vous intéressez-vous à notre ancienne baby-sitter ?

— Madame Woodbury…

L'hésitation de Bennie révéla à Joan ce qu'elle avait déjà compris inconsciemment. Elle suffoqua.

Clara leva les yeux, soudain intéressée.

— Qu'est-ce qui se passe ?

— Maman, reste calme, dit Andrew en l'invitant doucement à s'asseoir. Elle est entrée en contact avec moi sur Facebook quelques jours avant Noël. Un drôle de message. Je n'ai pas trop su quoi en penser. Elle m'a expliqué qu'elle me gardait quand j'étais petit. Hier, elle s'est pointée chez moi et a laissé sa carte à Jared. Je l'ai appelée après ton départ. Par curiosité. Elle avait entendu parler de l'affaire aux infos. Elle a voulu me raconter ce qui est arrivé avant qu'on quitte Boston.

— Madame Woodbury, que s'est-il passé quand elle a arrêté de s'occuper d'Andrew ? demanda Bennie.

— On avait décidé de déménager parce que le père de George était malade, et c'est pourquoi elle a cessé de faire du baby-sitting. Je pense que je lui ai amené Andrew pour qu'elle le voie une dernière fois. Qu'est-ce qui est arrivé ? Pourquoi est-ce qu'elle t'a appelé ?

Andrew baissa les yeux, les poings serrés sur ses genoux.

Bennie montra des documents devant lui.

— Apparemment, George a remis à sa mère une importante somme d'argent en échange de son silence après... après un incident entre lui et sa fille.

Joan sentit une sueur froide l'envahir.

— Mon père, qui était son avocat à l'époque, et votre mari ont tout planifié en secret, continua

Bennie. J'ai pu consulter les archives. George a payé les études universitaires de Sarah. Elle prétend avoir souffert pendant des années de troubles psychologiques en raison de ce qui est arrivé et elle n'a pas jugé correct de poursuivre ses études avec son argent. Elle a presque tout dépensé en voyages. Elle a aussi eu un grave problème de dépendance dont elle s'est libérée depuis. Sa mère est décédée il y a plus de dix ans. Elle ressent le besoin de tourner la page. Alors, quand elle a entendu la nouvelle aux informations, elle a contacté la police. Elle a expliqué qu'avant sa mort sa mère lui a demandé pardon pour avoir accepté l'argent de George au lieu de prévenir la police. Elles étaient pauvres, et sa mère, qui était alcoolique, a cru que c'était ce qu'elle pouvait faire de mieux pour sa fille. Apparemment, elle avait aussi eu peur qu'on ne la croie pas, compte tenu de leur piètre statut social. Je suis malheureusement enclin à lui donner raison. Ce n'est jamais facile de prouver qu'il y a eu un viol, même de nos jours.

Viol. Le mot tomba de tout son poids. Personne encore n'avait employé ce mot sans le faire précéder de *tentative*.

— Autrement dit, depuis le début, il entretient cette jeune femme ? Par culpabilité ?

— Plutôt pour ne pas se faire pincer, grommela Clara.

Andrew se frotta le nez, blêmit en serrant les mâchoires.

— Ça veut dire qu'il est coupable, maman.

— Comment n'ai-je pas pu m'en rendre compte ? s'écria Joan d'une voix perçante.

— La majorité des agresseurs sexuels sont passés maîtres dans l'art de mener une double vie, répondit Bennie. La plupart du temps, les conjoints n'en savent rien et n'ont pas l'ombre d'un doute. Mais j'insiste : ceci n'est qu'une accusation, nous n'avons encore aucune preuve.

— Bien sûr, il était le plus intelligent, le plus charmant des hommes. Qui n'aimait pas George, hein ?

Joan s'était levée et marchait de long en large.

— Tout ce temps, je l'ai soutenu, je le croyais. Quelle conne je suis ! Une triple conne ! Elle n'était qu'une enfant.

Andrew prit la parole.

— Ça suffit, maman. Assieds-toi. Finissons-en. On s'occupera de nos émotions plus tard.

— Ne sois pas condescendant avec ta mère, mon chou, dit Clara. Elle a le droit d'extérioriser son ressenti.

— Pourquoi Sarah n'a-t-elle pas porté plainte ? demanda Andrew. Est-il possible que leur attirance ait été réciproque ?

— La loi est la loi, Andrew. Vous ne pouvez pas reconfigurer cette affaire en fonction d'une interprétation sexuellement libérée de la loi. Elle avait treize ans, précisa Bennie.

— C'est juste, c'est juste, concéda Andrew. Je ne disais pas ça pour… Enfin… Je me raccroche à ce que je peux.

— Il est possible que d'autres victimes se manifestent. Vous devez vous préparer à cette éventualité.

Joan retourna dans la chambre de George. Il dormait. Au-dessus du conduit d'aération le store tapait contre la vitre. Si elle avait pu s'en tirer sans dommage, Joan aurait pressé l'oreiller contre le visage de George dans un furieux désir de le réduire au silence. Jamais auparavant n'avait-elle été si apte à comprendre qu'on puisse être poussé au meurtre.

Au lieu de cela, elle lissa le drap et l'abandon qu'elle ressentit la plongea dans un chagrin incommensurable. De ne pas pouvoir faire de mal à George était bien le seul et unique indice de l'amour qui perdurait en elle, qui se débattait comme un oiselet pris au piège, luttant pour survivre une seconde de plus.

Elle regarda George respirer, sut que son corps guérirait. Mais son George à elle était mort.

Elle attendit ensuite avec Bennie dans la salle d'attente, s'appliqua à remplir des formulaires juridiques et discuta avec le gardien de prison qui s'adressait à elle comme si elle était de connivence avec son mari ou carrément débile. L'épouse abrutie et souffrante. Elle eut envie d'arracher à mains nues son visage.

Elle appela Sadie pour la énième fois, et pour la énième fois tomba sur sa messagerie vocale. Elle essaya de joindre Elaine, mais n'obtint pas de réponse. Andrew essaya à son tour, mais finit par capituler et rentra à Avalon Hills en voiture.

Clara se chargea de ramener Joan. Lors du trajet, loin de se montrer prévenante, elle insista pour que Joan prenne une décision.

— Que veux-tu que je fasse, Clara ? Tout semble si clair pour toi. Qu'est-ce que je devrais faire maintenant que je sais tout ça ?

— Je veux que tu lâches prise. Je veux que tu te détaches de lui un certain temps. Le procès n'aura pas lieu avant plusieurs mois. Manifeste-lui la même considération qu'il t'a manifestée, autrement dit, aucune.

— Tu parles comme si je pouvais décider de ne plus être mariée du jour au lendemain.

— Ben, c'est possible. Tu n'es pas une femme au foyer amish. Mais ce n'est pas ce que je veux dire. Je veux que tu acceptes le fait que tout ceci échappe à ton contrôle, que tu ne peux rien changer à ce qui est arrivé, et que tu dois commencer à envisager de mettre fin à ton mariage.

— J'ai accepté que je n'y pouvais rien. J'ai commencé à prendre ma vie en main en retournant au boulot et en consultant une thérapeute, mais le reste prendra du temps. Et ça, c'est toi qui vas devoir l'accepter.

Clara porta son gobelet de café à ses lèvres, la voiture heurta un nid-de-poule, le liquide se répandit sur son pull. Elle laissa échapper un chapelet de jurons et lança le gobelet par la fenêtre.

34

Assise dans un volumineux fauteuil dans le hall du Hilton à Avalon Hills, Sadie regardait les nombreux clients entrer et sortir avec leurs bagages. Deux gamins jouaient à chat perché et l'un d'eux heurta ses jambes en courant. Elle passa ses doigts dans ses cheveux emmêlés. Kevin ne répondait pas à ses textos. Elle finit par se rendre à la réception.

— Je viens voir Kevin Lamott. Je ne trouve plus le numéro de sa chambre, dit-elle à la jeune femme en feignant de chercher un bout de papier dans les poches de son jean.

La réceptionniste lui offrit un sourire radieux et consulta l'écran de son ordinateur.

— Qui dois-je annoncer ?

— Dites juste que c'est Sadie.

— Bien, mademoiselle.

Elle composa le numéro.

— La personne ne répond pas. M. Lamott est peut-être dans la salle à manger. Désirez-vous lui laisser un message ?

— Non, ça va. Je vais aller jeter un coup d'œil au restaurant.

— Certainement. Au fond du hall, les portes noires.

Sadie tourna les talons et se rendit au restaurant en regrettant de ne pas porter une robe, ou en tout cas des vêtements secs. Son blouson et son jean étaient trempés de neige fondue, tout comme le tee-shirt qu'elle avait acheté avec Jared, qui lui avait paru si chic et si urbain sur le moment et qui n'était finalement que trop moulant. Elle était certaine d'avoir l'air d'une gamine négligée, sans parents pour s'occuper d'elle.

Le préposé au restaurant était debout à un pupitre, à l'entrée. Il portait un blazer marine orné d'un écusson doré, un peu comme un uniforme scolaire. Il l'accueillit avec méfiance.

— C'est pour le petit déjeuner ? Un brunch ? Combien de personnes ?

— Je suis seule. Je cherche quelqu'un.

Elle aperçut Kevin dans un box non loin du bar en compagnie d'un type en costume cravate et aux cheveux d'un blanc immaculé.

— Kevin ! s'écria-t-elle.

Elle s'approcha de la table en souriant comme si elle venait de le croiser par hasard dans la rue. Il parut surpris.

— Hello, Sadie, qu'est-ce que tu fais ici ?

Il était bronzé. Il portait son habituelle chemise à carreaux, mais elle semblait plus élégante sans le short de jogging et les tongs qui l'accompagnaient en temps normal.

— Je te cherchais..., commença-t-elle.

Elle s'aperçut qu'elle aurait dû préparer leur rencontre, prévoir ce qu'elle lui dirait.

— Ah bon ?

Un peu mal à l'aise, Kevin lança un coup d'œil à son ami. Il ne l'invita pas à se joindre à eux.

— Eh bien, as-tu passé un beau Noël ? On dirait que tu as besoin d'un imperméable. Il fait un drôle de temps, n'est-ce pas, avec le réchauffement climatique, et tout. Ça n'a rien de bien festif, n'est-ce pas ?

— Ouais, j'étais à vélo dans le coin et comme je savais que t'habitais là, j'ai pensé venir te dire bonjour.

Elle se rendait compte que tout ce qu'elle disait n'avait pas beaucoup de sens.

Comme si quelqu'un pouvait rouler par hasard sur une route en plein hiver !

L'ami regarda Sadie de plus près et lui tendit la main.

— Je suis Gerald, l'agent de Kevin. Nous disions que son livre va faire de lui un homme très riche, annonça-t-il avec un sourire carnassier.

— Oui, Elaine m'en a parlé, dit Sadie.

— Je suis sûr qu'elle n'a pas dit ça comme ça, maugréa Kevin. Elle n'est pas exactement contente de ce roman.

— Elle le sera quand tu l'emmèneras autour du monde, objecta Gerald avec un sourire cette fois-ci obséquieux.

— On voit bien que vous ne l'avez jamais rencontrée, ajouta Sadie, qui ressentait soudain le besoin de la protéger.

Kevin eut l'air affligé. Sadie y vit un signe qu'il aurait souhaité que ce soit elle, et non Elaine, qui prenne place à ses côtés en première classe. Mais ils n'avaient pas encore mis les choses au clair, réglé les petits détails.

Ce n'est pas comme s'il pouvait lui annoncer d'un seul coup.

— Ton père va bien ? J'ai appris la nouvelle par le journal.

Sadie haussa les épaules.

— Il va s'en tirer.

Elle avait l'impression de parler de quelqu'un d'autre. Comme si son père était déjà mort.

— Ton père ? s'exclama l'agent littéraire. Kevin, ce n'est pas... ?

— Si, Gerald. C'est Sadie.

Gerald se leva pour lui serrer de nouveau la main. Il la secoua comme si Sadie était quelqu'un de très spécial.

— Oh, bon sang ! Je suis si heureux de rencontrer celle qui a inspiré ton héroïne, la jolie Lori Fine !

Sadie recula d'un pas.

— Qu'est-ce que vous voulez dire ?

— Elle ne l'a pas encore lu, Gerald. C'est quelque chose que je...

— Je suis l'héroïne de ton livre ?

Elle sourit, s'efforça de la jouer cool, mais son cœur battait la chamade. Elle se mit à rougir. Elle n'en croyait pas ses oreilles.

— D'une certaine façon, concéda Kevin. Je voulais t'en parler en personne, mais je n'étais pas encore prêt à le faire.

— Tu sais, dit Gerald en trempant un morceau de pain grillé dans un jaune d'œuf coulant, j'ai rencontré ton père, si bien que je connais le vrai monsieur Fine, mais de te rencontrer, toi, c'est proprement extraordinaire. Tu représentes la force morale de son récit.

Sadie s'assit à côté de Kevin dans le box, l'obligeant ainsi à se déplacer. Mais leurs jambes se touchèrent quand même.

— Comment ça, mon père ? chuchota-t-elle. Mon père est en prison.

— Seigneur, Kevin, s'exclama Gerald en écarquillant les yeux, tu ne lui as donc rien dit du tout ?

Kevin avala une grande lampée de bière. Gerald tendit son portable à Sadie qui affichait la page d'un article de journal. Sous le titre qui disait KEVIN LAMOTT SIGNE UN CONTRAT TRÈS LUCRATIF POUR UN LIVRE SUR LE SCANDALE SEXUEL WOODBURY, on pouvait lire : « Kevin Lamott, bien connu pour son premier roman *Prise en main* qui lui valut il y a dix ans le National Book Award, a eu un accès privilégié à la famille. Selon son éditeur, Poplar Books, ce livre assoira sa réputation, puisqu'il en a déjà vendu les droits de traduction dans plus de 23 pays. »

— T'as écrit un livre sur ce qui est arrivé à mon père ?

— À vrai dire, j'en ai fait une fiction. Elaine m'a dit que ce n'était pas bien, mais, tu vois, il faut que je saisisse l'inspiration quand elle passe, cette histoire était irrésistible et elle est venue jusqu'à moi. Je te promets que tu vas aimer Lori, je te le promets, Sadie. Elle est très sympathique. Comme toi.

Sadie ne savait trop si elle devait être furieuse ou flattée. Elle était un peu des deux. Surtout, elle était prise au dépourvu. Et elle avait froid. Elle frissonna, ses vêtements humides lui collaient à la peau.

— Elaine l'a lu ?

— Oui.

— Est-ce qu'elle est fâchée ?

— Oui.

— Pourquoi ?

— Parce qu'au bout du compte elle ne comprend rien au processus de création, Sadie.

— Non ! Ce que je ne comprends pas, c'est que tu puisses exploiter une gamine qui vit sous ton toit pour nourrir ton ego surdimensionné et ta soif de succès.

Elaine venait d'apparaître.

— Elaine ! Je suis si heureux que vous ayez pu venir déjeuner avec nous ! dit l'agent de Kevin avec un sourire grimaçant.

Sadie se sentit mal.

— J'ai pas été exploitée. Mes sentiments sont authentiques ! Seulement, tu ne peux pas les accepter, Elaine, et toi – elle se leva en montrant Kevin du doigt –, tu le savais. Fais pas comme si c'était pas vrai.

— Je savais *quoi* ? Pour l'amour du ciel, Sadie, de quoi parles-tu ?

— De toi et moi. De notre… attachement.

— Tu vois ? Tu vois, Kevin ? s'emporta Elaine d'une voix forte. Elle n'est pas qu'un élément d'intrigue dont tu peux te servir à ta guise. C'est une adolescente perturbée, sa famille est éclatée par ce qui lui arrive, et à vrai dire, tu te fous de ses sentiments. Un trou du cul de narcissique, voilà ce que tu es. Et si tu n'apportes pas des changements à ton livre, si tu n'empêches pas le nom de Sadie d'être cité dans les communiqués de presse, je jure que je ne t'adresserai plus jamais la parole. Tu as compris ?

Gerald intervint.

— Elaine, respirez un bon coup, voulez-vous ? Asseyez-vous, dit-il en tapotant le siège. Garçon, apportez-lui un mimosa. Après tout, on fête, non ?

Elaine resta debout.

— Relier le livre à ce qui s'est passé à Avalon Hills, poursuivit Gerald, c'est justement ça qu'on vise. Il n'y a pas de meilleure façon d'appâter les lecteurs. Il va sortir en même temps qu'aura lieu le procès. Kevin a vécu dans la même maison que Sadie, il la connaît. Les lecteurs adorent ce genre de rapport avec la vraie vie. Ce n'est pas de l'exploitation, c'est une création narrative passionnée, authentique, crue, et c'est au bout du compte ce qui fera sa force de rédemption. C'est carrément digne d'un show d'Oprah Winfrey, je vous le dis, moi. Vous pourriez tous devenir très riches !

— Espèce de lèche-bottes enfoiré, ne m'adressez plus jamais la parole, c'est compris ?

Le ton d'habitude si calme d'Elaine avait disparu. Kevin et Gerald eurent soudain l'air terrifiés. Elle attrapa la main de Sadie.

— Non, dit Sadie faiblement.

— Crois-moi, Sadie. Kevin n'est pas ton allié.

— Mais…

— Tu viens avec moi. Je te ramène à la maison.

— J'ai mon vélo, balbutia Sadie comme une enfant de six ans.

— On le mettra dans le coffre. On s'en va, insista-t-elle comme si elles fuyaient une bombe sur le point d'exploser.

Sadie la suivit jusqu'au parking. Elle plaça son vélo dans le coffre de la minifourgonnette.

Elaine se tourna vers elle avant de mettre le contact.

— Est-ce que Kevin t'a fait des avances ?

— Non… je sais pas. J'ai dû mal interpréter des trucs.

Elle fondit en larmes en triturant son tee-shirt.

— Qu'est-ce que tu as voulu dire, tout à l'heure ?

— Je pensais juste… je pensais que je lui plaisais, débita-t-elle d'une toute petite voix. Il semblait très intéressé à parler avec moi, mais je suppose que c'était…

Elle ne put terminer sa phrase parce qu'elle ne voulait pas se l'admettre.

— Pour le livre, tu veux dire ?

— Oui, avoua-t-elle faiblement. Je suppose que c'était pour ça.

— C'est pour lui que tu as laissé tomber Jimmy ?

— J'imagine. Jimmy et moi, on était tout le temps ensemble, j'ai fini par trouver ça ennuyeux. Je ne pouvais pas faire un pas, il était *toujours* là. Comme un chien ou comme un frère.

— Ce sont des choses qui arrivent, dit gentiment Elaine. Mais il t'aime vraiment. Il est dans tous ses états depuis que tu es partie.

Sadie eut un petit pincement au cœur de savoir qu'il avait de la peine. Ce n'était pas dans son intention d'être cruelle.

— Tu es sûre que Kevin n'a jamais dit ou fait quelque chose d'inconvenant ?

Sadie réfléchit.

— Ben, oui, confirma-t-elle. Est-ce que c'est mal que j'en aie eu un peu envie ? Pas pour te faire de la peine, évidemment. Je te suis si reconnaissante de m'avoir accueillie. À vrai dire, je t'ai complètement dissociée de cette histoire. Je fantasmais tellement sur l'idée qu'on partirait pour toujours, lui et moi.

Elaine soupira.

— Kevin a énormément de charme, c'est sûr. Mais tu n'as pas pensé que c'était peut-être plutôt ton désir de fuir qui motivait tes sentiments ? Tu t'étais déjà enfuie pour venir chez nous, mais ce n'était sans doute pas assez loin de tout.

— Ouais.

Elaine tourna la clé de contact et éteignit la radio branchée sur une station de musique pop.

— Je m'excuse d'avoir essayé de te piquer ton petit ami, confessa Sadie en sanglotant.

— Ce n'était pas ta faute, dit Elaine d'un ton pragmatique. Toute cette histoire a été plutôt instructive, en tout cas, pour moi. Être adulte ne veut pas dire qu'on prend toujours les bonnes décisions. Tu préfères rentrer chez toi ou m'accompagner à la maison ?

Sadie n'en revenait pas qu'Elaine puisse lui proposer de l'accueillir de nouveau chez elle après ce qui venait d'arriver. Elle aurait plutôt imaginé qu'elle la jette hors de la voiture et l'abandonne au bord de la route.

— Chez moi.

Elle alluma son portable. Trente-trois appels manqués, tous de sa mère.

35

En arrivant chez elle, Joan trouva Sadie déjà couchée. Un murmure émanait de la station d'accueil de son iPod. Payton tournait autour d'elle et pétrissait son oreiller. Joan déplaça des vêtements empilés sur le lit et s'assit.

— Je suis désolée de ne pas t'avoir dit ce qui est arrivé à ton père…

Joan fut incapable de continuer. Elle ne tenait pas à évoquer des images d'horreur.

— C'est pas grave, maman. J'ai pas besoin d'être couvée, marmonna Sadie en s'asseyant.

Joan passa les doigts dans les cheveux de sa fille et en repoussa une mèche derrière son oreille.

— Il va bien. Il va s'en tirer.

— Je suis contente, si contente, dit-elle. Il me manque.

Sadie ferma les yeux, mettant un terme à la conversation.

— Je suis si fatiguée.

Joan l'embrassa sur le front et dit qu'elles en reparleraient le lendemain.

En début de séance de thérapie, Joan raconta brièvement au Dr Taylor ce qui était arrivé à George en prison et parla de Sarah Myers. Elle expliqua aussi que George serait hospitalisé encore un jour ou deux avant son retour en cellule. Joan s'aperçut que la thérapeute essayait de ne pas écarquiller les yeux en écoutant cet incroyable récit, afin de garder la neutralité nécessaire à sa fonction.

— Cela fait beaucoup de choses à traiter et à comprendre, commenta-t-elle sans cesser de regarder Joan qui se laissa aller au fond du fauteuil moelleux, incertaine de ce qu'elle devait raconter maintenant qu'elle lui avait relaté ses désastreuses vacances de Noël.

Le Dr Taylor laissa planer le silence. Joan pressa les pouces sur l'arête de son nez pour tenter d'enrayer un mal de tête due à une sinusite qui refusait de guérir.

— Depuis un certain temps, dit Joan au bout de quelques minutes, je rêve à ma vie d'avant ces événements. Il ne se passe pas grand-chose dans ces rêves. Je me lève, je me douche et je m'habille pour aller travailler. Parfois, je prépare le déjeuner de Sadie, puis George et moi allons faire notre promenade habituelle autour du lac, comme nous le faisions tous les matins. Nous nous arrêtons pour boire un café au Coffee Hut.

Il y a parfois une brume matinale quand le soleil se lève, parfois le temps est clair et ensoleillé. Je me sens encore plus mal au sortir de ce rêve que si j'avais fait un cauchemar. Parce que je sais que ces matins normaux ne reviendront plus jamais. C'est terrible.

Le Dr Taylor acquiesça d'un signe de tête.

— La routine est si anodine, barbante même, continua Joan, on n'y prête plus attention jusqu'à ce que quelque chose vienne l'interrompre.

Le Dr Taylor et Joan portaient exactement le même cardigan en coton mélangé avec de petits boutons ovales en nacre. Leurs coupes de cheveux étaient aussi remarquablement similaires. À en juger par le diplôme au mur au-dessus du bureau, elles avaient probablement le même âge.

Ce détail avait contrarié Joan le jour de leur première rencontre. Les médecins sont censés être les aînés de leurs patients, sinon en années, du moins en expérience. Joan se rendait bien compte que cet état de choses était en train de changer. Beaucoup de ses collègues étaient plus jeunes qu'elle, mais quand il s'agissait de confier son bien-être psychologique à quelqu'un... elle voulait que cette personne se souvienne clairement de l'assassinat de Kennedy et qu'elle puisse lui transmettre une sagesse ancienne et universelle.

Elle ne savait pas trop ce qu'elle confierait au Dr Taylor à son arrivée. Mais une fois qu'elle eut commencé, elle ne put plus s'arrêter. Au moment de partir, elle crut qu'elle se sentirait plus légère, débarrassée d'un fardeau, comme lors de ses rendez-vous précédents. Ce ne fut pas le cas. Elle se remémora l'expression détachée de la thérapeute, elle la revit prendre des notes, vêtue du même cardigan qu'elle. Joan aurait voulu qu'elle lui dise quoi faire, elle aurait voulu qu'elle explique Joan à Joan. C'était impossible, évidemment.

Sur le chemin du retour, elle s'arrêta dans un café. Elle commanda un scone avec du thé. Elle s'exerçait à être seule en public, à être seule au monde, à se détendre. Elle n'en avait pas l'habitude. Elle prit un journal, se força à lire les nouvelles locales. Un titre attira son attention dans la section Culture : KEVIN LAMOTT PUBLIE UN ROMAN BASÉ SUR LE SCANDALE SEXUEL WOODBURY. « Le célèbre écrivain a écrit un livre en prenant le point de vue d'une des jeunes victimes et sous l'angle de son amitié avec la fille du personnage de l'enseignant, inspiré du populaire professeur de sciences de l'école privée d'Avalon Hills, un établissement dont la réputation de rigueur et d'excellence n'est plus à faire. »

Joan abandonna le thé et le scone sur la table et monta dans sa voiture.

Elaine avait l'air de l'attendre. Elle était assise dans la cuisine, ses cheveux retenus par un large bandeau.

— Je veux voir Kevin, exigea Joan sans préambule.

— Kevin n'habite plus ici.

Joan fut prise au dépourvu. Elle avait préparé et répété son monologue en route, une diatribe furieuse pimentée de remarques sarcastiques et d'attaques personnelles visant le manque d'intégrité et l'excès de suffisance de Kevin.

Elaine lui offrit du thé qui infusait depuis beaucoup trop longtemps. Joan avala une première gorgée dont l'amertume la fit grimacer. Elle jeta un coup d'œil autour d'elle. La cuisine n'était pas rangée et aurait eu besoin d'un bon coup d'éponge. Le chaos dans la tête d'Elaine se reflétait dans son environnement.

— Écoute, Joan. Je sais que tu as toutes les raisons de t'en prendre à Kevin et de vouloir le blesser d'une façon ou d'une autre. Vraiment, tu dois me croire si je t'affirme que son appropriation de ce qui arrive à ta famille m'a mis hors de moi et que c'est précisément pour ce motif qu'on s'est séparés.

Joan digéra cette information tout en remuant le thé qu'elle n'avait plus l'intention de boire.

— Mais je n'ai aucun contrôle sur ses actes, dit Elaine en enveloppant la théière de ses mains. Tout ce que je peux faire, c'est réagir de la façon qui m'apparaît la plus appropriée. Ça ne me semble pas approprié d'approuver son livre, et je reçois comme une trahison qu'il ne m'ait rien dit de son thème, qu'il ait laissé l'industrie du livre et ses conneries lui enfler la tête sans se préoccuper de ta famille ou de la mienne. Imagine, il y a une description d'une scène sexuelle entre Jimmy et

Sadie. Il n'a même pas transformé leur apparence physique. Jimmy est anéanti.

Joan se demandait ce qu'Elaine s'attendait à ce qu'elle dise ou fasse. Qu'elle la plaigne pour la désintégration de sa famille et la perte de ses illusions ? À cet égard, elles ne jouaient pas dans la même cour.

— Au moins, Kevin est en liberté. Au moins, ses erreurs ne sont pas catastrophiques.

— Je ne faisais pas de comparaison, Joan. Je t'assure. J'essayais juste de me défendre, je suppose. Je sais bien que toute la ville s'est liguée contre toi et ta famille. Ce n'est pas juste et tu es loin d'avoir tout le soutien dont tu aurais besoin. J'avoue que je ne sais pas comment tu arrives à te lever le matin. Il me semble que ce qu'a fait Kevin le range dans le même camp que ces justiciers hystériques qui appellent ta messagerie vocale ou qui lancent des œufs sur la porte de ta maison ou pire…

— Je suppose que… Merci pour tes paroles. C'est réconfortant de savoir que quelqu'un se rend compte à quel point c'est pénible.

Elle regarda Elaine pour la première fois sans méfiance, en tout cas, sans antipathie. L'expression d'Elaine était humble et inquiète, et Joan s'aperçut que la mère de Jimmy n'était après tout ni une ennemie ni un obstacle.

— Je pense aussi que ta fille s'est entichée de Kevin. Je t'assure qu'il ne partage pas ses sentiments et qu'il n'a jamais eu de comportement inapproprié. D'après moi, elle a mal compris l'intérêt qu'il lui manifestait en tant que personnage romanesque. Qu'elle se soit vraisemblablement sentie exploitée me met très mal à l'aise.

— Putain, qu'est-ce que vous racontez ? s'écria Jimmy qui venait d'apparaître sur le seuil de la cuisine. Tu dis n'importe quoi, maman ! Sadie s'amouracher de lui ? N'importe quoi ! Ce qu'elle aimait, c'est qu'il la laisse fumer de la beuh.

— C'était surtout un malentendu, Jimmy. Kevin n'a pas d'enfants et, à vrai dire, il ne comprend pas très bien ce que ça signifie d'agir en adulte avec des jeunes.

Quand Joan se rendit compte, dans un rare instant de clarté, qu'elle n'avait pas l'intention d'être mêlée à une autre tragédie familiale quand la sienne lui suffisait amplement, elle se leva pour prendre congé. Elaine et Jimmy continuaient de se chamailler. Joan était à mi-chemin de la porte quand Elaine la rattrapa.

— Tu sais, Kevin a interrogé George en prison. George est au courant du livre depuis plusieurs mois.

Joan réagit à peine en enfilant ses bottes. Elle avait tellement l'habitude d'entendre des propos humiliants. Elle fit tout de manière mécanique – se rendre à sa voiture, s'asseoir au volant, s'éloigner, les larmes baignant son visage sans qu'elle ressente quoi que ce soit.

À l'hôpital, Joan se retint au chambranle de la porte et regarda à l'intérieur de la chambre de George. Assis sur une chaise dans un coin, le gardien leva brièvement les yeux sur elle avant de retourner à son jeu vidéo sur son téléphone.

George devait être transféré à l'infirmerie de la prison le matin même; elle avait tout au plus une dizaine de minutes. Elle n'était même pas censée être là. L'infirmière-chef du service, qu'elle avait rencontrée à l'occasion d'un colloque sur les soins d'urgence plusieurs années auparavant, l'avait prévenue par téléphone. Elle perdit quand même un peu de temps à le regarder dormir. Quand elle se décida à entrer, elle posa son sac à main sur la table de nuit et releva le store pour laisser pénétrer la lumière. George clignota des yeux en s'éveillant et ouvrit la bouche mais n'émit qu'un son rauque.

— N'essaie pas de parler, dit-elle. Tu pourrais abîmer tes cordes vocales de manière irrémédiable.

Il lui prit la main. Le gardien s'éclaircit la gorge. Joan le regarda, puis regarda George. Elle ne dit rien, garda sa main dans la sienne. L'amour qu'elle avait toujours ressenti l'habita de nouveau à ce contact et elle le laissa imprégner tous ses sens, se complaisant dans ce souvenir. Quand le gardien se manifesta de nouveau, cette fois par une forte toux fictive, elle sortit enfin de sa rêverie. La main de George était bouillante. Elle la laissa tomber comme une étoffe qu'elle ne pouvait toucher sans en ressentir de gêne, qui lui procurait un malaise subit.

Ils attendirent là comme si Godot pouvait entrer à tout instant. Depuis l'arrestation, certains moments s'éternisaient, d'autres filaient à la vitesse de l'éclair. Son attente à lui était son attente à elle. La vie de Joan, naguère active, était maintenant définie par cette attente. Elle pouvait accomplir de menues tâches, aller travailler, faire les courses, appeler Clara, discuter des décisions à prendre. Mais elle ne pouvait pas pleurer ce qu'elle avait perdu, parce que cette perte ne s'était pas encore vraiment concrétisée, en tout cas pas d'une façon dont elle puisse parler.

Elle scruta son visage, se leva.

— Sarah Myers, dit-elle.

George écarquilla les yeux. Joan eut l'impression que s'il n'avait pas été entravé il aurait rué comme un animal. Puis il serra les paupières comme un enfant qui pense que, s'il ferme les yeux, le monstre disparaîtra. Il tenta de porter sa main libre à son visage, tirant sur l'intraveineuse.

Elle sut qu'en fait d'aveux ou d'excuses, elle n'obtiendrait pas mieux.

Elle tourna les talons et sortit.

De retour dans sa voiture, elle se demanda si elle devait rentrer chez elle pour se reposer avant son service de nuit ou plutôt se rendre à une réunion de son groupe d'entraide. Les deux options lui parurent atroces. Indécise, la clé dans le contact, elle attendit le bulletin du trafic routier que la radio diffusait toutes les dix minutes. À 9 h 11, l'animateur annonça : « Et maintenant, la circulation... », puis elle n'écouta plus, reprit ses esprits quand il passa à la météo. « Merde », dit-elle tout haut, sursautant en entendant sa voix. Elle jeta un coup d'œil autour d'elle, appréhendant que quelqu'un l'ait vue parler toute seule. Elle attendit jusqu'à 9 h 21, le même scénario se répéta. Finalement, elle éteignit la radio, mit le contact, sortit lentement du parking et se dirigea vers l'autoroute.

Elle décida de son emploi du temps de manière passive : depuis la voie de gauche où elle roulait, elle regarda disparaître le panneau indicateur de la sortie pour Avalon Hills. Ce n'était pas tant qu'elle n'avait pas voulu changer de voie, elle ne l'avait pas fait, point. Non par manque de volonté, mais parce qu'elle était incapable de prendre une décision. Elle se demanda si elle raterait aussi la sortie pour Woodbridge où se trouvait le groupe de soutien ; si elle poursuivrait son chemin jusqu'au prochain horizon, puis encore jusqu'au suivant, jusqu'à ce que le réservoir d'essence soit vide ou qu'elle voie la mer.

Elle tenta de se remémorer Sarah Myers tout en conduisant, revit l'espace entre ses dents et le pantalon extensible rose devenu trop petit qu'elle continuait à porter en tout temps avec des chaussures en plastique jaune – des vêtements d'enfant. Elle se rappela combien la maternité la terrifiait, à quel point elle n'y était pas préparée. Sa mère lui avait dit que ce serait plus facile avec le temps, elle avait raison. Il lui était cependant difficile de laisser Andrew aux soins d'une baby-sitter pour aller à ses cours du soir. Mais ce n'était pas aussi difficile que d'être femme au foyer. Elle se souvint d'avoir été furieuse contre George quand il revenait de l'école, de lui en avoir voulu de ne pas être resté enchaîné toute la journée à un bébé qui pleure. Paradoxalement, après avoir engagé Sarah, certains soirs elle avait la tentation de revenir sur ses pas quand elle partait suivre sa formation, parce que son bébé lui manquait terriblement.

Sarah devait avoir dans les trente ou quarante ans maintenant. Joan était quinquagénaire et avait décidé de ne plus se préoccuper de ses anniversaires depuis l'âge de trente-cinq ans. Elle n'en était pas moins sous le choc chaque fois qu'elle se regardait dans une glace. C'est ça, une vie ? C'est ça qui arrive ?

Elle revit mentalement George à presque trente ans, quand Andrew était bébé, la chemise à carreaux verts et gris qu'il portait sur un tee-shirt Marlboro, ses bottes de cow-boy usées, une tenue qui lui servait à camoufler sa classe sociale. Après la naissance d'Andrew, il avait vécu un certain temps comme un adolescent attardé, ne voulant pas rester à la maison avec le bébé et abusant de l'alcool comme s'il refusait de vieillir. Elle avait oublié cette étape de leur vie. Quand finalement elle avait, à force de cris et de remontrances, exigé qu'il se reprenne et qu'il accepte que l'existence ne concernait pas qu'eux, il avait boudé quelque temps, mais avait fini par se ranger. Cela avait été une période difficile de leur mariage. Comment avait-elle pu oublier ces détails ? Elle avait reconstruit leur relation pour en gommer toutes les imperfections comme s'ils n'avaient jamais eu à affronter de chocs conjugaux avant celui-ci. Ce qui était arrivé avec Sarah remontait-il à l'époque où il se comportait comme un enfant gâté qui se croit tout permis ?

Le procès n'aurait lieu que dans quelques mois. Mais, pour la première fois, cela ne lui semblait pas une étape essentielle. Elle avait maintenant la preuve de culpabilité qu'elle avait cherchée, et si elle voulait vraiment être honnête, c'était bien plus une confirmation qu'une surprise.

Elle finit par se mettre dans la voie de droite, prit la sortie pour Woodbridge, longea l'hypermarché, la maison de retraite et les pavillons de banlieue qui lui étaient maintenant si familiers qu'elle aurait pu se rendre au centre de santé en pilotage automatique. Quand elle eut garé la voiture et rassemblé ses affaires, elle décida qu'elle se contenterait d'écouter, d'être le témoin passif de la souffrance des autres. Mais le groupe était plus restreint que d'habitude et son projet fut contrarié quand le Dr Forrestor se tourna vers elle en premier et qu'au lieu d'une entrée en matière générale à laquelle elle aurait pu répondre par « je passe mon tour », il dit :

— La dernière fois, vous nous avez dit que vous aviez cessé de rendre visite à votre mari tous les vendredis. C'est toujours le cas ?

— Non. Oui, j'ai interrompu les visites hebdomadaires, mais je l'ai vu ce matin.

Elle envisagea brièvement d'en rester là et de laisser leur attention se concentrer sur Melissa qui se rongeait les ongles en regardant le sol de ses yeux exorbités. Mais elle avait fait tout le chemin jusqu'ici et peut-être puiserait-elle un certain réconfort dans le fait de leur dire comment il avait écarquillé les yeux en entendant le prénom Sarah.

— J'ai découvert des choses que je ne peux tout simplement pas laisser passer.

Les femmes hochèrent la tête.

— Il a été attaqué brutalement en prison, commença-t-elle.

Quand elle avait raconté cela à son entourage, toutes les personnes qui avaient reçu cette confidence en avaient été surprises et choquées. L'expression des femmes qui la regardaient ici ne changea pour ainsi dire pas. Elles hochèrent de nouveau la tête. Elles avaient probablement tenu des mains tuméfiées ou vu des yeux au beurre noir de l'autre côté de la vitre du parloir.

— J'ai découvert des choses qui remontent à notre passé. Quand on était jeunes, que George achevait son doctorat et que mon fils était tout petit, on vivait à Boston. Mon mari s'apprêtait à passer sa thèse, puis soudain il a changé d'avis. Un jour, en rentrant à la maison, il a annoncé qu'on devrait retourner vivre à Avalon Hills. J'étais si heureuse. Je détestais la grande ville, c'était très dur pour moi d'être seule toute la journée avec le bébé. Il a dit qu'il devait s'occuper de son père qui venait de tomber malade. Je l'ai cru bien sûr, mais cette semaine j'ai su que c'était parce qu'il... parce qu'il avait agressé la baby-sitter de notre fils. Il lui a donné de l'argent et on est revenus chez nous. Je n'en ai jamais rien su.

Certaines femmes baissèrent les yeux et s'agitèrent, mal à l'aise, sur leur chaise.

— Il faut que je le quitte.

C'est après avoir dit cela tout haut que Joan comprit qu'elle avait pris la décision qui s'imposait.

— Je me suis habituée à vivre sans lui. Je suis triste, en colère. L'homme que je croyais avoir épousé me manque. Mais c'est ce que je dois faire.

Elle ne s'attendait pas à des applaudissements, mais intérieurement, c'était tout comme si on l'avait applaudie : elle était soulagée d'avoir fait ce choix et certaine d'avoir raison.

Le Dr Forrestor répéta ce qu'elle venait de dire à la façon apaisante de celui qui pratique l'écoute active, et l'entendre confirma Joan dans sa résolution.

De retour chez elle, elle monta à sa chambre, laissa tomber son sac et ses bottes, et s'allongea sans même enlever son manteau. Clara frappa doucement à la porte, un café à la main. Elle ne put ouvrir les yeux. Les muscles de son visage s'y refusaient. Elle sentit Clara border la couette et s'asseoir au bord du lit.

— Je sais qu'il faut que je le quitte, murmura-t-elle. C'est ce que j'ai décidé, Clara. Je ne peux vraiment pas t'en dire plus pour le moment, d'accord ? Je le sais, c'est tout.

— J'ai entendu parler de ce torchon de roman de Kevin Lamott. Je l'ai blackboulé à la dernière réunion éditoriale, mais le rédacteur en chef pourrait bien me court-circuiter. Apparemment, c'est LA personne à interviewer pour la rentrée de printemps.

— Tant mieux pour lui.

— Tu plaisantes, Joan ? Tu es un personnage de son livre. Sadie aussi.

— Je ne contrôle pas non plus l'histoire que diffusent les journaux. Il faut que je baisse les bras et que je laisse les requins me dévorer – la police, les avocats, les médias, les opportunistes, les écrivains rapaces qui s'en prennent à ma fille. Je ne peux rien contrôler, Clara. C'est toute la leçon de vie que j'ai tirée de cette expérience. Personne ne peut rien contrôler. Absolument rien.

Clara poussa un gros soupir qui se transforma en un grondement de protestation et effraya Payton, endormi sur l'ancien oreiller de George. Joan ne voulait pas lui annoncer que George avait été interviewé pour le livre sans même lui en parler. Cela n'aurait fait qu'intensifier la réaction de Clara, et elle était trop épuisée.

— Il faut que je dorme. Je travaille cette nuit.

C'était la première nuit d'une série de cinq et, même dans le meilleur des cas, c'était toujours la plus difficile.

36

Sadie entendit vers sept heures du matin le grincement de la porte du garage qui s'ouvrait péniblement : sa mère était rentrée. Ce bruit la réconfortait quand elle était petite et la replongeait dans un sommeil profond. C'était la troisième nuit que Joan travaillait à l'hôpital depuis que Sadie était revenue vivre à la maison. Sadie n'aimait pas rester seule. Le premier soir, elle avait paniqué en entendant du bruit dehors vers minuit et appelé Jimmy. Il était venu la retrouver et ils avaient dormi dans les bras l'un de l'autre.

Sadie se redressa dans son lit et secoua Jimmy pour le réveiller. Il gémit, fit craquer ses jointures et essaya de l'attirer à lui pour l'embrasser.

— On a oublié de mettre le réveil, bébé, dit-elle tout bas.

Jimmy était censé se lever une heure plus tôt et rentrer chez lui.

— Merde, grommela-t-il dans l'oreiller avant de se redresser pour enfiler maladroitement son tee-shirt.

Ils entendirent Joan ouvrir le lave-vaisselle au rez-de-chaussée, le bruit de la radio.

Naguère, Sadie et son père profitaient des nuits où Joan travaillait pour s'adonner à des plaisirs coupables : manger des gâteaux de supermarché recouverts d'une épaisse couche de glaçage dans des couleurs chimiques à souhait, qu'ils allaient acheter au magasin du coin, en voiture plutôt qu'à vélo. George ajoutait de la bière forte et du soda au gingembre pour Sadie. Après le repas du soir composé habituellement d'une pizza ou de plats chinois qu'ils se faisaient livrer, il fumait un cigare sur la terrasse, Sadie apportait ses cahiers et ses livres et ils discutaient de certains de ses devoirs en ayant tous les deux un peu mal au cœur.

— Qu'est-ce que je fais maintenant ? demanda Jimmy.

Il s'assit et enfila son jean.

— Tu pourrais filer en douce par la porte de derrière, ou bien rester ici. Ça se pourrait qu'elle n'entre pas dans ma chambre. On partira ensemble quand elle sera endormie.

— Je prends le risque, dit-il en se glissant sous les draps où il se fit le plus petit possible.

Sadie entendit Joan grimper l'échelle du grenier quelques minutes plus tard. Elle se tourna sur le côté pour cacher Jimmy à sa vue, espérant que sa mère ne pénétrerait dans la pièce. Heureusement, elle s'arrêta sur le dernier barreau de l'échelle et, les yeux aux ras du sol, elle regarda Sadie qui, allongée dans son lit, feignait de rédiger un texto.

Quand Sadie tourna enfin les yeux vers sa mère, Joan lui sourit.

— Je vais me coucher. Je voulais juste m'assurer que tu allais bien. Je t'ai laissé des muffins dans la cuisine.

— OK, maman, merci. Dors bien, répondit Sadie sans détacher son regard de son portable.

Joan redescendit. Jimmy se mit à glousser sous l'édredon. Sadie lui flanqua un coup de coude pour le faire taire. Il se rendormit pendant que Sadie parcourait le fil Twitter et la page Facebook de Kevin. Il se faisait plutôt discret sur les réseaux sociaux depuis leur rencontre à l'hôtel. Jimmy lui avait raconté qu'il avait embarqué tout son bureau dans une camionnette de déménagement.

Jimmy s'éveilla et vit que Sadie le regardait.

— Quoi ?

— Je veux que tout redevienne comme avant pour nous deux.

Jimmy enfouit son visage dans ses mains pour cacher son sourire.

— Oui, moi aussi, c'est ça que je veux, dit-il en s'approchant pour l'embrasser.

Elle répondit à son baiser, puis recula.

— Est-ce que tu sors avec une autre fille ?

Elle se pencha de côté pour appliquer le baume à lèvres au parfum de coco qu'elle gardait sur sa table de chevet. Il lui fit signe que non. Le soulagement qu'elle ressentit la bouleversa au point où elle réappliqua une couche de baume d'une main nerveuse.

— Mais il y a une fille qui me l'a demandé, ajouta-t-il.

Elle referma le tube et tâcha de feindre l'indifférence.

— Ah bon ? Qui ça ?

— Cheryl.

— Sérieux ?

Cheryl n'était pas connue pour sa fréquentation des garçons. Vraiment pas. Sadie aurait parié que son hymen était intact et qu'elle occupait ses vendredis soir à regarder des comédies musicales avec sa mère.

— T'as répondu quoi ?

— Que je t'aimais encore.

— Et ?

Il haussa les épaules et gigota sous l'édredon.

— Si tu veux savoir, elle m'a dit que t'en valais pas la peine. Qu'elle ferait une bien meilleure petite amie. J'ai dit que j'étais pas intéressé.

— La salope ! jura Sadie avec un grand sourire pour montrer que ça ne la troublait pas.

Elle l'enfourcha en retirant son tee-shirt.

— Après, elle a offert de me sucer quand même, avoua-t-il.

— Je te crois pas !

Elle enleva l'oreiller où reposait sa tête et lui en donna de grands coups, puis se leva, d'un air faussement désinvolte. Elle prit le soutien-gorge qui pendait au dossier de la chaise de bureau et l'agrafa autour de sa taille.

— Est-ce que c'était bon ?

— Il s'est rien passé.

— Sérieux ? T'as refusé une pipe alors que pourtant je t'avais plaqué ?

Elle remonta son soutien-gorge et glissa un doigt sous l'élastique pour l'ajuster avant d'enfiler son chemisier d'uniforme.

Il grimaça de l'entendre dire qu'elle l'avait plaqué.

— Pas vraiment… Mme Collier est entrée juste au moment où elle s'apprêtait à…

— Oh.

— Je l'aime pas. Elle m'attire même pas.

— Ben, si t'étais d'accord pour qu'elle le fasse, tu devais bien être un peu attiré quand même.

— Pas vraiment.

— En tout cas, c'est pas grave. Il faut qu'on parte. On doit arriver à l'heure à l'école aujourd'hui.

— T'es jalouse, dit-il avec un sourire.

— Je ne suis pas jalouse de Cheryl !

— Au moins, elle a pas quatre cents ans comme Kevin, objecta Jimmy.

— J'étais pas amoureuse de Kevin. J'étais perdue.

Jimmy commença à descendre l'échelle du grenier sans réagir.

Quand Sadie le rejoignit sur le palier, il colla sa bouche sur la sienne, mais elle le repoussa.

Ce n'était pas la faute de Jimmy, et elle n'avait aucune preuve, mais elle était furieuse contre Cheryl, malgré tout.

37

Quand Joan se réveilla tard dans l'après-midi, elle entendit Jimmy et Sadie dans la cuisine. Assise sur un tabouret haut, Sadie avait remonté ses jambes contre sa poitrine, tandis que Jimmy badigeonnait de mayonnaise des tranches au fur et à mesure qu'elles sortaient du grille-pain.

— C'est juste la bonne quantité, assura-t-il, pour trois cornichons et deux tomates. J'ai fait le test.

— Moi, j'aime avec une touche de moutarde de Dijon, dit Sadie.

— Beurk !

Jimmy monta le volume de la musique et ils se mirent à rapper à l'unisson avec la chanson que diffusaient leurs téléphones quand Joan pénétra dans la cuisine. Ils levèrent les yeux, mais n'arrêtèrent pas de chanter pendant qu'elle mettait en route la machine à café.

— Vous avez fumé ?

Jimmy rit.

— Non, dit Sadie.

— Parce qu'on est surveillés. Je ne tiens pas à ce que des journalistes prennent des photos de ma fille en délire.

Joan croisa les bras. Pourquoi les punissait-elle d'avoir l'air heureux et détendus pour la première fois depuis longtemps ? Pourquoi ne pouvait-elle pas simplement les laisser vivre ce moment ? Elle tira sur les manches de son peignoir en s'efforçant de paraître plus enjouée.

— Vous vous êtes remis ensemble ?

Jimmy chercha une réponse dans l'expression de Sadie. Celle-ci mordit dans le sandwich qu'il lui avait confectionné et mastiqua en haussant les épaules. Joan songea que les ados se quittaient et se réconciliaient si facilement. Ils se regardaient comme si de rien n'était. Joan eut envie de les prendre en photo.

— Maman, tu peux arrêter de nous mater ? demanda Sadie avec une expression mi-souriante mi-renfrognée typique.

Joan eut envie de lui répondre de goûter pleinement ces moments, au lieu de quoi elle regarda le lac par la fenêtre.

Elle décida de les laisser seuls après avoir consulté la liste de choses à faire rédigée sur une enveloppe aimantée au frigo. La première disait : Bureau de George. Autant tout emballer dans des cartons maintenant, pensa-t-elle.

La pièce n'était plus qu'un tombeau poussiéreux. La femme de ménage faisait comme s'il n'existait pas ; c'était du reste le cas de tout le monde. L'air vicié la prit à la gorge quand elle ouvrit la porte, il était chargé des odeurs qu'elle associait encore à George : la fumée de cigare, la bougie épicée couverte de poussière, sa lotion après-rasage.

Elle se déplaça dans la pièce avec une agilité qu'elle n'avait pas connue depuis des mois, comme si ses muscles, du jour au lendemain rajeunis de plusieurs années, avaient gagné en tonus et fluidité. Elle défroissa des papiers, jeta à la corbeille des notes que George, elle en était sûre, aurait jugées indispensables, chercha des indices et, n'en trouvant point, décida de tout jeter. Le téléphone fixe sonna trois fois de suite en affichant le numéro de Bennie, mais elle ne répondit pas.

Puis, ce fut au tour de son portable de sonner. C'était Andrew. Elle alla chercher la déchiqueteuse dans son propre bureau et inséra feuille à feuille le travail de George dans les dents broyeuses après avoir mis Andrew en écoute mains libres.

— Maman, tu ne peux pas complètement abandonner papa avant le procès. C'est quoi ce bruit ?

— Tu viens en visite. Tu m'appelles. J'ai besoin d'espace ! Je déchiquette sa thèse ! s'écria Joan.

Il y eut un silence à l'autre bout du fil.

— Pardonne-moi, Andrew. Je ne devrais pas crier contre toi comme ça.

— Ne t'en fais pas, maman. Je comprends. Je te rappelle plus tard.

Elle enfouit les rebuts dans de grands sacs en plastique qu'elle déposa dehors dans le bac de recyclage. Elle transporta à l'étage le plus haut des tabourets de la cuisine, nettoya les tringles à rideaux et lava les vitres de la fenêtre. Le grand bureau en bois qui d'habitude disparaissait sous les documents, le courrier, les livres, les mugs remplis de stylos et les babioles était parfaitement dégagé à la fin de la soirée. Elle avait rangé les objets dans une boîte qu'elle disposa dans le placard du couloir au rez-de-chaussée. Joan mit ensuite en route le robot aspirateur, sortit et referma la porte. George n'avait jamais permis à la femme de ménage d'entrer dans son bureau, une pièce où régnaient le chaos et la poussière. Elle était sûre que personne n'avait passé l'aspirateur sur le tapis depuis des années.

Quand elle vit que ses textos restaient sans réponse, Clara fila tout droit chez Joan. Quand Joan se mit à quatre pattes pour nettoyer les plinthes, Clara enfila des gants en caoutchouc trop grands pour elle, attacha ses cheveux et la rejoignit.

— As-tu parlé à Sadie de Sarah Myers ? commença Clara en nettoyant ce qui était déjà nettoyé tandis que Joan s'escrimait en vain sur une éraflure noire.

— Je pense que Sadie a assez de peine comme ça.

— Tu as sans doute raison, dit Clara en se levant pour aller à la cuisine. Elle lui rend visite en prison ?

— Non. Elle refuse toujours d'y aller. Mais ils se parlent régulièrement au téléphone. Je veux juste qu'elle finisse son année, qu'elle planifie la prochaine, qu'elle reste sur les rails. Je ne veux pas que cette année gâche sa vie future.

— Je te souhaite aussi la même chose, sœurette. Tu devrais appeler un avocat pour commencer la procédure de divorce.

— On ne peut pas dire que j'ai de belles années devant moi, divorcée ou pas.

— Bonjour, l'optimisme ! Je vais t'obliger à regarder une nouvelle fois le sketch de « J'ai cinquante ans », de Molly Shannon.

— Je ne suis pas comme toi, Clara. Je ne suis pas autonome. Je n'aime pas vivre seule.

— Eh bien, il faut parfois accepter une situation merdique, Joan. Accepte-la, et tu changeras peut-être d'avis.

Troisième partie

Une semaine avant le procès

38

Andrew s'aperçut que le printemps était arrivé. Le procès de son père devait avoir lieu dans une semaine à peine et la température était assez clémente pour qu'il enfile un simple tee-shirt et s'assoie au soleil sur le ponton. Le fait de se retrouver dans ce paysage en tant qu'adulte ne le déstabilisait plus. Regarder au loin par-delà le lac adoucissait les aspérités de son psychisme. Il nouait de nouveaux liens avec la ville et la maison. Quand les gens le reconnaissaient à la pharmacie, il n'était plus le jeune homosexuel venu passer Noël chez ses parents. Il était maintenant l'aîné des enfants Woodbury et il était là pour soutenir sa famille. Plus on le voyait, plus on se faisait à sa présence. Il avait même croisé Alan, le policier qui le tyrannisait autrefois et qui l'avait gratifié d'un hochement de tête, le signe de reconnaissance propre aux petites localités qui montre qu'on fait en quelque sorte partie du club. La grande ville lui manquait néanmoins, et il était impatient de retourner à New York.

Il trempa ses orteils dans l'eau. Son portable bourdonna une nouvelle fois et il décida de regarder qui essayait de le contacter. Il vit une longue suite d'appels manqués. Un collègue, Clara, Jared encore et encore. Des mails aussi, qui avaient tous pour objet une variante de « Tu as vu ça ? » avec un lien vers un article du blog Gawker dont le titre était LE PROF DE GYM DE L'ÉCOLE PRIVÉE AURAIT EU UNE RELATION AVEC LE FILS WOODBURY ALORS LYCÉEN.

Il cliqua sur Facebook où sa page débordait de conjectures indignées. Il ferma son compte, s'étendit de tout son long sur le ponton et appela Jared.

— OK. Cette fois, j'ai vraiment besoin de toi, mon chéri.

— Andrew Woodbury à l'appareil. La rumeur qui circule à mon sujet et au sujet de l'entraîneur de l'école est parfaitement ridicule en plus d'être alimentée par une mentalité homophobe de petite ville de province, et aussi elle est diffamatoire. Si vous ne publiez pas immédiatement une rétractation, je vous poursuis en justice.

Andrew raccrocha.

Joan tournait autour de lui en passant la serpillière sur le carrelage de la cuisine.

— Ton entraîneur ? C'est vrai, Andrew ?

Pareille nouvelle aurait tué sa mère un an plus tôt, mais Andrew se dit que, comparé au reste de ce qui leur arrivait en ce moment, ce n'était pas si grave. Le fait que Joan l'apprenne, qu'elle le sache, lui apporta un certain soulagement. Mais il ne tenait pas à ajouter à son chagrin.

— Oui, c'est vrai. Mais c'était une relation pleinement consentie. Il avait une vingtaine d'années, j'en avais dix-sept – on avait pratiquement le même âge.

Andrew ressentait un curieux besoin de protéger Stuart.

— Je vais prendre une douche, dit-il, n'ayant pas trouvé d'autre excuse pour sortir de la pièce. Jared sera ici d'un instant à l'autre.

Quand Jared gara sa voiture dans l'allée des Woodbury ce soir-là, Andrew vint à sa rencontre et lui proposa de filer au bar Icons!

— Tu pourrais au moins me laisser rentrer mes bagages et dire bonjour à ta mère, tu ne penses pas ?

Andrew hocha la tête avec impatience et prit sa valise. Jared enlaça Joan pendant qu'Andrew transportait ses effets personnels à l'étage. Il dit ensuite à sa mère qu'ils sortaient et qu'ils reviendraient bientôt. Jared but un verre d'eau et haussa les épaules en regardant Joan et Sadie avant d'emboîter le pas à Andrew.

— C'est à cause de Stuart ? Comment te sens-tu maintenant que votre secret n'en est plus un ?

demanda Jared en s'asseyant sur le siège passager. Qu'est-ce qui t'a fait changer d'idée et m'inviter à venir te rejoindre ?

— Personne d'autre ne comprendrait. J'avais besoin de ton soutien.

Andrew ajusta les rétroviseurs, brancha son portable dans la prise stéréo, lança la musique à fond. Pendant qu'il se dirigeait vers la grille, Jared baissa le volume.

— Je serai toujours là pour toi en toutes circonstances, Andrew. Rien ne t'oblige à rester seul. Ce n'est pas un mince secret qui vient d'être révélé.

— Ce n'est pas un secret. C'est ma vie, rien d'autre. Ça n'a rien d'extraordinaire et je n'en ai pas honte. Mais je suis inquiet pour Stuart, l'effet que ça peut avoir sur lui.

— Tu t'inquiètes pour Stuart ? Intéressant…

— Intéressant ? Il n'a presque rien, Jared. Juste son petit boulot et sa petite vie. Ce n'est pas facile d'être gay par ici.

— Je sais, mon chéri, je sais. Mais c'est un adulte. Il était déjà un adulte pendant votre relation. Et cette région est une des plus riches et des plus blanches du pays. Pardonne-moi si je ne sors pas mon mouchoir.

— On fait souvent remarquer aux gays de cette région qu'ils sont privilégiés par rapport à d'autres, mais sais-tu qu'ils en ont bavé ? La plupart étaient très seuls dans leur enfance, puis ils ont perdu la moitié de leurs amis, emportés par le sida.

— Stuart n'est pas plus vieux que nous à ce point, Andrew. Il a choisi de ne pas faire son coming out et d'endurer les problèmes qui vont avec. Je suis incapable de le prendre en pitié. C'est toi que je plains dans cette situation.

— Ne t'y mets pas aussi, putain !

— Je n'essaie pas de faire de toi une victime et je ne parle même pas d'abus, mais est-ce que tu ne penses pas parfois que c'était peut-être inapproprié ?

— Ce n'était pas inapproprié. Pas du tout.

— Bon, d'accord. Je te crois.

— Non, tu ne me crois pas. Tu joues la conciliation pour éviter les conflits. Ce n'est pas très new-yorkais.

— Non, je sais que dans ce genre de situation rien n'est jamais tout blanc ou tout noir, et qu'à dix-sept ans on est assez vieux pour savoir ce qu'on veut et avec qui. Je comprends. Crois-moi. Mais je veux te protéger, bébé. Je veux juste que tu sois bien dans ta peau.

— Je suis bien dans ma peau, dit Andrew, augmentant de nouveau le volume de la musique et appuyant sur l'accélérateur.

Les Beastie Boys à fond empêchèrent la conversation de se poursuivre.

Andrew aurait pu parcourir ce trajet les yeux fermés, il l'avait fait ivre mort tant de fois dans sa jeunesse, quand il prétendait rentrer tard d'une répétition théâtrale ou être allé regarder un film chez son meilleur ami.

Jared éclata de rire en voyant le parking du Icons!

— C'est ici que les icônes se font assassiner? C'est un bunker de ciment, dis donc. On se croirait dans les années cinquante. Ç'a quelque chose de… romantique. Comment les gens font-ils pour savoir ce qu'on y trouve?

— C'est ça, justement. Il faut que quelqu'un t'en parle, répondit Andrew en coupant le contact.

— L'endroit fait un peu gros dur genre prolo.

— Woodbridge est une petite ville industrielle où il y a beaucoup de pauvreté. C'est le seul bar gay dans trois comtés.

Andrew avait parlé en grinçant des dents, un peu gêné que Jared le découvre dans ce contexte.

— Est-ce que cet endroit t'effrayait quand tu étais ado? fit Jared. Je veux dire, tes photos de ce temps-là ont l'air de sortir d'un catalogue bon chic bon genre des années quatre-vingt-dix.

Andrew comprit pourquoi il s'était abstenu de montrer cet aspect de son passé à Jared. Jared avait grandi à Brooklyn dans une famille d'artistes de gauche. La vie homo des petites villes de province le fascinait: le caractère secret de la chose, ses dangers, ses coutumes. Andrew savait que ce bar s'insérerait dans les anecdotes amusantes que Jared racontait dans les soirées new-yorkaises en l'intégrant dans la trame du récit de la vie d'Andrew avant New York. Généralement, Andrew restait plutôt discret sur son enfance et n'en parlait qu'en termes génériques : une vie de banlieue typique, rien de spécial.

— C'est dingue, ajouta Jared en se dirigeant vers l'entrée. Il n'y a même pas d'enseigne ! On dirait un bunker de motards !

À l'intérieur, un groupe de drag-queens donnait un spectacle. Elles étaient toutes assises à la même table et prenaient le micro chacune à leur tour. Il y avait beaucoup de monde. Comme Andrew s'y était attendu, Jared fut enchanté de regarder les artistes interpréter des grands succès des années soixante-dix. Il trouva un tabouret au bar et se mit dans l'ambiance.

Stuart était assis à sa table habituelle, exactement comme le soir où Andrew avait dansé avec Clara.

— Ne regarde pas tout de suite, mais c'est Stuart, là-bas, murmura Andrew à Jared qui tourna aussitôt la tête.

Andrew lui donna un coup de pied.

— Super, un… macho. Il me fait penser à Tim Allen. Présente-nous, dit Jared.

— Non !

— Allez.

— Prenons un verre d'abord.

Ils commandèrent deux bières. Pendant qu'ils buvaient, Andrew relata des anecdotes du temps où il était un client régulier de l'Icons! et qu'il y entrait grâce à une carte d'identité au nom de James Patterson. Il jetait de temps à autre un œil vers Stuart, accompagné du même jeune homme qu'à sa dernière visite. Stuart n'avait pas l'air content de voir Andrew.

— J'ai l'impression d'avoir été catapulté dans un roman d'Andrew Holleran, commenta Jared.

Andrew fronça les sourcils. Il regrettait de ne pas être venu seul. Il se sentait schizophrène. Il avait du mal à conjuguer l'homme qu'il était devenu et celui qu'il avait été.

Ils avaient presque fini leurs bières quand Stuart vint retrouver Andrew au bar.

— Les journalistes n'arrêtent pas de m'appeler, dit-il. Ils sont venus à l'école. C'est devenu viral.

Jared tendit la main.

— Stuart, j'ai beaucoup entendu parler de vous. Je suis Jared.

Stuart le regarda, perplexe.

— Qui ?

— Jared, le conjoint d'Andrew.

Stuart lui serra la main, le regarda brièvement et reporta son attention sur Andrew.

— Le directeur m'a dit de prendre un avocat, poursuivit-il. Je n'en ai pas les moyens.

— J'ignore où ils ont pêché cette information. J'ai contacté le journaliste et j'ai tout nié. Je l'ai menacé d'une action en justice.

— Ah, mon chéri, ne fais pas ça. Tu sais que si tu engages des poursuites, ils vont trouver quelqu'un qui nous a connus, qui pourrait parler. Ça ne ferait qu'aggraver les choses, dit Stuart en agitant sa chope qui déborda et vint arroser la jambe d'Andrew.

Andrew épongea son jean avec une serviette en papier tout en écoutant Stuart bredouiller et radoter. Jared eut pour le professeur de gym le même regard de sympathie qu'il réservait aux vieillards et aux sans-abri.

— OK, OK. J'ai cru bien faire en niant tout.

Stuart secoua la tête.

— Il ne faut en parler à personne. L'affaire va bien finir par mourir de sa belle mort. Il vaut mieux qu'on ne nous voie pas ensemble.

Il jeta un coup d'œil autour de lui, survola du regard les clients dont aucun ne leur prêtait la moindre attention.

— Tout va s'arranger, dit Andrew. Les médias sont surtout obsédés par mon père. Je suis sûr qu'ils t'oublieront.

— Sauf que maintenant, à l'école ou ailleurs, tout le monde pense que je suis gay, tu comprends ?

— Et alors ? Qu'est-ce que ça peut faire ? Ce n'est pas un crime. Vois le bon côté des choses, tu peux assumer ta sexualité désormais. Je suis sûr qu'il y a d'autres gays qui enseignent à l'école.

— Je ne sais pas, je ne sais pas. Tout le monde imagine que les gays sont pédophiles et, là, ils sont persuadés d'en avoir la preuve, putain.

— Tu devrais être un peu plus prudent en ce qui concerne ton… ton pote, là-bas, dit Andrew.

— Lui ? Il a vingt-trois ans. T'inquiète pas pour Jay.

Andrew acquiesça et regarda de nouveau le jeune homme. Il avait l'air encore plus jeune que dans son souvenir. Stuart n'était pas du tout prudent.

— Est-ce qu'il a fréquenté l'école ?

— Qu'est-ce que ça peut faire, maintenant ? cria Stuart comme un ivrogne.

Les clients tournèrent la tête dans sa direction.

— OK, bon, je vais y aller dans ce cas, à moins que tu aies quelque chose d'autre à me dire, conclut Andrew.

Andrew avait pourtant envie de lui demander quelle idée il avait eu de sortir avec un élève avant qu'existe une loi contre les crimes haineux, quand les gens n'hésitaient pas à vous pourchasser dans une ruelle avec une batte de baseball à cause de votre façon de marcher. Être gay était risqué, mais sortir avec un élève, c'était de la folie pure. Il se souvint d'une fois où ils baisaient près de la crête et que deux types leur avaient lancé des bouteilles et des pierres jusqu'à ce qu'ils regagnent leur voiture à toutes jambes et s'enfuient pendant que des bouteilles se fracassaient sur le hayon de la Toyota hors d'âge du professeur de gym. Andrew valait-il vraiment la peine pour que Stuart coure un tel risque ? Était-ce réellement de l'amour qu'Andrew aussi avait ressenti à dix-sept ans quand, à la seule pensée de Stuart, il se sentait plus vivant que jamais auparavant ? C'était donc vraiment ça, l'amour ?

— Non, je n'ai rien à te dire, dit Stuart.

— Bien, dans ce cas, c'est bon.

Stuart garda le silence quelques instants. Il n'offrit pas de l'embrasser, il n'eut pour lui aucun regard affectueux. Tout ce qui se dégageait de sa personne disait « fiche-moi la paix, ne reviens jamais, ne me rappelle plus qui je suis ».

Andrew se demanda si Stuart avait toujours été aussi malheureux, si peu conscient de sa réelle identité. Cela dit, que serait-il devenu, lui, Andrew, s'il avait été contraint de revenir vivre ici ? Sans doute un solitaire fumeur de weed qui aurait passé son temps sur le ponton en devenant de plus en plus bizarre avec les années. Stuart regagna sa table et Jared commanda deux autres bières.

— Waouh, c'était intense, bébé, ajouta-t-il en pressant d'une main la cuisse d'Andrew.

— Ouais. Triste, à vrai dire.

Une autre drag-queen monta sur scène et le public l'accueillit avec des cris de joie. Avant le numéro suivant, Andrew s'aperçut que Jared commençait à être excité.

— Allons baiser ! s'exclama Jared. Est-ce qu'il y a une cave ou une backroom ici ? Peut-être un sauna clandestin pas trop loin où il y aurait une chance que la police fasse une descente ?

— Il y a un endroit au sous-sol, mais je ne tiens pas à y aller.

Jared le regarda comme s'il lui avait conseillé de ne pas aller voir la licorne au jardin zoologique.

Andrew pivota sur son tabouret et passa la salle en revue. Tout vibrait aux battements d'une vieille chanson des années quatre-vingt-dix, de la house music. Le jeune compagnon de Stuart dévisagea Andrew, lui fit un clin d'œil, le regarda avec insistance. Il se leva lentement en indiquant le fond du bar d'un signe de tête. Jared gloussa.

— On s'en va, dit Andrew brusquement.

Il se leva et enfila sa veste. Jared vida sa chope et haussa les épaules.

— On est encore baisables, on dirait, vieux.

— Pas question, rétorqua Andrew.

— Je plaisantais. J'essayais juste d'alléger l'ambiance. OK ? On s'en va.

Jared voulut entourer Andrew de son bras pour le réconforter, mais celui-ci le repoussa.

Andrew jura dans sa barbe. À New York, il serait rentré tout seul en taxi. Ils montèrent dans la voiture sans échanger une parole. Andrew sortit du parking en faisant crisser les pneus et s'engagea sur l'autoroute à une vitesse folle.

J'en ai rien à foutre. J'en peux plus.

Il enfonça encore plus l'accélérateur. Il fut conscient d'avoir les joues humides avant de se rendre compte qu'il pleurait, ce qui n'était pas en adéquation avec sa rage. Il entendit comme dans un brouillard la voix de Jared, douce et aimable d'abord, puis de plus en plus forte, paniquée.

— Gare-toi sur le bas-côté. Tu n'es pas en état de conduire. Calme-toi. Tu conduis comme un taré. Gare-toi ! Main-te-nant !

— Tu les as trouvées *tellement* mignonnes, hein, toutes ces pauvres tapettes pathétiques dans leur petite ville de banlieue, fulminait Andrew. En plus, tu avais envie d'aller baiser avec un petit jeune.

— Ce n'est pas juste, ce que tu dis, Andrew. Je ne voulais pas baiser avec lui. Mais j'étais content de voir qu'il nous trouvait sexy, c'est tout.

— Tout ce que tu veux, c'est avoir quelque chose à raconter à tes amis au sujet de ce trou perdu !

Il savait qu'il criait, mais il ne pouvait pas se retenir. Il se mit à pleuvoir. Il actionna les essuie-glaces mais continua à rouler à tombeau ouvert et à zigzaguer entre les voitures. Le chauffeur d'un semi-remorque klaxonna bruyamment. Andrew savait en son for intérieur que sa colère n'avait pas pour cause le fait que Jared ait trouvé l'attention du jeune gay excitante. Ce n'était pas ça du tout. Mais il continua à enfoncer le clou.

— Je comprends que tu sois fâché, Andrew, mais ne t'en prends pas à moi ; c'est injuste. Tu veux nous tuer, c'est ça ?

Andrew ne répondit rien.

Jared abattit alors la main sur le tableau de bord.

— Ralentis, bordel de merde !

Andrew s'aperçut enfin du danger qu'il leur faisait courir. Il freina doucement. Il haletait. À la sortie suivante il se dirigea à la station-service et gara la voiture. Il sortit, claqua la portière et marcha jusqu'au carré de gazon à proximité du poste d'essence. Il lutta pour calmer sa respiration et détendre ses poings serrés. Il entra acheter une bouteille d'eau et un Snickers. Quand il revint à la voiture, Jared était au volant.

Andrew lui offrit la barre de chocolat.

— Excuse-moi.

— Tu m'as vraiment fait peur, dit Jared, puis il ajusta son siège et mit le contact.

— Excuse-moi.

— Pourquoi es-tu si fâché contre moi ? Qu'est-ce que j'ai fait tout ce temps à part essayer de t'aider ? Tu t'imagines que ça m'amuse ?

— Non, je sais que non. Je ne sais pas pourquoi je me comporte comme ça à ton égard. Je suppose que je fais une sorte de projection.

— Ça, tu peux en être sûr, putain, dit Jared en s'engageant sur l'autoroute.

Andrew appuya sa joue contre la fenêtre glacée côté passager et regarda la nuit, pleurant en silence.

39

Sadie n'alla pratiquement plus à l'école jusqu'à la fin du semestre. Elle fut admise dans plusieurs universités et choisit Columbia pour se rapprocher de Clara et d'Andrew. Elle trouva le moyen de rendre ses dissertations et de passer ses examens de façon autonome et resta le plus souvent à l'écart. Quand elle n'était pas avec Jimmy, elle voyait Lena qui lui donnait rendez-vous chez Billy's par texto. Lena ne lui en demandait pas trop, elle était d'agréable compagnie. Elle aimait planer, écouter de la musique et regarder des films bizarres. Aller chez elle, c'était un peu se rendre dans une ville étrangère ou entrer dans une autre réalité.

Comme Jimmy et Lena n'avaient pas vraiment de sympathie l'un pour l'autre, Sadie évitait qu'ils ne se croisent. C'était surtout Jimmy qui n'aimait pas Lena, et quand Sadie lui demandait pourquoi, il ne lui répondait pas franchement, mais se lançait dans une longue tirade pour dire qu'il n'appréciait pas que tout ait beaucoup changé.

— J'aimerais que tu reviennes à l'école et qu'on soit ensemble comme avant.

Amanda l'avait laissée tomber pour de bon et personne d'autre ne tenait à sa présence. Elle parlait à son père au téléphone une fois par semaine, c'était toujours un peu maladroit, mais il lui manquait et elle éprouvait des sentiments contradictoires. Le procès, qui devait avoir lieu dans une semaine, planait au-dessus d'elle comme un nuage noir.

La seule chose dont elle n'avait pas pu être exemptée était l'exposé final du cours de sciences sociales. Mme Rae se moquait éperdument de ses problèmes. Elle ne l'autorisa pas à rédiger un texte écrit à la place. Sadie se glissa à l'arrière de la classe pour pouvoir s'esquiver rapidement quand elle en aurait fini. D'habitude, elle s'asseyait devant, près de Cheryl et des autres zélés, pour obtenir le maximum de points de participation enthousiaste au cours. Chaque fois qu'elle devait être présente à l'école, elle avait le sentiment que Cheryl était partout.

Elle choisit la chaise la plus près du mur du fond et de la porte, juste avant qu'une fille aux jointures colorées de faux tatouages tracés à la main, qui disaient SALE PUTE, s'approche d'elle avec un sourire méprisant.

— C'est ma place.

— Jusqu'à la fin des temps, tu crois? Je ne pense pas, fit Sadie en s'asseyant et en lui rendant son sourire.

Sadie regarda la fille sans baisser les yeux jusqu'à ce que celle-ci hausse les épaules en maugréant et s'installe juste à côté d'elle. Sadie serra fort la gomme panda dans sa poche, y enfonça si durement l'ongle du pouce qu'un coin de caoutchouc céda sous la pression.

Cheryl se leva et s'éclaircit la voix. On aurait dit à la fois une jeune fille arrogante et une fillette nerveuse dont les mains tremblaient en tenant ses fiches.

— Mon exposé d'aujourd'hui porte sur la façon de formuler un consentement qui ne laisse planer aucun doute et sur la façon de le reconnaître. Le langage corporel est très révélateur des sentiments d'une personne. Avant tout, une définition du mot « consentement ». Le sexe consenti, c'est lorsque chaque personne désire vraiment en toute conscience s'engager dans la relation sexuelle. Si la personne dit non ou résiste, il n'y a pas de consentement. Il faut aussi qu'elle puisse formuler ce consentement. Une personne ivre ou défoncée est incapable de consentement du point de vue de la loi.

Sadie sentit une grande fatigue l'envahir. Il faisait chaud. La fille à côté d'elle gravait *Écœurée de tout* dans le bois du pupitre avec la pointe d'un compas.

— On va maintenant aborder la question du respect de soi, dit Cheryl en en éteignant les lumières et projetant sur l'écran un PowerPoint.

Miranda était assise près d'une fille aux cheveux bruns très brillants. Amy ? Emily ? Sadie n'arrivait pas à se rappeler son nom. Miranda affichait toujours une expression peinée quand elle regardait Sadie, et Sadie avait préféré éviter tout contact depuis l'arrestation. Miranda se retourna, la dévisagea et sembla bien décidée à ne pas s'arrêter tant qu'elle ne l'aurait pas fait réagir. La fille à côté de Sadie enleva le chewing-gum de sa bouche et le roula en boule sans cesser de la fusiller du regard.

— Hé, fit-elle.

Sadie ne répondit pas et fit semblant d'être fascinée par l'exposé inepte de Cheryl.

— Hé, c'est à toi que je parle, Sadie. T'es sourde ?

La fille lui lança son chewing-gum. Il atterrit sur sa poitrine et rebondit à terre. Sadie déglutit sans cesser de regarder devant elle, bien résolue à ne pas flancher.

Mme Rae les fit taire et la fille prit un air faussement outré.

— Personnellement, je les aime plus vieux, dit-elle.

Sadie agrippa le bord de sa chaise tandis qu'une envie furieuse la prenait de flanquer un coup de poing à sa voisine pour effacer son rictus.

— J'aime ça quand ils sont un peu violeurs, chuchota-t-elle avec un petit rire. Miranda est la pire. Elle sort juste de désintox.

— Arrête, intima Miranda en se retournant.

La fille continua.

— J'ai entendu dire qu'on a fait payer à ton père sa dette karmique.

Sadie se leva et ramassa ses affaires en tremblant, Cheryl se tut et toute la classe tourna la tête dans sa direction. Mme Rae dit que personne n'était autorisé à sortir, mais Sadie ne s'arrêta pas. Elle entendit leurs rires résonner dans sa tête jusqu'au parking.

Elle monta dans sa voiture, appuya le front contre le volant, puis elle envoya un texto à Jimmy pour lui demander de venir la retrouver. Elle le vit sortir par la porte latérale et s'abriter sous son blazer en courant sous la pluie.

— Qu'est-ce qui se passe ? l'interrogea-t-il en s'asseyant sur le siège passager.

— Je hais tout le monde ici, dit-elle en se blottissant dans ses bras.

Ils roulèrent sans but, puis s'arrêtèrent sur l'une des aires de mise à l'eau des embarcations autour du lac Woodbury. Elle alluma un joint et ils le partagèrent. Ils restèrent quelque temps silencieux en écoutant la pluie tambouriner sur le toit de la voiture.

— Encore une semaine et toute cette année sera finie. J'ai hâte de savoir ce qui va arriver. Je suis tout le temps sur les nerfs, j'en ai marre d'attendre pour apprendre la vérité.

— Viens ici, bébé. Tout va bien.

Il la fit asseoir sur ses genoux, elle pleura quelques minutes dans le col de son blazer, les doigts noués autour de son cou. Le battement de l'averse lui rappelait les joies du camping ou la pluie sur le toit de l'abri à bateaux, avant cette année horrible. Elle glissa une main sous sa chemise, traça du doigt son nom sur sa poitrine, l'embrassa et le sentit durcir sous elle. Elle s'écarta pour le regarder. Il rougit et détourna la tête, puis il l'attira plus près et l'embrassa passionnément. Sa main se faufila sous sa jupe, mais elle la repoussa en murmurant « Mes règles » en guise d'explication. Un mensonge.

Elle songea à Cheryl, à son offre osée. Elle-même avait fait une fellation à Jimmy une seule fois, au tout début, avant qu'ils fassent l'amour pour de vrai. Il le lui avait redemandé à une autre occasion, mais elle avait été trop gênée. Les mains de Jimmy enveloppaient ses seins maintenant, elle les sentait la palper, mais n'en éprouvait que de la contrariété. Elle regarda son visage, ses paupières lourdes à moitié fermées. Il respira plus vite, se frotta contre elle. Il pleuvait si fort, elle était certaine que personne ne pouvait les voir par les vitres.

Elle baissa la fermeture à glissière du jean de Jimmy. Il se mordit la lèvre, surpris.

— Tu fais quoi ?

— Tais-toi, dit Sadie en le prenant dans sa main, puis dans sa bouche.

Elle imita les filles des revues de Kevin, et il jouit si vite qu'elle fut prise au dépourvu et dut faire un effort pour ne pas vomir.

— Ah, putain, Sadie, c'était merveilleux.

Elle se rassit sur le siège du conducteur et prit un Tic-Tac à l'orange dans la boîte à gants. Son téléphone vibra. Elle se sentait sale.

— Le cours de calcul infinitésimal commence bientôt. Faudrait pas que tu le rates.

Il la regarda, perplexe.

— Et si on allait plutôt chez toi ? On pourrait, euh, tu sais…

Il mit la main sur sa cuisse. Elle eut envie de lui arracher le bras.

— J'ai rendez-vous avec Lena, dit-elle en mettant le contact, les yeux rivés sur le lac.

— OK. Est-ce que ça va ?

— Hum, fit-elle.

Elle se rendait bien compte qu'il ne savait trop comment réagir. Il l'embrassa délicatement sur la bouche. Elle alluma la radio et le reconduisit à l'école.

— Ça va si je passe chez toi avant le dîner ? demanda-t-il en sortant de la voiture.

— Bien sûr.

Elle texta son dealer. Il lui donna rendez-vous chez Billy's. Puis elle répondit au texto de Lena.

Lena fut très contente d'avoir une bonne occasion de manquer ses derniers cours. Elles partagèrent une assiette de frites et Lena dessina des formes obscènes dans le ketchup pendant qu'elles s'amusaient au jeu des questions-réponses.

— As-tu déjà sucé un garçon ? demanda Sadie.

Lena but une gorgée de boisson gazeuse en rougissant.

— Oui.

— Combien de fois ?

— Quelques fois, avec mon dernier petit ami. Le sexe était formidable.

— Qu'est-ce que tu veux dire ? Pourquoi c'était formidable ?

Lena prit une poignée de frites et haussa les épaules.

— Le courant passait entre nous, genre. On s'asseyait l'un à côté de l'autre en classe. S'il me touchait l'épaule ou la cuisse, j'avais le corps en feu. Le mieux, c'était quand on s'embrassait. C'était super. J'avais embrassé des garçons avant, mais lui, c'était vraiment différent.

— Tu trouvais pas ça écœurant de le sucer ?

— Non, c'était juste un peu bizarre au début. Mais ce qu'il aimait le plus, c'était me brouter.

— Je te crois pas. Les garçons disent toujours qu'ils feront jamais ça.

— Ben, lui, il adorait ça. C'était top.

— Pourquoi vous êtes-vous séparés ?

— Il est parti vivre à Vancouver. On s'envoie des mails et des textos, mais ça craint un peu.

— Hum. Je me suis remise avec mon petit ami. Je lui ai fait une pipe, il y a à peu près deux heures.

— Waouh ! Tu y vas, toi ! T'as aimé ça ?

— Je sais pas. Je sais pas trop quoi te dire.

— Ç'a pas été terrible, on dirait.

— Je suppose que non.

— C'est chelou, fit Lena. Tu devrais peut-être arrêter de fréquenter les jeunes friqués d'Avalon. C'est de la merde. Toi exceptée, évidemment.

Un an plus tôt, Sadie aurait flanqué son poing sur la figure de celui qui lui aurait dit ça, mais aujourd'hui, elle se contenta de hocher la tête. Elle s'aperçut que le temps filait et que Jimmy serait bientôt chez elle.

— Rejoins-moi ici ce soir, on va se défoncer tellement que tu vas oublier ta mauvaise pipe. Il y a une soirée monstre chez mon ami Mike.

— Est-ce qu'ils vont savoir qui je suis ?

— Nan, tout le monde s'en fout à mon école. Tout le monde sait que le prof de mécanique baise un tas de filles de terminale. T'es libre d'être qui tu veux, dit-elle en prenant la dernière frite.

— C'est parfait, conclut Sadie en lui volant la frite pour la glisser dans sa bouche.

40

Andrew ne s'était pas rendu compte que Sadie était partie, avant que Jimmy frappe à la porte de leur chambre à trois heures du matin. Jimmy n'attendit pas qu'on lui réponde. Il entra et s'avança vers le lit, tel une ombre menaçante. Jared laissa échapper un cri. Andrew alluma la lampe de chevet.

— Excusez-moi de vous réveiller, les gars, mais ta sœur n'est pas revenue et je suis inquiet. Elle était avec Lena après le dîner, mais ses parents disent qu'elle est pas chez eux. Elle répond pas au téléphone, mon appli de recherche d'amis dit que son portable est éteint ou déchargé, j'ai texté tout le monde, j'ai posté un message en ligne, personne sait où elle est. Elle est nulle part. J'ai pas ma voiture aujourd'hui. Est-ce que je peux prendre la tienne ?

Andrew se redressa, confus.

— Elle est peut-être chez Amanda ?

— Non, j'y suis allé à vélo, elle est pas là.

Andrew s'assit au bord du lit et saisit sa robe de chambre.

— T'inquiète pas, on va la retrouver. Donne-moi une minute, on prend la voiture et on va fouiller les environs.

Ils cherchèrent son vélo ou un quelconque indice de sa présence chez Amanda, au fast-food en bordure de l'autoroute que fréquentaient de jeunes « voyous », ainsi que dans les supérettes ouvertes toute la nuit. Ils se rendirent même au nouvel appartement de Kevin. Andrew regarda Jimmy cogner à la porte jusqu'à ce que le numéro 6A se balance sur son clou et que Kevin ouvre, une batte de baseball à la main. Jimmy se mit à lui crier dessus avec une fureur qu'Andrew n'aurait jamais imaginé possible chez un jeune qui semblait aussi décontracté.

— S'il lui est arrivé quelque chose, ça sera de ta faute ! hurlait Jimmy, menaçant.

Andrew dut le tirer en arrière et le ramener à la voiture. Ils revinrent chez les Woodbury, réveillèrent Joan et Clara et appelèrent la police.

41

Dans son rêve, Sadie était couchée sur le sable chaud avec Jimmy, et ils se caressaient. Il glissa un doigt sous la ceinture de son bikini.

— Ouais, ça te plaît ? entendit-elle.

Cette voix n'était pas celle de Jimmy.

Elle s'éveilla, sentit un mouvement entre ses cuisses. Au moment où elle se rendit compte qu'elle n'était ni seule ni dans son lit, un doigt la pénétra. Elle ouvrit les yeux, tendit la main, enserra un poignet.

— Hé, marmonna-t-elle.

Elle était couchée sur une épaisse moquette et un filet de bave coulait de sa bouche ouverte.

— Excuse-moi, dit la voix.

Elle décolla une fibre sur ses lèvres et l'examina. Orange. Qu'est-ce que c'est que ça ? Elle toussa. Quelqu'un était couché dans son dos en cuillère. La voix venait d'un rouquin décoiffé qui feignait de dormir. Elle le poussa à l'épaule.

— T'es qui, toi ?

Il continua de faire semblant de dormir.

Sadie leva la tête et cligna des yeux jusqu'à ce qu'elle voie clairement sur un mur, qu'elle ne reconnut pas, une télé à écran plat qui diffusait une vidéo de Nicki Minaj, son coupé.

Elle se rappela avoir texté Lena devant le Coffee Hut au terme de son second tour du lac à vélo après le dîner et de lui avoir demandé comment se rendre à la fête. Un chevreuil reniflait le cadenas de la benne à ordures et ses yeux brillants regardaient dans sa direction. Les yeux plantés dans ceux du chevreuil, elle s'était dit qu'elle faisait soit une crise de panique, soit un voyage astral.

Arrivée chez Billy's, elle avait retrouvé à une table à pique-nique Lena qui avait déjà ingurgité la moitié d'une bouteille de bourbon Maker's Mark. Un journal était ouvert devant elle, à la page où il y avait une publicité pour le livre de Kevin.

— Je déteste l'idée que tout le monde croie, en lisant le livre, que ça raconte ma vie, commenta Sadie. Je n'aime pas que les gens sachent des choses sur moi.

Lena reprit une bonne lampée de bourbon et déclara :

— Je sais pas. Ce n'est pas bien quand tout est secret. Mon grand-père a abusé de moi et de ma sœur. Maman voulait pas qu'il finisse en prison, parce qu'il est très vieux, tu vois, ça fait qu'on a été obligées de décider si on voulait qu'il y aille.

C'était vraiment relou. Évidemment, personne n'a voulu le jeter en prison, il est tellement vieux. Ça fait que, maintenant, il n'a droit qu'à des visites surveillées.

Lena avait dit tout cela avec désinvolture, et Sadie veilla à seulement hocher la tête de temps en temps, à ne pas avoir l'air horrifiée comme les gens avaient l'air horrifiés quand elle parlait de son père.

— J'imagine que c'est en partie pour ça que j'aime venir ici avec mon meilleur ami pédé. Parce que, tu vois, je n'aurais pas détesté qu'un adulte dise, genre, t'as juste dix ans, peut-être que ce n'est pas à toi de décider si un vieux cochon doit aller en prison. Ma famille, ce sont des débiles. Mais ça veut pas dire que je crois que la prison soit la solution.

— Ah bon ? Tu ne crois pas au système carcéral ?

— Non. Je crois à une justice restaurative. En plus, tout le système est corrompu. Si les prisons étaient pleines de Blancs et de chefs d'entreprise, je serais moins radicale.

— Mais les gens qui font des choses épouvantables, qu'est-ce qu'on en fait ? Ils doivent être tenus pour responsables de leurs actes, non ?

— Ben oui.

— Mais alors comment ? Et les tueurs en série, on en fait quoi ?

— Putain, j'ai pas réponse à tout ! Seulement, je pense qu'on devrait juste être un peu plus critique d'un système raciste et dégueulasse.

Elle gravait SADIE ET LENA MEILLEURES AMIES POUR LA VIE dans le bois de la table avec un canif. Sadie passa son doigt sur les entailles en riant.

Lena leva les yeux et rougit.

— Viens, on va à la soirée !

Lena avait insisté pour qu'elles enfourchent toutes les deux le vélo de Sadie. Sadie riait à gorge déployée, tâchant de ne pas tomber tandis qu'elles zigzaguaient dans Maple Street en buvant du whisky transvasé dans une bouteille de boisson gazeuse et hurlant à l'unisson les paroles de *Add It Up,* des Violent Femmes. C'est la dernière chose dont Sadie se souvenait.

Elle s'aperçut qu'elle se trouvait dans un sous-sol. Le reflet chaud d'une pâle lumière matinale qui commençait à entrer par un soupirail lui râpait la peau. Elle était sous une couverture. Un garçon ronflait très fort. Elle ne bougea pas. Au moins une dizaine de jeunes dormaient par terre, tout autour d'elle. Elle était prisonnière. Elle réfléchit à la situation et, sans avoir encore lâché le poignet du jeune homme, elle enfonça ses ongles dans sa peau.

— Aïe ! Excuse-moi, dit-il.

Elle ne l'avait jamais vu.

— Tu ne dormais pas.

Il s'assit, s'étira, but une grande lampée de bière tiède et lui en offrit. Elle grimaça en retenant un haut-le-cœur. Elle entendit une voix féminine à l'autre bout de la pièce, des rires. Lena.

— J'ai pensé que tu serais d'accord après ce qui s'est passé hier soir. Tu bougeais comme si t'étais réveillée.

— Qu'est-ce qui s'est passé hier soir ?

Il rougit.

— Tu t'en souviens pas ?

— Non.

— Vous baisiez sur le canapé ! cria Lena d'où elle était. T'étais défoncée, et pas qu'un peu !

Elle rit.

Une nausée saisit Sadie quand elle tourna la tête pour voir Lena faire la culbute et se retrouver tête en bas. Son tee-shirt – celui que Sadie avait mis pour sortir de chez elle la veille – tomba sur son visage, révélant un soutien-gorge de sport de couleur grise. Sadie vit qu'elle-même portait un tee-shirt Thrasher, celui de Lena.

— On les a échangés, expliqua Lena. Tu tenais absolument à mettre le mien. Tu disais qu'il était parfaitement adapté à ta nouvelle vie de nomade.

— J'ai dit ça ?

Lena rit comme si le trou de mémoire de Sadie était la chose la plus hilarante qui soit, puis elle mit fin à sa pose tête en bas et roula en boule au sol. Sadie s'appuya des mains sur le tapis, se leva, perdit l'équilibre et se retint au bras d'un fauteuil. Elle trouva ses chaussures à côté de la porte, dans un amas de baskets de toutes les couleurs, presque tous de la même marque. Sa bouche n'avait jamais été aussi sèche, son mal de crâne atteignait des sommets et elle se demandait comment si elle allait pouvoir finir la journée.

— Venez, on va petit-déjeuner, lança Lena.

— Ouais, dit le garçon.

Sadie secoua la tête.

— Ma mère va s'inquiéter.

Elle tira son portable de sa poche. La batterie était à plat.

— J'avais pas prévu de rester dehors toute la nuit.

— Hier soir, t'as dit que tu reniais ta famille !

Elle se dirigea vers l'escalier. Pourquoi les gens boivent-ils de l'alcool en sachant que cela les emmène tout droit à cette horrible sensation de mal-être ?

— Ça va, toi ? T'es toujours ma meilleure amie ?

Lena paraissait inquiète. Elle sauta sur la dernière marche pour serrer Sadie très fort dans ses bras. Sadie fit un signe de tête qui voulait dire « bien sûr ». Le garçon buveur de bière la suivit.

— C'est toi, Sadie ?

— Ouais.

Il s'arrêta sur le palier.

— C'est cool, hein ? Tout va bien pour toi ?

— Qu'est-ce que tu veux dire ?

— Ben, ce qui est arrivé hier soir.

— Quoi ?

— T'as dit que t'avais un petit ami. J'ai compris. Je dirai rien. C'est juste que, ben, tu pleurais, ça fait que je voulais être sûr qu'il y a pas de problème.

— Pourquoi est-ce que je pleurais ?

— Je sais pas. T'arrêtais pas. C'était un mauvais trip. T'es arrivée, tu m'as attrapé, embrassé, puis tu t'es mise à pleurer, puis t'as dégueulé.

— L'alcool est un dépresseur, commenta Lena.

Sadie s'évertuait à essayer de fixer les traits de son visage, mais tout tournait. Elle fonça sur la porte en haut de l'escalier du sous-sol et vomit sur un carré de tulipes. Une mère avec une poussette la regarda du trottoir. Le garçon arriva en courant derrière elle.

— Ça va ? Je m'excuse. Je m'excuse, OK ?

Il la serra dans ses bras. La tête de Sadie arrivait à la hauteur de son aisselle. Il puait.

— T'as mis ton numéro dans mon portable. Je vais te texter. T'es trop fun !

Dégoûtée, elle s'écarta de lui, ôta une autre fibre du tapis qui collait à sa langue et espéra ne pas vomir encore une fois.

— C'est ça, texte-moi, dit-elle en reculant.

Elle chercha au fond de sa poche sa gomme koala, mais ne l'y trouva pas. Son épuisement se mua en un grand cri paniqué.

Elle retourna dans la maison en courant et bouscula le garçon pour descendre au sous-sol. Elle passa les mains sur chaque centimètre carré de moquette entre chaque corps endormi. Elle rampa sur le carrelage crasseux de la salle de bains. Elle pleurait sans pouvoir s'arrêter.

— Une gomme ? répéta Lena en ayant l'air de dire : c'est quoi, putain, le problème ?

— Elle a une valeur sentimentale ! s'écria Sadie.

C'était sa seule protection. Elle savait que c'était stupide, mais elle y croyait. Elle y croyait depuis des années.

— Elle est importante pour moi !

Ses cris réveillèrent tous ceux qui étaient encore couchés. Ils la regardèrent comme si elle venait d'une autre planète.

— Tu perds les pédales ou quoi ? fit le buveur de bière. Arrête de crier, on a tous un putain de mal au crâne ce matin.

— Va chier, dit Sadie qui aurait voulu lui flanquer son poing à la figure.

Elle avait un besoin viscéral de sa gomme. Elle se recroquevilla contre le mur et ferma les yeux. Elle sentit les bras de son père autour d'elle, son odeur quand il l'avait transportée à l'extérieur de l'école le jour de la fusillade avortée. Elle entendit rire le garçon.

— C'est qui, elle ? Elle est peut-être hot, mais c'est une putain de malade.

Sadie se ressaisit, grimpa l'escalier, retrouva son vélo là où il était resté couché sur la pelouse, devant la maison. Elle essaya de pédaler. En vain : la chaîne avait sauté. Elle laissa tomber le vélo et le bourra de coups de pied comme aurait fait une petite fille.

— C'est pas grave, Sadie. Je vais le réparer, dit Lena en faisant son apparition.

Sadie s'assit par terre.

— Putain, c'est qui, lui ?

— C'est Mike. Tu te souviens pas ? Tu ne le lâchais pas hier soir. Il est pas dangereux.

— Je me souviens de rien après qu'on a monté toutes les deux sur mon vélo.

Lena fronça les sourcils, tira une dernière fois sur la chaîne et en vérifia le fonctionnement en faisant tourner les pédales.

— Ouais, ça, ça craint. Tu t'en veux à cause de Jimmy ?

— Je m'en veux parce que j'ai baisé avec quelqu'un et que je m'en souviens pas !

— Ah. T'avais jamais eu d'une absence, avant ?

— Non.

— Bon, ben, la prochaine fois, conclut Lena en lui rendant son vélo, tu sauras qu'il faut pas mélanger l'alcool et la beuh.

— Ouais, dit-elle en enfourchant sa bicyclette.

Elle s'arrêta plusieurs fois pour vomir au bord du chemin. Elle avait des nausées sans discontinuer et pleurait. Tout était de sa faute. Elle ne serait pas en train de vomir et de se sentir aussi mal si son père n'était pas prison, s'il n'avait pas commis ce dont on l'accusait. *Qu'il aille se faire foutre. Que mon père aille se faire foutre.*

La grille était grande ouverte. Une voiture de patrouille coupa court à son enivrante descente vers le garage. Qu'était-il arrivé ?

— Maman !

Elle laissa tomber son vélo, monta les marches quatre à quatre et se jeta dans les bras de Joan, bien vivante, et furieuse, à côté de Jimmy, Clara, Jared et Andrew, et un policier aux cheveux gris qui regarda Sadie en grommelant : « Je suppose que c'est elle ? »

Joan la serra dans ses bras avec une violence délibérée. Toujours dans les vapes, Sadie ne comprit pas tout de suite que la voiture de police, c'était pour elle, c'était elle, l'urgence, la *chose épouvantable* qui était arrivée parce qu'elle n'avait dit à personne où elle allait.

— Dieu que tu sens mauvais, dit Joan en se reculant un peu pour la regarder de la tête aux pieds avant de la reprendre dans ses bras. Tu pues.

— Pourquoi vous flippez tous comme ça ?

— Eh bien, tu es partie faire un tour de vélo et tu n'es jamais rentrée !

— Aucun de nos amis ne savait où t'étais, dit Jimmy. Aucun ! Tout le monde en ligne lance des avis de recherche. Où t'étais ? On a eu peur que tu te sois fait kidnapper par un malade mental qui en voudrait à ton père.

— Clairement, j'ai rien. Je suis allée chez mon amie Lena, on a regardé un film et on s'est endormies.

Le policier poussa un soupir et repartit au volant de la voiture de patrouille.

— C'est qui cette Lena ? demanda Joan. Tu ne m'as jamais parlé d'elle.

— Elle étudiait à Avalon dans le temps.

— C'est quoi ça, dans ton cou ? dit Jimmy. Un suçon ?

Elle plaqua sa main sur l'objet du délit.

— Ben non, évidemment.

— Pourquoi tu ne m'as pas répondu ? Je t'ai envoyé au moins cinquante textos, ajouta Andrew.

— Mon portable s'est déchargé. Je vous demande pardon. J'ai pensé que vous ne le remarqueriez pas.

Joan blêmit.

— Tu as pensé que je ne remarquerais pas ta disparition ?

— Non. Je sais pas. J'ai pas réfléchi.

Elle regretta de ne pas pouvoir les faire disparaître, tous autant qu'ils étaient, puis elle courut dans les toilettes du rez-de-chaussée, le cœur au bord des lèvres, mais il ne lui restait plus rien à vomir.

42

Clara et Joan attendaient l'agent immobilier à la librairie Book Nook en parcourant l'étalage des nouveautés. Joan prit un exemplaire de *Père Père*, par Kevin Lamott. La fin du roman était une pure invention, puisque le verdict n'avait pas encore été rendu, mais l'accroche disait quand même : « Basé sur des faits réels. » Joan avait ouvert le livre avec tant de force qu'elle en avait déchiré une page. Elle savait qu'elle était méconnaissable dans le roman, mais elle l'était tout autant dans sa propre vie.

— J'ai lu les épreuves réservées à la presse, dit Clara. Le personnage du père écope de dix ans de prison. La fille devient une lesbienne droguée. La mère emménage dans une caravane comme Julie Cooper dans *Newport Beach*.

— Qui ?

— Laisse tomber. Le fils est toujours avocat mais il se met à fréquenter une dominatrice pour gérer son sentiment de culpabilité – parce que le personnage d'Andrew est hétéro. C'est épouvantablement ridicule. Le grand public va adorer.

— Tu crois qu'on pourrait acheter tout le stock, comme ça personne ne le lira à Avalon Hills ? demanda Joan, apparemment au bord de la panique.

— Non, le livre va disparaître dans les limbes. Et rassure-toi : les gens ne lisent presque plus de nos jours.

Clara montra à Joan un exemplaire de *L'Année de la pensée magique*, de Joan Didion.

— Voilà un livre qui va te parler, dit-elle en l'apportant à la caisse.

Une heure plus tard, Joan visitait un appartement avec l'agent immobilier. C'était une femme guillerette aux cheveux châtain agrémentés de reflets roux, et Joan n'écouta rien de son monologue en la suivant dans l'appartement avec deux chambres à coucher. Les murs étaient d'un blanc brillant. Neutre. Sur le grand balcon, au milieu des caoutchoucs plantés dans de jolies jardinières, Joan aperçut le lac au loin et l'hôpital tout près. Elle désirait acheter un mobilier neuf, ne pas devoir penser à chaque objet et à sa signification. Elle ne voulait plus se servir de l'essoreuse à salade qu'ils avaient depuis les années quatre-vingt ni de l'épaisse planche à découper reçue en cadeau de noces.

— Signe, dit Clara quand l'agent lui remit les documents.

Joan les glissa dans son sac.

— Voyons, Joannie.

— Tu sais que si je fais ça, je renonce à mon fonds en fidéicommis.

— Uniquement si tu divorces, opposa Clara. Est-ce que ce serait si grave ? Ce n'est que de l'argent.

— Si papa pouvait t'entendre prononcer de telles paroles !

— Tu sais ce que je veux dire.

— Je me suis décarcassée pour cette maison. C'est là que j'ai élevé mes enfants. Ce n'est pas juste que ce soit moi qui doive partir.

— Il ne se battra peut-être pas pour la garder. Qu'est-ce qu'il en dit ?

— Je ne lui en ai pas parlé, avoua Joan.

— Peu importe l'issue du procès, il ne sera pas incarcéré à vie. Tu vas devoir affronter la situation et prendre des décisions concrètes et pratiques. Cet appartement est idéal. S'il reste en prison, tu auras fait un investissement immobilier. Et tu peux te le permettre.

— Pour l'instant en tout cas, je suppose.

En rentrant à la maison, elles ouvrirent une bouteille de vin et s'assirent sur le ponton.

Joan n'avait pas rendu visite à George depuis son retour de l'hôpital à la fin de décembre. Ils s'étaient parlé au téléphone. Il lui avait écrit des lettres. À l'occasion, fort belles et toujours pleines d'excuses, regorgeant de regrets et de remords d'une hypothétique véracité.

Elle n'arrêtait pas de rêver à Sarah Myers. Elle avait du mal à s'endormir, elle restait debout à regarder des films, à faire n'importe quoi pour ne pas aller se coucher. Elle prit l'habitude de l'interroger à chacune de leurs conversations téléphoniques. La dernière fois, il s'emporta.

— Joan, pourquoi remets-tu toujours ça sur le tapis ? À chaque foutu coup de fil ?

— Tu me dois une réponse. Tu nous dois à tous une réponse. Si tu ne me dis pas ce qui s'est passé, je raccroche.

— D'accord, d'accord, dit-il en inspirant.

Elle resserra l'édredon autour d'elle et lutta pour calmer les battements de son cœur.

— J'étais jeune, c'était une situation assez déroutante et j'ai mal interprété certaines choses.

— Pas d'excuses. La vérité.

— La vérité, c'est que je devais manquer de maturité émotionnelle. Je me sentais comme un enfant, on venait d'en avoir un, et je voulais en rester un. J'ai agi comme un gamin, je me suis comporté avec elle comme l'aurait fait un gamin. J'ai lu des articles sur cette question, sur la façon dont certains adultes régressent après avoir subi un traumatisme, comment ils en viennent à de tels comportements. D'un côté, il y a les vrais psychopathes, et de l'autre, ceux dont le cerveau les pousse à agir comme ça parce qu'il a des ratés.

— Tu me parles comme à une de tes élèves, George. Je ne crois pas aux théories à la noix que tu concoctes pour avoir l'air innocent. Tu as fait une chose épouvantable. Une chose impardonnable. Il faut que tu fasses un examen de conscience, que tu répondes de tes actes, que tu travailles sur toi-même. Vraiment. Est-ce que tu comprends ?

Elle avait les yeux fermés et ne se rendait pas compte qu'elle hurlait. Payton sauta de l'oreiller où il dormait et alla se cacher sous le fauteuil inclinable.

— Pardonne-moi, murmura George, puis elle l'entendit sangloter.

Elle raccrocha. Il n'avait pas l'air repentant. Il avait l'air de regretter d'avoir cette conversation, il avait l'air contrarié de s'être fait prendre.

Joan regarda la promesse de vente toute la soirée pendant que Clara s'efforçait de la distraire avec du vin et les disques qu'elles écoutaient quand elles étaient jeunes. La soirée finie, Joan avait signé le document qui officialisait l'acquisition de l'appartement, en faisait un acte définitif et avéré. Clara l'applaudit et lui donna littéralement de petites tapes dans le dos.

Le lendemain, elle rassemblerait la famille au complet pour la première fois depuis des mois. Qu'ils soient tous ensemble au tribunal pour soutenir George était très important. C'était la chose à faire, non seulement pour sauvegarder les apparences, mais aussi pour honorer les parcelles de vérité de leur histoire familiale. Intérieurement, cependant, elle bouillonnait de rage. Il n'y avait pas de bornes à sa fureur. Mais quoi qu'il arrive, quels que soient entre-temps les moyens qu'elle devrait déployer pour empêcher la destruction de sa famille, elle avait maintenant un endroit où atterrir.

Quatrième partie

Le procès

43

Joan ouvrit la portière arrière de la limousine, pencha un peu la tête et salua le chauffeur. Puis elle attendit, adossée à la carrosserie qu'ils soient tous sortis de la maison.

— Il faut arriver ensemble, montrer qu'on est solidaires, leur avait-elle dit en leur versant le café du matin.

Elle tripota la broche au revers de sa veste, un bijou d'ambre qui avait appartenu à sa belle-mère et que George lui avait offert à l'occasion de leur premier anniversaire de mariage. Elle devait la porter la dernière fois qu'elle avait enfilé ce blazer, c'est-à-dire le jour de la mise en accusation de George. Elle n'avait acheté aucun vêtement depuis. Elle se piqua le pouce en l'enlevant. Elle regarda avec détachement le sang affleurer pendant qu'Andrew et Jared descendaient les marches. Elle lança la broche dans la rocaille qui bordait l'allée. Son portable sonna. Le visage de Bennie. Elle prit l'appel.

Andrew avait plaidé au tribunal des dizaines de fois, mais seulement quand il avait la certitude qu'il pourrait influencer le verdict grâce à sa ténacité et à son aptitude à prévoir tous les scénarios possibles. Cette fois, il n'avait aucun contrôle sur la situation. De deux choses l'une : son père irait en prison ou il serait libéré. Il souhaitait que son père soit déclaré innocent – évidemment. Mais il ne désirait pas qu'il soit acquitté ; il voulait que, d'une façon ou d'une autre, George expie. La perspective de le savoir libre, d'avoir à composer avec cela, l'effrayait. Et il aurait eu honte de l'admettre.

— J'ai l'air comment ? lui demanda Joan, nerveuse.

— Tu es très bien, on jurerait Julianna Margulies dans *The Good Wife*.

Il s'assit dans la voiture et lissa son pantalon. Jared lui tenait la main, mais un gouffre s'était indéniablement creusé entre eux.

Puis, ce fut au tour de Clara de faire son apparition. Andrew savait qu'elle était la seule à espérer que George ne soit pas libéré.

— Ton père veut te parler, dit Joan en donnant le téléphone à Andrew.

— Je veux que tu saches que, quoi qu'il arrive, je vous aime plus que tout au monde, toi, Sadie et ta mère, déclara George. Je fais l'impossible pour être disculpé et pour mettre toute cette merde derrière nous.

— On est en route, papa. On est là pour toi, répondit Andrew machinalement.

Il ne croyait pas vraiment à ce qu'il disait, mais il se sentait dans l'obligation de prononcer ces mots.

Il rendit le portable à Joan au moment où Sadie sortait de la maison suivie de sa nouvelle amie, Lena. Sadie portait une robe verte toute simple et les chaussures que Joan avait cirées la veille, mais les deux filles arboraient une mèche turquoise dans leurs cheveux.

Andrew voyait bien qu'elles avaient fumé mais il ne fit aucune remarque. Il n'ignorait pas que Sadie éprouvait envers leur père des sentiments ambivalents. Elle ne savait rien de Sarah Myers. Andrew culpabilisait un peu de le lui avoir caché, et en même temps il tenait à ce qu'elle reste l'ado que la perspective de se teindre les cheveux enthousiasmait.

Joan monta dans la voiture en dernier.

— Ça s'annonce comment ? avait-elle demandé à Bennie. Vous êtes optimiste ?

— Joan, je n'ai aucun moyen de le savoir. Tant de choses dépendent de la prédisposition du juge et de l'attitude de Miranda à la barre. Je suis prêt et confiant, mais je ne peux pas prédire l'avenir.

— Entendu. On se retrouve là-bas.

Andrew regarda sa mère s'asseoir sur le siège avant. Il se demanda si elle était autant que lui rongée par le doute.

La première chose qui frappa Sadie en entrant dans la salle d'audience fut la chaleur. Elle jeta un coup d'œil autour d'elle. Personne n'était en sueur. Pourquoi était-elle toute seule à avoir si chaud ? Elle était consciente du rouge qui lui montait aux joues et du col de sa robe qui irritait son cou. Elle regrettait d'être défoncée. Sa mère tenait sa main gauche et, derrière elle, Lena s'accrochait à la courroie de son sac à main.

— Putain, ton père est drôlement populaire, murmura Lena.

Effectivement, plusieurs représentants des instances de pouvoir de la ville étaient venus témoigner, par leur présence, de l'innocence de George, notamment des hommes d'affaires en vue qui siégeaient avec lui à différents conseils d'administration, le maire, assis au premier rang et bon nombre d'enseignants de l'école privée d'Avalon Hills. Les plaignantes et leurs parents étaient en infériorité numérique.

Les cuisses de Sadie adhérèrent au bois du banc dès qu'elle s'y assit. Elle entendit dans l'allée le claquement de sandales à talons hauts pendant que les gens s'installaient. Des hommes au visage grave et buriné par l'alcool, tous vêtus de tee-shirts arborant le slogan « Les droits des hommes sont des droits humains », occupaient deux rangées de sièges à l'arrière de la salle. Dorothy était adossée au mur du fond. Elaine et Jimmy étaient également présents. Quand Sadie croisa son regard, Jimmy lui fit un signe de la main, puis se leva d'un bond et courut la retrouver. Il se pencha maladroitement pour l'embrasser sur la joue mais n'attrapa que le lobe de son oreille.

— Je t'aime, chuchota-t-il.

Kevin entra, coiffé d'un chapeau ridicule, de lunettes noires, l'air de se prendre pour une star. Une femme plus jeune aux longs cheveux brillants l'accompagnait, chaussée de cuissardes, avec sur le nez des lunettes de soleil qui cachaient son visage. Sadie vit qu'Elaine s'évertuait en vain à ne pas tourner les yeux vers lui. Jimmy secoua la tête et passa son bras autour des épaules de sa mère. Kevin dévisagea Sadie, la gratifia d'une ébauche de haussement d'épaules et d'un sourire de petit garçon. Pour toute réponse, elle lui lança un regard en coin en faisant mine d'appliquer du rouge à lèvres avec le majeur.

Tout l'auditoire eut un hoquet de surprise quand George entra dans la salle. Il avait maigri et l'air d'avoir vieilli de vingt ans depuis son arrestation. Dorothy laissa échapper un sanglot. Joan tourna aussitôt la tête et la couvrit d'un regard si méprisant qu'elle se tut. Joan regrettait de ne pas pouvoir bannir du tribunal Dorothy et tous les cinglés qui s'étaient raccrochés à cette affaire.

George était assis face à elle dans une proximité à la fois familière et enrageante. Il essayait d'avoir l'air calme, mais elle devinait qu'il était aussi terrifié que le jour où ils avaient vu un ours en faisant du camping. Sa terreur était si intense qu'il ne pouvait pas la cacher complètement.

Joan fut soulagée de voir le juge entrer dans la salle d'audience pour siéger. Il paraissait accablé, comme si l'auditoire allait se jeter sur lui.

— Si vous êtes ici pour offrir votre soutien à l'accusé, levez-vous, dit-il.

Joan ne s'attendait pas à une telle requête : elle fut prise au dépourvu et dut agripper le bras d'Andrew en se levant. Elle le serra encore plus fort quand elle tourna la tête et vit que la presque totalité de l'auditoire s'était levée. Elle murmura « nom d'un petit bonhomme », une expression que chérissait sa grand-mère. Jared, Sadie et Lena furent tout aussi abasourdis en se levant à leur tour. Clara resta assise, les bras croisés, regardant George la mine hargneuse. Joan lui flanqua un coup de pied et elle se mit debout, en soupirant.

Sue Whalen, une célèbre journaliste locale, observait la scène, un carnet de notes sur les genoux. Elle avait publié le matin même un article en première page du journal dans lequel elle laissait entendre que les filles avaient perdu la tête, fomenté un complot féminin puéril ou succombé à une sorte d'hystérie collective. Elle avait écrit que George Woodbury était un membre respecté de la collectivité et qu'il avait sauvé une génération d'enfants des griffes d'un psychopathe. L'avaient-ils tous oublié ?

Joan montrait le visage exemplaire de l'épouse aimée et sereine. Elle se sentait paralysée. Elle essayait d'avoir l'air reconnaissante. Elle osait à peine se l'avouer, mais elle souhaitait presque que

Sarah Myers fasse irruption pour raconter son histoire, tout en sachant qu'elle ne le ferait pas. Car celle-ci ne voulait pas soumettre sa famille à un pareil tourment. Elle ne tenait pas non plus à inspirer encore plus de curiosité ou de pitié. Quelques femmes du groupe d'entraide vinrent s'asseoir derrière elle et lui manifestèrent leur soutien par un signe de tête. Bennie se retourna et adressa à Joan un regard rassurant.

Le juge prit de nouveau la parole.

— Des faits nouveaux sont intervenus dans cette affaire, dit-il. Le principal témoin a rétracté sa déclaration quand il a été fait état de contradictions dans son témoignage. Nous avons aussi un nouveau témoin, le concierge du centre de ski Forrest Ridge, qui a vu M. Woodbury entrer à vingt-deux heures dans la chambre de la directrice de l'école, Dorothy McKnight, ce qui corrobore l'alibi fourni par cette dernière. De ce fait, et puisque les témoignages de toutes les autres plaignantes se basent sur celui du témoin principal, les preuves sont jugées insuffisantes pour poursuivre la procédure. Les accusations contre George Woodbury sont par la présente rejetées.

Tout l'auditoire eut de nouveau un hoquet de surprise. Dorothy poussa un hourra, les types des droits des hommes applaudirent et se donnèrent de grandes tapes dans le dos. George pencha la tête et éclata en sanglots, puis se tourna vers Bennie et le serra dans ses bras. Sadie regarda l'auditoire qui bruissait de stupéfaction. Kevin avait l'air d'être sous le choc. Jimmy articula : « Ça va ? » Sadie ne répondit pas. Elle aperçut Miranda, debout à côté de Dorothy, coiffée d'une casquette de baseball. Tous les regards étaient tournés vers elle. Elle blêmit, enfonça encore plus la casquette sur sa tête et s'enfuit de la salle d'audience.

— Putain, chuchota Sadie.

— Quoi ? fit Lena.

— Miranda, la fille, c'est elle le témoin principal qui s'est rétracté. Les types des droits des hommes ont dû lui faire peur.

— Ou bien, son témoignage n'était pas crédible. Peut-être qu'elle a menti.

À son ton, Sadie sut que Lena n'en croyait pas un mot. Elle regarda son père. Il rentrait à la maison. Elle était soulagée et éprouvait de la gratitude, mais elle se sentait surtout dépassée par les événements. Qu'allait devenir leur vie à partir de maintenant ?

Le juge s'éclaircit la voix et abattit son marteau.

Une grande confusion et beaucoup d'agitation s'ensuivirent. Les photographes captèrent Joan les larmes aux yeux dans les bras de son mari, mais ne purent capter ses sentiments. Au moment de l'arrestation de George, elle avait eu l'impression qu'un ours le lui avait arraché. Elle avait été inconsolable, furieuse, elle avait souhaité désespérément qu'il revienne. Aujourd'hui, elle ne savait que croire, pas plus qu'elle ne savait ce qu'elle voulait vraiment. Elle sursauta quand une des femmes de son groupe d'entraide la toucha à l'épaule et l'embrassa.

— C'était la volonté de Dieu. Soyez reconnaissante. Quelle chance vous avez !

Ce n'était pas du tout ce que Joan ressentait.

Épilogue

George reprit sa vie à Woodbury Lake et publia le livre qu'il avait écrit pendant son incarcération : des souvenirs d'enfance, ses impressions de la prison, du système carcéral, de sa carrière scientifique ratée. Il le dédia à Joan, son « seul amour ».

Il insista pour que Joan reste à la maison, mais elle emménagea dans son nouvel appartement où elle se sentit seule, en colère et indécise de ce qu'elle devait faire. Elle s'abonna au câble et regarda la télévision tous les soirs, fit une liste de toutes les activités auxquelles elle devait s'inscrire, yoga et cours d'arts plastiques entre autres, mais n'en fit pratiquement aucune.

George la suppliait de revenir et de reprendre leur vie commune. À chacune de leurs conversations, elle semblait de plus en plus disposée à se laisser convaincre. Elle avait mis tant d'efforts dans cette maison, elle s'était tant vue y vieillir, le jardin la rendait si heureuse. Ce qu'elle aurait donné pour passer l'après-midi sur le ponton ou la matinée à canoter ! Sa fureur s'estompa avec le temps. Chaque fois que George lui parlait de ses séances de psychothérapie, de la façon dont il mettait un point d'honneur à réparer les injustices dont il s'était rendu coupable, elle était tentée de lui laisser une seconde chance.

Elle n'avait pas encore fait l'expérience de la poussée d'indépendance que décrivent les chansons populaires où il est question d'hommes qui ont mal agi avec les femmes. Quand elle entendait *I Will Survive* à la pharmacie, elle en pleurait de rage. Elle ne plastronnait pas. Elle tournait en rond et tombait. Elle retardait la signature des documents de divorce, consciente qu'à son soixantième anniversaire elle toucherait la moitié du fonds en fiducie qui avait été créé au moment de leur mariage. C'était une somme considérable. Depuis l'âge de trente ans elle envisageait de s'en servir pour voyager. Si elle retournait auprès de George, elle réserverait des billets d'avion pour la France, pour l'Italie – et partirait seule. Peut-être emmènerait-elle Sadie. Elle jouirait d'une plus grande sécurité financière. Elle et George pourraient sans doute demeurer amis s'il continuait sa psychothérapie et qu'il s'amendait, et retrouver ainsi une vie à peu près normale mais platonique. Mais chaque fois qu'elle raisonnait ainsi, elle se souvenait des jeunes filles dans la salle d'audience, de Sarah Myers qui prenait des bains de soleil devant leur immeuble et sa fureur revenait. Clara lui créa un profil de rencontre en ligne, elle se rendit à quelques rendez-vous, mais elle n'arrivait pas à accorder sa confiance aux gens. La présence d'un conjoint, qui soit aussi son meilleur ami, lui manquait terriblement. Les week-ends s'éternisaient de manière insupportable. Elle se proposait souvent pour faire des heures supplémentaires à l'hôpital.

Elle vit Andrew devenir de plus en plus distant, de plus en plus cynique. Il venait moins souvent à Avalon Hills et ne parlait que rarement à son père. Il se laissa dominer par ses sautes d'humeur au point que Jared le quitta. Joan l'apprit par Jared qu'elle contactait avec insistance sur Facebook pour l'inviter à dîner, si bien qu'il avait dû se décider à lui dire la vérité.

Elle appelait Sadie tous les dimanches. Le tapage typique d'une résidence étudiante s'entendait à l'arrière-plan. Sadie lui expédia un mail pour lui dire qu'elle essayait d'oublier sa dernière année de lycée et d'aller de l'avant.

> Je travaille tellement fort, maman, mais je n'apprends pas aussi facilement qu'avant, j'ai du mal à me concentrer, à prendre du recul, à avoir une pensée critique et à m'engager à fond. Tous mes profs disent que mon anxiété me nuit. Je suis allée au centre d'aide psychologique, mais je n'ai pas trouvé la bonne personne.

Joan n'avait jamais été aussi proche de Sadie, c'était la seule conséquence heureuse de toute cette tragédie. Elle voyait avec bonheur sa fille devenir adulte. Sadie avait choisi de se spécialiser dans les études de genre. Elle avait coupé ses cheveux et discourait interminablement quand elles se parlaient au téléphone. Joan se souvenait d'avoir eu son âge, quand on s'imagine tout savoir. Chaque fois qu'elle était agacée par son ton péremptoire, elle se rappelait combien elle se réjouissait que Sadie ait repris goût à la vie, lui trouvant un sens et sa raison d'être.

George continuait à appeler Joan sans arrêt, espérant toujours une réconciliation. La plupart du temps elle ne répondait pas. Quand Sadie et Andrew venaient enfin dans le Connecticut, ils allaient tous les quatre déjeuner au restaurant. C'était une torture pour Joan, elle avait l'impression de rendre visite à la vie qu'elle avait souhaité avoir et à laquelle elle s'était attendue. Le comportement de George et sa façon de parler étaient exactement ceux de naguère, mais Joan en avait une perception radicalement différente, comme si elle avait subi un traumatisme cérébral.

La ville semblait souffrir d'amnésie collective. En de rarissimes occasions, les femmes se montraient légèrement froides envers George, mais son charme incorrigible les amadouait le plus souvent. Apparemment, rien n'avait altéré ses relations amicales. Il avait repris sa vie d'avant, sauf qu'il n'enseignait plus à l'école. Mais puisqu'il approchait de l'âge de la retraite, les étrangers à leur cercle social n'y virent que du feu. Il avait même gardé le contact avec ses codétenus et continua de donner des cours à certains d'entre eux.

Tous les membres de la famille avaient beaucoup changé, à l'exception de George qui leur disait souvent en quoi il *sentait* qu'il avait changé. Il avait l'air d'être certain de retrouver sa famille un jour, certain que Joan reviendrait.

Et au mois de novembre, lors d'une semaine de solitude intense, quand le ciel s'assombrit de bonne heure et que le froid humide s'éternise, c'est ce qu'elle fit.

Remerciements

Je suis reconnaissante au Conseil des arts de l'Ontario, au Conseil des arts de Toronto et au Conseil des arts du Canada pour le soutien dont a bénéficié ce livre.

Merci à la Société d'encouragement aux écrivains du Canada ; à mon agent, Samantha Haywood ; à mon éditrice, Sarah MacLachlan ; à ma relectrice éditoriale, Janice Zawerbny ; et à l'équipe de promotion et de publicité de House of Anansi Press.

Pour leur aide dans la révision des premiers jets de ce roman, j'exprime ma gratitude à Michael Schellenberg, Heather Cromarty, Andrea Ridgley, Marcilyn Cianfarani, Chase Joynt, Tom Leger, Jake Pyne, Will Scott, Ange Holmes et Lisa Foad.

Un merci tout spécial aux sources anonymes qui ont répondu à mes questions sur ce que représente le fait d'avoir des membres de sa famille en prison ou d'être apparenté à un prédateur sexuel.

Merci d'avoir choisi ce livre Eyrolles.
Nous espérons que sa lecture vous a intéressé(e) et inspiré(e).

Nous serions ravis de rester en contact avec vous
et de pouvoir vous proposer d'autres idées de livres
à découvrir, des nouveautés, des conseils, des événements
avec nos auteurs ou des jeux-concours.

Intéressé(e) ? Inscrivez-vous à notre lettre d'information.

Pour cela, rendez-vous à l'adresse go.eyrolles.com/newsletter
ou flashez ce QR code (votre adresse électronique sera
à l'usage unique des éditions Eyrolles pour vous envoyer
les informations demandées) :

Vous êtes présent(e) sur les réseaux sociaux ?
Rejoignez-nous pour suivre d'encore plus près nos actualités :

Eyrolles Bien-être

eyrolles_romans

Merci pour votre confiance.
L'équipe Eyrolles

Également dans la collection « Eyrolles Poche »

Je te like moi non plus, Sophie de Villenoisy

Amandine Doucet, jeune professeure de français, est parachutée dans un collège sensible de banlieue parisienne. Sur place le constat est sans appel, elle n'a ni la bosse pédagogique ni l'autorité pour dompter ses élèves. Désabusée, elle se console en clashant sur les réseaux sociaux des influenceurs issus de la téléréalité, en particulier Sandra Faitout, qui cristallise à ses yeux la déchéance intellectuelle qui mine cette jeunesse. Mais ce don pour la médisance est à double tranchant...

Monsieur Edgar et les impatients, Coralie Caujolle

Pour gagner sa vie, Edgar Olin traduit des notices d'appareils électroménagers. Mais sa véritable vocation, c'est la littérature. Il écrit des romans policiers... qui ne se vendent pas. Il faut dire que ses voisins dégénérés ne le laissent jamais travailler en paix. Lassé de subir leurs assauts sonores, Edgar décide d'emménager dans une résidence pour seniors. Là-bas, il pourra écrire au calme, parce que c'est bien connu, les personnes âgées jouent aux cartes, regardent Les Feux de l'amour, et se couchent tôt. Évidemment, rien ne va se passer comme Edgar l'imaginait…

Hygge & Kisses, Clara Christensen

Bo a 26 ans et en apparence, elle possède tous les attributs d'une vraie adulte : un poste respectable, un appartement, le même petit ami depuis 8 mois. Pourtant, elle a le sentiment d'être une petite fille qui jouerait à la grande.

Kirsten, la colocataire danoise de Bo, lui propose de séjourner dans la maison de sa mère, au nord du Danemark. Quoi de mieux pour se retrouver seule avec soi-même et faire le point ? Mais la jeune femme découvre sur place trois colocataires surprises, qui vivent selon l'art du hygge danois...

Battre des ailes jusqu'à l'infini, Jean-Michel Audoual

Mickaëlla est une enfant mutique. Sa mère n'a pas les mots non plus pour exprimer sa souffrance. Il faut dire qu'il y a Franck Pou, le père, avec ses mains pleines de veines, ses mâchoires crispées. Alors, tout peut exploser, à la moindre occasion. À n'importe quel moment. Heureusement, grand-père Michou, le gardien des mots et Blabla, le perroquet, veillent au grain avant le grand Tsunami.

Si fragiles et si forts, Elisabeth Segard

Abdel est un ancien soldat, qui vit à l'hôtel des Invalides depuis vingt ans. Entre les parties de dames et les blagues de son copain Maurizio, ses journées s'écoulent paisiblement. Gab a neuf ans. Curieux et débrouillard, il vit seul avec sa mère Pélagie. Il aime les dinosaures et le pop-corn. Rien ne prédispose le vieux blessé de guerre et l'enfant à se rencontrer. Rien, sauf un livre, et le fantôme d'un petit tambour.

Quand la reine chante les abeilles dansent, Véronique Maciejak

Marie aimerait être une mère qui assure : calme et disponible, ferme et bienveillante... Mais depuis qu'elle a décidé de quitter son travail pour se consacrer à sa famille, rien ne va. Épuisée et débordée par les contraintes du quotidien, Marie frôle le burn-out parental. Or peut-elle se plaindre, elle qui a choisi d'être « au foyer » ? Et existe-t-il une recette pour devenir un parent parfait ?

Il est temps de vivre la vie que tu t'es imaginée, Christine Michaud

Corinne vient de perdre sa grand-mère Frannie, personnage exubérant et indépendant. Elle décide de partir en Floride où elle videra la maison qu'occupait son aïeule. Dans cet État haut en couleurs, la journaliste hyperactive accepte de se laisser guider par les amis originaux de sa grand-mère. Ce qui devait n'être qu'un court séjour se transforme alors en véritable quête de soi.

Réponds-moi, Mélanie Taquet

Florence et Nicolas se sont aimés passionnément lorsqu'ils étaient jeunes adultes, avant qu'elle ne décide de rompre sans donner d'explication. Quelques années plus tard, ils se croisent dans les rues de Montpellier. Débute alors une longue correspondance : entre confidences et non-dits, Florence et Nicolas explorent les eaux floues qui séparent l'amour et l'amitié.

Du chaos naissent les étoiles, Marilyse Trécourt

Vous devez sauver la vie de trois inconnus en moins de quinze jours. Sinon, ce sera le néant.

Voici la prédiction que reçoit Juliette. Libraire passionnée, la jeune femme pense avoir affaire à une illuminée. Mais une première personne lui lance un cri de détresse : « Sauvez-moi ! ». Commence alors une course contre le destin, qui remet en cause toutes les croyances de Juliette.

Égarer la tristesse, Marion McGuinness

À trente et un ans, Élise vit recluse dans son chagrin. Son mari vient de mourir, alors qu'elle était enceinte de leur premier enfant. Depuis ce jour, son fils est la seule chose qui la tient en vie, ou presque. Pourtant, quand sa vieille voisine Manou lui tend les clés de sa maison sur la côte atlantique, Élise consent à y séjourner. À Pornic, un colocataire inattendu s'invite à la villa, avec lequel la jeune femme est contrainte de cohabiter.

Souviens-toi que tu m'aimes, Catherine-Rose Barbieri

Lorsqu'Héloïse rencontre James dans ce wagon du TGV Lyon-Paris, le coup de foudre est réciproque. Mais la jeune femme fait taire ces sentiments inédits dont elle ne sait que faire, et ce qui aurait pu être le début d'une belle idylle en reste là.

Deux ans et demi plus tard, après bien des épreuves, Héloïse et James se retrouvent par hasard en Écosse. Héloïse est prête à croire que le destin vient de lui accorder une faveur. James, en revanche, ne se souvient pas d'elle...

Starling, Mélanie Taquet

À trente et un ans, Emma vit comme un étourneau solitaire. Hypersensible, elle passe ses soirées à lire et écrit pour oublier ses problèmes. Quand la jeune femme accepte de suivre Chiara, sa meilleure amie, à une soirée au pub, elle est loin de se douter que Bilal, fantôme d'une relation interdite, va refaire une entrée fracassante dans sa vie et tout bouleverser sur son passage.

Un roman tendre et percutant, une quête de soi qui nous embarque avec humour et émotion entre Londres, Prague et Paris.

La terre est ronde comme un losange, Emmanuelle Urien

Andrea est la psychologue attitrée des cosmonautes de la Station spatiale internationale. Perfectionniste et insatisfaite, elle est convaincue qu'elle peut tout maîtriser dans son quotidien. Mais le jour où Alexis, contrebassiste nonchalant, emménage dans l'appartement du dessus, cette existence bien ordonnée se trouve soudainement menacée. La cohabitation s'annonce mouvementée et les remises en question fracassantes.

La nounou barbue, Aloysius Chabossot

Cathy élève seule ses deux enfants, dans un petit village au cœur de la Dordogne. Heureusement, elle peut compter sur le soutien sans faille de sa tante Lulu. Mais un jour, tante Lulu tombe de l'escabeau et se retrouve les chevilles dans le plâtre. Cathy décide alors d'engager une aide pour s'occuper des enfants. Son choix se porte sur le seul aspirant disponible, Elias, grand gaillard barbu aux allures de bûcheron bourru. Cathy parviendra-t-elle à composer avec cette nounou au profil pour le moins atypique ?

Depuis 1925, les éditions Eyrolles s'engagent en proposant des livres pour comprendre le monde, transmettre les savoirs et cultiver ses passions !
Pour continuer à accompagner toutes les générations à venir, nous travaillons de manière responsable, dans le respect de l'environnement. Nos imprimeurs sont ainsi choisis avec la plus grande attention, afin que nos ouvrages soient imprimés sur du papier issu de forêts gérées durablement. Nous veillons également à limiter le transport en privilégiant des imprimeurs locaux. Ainsi, 89 % de nos impressions se font en Europe, dont plus de la moitié en France.

FSC
www.fsc.org
MIXTE
Papier | Pour une gestion forestière responsable
FSC® C108412

Imprimé en France par CPI Brodard & Taupin
en mars 2023
Dépôt légal : avril 2023
N° d'impression : 3051633

Cet ouvrage est imprimé sur du papier bouffant
Novel 56 g, papier issu de forêts gérées durablement.